指先で心をつないで

ローリー・フォスター
兒嶋みなこ 訳

WATCHING OVER YOU
by Lori Foster
Translation by Minako Kojima

mira

WATCHING OVER YOU

by Lori Foster

Published by K.K. HarperCollins Japan, 2025

フェイスブックを見てくれているみなさまへ

とんでもない一年でした！　まったく、スパムだらけで――
だけどみなさんが助けてくれたから戦えたし、離れずにいてくれたから心強かった。
言葉にできないくらい感謝しています。
いまではたくさんの方がお馴染《なじ》みになっていて、
投稿するたびにみなさんからのコメントを楽しみにしているんです。
あなたたちのおかげでこの一年が楽になったから、
知っていてほしい――本当にわかっていてほしい――
どんなに感謝しているかを。

大きな大きなハグを。

指先で心をつないで

おもな登場人物

マディソン・マッケンジー――ITのスペシャリスト
クロスビー・アルバートソン――刑事
パリッシュ・マッケンジー――マディソンの父親
ケイド・マッケンジー――マディソンの上の兄
スターリング――ケイドの妻
レイエス・マッケンジー――マディソンの下の兄
ケネディ――レイエスの妻
バーナード――マッケンジー家の執事
ハリー――人身売買組織から救出された少女
シルヴァー――クロスビーの友人
ウィントン――クロスビーの父親代わりの男性
オーウェン――ウィントンの息子
バージェス・クロウ――人身売買組織のボス

1

　クロスビー・アルバートソンが機嫌を損ねたとき、その不機嫌を示すのは驚くほどハンサムな顔だけではない。大きな体の張り詰めた輪郭も、握りしめたこぶしも、広い肩も、開いて立つ足も、こわばった腿さえ、それを示すのだ。

　正直に言うと、マディソン・マッケンジーはこの男性を丸ごと食べてしまいたいくらいおいしそうだと思っているのだが、いまは見とれているときではない。

　クロスビーのことは、自他ともに認めるすぐれたデジタル監視技術を駆使して、少し前からネット上で追ってきた――あちらがこちらの家族を見張っていると気づいてからずっと。

　たしかにマディソンの家族は独特な方法で、この世の悪と――なかでも、あらゆる人身取引や強制労働と――闘っている。マディソン自身も父の指示のもと、兄二人とともに、技術と知識と決意を備えたすばらしいファイターになった。

　かたやクロスビーは刑事で、こちらが念入りに消したはずの痕跡を、どういうわけか見つけてしまった。

いたく感心させられた——わたしを感心させるのは簡単なことではないのに。とりわけ、真に非道な人身取引加害者をつかまえるために協力することになって、彼のいろいろな面をじかに知ったあとは、その感心もひとしおだった。

それでもクロスビーは徹頭徹尾、刑事であり、こちらは違法行為すれすれのところで、警察を巻き込まずに目標を達成しようとしている。

だとしても、夢中になる気持ちは抑えられなかった。

こちらが監視体制を強化したと知ったら、きっと彼は怒るだろう。

だけどしかたがない。クロスビー・アルバートソンほどわたしを魅了した男性はこれまで一人もいなかったし、兄たちが自分たちを棚にあげてしょっちゅう指摘するように、こういう仕事をしているかぎり、慎重すぎるということはないのだから。クロスビーについてはもういろいろ知っているものの、いまはもっと知りたかった。

今日の尾行は絶対に必要というわけではなかったが、少しばかり暇な時間があったので、それなら、と。コロラド州リッジトレイルがきわめて厳しい天候に見舞われていても関係ない。大雪が降っていても、凍《い》てつく寒さで路面が滑りやすくなっていても。

クロスビーが外出できるなら、わたしにだってできるでしょう？　というか、男性にできることなら、なんでもできる——いくつかの大きな例外をのぞいて。たとえば、立ったままおしっこをするとか。まあ、そもそもしたくないけれど。

それから、股間の痛みも味わえない——これについては女でよかった。

そして、たしかに腕力も技術も備えているものの、自身のフェミニンなところが気に入っているから、パンチ一発で男性をノックアウトすることは——体格の大きな兄二人が難なくやってのけることは——通常、担当外だ。とはいえ、男性を無力化できないというわけではない。実際、できる——ほら、股間を狙うとか、ね——けれども家業への貢献方法は、おおむねパソコン画面のこちら側から操作して、ということになっていた。

クロスビーに関しては、もう少し実地でいきたい。

おしゃれな白のスノースーツに身を包み、フェイクファーの縁取りとゴーグルつきの飛行帽もかぶったマディソンは、クロスビーの車の後ろにSUVを停《と》めながらも、どうして彼はこんな天候のなかをセダンで出かけてきたのだろうと不思議に思った。タイヤにチェーンをつけてはいるので、多少の常識は発揮したようだけれど。

それに、どうして見るからに家族経営らしい小さな店の前の歩道に立って、例の、全身で不機嫌を示すやつをやっているのだろう？　なにかに腹を立てているようだが、なにになのかはまだわからない。こちらの存在には気づかれていないので、幸い、あの苛立《いらだ》ちの原因はわたしではなさそうだ——いつもと違って。

クロスビーはきっかり十秒、ショーウインドー越しになかをのぞいてから、店のなかへ入っていった。あの男性との再会を思うとわくわくする。最後に至近距離で顔を合わせたのはクリスマスのずっと前で、いまは二月初旬だ。あのときわたしは彼にキスをして……そうしたら、こともあろうに彼は笑った。

それどころか、キスをしたのは卑怯《ひきょう》な理由からだと、うがった見方をした。

そのことではまだ怒っている——本当に——けれど、たとえ二人の関係が、よく言えば緊張感があり、悪く言えば険悪だとしても、会えないのは寂しかった。

寒さ対策で着ぶくれているから気づかれないだろうと高をくくって、深い雪のなかを懸命に歩き、趣のある店のなかへ入った。正面ドアの上でベルが鳴り、客の到来を告げた。

習慣で、広くない店内をすばやくチェックした。四方の壁に棚が設置され、上から下まで品物がひしめいている。クロスビーのほかには、カウンターの奥に店主らしき年配の男性が一人、棚に品物を並べている少年が一人。

あいにく、さらに三人、男がいた——強盗の真っ最中と思《おぼ》しき男たちが。

なるほどね。これがクロスビーの怖いしかめっ面の理由。

加えて、これだけ着ぶくれているにもかかわらず、正体を見破られたのではといういやな予感もした。まさか、ずっと尾行していたことに気づいていたの？

そういう賢いところも、ほれぼれさせられる魅力の一つだ。

強盗犯は手に銃を構え、顔は分厚いスキーマスクで隠しており、クロスビーと店主にほぼ意識を集中させているものの、ちらちらとこちらをうかがってもいた。

男の一人が威嚇するように銃を振りまわしながら言った。「こんな天気の日に、おまえら、なんで外出してんだよ」

別の男が言う。「入り口には鍵をかけるべきだったんだ」

クロスビーが返した。「かけようかと言っただろう。忘れたか？」

つまり、わたしを締めだそうとしたの？　おあいにくさま。

着ぶくれているからにはこちらの顔も体もろくに見えないだろうが、女性だということは男たちにもわかるだろう。腰に当てた両手や、帽子から垂れた長い髪、そして笑みをたたえた唇からも、察せられるはずだ。「お取りこみ中かしら？」

銃を振りまわしていた男がどなった。「こっちへ来い。早く」

あら、好都合。

前へ進みながら、あらためてクロスビーを観察した。今日の彼は濃色のダウンコートに分厚いウールのマフラーと厚手の手袋といういでたちだ。この男性ときたら、どんな状況下でも非の打ちどころのない男性モデルのように見える。ただし、黄色がかった茶色の髪だけは別。毛先がほんの少しカールするくらい長めに伸ばしているせいで、いい感じに乱れた印象が加わり、それ以外は完璧な外見をなおさら引き立てていた。

罪深いほど黒い目は、前に立つ男たちから一瞬も離れないものの、この状況に不安を覚えている気配はない。

苛立ってはいるし、もちろん警戒もしている。きっかけさえあれば三人まとめて相手になるつもりなのが、肌でわかった。

それについては協力できる。

マディソンは男の指示どおり前へ進みながら、品出しの途中で固まってしまったらしい少年に言った。「悪いけど、その棚の陰に隠れてくれる？」

少年が驚いて言った。「え……？」

強盗三人がいっせいに抗議しはじめ、一人がどなった。「おまえら全員動くな！」

マディソンは男のどなり声に負けじと、カウンターの奥の店主に言った。「いますぐしゃがんでくださる？」

クロスビーがうなるような声を漏らしてさっと左に踏みだし、うまく店主の盾になると、店主はすばやくカウンターの陰にうずくまった。それを見て少年も体を動かせるようになったのだろう、大急ぎで缶詰の並んだ棚の後ろに回った。

民間人二人の安全が確保できたので、危険を排除することにした。

「クソアマが！」泥棒の一人がわめき、突進してくるなりむんずと腕をつかんできた。されるがままに引きずりだされ、わざとそいつにぶつかって、銃を制圧するべく手首をつかむ。床はコンクリート製なので銃弾を弾《はじ》き飛ばすかもしれないと考え、男の腕を後方にねじりあげた。引き金が引かれて狭い店内に銃声が轟《とどろ》いたが、弾丸は積みあげられたビールケースに当たっただけだった。イーストのにおいが広がる。

流れるような、いっそ優雅な――と自分では思いたい――動きで、銃を握っている男の手をさらにねじりあげると、男がまた発砲して二人めの腿に命中させた。

男その二は悪態をつきまくりながら、がくりと床に膝をついた。

発砲した男その一が間抜けにもビールで足を滑らせ、ついに銃を手放したので、それを取りあげて向きを変え、そいつの肩を撃って悪態まみれの悲鳴をあげさせた。

クロスビーはもう三人めに手を伸ばしており、あっという間に制圧した。痛そうな音からすると、腕の骨を折ったのだろう。となると、しばらくは銃を握れないということ。

怒り狂った男その二が血だらけの腿を片手で押さえ、逆の手でこちらに銃口を向けた。

クロスビーがその銃を蹴り飛ばしたと同時に、マディソンは男の大事な部分を踏んづけた。スノーブーツはがっしりしていて、狙いは正確だった。

男その二は低く深いうめき声を漏らし、スローモーションのごとく体を丸めた。

顔をあげると、ちょうどクロスビーが男その三にパンチを食らわせて、ポテトチップスの陳列棚に背中から倒れこませたところだった。

いまや三人全員が負傷していた――二人は銃弾を受け、一人は腕を折られて。

肩を撃たれた男その一がこそこそ逃げだそうとしたが、すぐさまクロスビーがつかまえた。そして、兄たちがやるのを見てマディソンがしょっちゅううらやましく思う、あの効果的なパンチ一発で男を眠らせるという芸当をなし遂げた。

「やるじゃない」チームさながらの連動した働きに、思わず笑みが浮かんだ。カウンターに寄りかかって、年配の店主に言う。「911に電話してくださる？　この天候だから、ちょっとのことでは反応がないかも。通報は多いほうがいいわ」

クロスビーは倒れた男たちとこぼれたビールと散らかったポテトチップスのなかに立ち、こちらをにらみつけていた。まだ全身から怒りをにじみださせながら。

あの握りしめたこぶしには、感心させられる。

コートの下の、岩のように固い肩には、ぞくぞくさせられる。

「きみは」クロスビーの抑えた声には怒りがにじんでいた。「この場の責任者ではない」

マディソンはほほえんで両手を掲げた。兄二人と違って、さがることも厭《いと》わない――一歩くらいなら。

クロスビーは男たちを拘束するべく、一人ずつうつ伏せにさせてから、手首をナイロン製の結束バンドで縛っていった。持ってきていたの？　つまり、トラブルを予測していたということ。

作業をずっと見守っていても、彼のほうはちらりともこちらを見ない。

強盗にはうろたえなかったが、そんな態度には少し不安にさせられた。

それをごまかそうとして、まだ棚の陰に隠れている少年のほうに向かった。十五歳くらいだろうか、腕も脚もひょろ長く、顔にはニキビがあり、鼻の下のまばらなひげを大事そうに生やしている。

少年の前にしゃがんで、言った。「大丈夫？」

「あいつら、今日はおれたちを痛めつけるつもりだったんだ」いまも青い顔をして少年がささやいた。

今日は？「あいつらがそう言ったの？」いったいどういうことだろう。もしかして、ただの強盗ではなかったのかもしれない。

「言われなくても」少年が苦しげに言う。「態度でわかった。もしクロスビーが来てくれなかったら――」

長い腕が後ろから伸びてきて、少年にコーラを差しだした。見あげると、クロスビーの無表情な顔があった。

穏やかな口調でクロスビーが言う。「飲め、オーウェン」缶を受け取ったオーウェンの肩に手をのせて、言った。「おやじさんと一緒にカウンターの後ろで待っていろ。正面ドアは閉店の札をさげて鍵をかけておいたから、少しゆっくりするといい」

オーウェンはうなずいて立ちあがり、うつ伏せの男たちと、傾いた床を伝ってきたビールを迂回《うかい》して、カウンターのほうに向かった。父親のそばに行き、低い声でぼそぼそと言葉を交わす。二人とも、怯《おび》えた声だ。

わかってしまえば、たしかに二人は似ていた。「つまり父子《おやこ》で店をやっていて、あなたは——」

唇に指を押し当てられて、驚きに言葉を失った。いつの間に手袋をはずしたの？　どうしてわたしは気づかなかったの？　細部を見逃すことなんて、めったにないのに。

「少し時間をくれ」かすれた声で言うクロスビーは、まだどこか獰猛《どうもう》に見えた。「できるか？」

無言のままうなずいた。一週間あげてもいい。一カ月でも。

指を舐《な》めたい衝動をこらえるには、黙っているより集中力を要した。

クロスビーが背を向けて離れていった。

この男性の奇妙かつ強烈な影響から解放されたマディソンは、ゆっくり帽子を脱いで、スノースーツのファスナーをおろした。なんだか急に体がほてっていた。

現場の処理はクロスビーに任せて、カウンターに歩み寄り、手を差しだした。声をひそめて言う。「はじめまして。マディソンよ」

差しだした手を、父親のほうが両手で包んだ。「ウィントン・マクリーンだ。助けてくれてありがとう」

クロスビーが耳のよさを証明するかのごとく、言った。「私一人でじゅうぶんだった」

ウィントンが彼に投げかけた笑みは、まるで父親のようだった。「それはわかってるが、少しくらい助けてもらっても害はないだろう」

「助けてくれる人による」クロスビーが返した。

ひどい！　わたしは強盗の一人を倒したし、もう一人についても手伝わなかった？　役に立ったはずなのに――

ウィントンが身を寄せてきて、ささやいた。「あいつは心配事があると怒りっぽくなるんだ」

あなたはいい人ね。「クロスビーとは長いの？」

ウィントンがひたいをこすり、ちらりとクロスビーを見た。「子どものころから知ってるさ」

電話中だったクロスビーが警告するように鋭い目を向けてきた――あれこれ詮索するな、と言わんばかりの目だ。

それなら質問はあとにとっておこう。「モップはどこ？」ウィントンに尋ねた。

掃除などしなくていいとウィントンはただ首を振ったが、息子のオーウェンは素直に答えた。「あのスイングドアの奥だよ」言ってから父親の不満そうなため息に気づく。「でも、そんなことしなくていい――」

「ありがとう。だけど時間を遊ばせておくのは好きじゃないの」安心させるようにほほえんでモップを取りに行くと、キャスターつきの大きなバケツも見つかった。ふだんから、父の家のジムのスパーリング用マットをよく掃除しているので、慣れた手つきでバケツに水と液体クリーナーをそそぎ、店のほうに転がしていった。これ以上、ビールが広がらないようにモップで吸いあげていったが、〝現場〟はいじらないよう気をつけた。警察の人間はそういうことにうるさい。

幸い、泥棒の一人がビールの流れを食い止めてくれていた。腰から腿まで、服にビールが染みこんでいる。男はよけようとしたが、クロスビーに一にらみされて、またおとなしくなった。

突然、雪をかぶった表の通りにパトカーのサイレンが響いた。しまった、急がないと。モップとバケツをしばし放置してそっと奥の部屋にさがり、すばやく父に電話をかけた。クロスビーはもう数分、手一杯のはずだ。うまくすれば、兄二人が押しかけてくる前にすべて片づくはず。妹が関わると、兄たちは過保護になりがちなのだ。

店の正面ドアが開く音と警官の声を聞きながら、手短に状況を父に説明し、店の住所を教えて、すべて制圧済みだから問題ないと伝えた。

動揺知らずのパリッシュ・マッケンジーが言った。「おまえは大丈夫なんだな?」

「もちろん」

「本当に助けは必要ないんだな?」

「本当よ」

「か弱い女性のふりをするにはもう遅いんだろうな？」

にっこりして言った。「残念ながら」

父は一瞬ためらってから、言った。「あまり関わりすぎるな。だがもし連行されたら知らせろ。対応に入る」

一家の仕事を考えると、警察の関心を引きすぎるのはまずもって賢明ではない。ただし、クロスビーは例外だ。彼とはある種の合意にいたったので、好きなだけ関心をもってくれていい――わたしに。

うちの仕事にではなく。

金属製のスイングドアの片方が開いて、クロスビーがこちらをのぞきこんだ。漆黒の目は咎《とが》めるようであり、推し量るようであり……それ以外のなにかも感じさせた。「応援を呼んでいるのか？」

「応援が必要そうに見える？」

クロスビーは答える代わりに、視線でゆっくりこちらの体を見おろしていった。
・それならとポーズをとった。「すてきなスノースーツでしょう？　目にした瞬間、買うって決めたの」
クロスビーの唇の片方がわずかにあがりかけて、すぐにまたまっすぐに引き結ばれた。

いま、ほほえみそうになった？　そう思いたい。

「バード刑事がきみと話したいそうだ」
・ふくれっ面をしてみせた。「刑事さんと話すなら、あなたがいいのに」
クロスビーはまばたきもせずに返した。「それは無理だ――私はもう刑事ではない」


マッケンジー家の人間を驚かせることなどめったにできない芸当なので、マディソンの明るい榛《はしばみ》色の目が丸くなって唇がかすかに開いたときには、クロスビーも思わずほくそ笑んでしまった。

が、マディソンはすぐに例の傲慢さを取り戻し、こう言った。「ありえないわ。あなたが警察を離れたら、わたしにはすぐにわかるはずだもの」

「思い違いだったようだな」マディソンの腕をつかんで、奥の部屋から出てくるよう、うながした。驚くことではないが、とたんに彼女の自信が消えて、訓練など積んでいない人の態度に一変した。いったいどうやっているのかわからないが、いまや動揺と不安と警戒心を一度に感じているようにしか見えなかった。

天を仰ぎたいのをこらえた――かろうじて。

マッケンジー家とじかに顔を合わせたのは最近のことだ。少し前から、マディソンの父親が人身取引加害者相手に私的制裁の執行人《ヴィジランテ》を演じていて、兄二人が綿密な救出計画を遂行しているのではと疑っていた。これまで何度も犯行が阻止されて、くず野郎どもだけでなくそのネットワークと顧客までストリートから一掃するのに必要な情報一式が、警察署の入り口に文字どおり置かれていったのだ。

結果は評価しているものの、やり方はどうかと思っていた。そして時間も忍耐も要したが、ついにマッケンジー家にたどり着いた。問題解決だ。

ただし、マディソンという問題は残った。この女性はテクノロジーの天才――いや、神と言ってもいい。もしNASAをハッキングしたいと思ったら、実際できるだろう。ホワイトハウスさえ安全ではないかもしれない。

それだけで不安にさせられるにはじゅうぶんだが、そんな女性にロックオンされたとなると。不安どころの騒ぎではない。

マディソンがゴージャスであり大胆でもある、というのも問題だ。身長百八十センチ強のすらりとしたフェミニンな体に、聡明《そうめい》さとよこしまな技術を備えているのだから。

この女性にはいくつもの理由から不安にさせられるし、こんな感覚は初めてだ。それでも彼女を欲する気持ちは抑えられないが、かといって愚か者でもない。欲した先にはトラブルしか待っていないとわかっているうえ、トラブルならもうじゅうぶん抱えている。

一歩さがって腕組みをし、マディソンがバード刑事にやすやすと魔法をかけていくさまを眺めた。バードも気の毒に、相手が悪い。彼女の演技も震えも、感謝に満ちたささやき声も、刑事はすべて真に受けていた。

それを言うならウィントンとオーウェン父子も同様だ――ついさっき、彼女が大の男をあっさりぶちのめすさまを目撃したというのに。

もう刑事でなくてよかった。さもないと経緯を詳《つまびら》かにする羽目になっていた。くずもは、マディソンが〝巻き添えを食ったか弱い女性〟ではないと主張するかもしれないが、だれがこんな連中の言うことを信じるだろう？　三人とも、不法侵入や傷害、破壊行為や公共の場での泥酔といった軽犯罪歴がずらりの連中だ。そこに加えて、ウィントンの店をはじめ近隣の個人経営店にいやがらせ行為をしては〝用心棒代〟として金銭を要求していた証拠があがった。なにが用心棒だ、笑わせる。

そんな許しがたい行為も今日でおしまいだ。

マディソンもかわいそうに。せっかくあれだけの腕前を披露しても、どうだと得意がることすらできない。みんながみんな、三人を倒したのはクロスビー・アルバートソンだと思いこむはずだ。

相手がマッケンジー家の人間でなければ、じつに愉快な気分だっただろう。いま現場にいるのは一家のうちのマディソンだけ――まあ、彼女一人でじゅうぶんだが――とはいえ、今日が終わる前に一家のほかの面々が首を突っこんできたとしても、驚きはしない。

三人組がしょっぴかれていき、警察も去ってしまうと、マディソンはすぐさま掃除を再開して、慣れた手つきでモップを動かしはじめた。こすって、すすいで、絞って、また最初からくり返す。

マッケンジー家は大金持ちなので、まさか掃除のやり方を知っているとは思わなかった。この女性にうまくできないことはないのか？

「ふう、暑くなってきちゃった」マディソンがそう言ってモップの柄をカウンターに立てかけ、スノースーツのフロントファスナーを首元から腰のあたりまで一気におろした。さらにはトップス部分をめくって、垂涎《すいぜん》もののヒップの上に垂らす。

スノースーツの下に着ていたのは黒のタートルネックで、胸のふくらみと細いウエストをぴったり覆っていた。マディソンが明るい茶色の長い髪を両手でまとめてから、ウィントンに尋ねた。「髪を縛るゴムかなにか、ないかしら？」

息子のオーウェンがあたふたと引き出しをあさって、顔を真っ赤にしながら、捧《ささ》げ物のごとく輪ゴムを差しだした。

少年のうっとりした表情を見れば、これから何週間もマディソンを夢に見るだろうことが察せられた。

マディソンは腰を折って髪を前方に投げだし、手早く高い位置で一つにまとめてから、起きなおった――これまた男の夢をかき立てるしぐさ。

「バケツの水を替えてくる。すぐ戻るわ」

掃除用バケツを転がして奥の部屋へ向かう背中を、男三人で見送った。

ウィントンがゆっくりこちらを向いて、じっと見つめた。オーウェンはにんまりした。首を振って、言った。「違う。そういうことじゃないから、勘違いするな」

「もう遅いよ」オーウェンが言い、父親に後頭部をはたかれそうになったのを、さっとかわした。「ぼく、えっと、手伝ってこようかな」

笑うしかなかった。十五歳のこの少年――年齢に言及されるとかならず〝もうすぐ十六だよ〟と返すオーウェン――の、おもな構成要素はテストステロンと強い意志だ。覚えているかぎりでは、その組み合わせはじつに扱いにくい。まあ、解剖学的かつ心理的な大変動に対処しなくてはいけなかったあのころから、もう二十年が経《た》つのだが。

「にらむな、ウィントン。オーウェンはいい子だ」

「わかってるさ」ウィントンはため息をついた。「あいつもいまは同じ学校のチアリーダーに熱をあげてるしな。しかし……」

「マディソンなら大丈夫だ。心配ない」本題に切り替えて、つけ足した。「話を合わせてくれて助かった」

「おまえに任せておけば大丈夫だとわかってるからな」カウンターに片手をついて両眉をあげ、尋ねた。「それより、どうなってる?」

ウィントンの忍耐力もここまでか。「彼女ともその家族とも知り合いだ。誓ってもいいが、あの女性とはなるべく関わらないほうがいい」

「なんでまた？」

理由は教えられないので、肩をすくめてこう言った。「今日、彼女に尾行されていることには気づいていたが——」ふだんはインターネット上でつきまとわれているものの、吹雪のなかを実地の尾行に乗りだすとは、いかにもマディソンらしい。「——やめろと言ってもどうせ聞かないし、無意味な説得で時間をロスするのは避けたかった」無駄だとわかっていることにかまける趣味はない。

「じゃあ、彼女はおまえの計画の一部じゃなかったのか？」

鼻で笑った。「断じて違う」

「そりゃあ困っただろうな。連中が今日ここに来るのをおまえは知ってたんだから」

無言でうなずいた。ストリートの噂《うわさ》についてはいい情報屋を抱えている。ウィントンの店が標的にされたのは今日が最初ではなく、いやがらせ行為に終止符を打つための計画を立ててきた。おおむね計画どおりに進んでいた——

が、当初の計画にはマディソンが押しかけてくることなど含まれていなかった。尾行されていると気づいたときも、計画の細部を修正する余裕がなかった。道路が滑りやすく、一部では通行止めも起きているなかで、尾行を撒《ま》くのは容易ではない。巧みなハンドルさばきも、急カーブを切ることも、できなかったはずだ。

店に到着するのが遅れたら、ウィントンとオーウェンを危険にさらすことになりかねない。困った状況に陥っていた――マッケンジー家が相手なら、それも初めてのことではなかったが。

マディソンが奥の部屋から出てきて、また床掃除を始めた。バケツの水は入れ替えられている。「べとべとしないように、もう一回やったほうがいいかもね」

「あとはうちで面倒を見るよ」ウィントンが言う。「どのみち雪もひどくなってきたから、店を開けといても意味はないしな」

息子のオーウェンがだめになったビールケースを持ちあげて、裏へ運んだ。

ウィントンは散らばったポテトチップスの袋を片づけはじめた。

「喜んでお手伝いするわよ」マディソンは言いながら、バケツのローラーでモップを絞った。「みんなでやれば、あっという間に終わるし」

「きみには」クロスビーは、ひどく混乱した気持ちで言った。「説明してもらいたいことがある」

にっこりしたマディソンは、先ほどの話を聞いていたのだろう、こう言った。「あなたの予想どおりよ。店に入ってくるなと言われてたら、好奇心が募っただけだったでしょうね」

ウィントンが笑った。「クロスビーなら間違いなく一人で対処できただろうが、お嬢さんの活躍は見ていて楽しかったよ。警察の人かな？」

マディソンが首を傾けてウィントンをじっと見た。「わたしみたいに戦うおまわりさんを見たことがある？」

「ないな――クロスビー以外には」

きれいな弓形をしたマディソンの眉があがった。「そうなの？」

ウィントンがここぞとばかりに片づけの手を止めて語りはじめた。「オーウェンの年になる前から、クロスビーは体を鍛えてた。昔からトレーニングが大好きでね。ハイスクールのコーチ全員がなにかしら競技をさせようとしたんだが、だれの説得にも耳を貸さなかった。いわく、チームスポーツは自分向きじゃない、と」

「一匹狼《いっぴきおおかみ》なんだって父さんはいつも言ってるよ」オーウェンが口を挟む。

「まあ、それもいまでは――」

「ウィントン」クロスビーは警告するように名前を呼んだ。マディソンがまだ知らないことで、教えてもいいことはそう多くない。この女性は堂々とこちらを調査し、警察が簡単にアクセスできないファイルまで開けてきた。まだ知らないこともいずれ突き止めるだろう。こちらが望もうと望むまいと。

ウィントンが一瞬、すまなそうな顔をこちらに向けた――当然、マディソンもそれを見逃さなかった。

いまいちばん気がかりなのは、ウィントンがどんなふうに語るか、だった。きっと感情をこめて、父親さながらの愛情もたっぷり添えることだろう。

ウィントンとオーウェンが静かになった。

マディソンは違った。モップをバケツに戻し、カウンターの上で両腕を重ねた――おかげで胸のふくらみが強調されて、無視できないほどヒップが突きだされる。わざとに違いない。この女性の言動すべてに目的があるのだ。これほど意志が強くて、調べ物の天才で、大の男をやすやすと倒せる腕の持ち主で、しかも色気を振りまける女性などほかに知らない。

そそられる組み合わせだし、悔しいが影響を受けずにはいられなかった。

「トレーニング好きなのは知ってたわ」マディソンの口調が気さくなのは、ウィントンの信頼を得ようとしてのことだろう。「だって、あの体を見て」

「岩のようだ」ウィントンも言う。

マディソンがこちらに首を回し、吸いこまれそうな、輝く榛色の目でじっと見つめた。

「ファッションにも興味があるんじゃない？　雑誌のモデルみたいだもの」

息子のオーウェンがまた肩の力を抜いて、笑った。「ミセス・クラインもいつもそう言ってるよ。毎週、月曜の六時に買い物に来るのは、そうすればクロスビーに会えるからなんだって」

「ミセス・クライン？」尋ねたマディソンの声からはもう楽しげな響きがなくなっていた。ウィントンが彼女の手をぽんぽんとたたく。「パムは七十近い女性で、いちゃつくのが好きなだけだよ」

「あら」マディソンがまた笑みを浮かべてこちらを見た。「そういう女性は多いんじゃない？」

彼女には関係ないことなので、答えなかった。「帰れるうちに帰ったほうがいい。道路の状況は悪化する一方だ」

笑みを広げてマディソンが言った。「あなたも一緒じゃなきゃいやよ。というか、あなたの車はそもそも出せるの？」

言い返そうと口を開いたが、またしてもオーウェンに先を越された。「クロスビーはふだんSUVに乗ってるんだけど、たぶん今日はシルヴァーが――」

ウィントンが息子を遮った。「上着を取ってきて、マディソンさんの車の雪かきを手伝ってさしあげろ」

オーウェンが店の奥に消えると、マディソンは二人の男性を順ぐりに眺めてから、まっすぐ前を向いた。射るような目をこちらにひたと据えて、胸の下で腕組みをする。「どうしてみんな、わたしを追い払おうとするの？」

迷わず答えた。「きみには関係のない件について話し合いたいからだ」それを聞いたマディソンは、ここからどう進めるべきかと考えたのだろう、いろいろな展開を思い浮かべるのが表情でわかった。まったく、しつこい。「いいかげんにしろ、マディソン。早く帰ってくれないと、ウィントンもオーウェンも私もここに足止めだ」

マディソンが心配顔になってウィントンを見た。「この雪のなか、遠くまで帰るの？」

「ええと……」ウィントンはやましそうな顔で身じろぎし、ぼそりと答えた。「いや」

ああ、ウィントンは嘘が下手なのだ。言わない、という嘘さえも。

マディソンが顔をあげた瞬間、この女性の賢い頭脳がもう点と点をつなぎ合わせたことがわかった。

金色の目で、咎めるようにこちらを見据える。「当てましょうか。二人が住んでるのはここの二階でしょう」

ウィントンが咳払《せきばら》いをした。「オーウェンのやつ、遅いな。ちょっと様子を見てこよう」そして文字どおり、店の奥へ逃走した。

こちらは同じことができないので、マディソンの姿勢を真似《まね》て腕組みをし、尊大な顔つきで言った。「きみがどう思っていようと、私の人生のある部分はいまも秘密のままだ」

マディソンがこちらの人生のあらゆる部分をまだ暴いていないのは奇跡といえる――必死に隠してきた事柄をまだ知らないのは。

すると、意外にもマディソンはため息をついて両手を脇に垂らし、しょげた顔になった。

「わたし、でしゃばりすぎたわね」

まさに言い得て妙。いつだってこの女性にぴったりだ。

マディソンがおずおずと二歩、近づいてきて、その高身長ゆえに、ほぼまっすぐ目を見つめた。「ごめんなさい。好奇心を抑えられなくなるのは悪い癖なの」

くそっ、これではこっちが悪者の気分だ。「完璧な人間などいない」

「だけどわたしは完璧でありたい」マディソンが言い、思いがけない率直さでつけ足した。「たぶん、すごく小さいころから兄たちと張り合ってきたせいで、完璧じゃないと――情報収集においても準備においても、能力においてもパーフェクトじゃないと――少しかーっとなっちゃうの」

なるほど……たしかに筋が通っている。「きみの兄二人はここに来ると思ったが、違うか？」これまで、どんな状況もコントロールしたがる自己主張の強い男たちと仕事をしてきた。男同士でもじゅうぶん不快だったのだから、妹にとってはいかほどだろう。

「父に電話したわ。兄たちを止められるのは父だけだし、それに」言葉を切って、意味ありげにつけ足す。「父はわたしを信用してるから」

マディソンの父親はたしかに堂々たる人物だ。その場にいる全員を圧倒する登場のし方から、勝手にバットマンになぞらえていた。どこへ行っても人目を引く。その点は、息子二人もそう変わらない。マディソンは、まあ、同じ血を引いている。

おそらく彼女の父親は厳しい指揮官だったのだろう。なにしろ、子どもたちをリーダーのなかのリーダーに、この世のもっとも忌まわしい悪に立ち向かえる最高の捕食者に育てあげると決めたのは彼だ。そして子どもたちは全員、磨き抜かれた戦闘技術と、常に最高であろうとする意欲を備えている。

この一家に犯罪者集団というレッテルを貼ることもできるが、彼らについて知れば知るほど……尊敬するようになっていた。

一家を私的制裁の執行人《ヴィジランテ》と呼ぶことはできるし、そうすれば違法な活動の範疇《はんちゅう》に収めることもできる。悩ましいのは、一家が闘っているのは人身取引で、その点、海よりも深い感謝しかないということだ。

「同意しないのね」

マディソンがなにを言っているのか、さっぱりだった。

「だから、信用の話」

まだ戸惑っていると、マディソンが言った。「いいわ、もう忘れて。きっとまだ早すぎたのね」

頭をすっきりさせようと首を振り、尋ねた。「もう出られるか？」

「出たほうがよさそう」白いスノースーツの袖にしぶしぶ腕を通しはじめた。「一つ質問に答えてくれたら、今日の一件も少しは納得できるんだけど」

「疑問に裏づけがほしいのか？　きみが？」

「そりゃあ、家に帰ったらすぐ自分のパソコンに向き合うけど、この天気だから少し時間がかかるし、ささやかな情報一つ分け与えたくらいで、あなたも死んだりしないでしょう？」

いらいらしたふりをして、大きく息を吐きだした。実際は、両手をじっとさせておくのに必死だった。彼女に触れたがっている両手を。太陽がキスをしたあの長い茶色の髪を軽く撫《な》でるだけでいい。それか、うぶ毛で覆われたあの頬に指の関節を這《は》わせるだけで。それか……。「質問というのは？」

「本当にもう刑事じゃないの？」

「ああ」

「それはどうして？」

「いまので二つめの質問だ」

榛色の目が狭まった。「なんだか気を失いそう。こんな状態で運転するのは危険よね？　ウィントンに頼んでもう少しゆっくりさせてもらったほうが――」

「だめだ」具合が悪いふりなどしなくても、ウィントンならゆっくりしていけと言うだろうが、この女性にとって重要なのは、ほしいもののためならどんな手も辞さないとはっきり示すことなのだ。そこがなによりも恐ろしい。

マディソン・マッケンジーはあきらめるということを知らない。

「退職した」ついに打ち明けた。

マディソンが鼻で笑う。「三十五歳で？」

その説明なら簡単だ。「古傷があって、職務に支障をきたすようになってきた」

ぐっと眉がさがった。「その話を信じた人がいるの？」

口元をこわばらせて説明した。「脚を撃たれたんだ」

「それは五年前のことで、別に影響はなかったでしょう？　わたしはついさっき、あなたが戦うところを見てるのよ。さあ、本当のことを言いなさい」

2

クロスビーは悔しい思いでマディソンをにらみつけた。「どんなファイルも簡単にのぞけるだろうが、この頭のなかまではのぞけない。だからわかったようなふりはよしてくれ」たしかに脚はもうまったく痛くないが、引退する必要があったから、そうしたのだ。

「じゃあ、いまはなにしてるの？　暇をもてあましてだらだら生きていける人じゃないのはわかってるのよ」

「わかっている、か」暇な時間はほとんどないが、理由は彼女が勘ぐっているようなものではない。

「当然でしょう」すぐそばにいるので、シトラス系のシャンプーのほのかな香りと、それよりなお刺激的な肌のにおいが漂ってきて、気もそぞろになりそうだ。「あなたのことは自分のことと同じくらい知ってるの。あなたは怠惰な人生に満足できる人じゃない」

この女性のしつこさときたら、笑えてくるほどだ。どうせ一時間以内には答えを見つけられるとわかっているので、いま言わない理由もなかった。「新しい仕事を見つけた」詳しい説明はしない。それより早く帰らせたい。

マディソンはあごを引いた。「どういう意味?」わずかに目を見開いて、問う。「〝シルヴァー〟と関係があるの?」こちらがうめく前に、たたみかけた。「それって人の名前? 男? 女?」希望をこめて、つけ足す。「それとも、ペット?」

矢継ぎ早に質問を投げかけられて、答える隙もなかった。相変わらず厄介な女性だ。ほしいものはひたすら追い求める。

その対象に自分も含まれていることは、以前からはっきりしていた。

いま、マディソンは体をこわばらせて目に疑念をたたえ、唇をわずかにすぼめている。本当に重要な質問をしたかのように。ならばどうして、突然、彼女にキスしたくなった? したくなってなどいない。いや、したいはしたいが、衝動に流されたりしない。

怒らせたくて言った。「私の行動のほとんどと同様、シルヴァーもきみには関係ない」

「シルヴァーはあなたの行動なの?」口元がこわばる。「じゃあ女性なのね。真剣な関係?」

やれやれ。尋問などごめんだ。「そのくらいにしてくれ、マディソン」穏やかな口調できっぱりと、苛立ちをにおわせて言った。「本気で言っている。つけまわすのも、人生を掘り返すのも、あれこれ質問するのも、そういう質問が重要だと思うのも、ここまでにしてほしい」

口角がさがって、目の輝きが消えた。「あなたはわたしにまったく興味がないから？」

ウィントンより嘘がうまいことを証明するべく、言った。「ああ、そのとおりだ」興味などあってはいけない。新しい仕事は非常に重要なのだ。この女性との距離を縮めて失職するような危険は冒せない。

マディソンが震える息を吸いこんで胸をふくらませた。めずらしいことに視線をそらし、小さくうなずいてさがると、ファスナーをてっぺんまであげた。「謝るべきね」

「必要ない」

マディソンはまた小さくうなずいた。

くそっ、こんな彼女は初めて見た。元気がなくて……傷ついている？　そんなつもりはなかった。ただ――

マディソンがスイングドアのほうを向き、偽りの明るさで呼びかけた。「さよなら、ウィントン、オーウェン。元気でね」

二人同時に顔をのぞかせたので、ずっとそこにいて盗み聞きしていたのがわかった。

「本当に助かったよ」ウィントンがまじめな口調で言った。

息子のオーウェンのほうは、クロスビーとマディソンを見比べて眉をひそめ、こちらに出てきて彼女に尋ねた。「大丈夫？」

「もちろんよ」マディソンが得意げな笑みを浮かべた。

作り笑顔だ。いまでは違いがわかるようになっていた。怒りをにじませた笑み、期待に満ちた笑み、そして戦いを前にしたときには野性味を帯びた笑み。

たいていどれも正直な笑みだが、これは。

大嘘だ。

こちらにはひとこともないまま、よけるようにして通り過ぎると、店の正面ドアを開けて、舞いおりる雪のなかに出ていった。

クロスビーは小さく悪態をついて窓にそっと歩み寄り、積もった雪のなかを運転席に向かう彼女を見守った。氷がこびりついていたようだが、どうにかドアを開けることに成功する。いったんエンジンをかけてから、スクレーパーを手にふたたび出てきて、窓の雪と氷を取り除きにかかった。

その場に立ち尽くしていると、背後にウィントンとオーウェンがやってきて、一緒に外を眺めた。本能は、さっさと出ていって力仕事を代わってやれと叫んでいたが、マディソンが助けを喜ばないだろうことはわかっていた。とりわけ、いまは。

だからどうにかさりげない姿勢を装って、じっと見つめていた。

驚くことでもないが、自身の車の雪かきを終えたマディソンは、クロスビーの車に歩み寄ってそちらの窓もきれいにしはじめた。

立場が逆なら、こちらも同じことをしていただろう。

「なんてこった」ウィントンがぼやいた。

「ぼく、なんでここに突っ立ってるんだ？」オーウェンはうんざりした口調で言った。すでにコートとブーツという姿だった少年は、大人二人を押しのけるようにして、帽子をかぶりながら外に出ていった。歩道で二度、転びそうになりつつ、急いでマディソンのもとに駆けつける。

窓越しに見ていると、マディソンは笑った。オーウェンが彼女の手からスクレーパーを取りあげようとする。

なんと、マディソンはそれを許した！

つまり、あの女性の競争心に火をつけるのは成人男性だけなのかもしれない。あるいは、大人になりかけている少年ならたいていそうであるように、断られたらオーウェンも傷つくだろうことがわかっていたのか。

二人はしばし言葉を交わしていたが、やがてマディソンが降参したように手袋をはめた両手を掲げた。

オーウェンはてきぱきと雪かきを終えると、スクレーパーをマディソンに返した。マディソンは少年に短くハグをして、早く店に戻りなさいと手で追い払い、オーウェンが店の前にたどり着くまで待ってから運転席に座ると、ついに去っていった。

一度もこちらを振り返らずに。

やれやれ。きつく言いすぎただろうか？　あんなにあっさり引くとは思わなかった。本当に、これで追いかけっこはおしまいか？

それならそれでいいはずなのに、なぜか引っかかった。どうなっている？　我ながら、とんだ気まぐれ野郎だ。

頬と鼻を真っ赤にして戻ってきたオーウェンが、とんとんと足踏みをして雪を落とした。少年もこちらを見ようとしない。

ウィントンが店の入り口にふたたび鍵をかけた。「これで終わりだと思うか？」

「マディソンとのことが？」クロスビーは問い返した。

三秒の沈黙のあと、ウィントンが憐《あわ》れみたっぷりに首を振った。「おれが訊《き》いたのは、チンピラのことだよ」

くそっ。間抜けな反応で腹のうちを明かしてしまった。ウィントンに詮索されまいと、いつもコーヒーが用意してある奥の部屋に向かった。

ウィントンがついてきて肩をつかんだ。「おまえに勘づかれたうえに、警察まで来たと知ってもまだ、連中はいやがらせに来ると思うか？」

「さっき逮捕されたやつらと今日のうちに話をするつもりだ。雪が落ちつきしだい、残りのギャングに会いに行く」ギャングというのは、大きな野望をいだいたチンピラどもを指す言葉だ。「もしその前にまただれかが来たら、ひとまず調子を合わせて、慎重に対応して、知らせてくれ」

ウィントンが少し迷ってから言った。「で、マディソンのことはどうするんだ？」

コーヒーポットに手を伸ばして使い捨てのカップになみなみとそそぎ、濃い香りを吸いこんだ。「ようやくあきらめてくれたようだし、どうもしなくていいよう願いたい」

ウィントンは腕組みをして壁に寄りかかり、雄弁な目でじっとこちらを見つめた。

「なんだ？」尋ねながらも、まるでオーウェンと同じくらい青くて不器用な気分だった。このウィントンの目こそ、遠い昔、誤った道から連れ戻してくれたものだ。効果はいまだ衰えていない。

ウィントンがゆっくりほほえんだ。「おまえもびびることがあるとは知らなかったよ。興味深いことになりそうだ」

クロスビーはため息をついた。興味深い、か。マディソンを表すのにぴったりの言葉だ。興味深くて……ときに魅力そのもの。

マディソンは二週間、みじめに落ちこんだ。ウィントンとオーウェン父子のことは調べ尽くしたし、チンピラがあの二人の店だけでなくほかの個人経営店にまで定期的にいやがらせをしていたことも突き止めた。悪党は金を要求し、経営者が応じようと応じるまいと、品物を奪ったり店を壊したりしていたらしい。

けれどクロスビーは難なくばかどもをたたきつぶした――警察の力も借りずに。目覚ましい戦いぶりを思い出すと、笑みが浮かびかけて――

消えた。クロスビーのほうは、こちらの働きにちっとも感心してくれなかった。それどころか、気持ちには応えられないし、今後も可能性はないとはっきり示してきた。いまもあのときと同じくらい胸がずきんと痛んで、頬はかっと熱くなる。

ああ、堂々と出ていくだけの自尊心があってよかった。

それだけのことがあってもなお、クロスビーを求める気持ちはやまないけれど、いまは彼を追いかける気になれない。今後、百万年は無理。

パソコン画面の画像がぼやけて、気がつけばまた物思いにふけっていた。

父の広大な屋敷のキッチンでそうしているところへ、上の兄のケイドが入ってきた。ふだんはここに集まることが多く、正式なダイニングルームはディナーのときにしか用いない。たしかに父は裕福で影響力も大きいが、けっきょく形式張らない一家なのだ。

「今度はなんだ?」ケイドが尋ねて、向かいの席に腰かけた。

「なんにも」父がまだ来ていなくてよかった。バーナードもコンロの前で忙しくしている。

「マディソン」

かつて軍のレンジャー部隊に所属していた長兄のケイドは、常に冷静沈着な空気をまとっており、それが相手に絶対の正直さを要求する。たいていの人には魔法のように効果的だ。

マディソンは妹なので、巧みに無視してノートパソコンにかがみこんだ。

「クロスビー・アルバートソン刑事のことを夢見てるんだろ」そう言いながら現れた下の兄のレイエスもケイドと同じ能力を有しているけれど、毒の効いたユーモアセンスも備えていて、しょっちゅう人の心を逆撫でする。

マディソンは下の兄を一にらみしてから、またパソコン画面に目を戻した。これは別段、おかしなことではない。ほとんどの時間は調査に費やしている。いまは進行中の案件がないので、もっぱらクロスビーに集中しているだけだ。

警察を辞したというのは嘘ではなかった。その点は調べがついた。わからないのは理由だ。あの日、本人が口にした見え透いた嘘のほかに、なにか理由があるはず。

彼にも言ったとおり、好奇心はこちらの大きな特徴だから、当然ながらウィントンとクロスビーとの長きにわたる関係については突き止めていた。

どうやらあの親切な商店主は、クロスビーがいちばんだれかを必要としていたときに、父親代わりになったらしい。

ネットの海から簡単に見つけだしたずっと若いころのクロスビーの画像に、そっと指先で触れた。十五歳で、服は小さすぎ、体はひょろ長く、頭はぼさぼさで、顔に笑みはない。洗練のきわみといった現在の彼とは大違いだ。まあ、笑みがないところは変わらないけれど。その点は、いまだにすごく出し惜しみをする。

それにしても、どうして十五の彼はこんなに険しい顔をしているのだろう？　前年に父親が亡くなって、シングルマザーになった母親が地元のホテルで清掃の仕事をしていたことは調べがついた。見つけるのが難しい情報でもなかった。

けれど、子どもというのは意外と強いものじゃない？　じゅうぶんな愛情をそそがれたら立ちなおっていくものでしょう？

クロスビーがつらい少年時代を送ったと思うと胸が締めつけられた。マディソン自身、幼いころにつらい時期を過ごした。母を亡くし、そのあとは父が一心不乱に三人の子どもを鍛えあげ、あらゆる防御術を習得させた。特訓の日々はいやではなかった。悲しみのはけ口になってくれたし、毎日、兄二人と一緒に過ごす時間をもてたから。三人とも真剣にとりくんでいたけれど、笑い合うときも多かった。

おそらくそんな育ちのせいで、ふつうのきょうだいより距離が近いのだろう。さらには武器に関する知識が豊富だし、ウィントンの店で証明したとおり、暴力沙汰に巻きこまれても冷静でいられる。強みは速さと正確さで、腕力で劣るところを補っていた。

でも、そのどれ一つとして、クロスビーをうならせるにはいたらなかった。

顔をしかめ、一年後のクロスビーの画像をクリックした。草の茂る川岸にウィントンと立ち、自身が釣りあげたのだろう大きなバスを手に、得意げな笑みを浮かべている。後ろの木につなぎとめられて川面《かわも》に浮かんでいる木製の船の端からは、釣り道具の入った箱や釣り竿《ざお》がのぞいていた。

ウィントンは奇跡を起こしたらしい。

「間違いなくクロスビーだな」ケイドがいつもどおり、目の鋭さを発揮して言う。上の兄には、一目で細部まで見てとる才能があるのだ。

「え？」とぼけて言い、どうにかパソコンの画面から目を離した。「わたしになにか言った？」作業に没頭してしまうのはいつものことなので、兄たちが怪しむ理由はない。

それでも、ケイドの浮かべたかすかな笑みは、だまされないぞと告げていた。「なんの作業中だ？」

ごまかせるのもここまでか。いっそ正直に答えたほうが、めくらましになるかもしれない。「じつは、クロスビーを調べてるの」

「まだやってたのか」レイエスが言う。「もうあいつの歯ブラシの色まで知っちゃってるんじゃない？」

そこまで重症ではない――はず。マディソンは首を振った。「二週間前の強盗現場で顔を合わせてから、彼があの地域の個人店へのいやがらせを解決したか、気になってるの」

ケイドは無言で見つめるだけだった。

咳払いをして続けた。「それと、どうして刑事を辞めたのか不思議なの。それだけ」

「はいはい」レイエスがからかうように言った。「やつにお熱なんだろ」

かちんと来たのを抑えるのは容易ではなかったが、こう言うにとどめた。「ほんと、無神経よね」

レイエスが両眉をあげて返す。「お熱じゃないなら、なんなんだ?」

ケイドのほうは弟を無視して、ますますじっと妹を見つめた。「おまえのことだから、気持ちははっきり示したんだろうな」

そのせいで大失敗した。「わたしは〝簡単に落ちない女〟を演じるのが好きなの」

レイエスが大笑いした。「そんな役を演じてるつもりだったのか? おれには正反対に見えたけどな。わからないのは、なんでクロスビーが餌に食いつかないのか、だよ」

ケイドが弟をにらんだ。「食いついてほしいのか?」

レイエスは口を開き、ぱちんと閉じた。「言い方が悪かった」激しく首を振る。「参ったな、光景が頭から離れなくなった」

下の兄をからかおうと、マディソンは身を乗りだして尋ねた。「クロスビーがわたしに甘噛《あまが》みしてる光景? すてきね。絵に描いて見せてよ」

情景を追いだそうというのか、レイエスはこぶしで自分の頭をたたいた。「やめろ。さもないとあの刑事のところへ行って――」

「元刑事よ」

「──兄貴として話をしなくちゃいけなくなる──こぶしでな」

「そんなことしたら」マディソンはささやくように警告した。「ぼこぼこにするわよ」

「そう悪い考えでもないぞ」ケイドが言った。「少なくとも、話をすればお互いに──」

警戒心に貫かれた。「やめて」いくら兄たちが傲慢でも、そこまで過保護になられては困る。かわいい妹が、自分で自分の面倒を見られることは、わかっているはずだ。

「おまえには魅力があるんだから」レイエスが励ますように言った。「やつは舞いあがって喜ぶべきだ」

ようやく父が現れたので、マディソンは不満そうに言った。「パパ」幼いころからこうやって、代わりになにか言ってやってよと父に訴えてきたものだ。

「妹にかまうな」パリッシュ・マッケンジーが例のごとく、だれをも黙らせる口調で兄たちに命じた。父が席に着いたと同時に、バーナードがたっぷりの朝食を持って現れる。肉、スクランブルエッグ、フライドポテト、何種類ものパン。

南部料理は最高で、マッケンジー家の朝食は絶品だ。

バーナードが肩に手をのせて請け合った。「二人とも、すぐに口がいっぱいになって、妹をきーきー言わせるどころではなくなりますよ」

いやだ、わたし、きーきー言っていた？

バーナードが向かいに座り、兄二人をぎろりとにらんだ。「私の朝食を味わう気がない人からは、すぐさま皿を取りあげます」

ケイドは両手を掲げた。

レイエスはフォークを手にした。

兄たちはえらそうだし、過干渉でもあるけれど、けっしてばかではない。

「ありがとう、バーナード」マディソンはにこやかに言った。「いてくれてよかったわ。わたしたちにはもったいないくらいよ」

バーナードは嘆息した。「いかにも、そのとおり」

六十五歳のバーナードが一家と暮らすようになって二十年以上が経つ。家のなかを切り盛りし、助手として父を支えるばかりか、最高の料理人でもあって、洗練された高級料理から家庭料理まで、なんでも上手にこしらえる。なにより、いまではほぼ家族の一員だ。まあ、家族にしては少しばかり風変わりだけれど——というのも、バーナードはやたら礼儀を重んじるのだ。来客があるときは、とくに。長身で痩せていて銀髪で、もしやバットマンの執事のアルフレッドを真似ているのではと、マディソンは前から思っていた。

全員がなごやかに食べはじめたとき、父が驚きのひとことを発した。「このあいだ、クロスビー・アルバートソンと話をした」

その場に雷鳴のごとき衝撃が走った。

マディソンも兄たちも、いっせいに質問を浴びせた。

父が片手をあげて制する。「企業向けのセキュリティマネージャーに応募してきた」

なんですって？　クロスビーがわたしの父の下で働きたいと言ってきた？　黙っているなんて、ひどい。ちゃんと尋ねたのに――刑事を辞めたのなら今後はどうするつもりなのかと。

「いつのこと？」マディソンは詰問した。「どこの仕事？」父が保有する株は多く、投資先はさらに多い。「雇ったの？」

矢継ぎ早な質問にも動じることなく、父が言った。「応募してきたのは二週間と少し前、募集をかけていたのは〈コーナーストーンセキュリティ〉で、ああ、採用した」

ゆっくりと息を吐きだした。つまり、ウィントンの店での一件より前に採用されていたということ？　少なくとも〈コーナーストーン〉は父が経営する地元企業で、犯罪被害者を――なかでも人身取引の被害者を――支援する機動部隊《タスクフォース》と連携している。

つまり、クロスビーがコロラド州を離れることはない。

別にどうでもいいけれど。だって、向こうは興味がないとはっきり示したのだから。

落ちつきを取り戻してジュースを飲み、待った。訊きたい残りの質問は、どうせ兄二人がしてくれる。

一つめを投げかけたのはレイエスだった。「具体的には、どんな仕事をすることになるのかな？」

「可能なかぎり、定時で働きたいとのことだったから、いくつか調整した。大雑把《おおざっぱ》に言うと、企業やおれたちが助けている人々のためのセキュリティシステムを設計し、実際の保護にあたるスタッフを管理、訓練する。それから施設管理やリスク評価、突発的な事態にも対応する」

ケイドが口笛を鳴らした。「それ全部を一人で?」

父は肩をすくめた。「責任者だったジョーンズがそろそろ引退したいと言いだしてな。まあ、やつのやり方は少々時代遅れになりつつあったから、潮時だったんだろう。古くなったセキュリティシステムを最新のものにしたい。じつは、そこがクロスビーの得意分野の一つだった。ほかはおれが監督していたんだが、クロスビーと話をしてみて、あの男が気に入った。いや、信頼できると思った。彼になら任せられるだろう」

マディソンは内心、にっこりした。なにしろ入念な調査をしてみてクロスビーは信頼に値すると宣言したのは、ほかならぬわたしだ。けれど家族の手前、顔は無表情を保った。

「働くのはいつから?」レイエスが尋ねる。

「月曜からだ」父が言い、携帯電話をちらりと見た。「三十分後に会って全体的な話をすることになっている」

「父さんが会社まで出向くのか?」ケイドが尋ねた。

父は皿に目を落としたまま、首を振った。「クロスビーがここへ来る」

ふたたびの衝撃に全員が静まり返った。一般論として、父のこの屋敷は部外者立ち入り禁止だ。たしかにケイドはスターリングを連れてきたし、レイエスもケネディを連れてきた。とはいえ、どちらもそれぞれと結婚したし、どちらの女性もいずれ家族になることは、マディソンも父もごく初期の段階でぴんときた。一緒にいるところを見れば訊くまでもなかったのだ。少なくとも兄たちの場合は、愛はわかりやすかった。

だけど、クロスビー？　もし父が縁結びをしようとしているのなら――信じられない話だけれど――待っているのは失望だ。

家族とクロスビーはこれまで良好な関係だったわけではないし、クロスビーはわたしを好きですらない。「一つはっきりさせておいたほうがいいかもね」

バーナードが席を立ち、空いた皿を片づけはじめた。レイエスは最後のポテトをつまみ、ケイドはトーストをもう一枚、取った。

父はコーヒーのおかわりをついだ。

全員が待っている。

なんだかそわそわしてきたが、そんなのはわたしらしくないと、どうにか抑えた。「もしもみんなのなかに考えてる人がいるなら、その、クロスビーとわたしが……つまり彼が……」ああもう。どんな言葉を使えばいいのかわからない。ふうっと息を吐きだして、正直に言った。「たしかに、わたしは彼を追いまわしてた。だけど向こうはまったく興味がないそうだから、今後の展開はないわ」

「本当なのか？」ケイドが尋ねた。

「そう。彼と長期的な関係になることはないから、ここへ招く必要もない」

「あいつ、まじでおまえをふったの？」レイエスの口調は、理解できないと言いたげだ。

妹をそこまで高く評価してくれているなんて、心が温まる。つい笑みが浮かんだ。「交際を申しこんだわけじゃないから、厳密には違う。でも、わたしの気持ちには応えられないって、はっきり示してくれた」

ケイドが首を振りながら言った。「男がたまにぼんくらになることは知ってるよな？」

「兄さんはならない」

ケイドがにやりとした。「ああ。だがレイエスは最初のうち、ケネディへの気持ちをこれでもかと否定して――」

「違うね」レイエスが口を挟んだ。「否定してたのはケネディのほうだね」

父が黙れと目で命じた。少なくとも父は、わたしがどんな気分になったかを察してくれたらしい。兄はどちらも、求める女性を追いかけた。それはつまり、クロスビーにはわたしとの距離を縮めたいという思いがないことの証明になる。今回の仕事に応募してきたのは、一家との関係ゆえではなく、むしろ関係があってもなお、なのだろう。

できるだけ無関心を装いつつ、ノートパソコンを閉じて立ちあがった。「自分の家に帰るわ。今日の午後はやることがたくさんあるの」

ケイドがこちらを見ながら自身も立ちあがった。「マディソン――」

父が二人とも待てと手で制した。まずはケイドに問う。「ネイルサロンのほうはどうなっている？」

「おととい、スターが客として訪ねた。念のため、そのあいだおれは向かいの質屋で待機していた」

スターというのはケイドの妻で、ケイド以外はスターリングと呼んでいる。一人でもじゅうぶん立派な戦力だが、兄が近くに控えていた理由はよくわかった。もしも火急の危機に瀕《ひん》している人が見つかったら、スターリングは迷わずその店を破壊していただろうからだ。

「彼女、なにか怪しいことに気づいた？」マディソンは尋ねた。一家が問題のネイルサロンに疑念をいだいて一カ月ほどになる。あいにく小さなしけた店なので、およそ防犯設備のようなものはなく、付近にも防犯カメラはない。店にある唯一のパソコンは出納管理をしているだけだ。

「ああ。奥のドアが開いたとき、毛布一枚で床の上に寝ている女の子が二人、見えたそうだ。店の女性が激怒して、すぐにそのドアを閉じたらしい」

胸がよじれた。

「ただの強制労働かもしれないな」レイエスはうなるように言ったが、当事者にとっては、〝ただの〟ではない。ろくな給金ももらえないまま、劣悪な環境で延々と働かされるのは地獄そのものだからだ――終わりが見えないなら、とくに。それでも、セックスのために売られるほうが間違いなく悪い。

ケイドの妻もレイエスの妻も、その苦い恐怖を身をもって知っている。スターリングのほうは、被害者を救出して復讐《ふくしゅう》を果たすため一家の事業に加わったが、レイエスの妻のケネディは別の道をたどった。ハイスクールやカレッジで講演をしては、若い世代に役立つ情報を与え、自身の経験をもとに執筆したベストセラー本では、なにに注意すべきか、どうやって逃げるか――あるいは、せめて生き延びるか――を詳細に語っている。

部屋におりた影がマディソンの胸の奥まで浸透した。どうにか笑みを浮かべて、言った。

「それじゃあまた、夕食で」

マディソンが暮らす小さな家も父が所有する敷地内にあり、斜面を少しくだった入り口近くに位置している。この屋敷のキッチンに収まってしまう大きさだが、心地よいコンパクトさが気に入っていた。

一人きりになれるところも。

出ていこうと背を向けたとき、レイエスが鶏の鳴き真似をした。

背筋がこわばった。わたしを臆病者《チキン》だと言いたいの？

歯を食いしばり、どやしつけようとして振り返ると、満面の笑みが待っていた。

「もう一度やってみなさいよ」ささやくように言う。「ほら」

「いいや、やめとく。おまえにはスパーリングにつき合ってほしいからね。もうケイドはほとんどスターリングとしか手合わせしなくなったからさ」

ケイドとスターリングはいまだに蜜月を過ごしている。見つけられるかぎりの口実を見つけて一緒にいるし、スパーリングも例外ではないのだ。そのうち以前のように、レイエスと定期的に手合わせするようになるだろうけれど。

ケイドが目を狭めた。「いつでもやるぞ、弟よ」

「いまは？」

ケイドが即座に返した。「いま以外なら」

レイエスがまたこちらを向いて、両手を差しだした。「というわけだから、頼むよ、マディソン。どんな作業があるにせよ、一、二時間なら先送りにできるだろ？」

父は無言でコーヒーを飲んでいる。バーナードは口笛を吹きながら皿を食器洗浄機に入れはじめた。もう！　クロスビーが来たときにはここにいたくないのに。

臆病者だからではない。そうではなくて……純粋に、いたくないだけ。

「この家はでかい」レイエスが言う。「スターリングはホテル並みだって言ってるし、ケネディはリッジトレイルの町全体がここに収まるって断言してる。だからおまえも我慢できるだろ、たとえ同じ家のなかに──」

好戦的に一歩前に出ると、また父が口を挟んだ。

「下でやれ、二人とも」マディソンに向けてつけ足す。「フラストレーションを活用しろ。ただし、支配されるな」

「わかってます」いつだって冷静でいなくては。「でも、そこに気をつける必要がある？」

ケイドもレイエスもわたし相手には手加減するのに」

「今回は手加減なしだ」父の宣言に、ケイドとレイエスとバーナードの三人ともが眉をひそめた。「重傷は負わせるな。だが、上達するには乗り越えるべき壁が必要だ」

さすがにレイエスも居心地が悪そうな顔になった。「おれのほうが四十キロ以上、重いんだぞ」

たしかに。身長はレイエスの百九十八センチに対して十センチほどしか引けをとらないが、全身が固い筋肉の兄と違って、こちらはスリムだ。引き締まってはいるけれど、兄たちのような厚みも強さもない。

「いつかマディソンもおまえのような体格の男と対峙《たいじ》することになるかもしれない。そのときのために対処法を知っておいたほうがいい」

マディソンはつかの間、クロスビーのことを忘れて、下の兄ににんまりしてみせた。

「なんだか楽しくなりそう」

レイエスはぶつくさ言いながら、ジムその他がある下の階へつながる階段のほうに歩きだした。

「ゆっくり見物していけたらいいんだが」そう言って近づいてきたケイドが、めずらしく愛情を示して、妹のひたいにキスをした。「手加減してやれ」

マディソンは笑った。「その心配はいらないんじゃない？」

「いるさ。おまえにあざができたら、おまえよりあいつのほうが苦しむことはわかってる」

たしかに。

ケイドを玄関まで見送ってから、下に向かった。下の階には三人それぞれの続き部屋があるものの、使うのは緊急事態のときだけだ。父はあらゆる不測の事態に備えておきたいタイプだし、襲撃をかわすために安全な場所が必要になったとき、山中のこの屋敷はまさに砦《とりで》として機能する。最新式の防犯設備や、専用の衛星回線と電話回線だけでなく、立派な武器庫と数カ月はもつ弾薬まで揃《そろ》っているのだ。

包囲戦にも耐えられるだろう――まあ、そんな事態に陥るとは思えないが。

頭の半分はスパーリングを楽しみに、残りの半分ではクロスビーを夢想しながら、急ぎ足で自身の続き部屋に入った。寝室に駆けこみ、体にフィットするショートパンツとタンクトップをすばやく見つける。バスルームに移動し、頭をさっと前に振って髪をまとめ、ヘアゴムでポニーテールに結わえた。

ベッドの端に腰かけて、柔軟性の高い軽量のシューズを履く。目の届かないところへ置くことがほぼないノートパソコンをふたたび手にしてジムに入っていくと、下の兄がショートパンツ一枚で、もどかしげにマットのそばを行ったり来たりしていた。すでに防具を装着しており、同じセットを用意してくれている。

じゃあ、始めましょうか。


前に一度、訪れたことのあるレイエスのログハウスはなかなかみごとだったが、これは……。クロスビーは言葉を失った。

最初は道を間違えたのかと思った。まさかこの山肌に広がる石とレンガ造りの巨大な建造物が、一軒の家なわけはない。とはいえ、パリッシュ・マッケンジーが大金持ちだということは知っている。マディソンほどの才能はなくても、この一家については調査をしてきたので、あまたの事業や信じがたいほどの財産、さまざまな慈善事業のことは把握していた。

それでもこの一家を嫌いでいたかった。彼らが平然と一線を越える人々だと、警察官として知っていたからだ。なお不穏なことに、一線を越えても免責されているらしいと。

パリッシュ・マッケンジーはあちこちにコネがある――ビジネス業界にも、政界にも、地元警察にも。どうやら、正しい人間にじゅうぶん親切にすると、莫大《ばくだい》な見返りが得られるようだ。

まあ、その〝親切〟がいいものであることはわかった。市民に奉仕する警察官が日々、おこなっているのと同じような。違うのは、警察官はときどき失敗するが、マッケンジー家はかならず成功する点だろう。

そういうすべてを知ってみて、その一部になりたいと思うまでになった。

問題は――当然ながら――マディソンだ。

あの女性には、賢明でないほど惹《ひ》かれてしまう。この状況で、マディソンのような女性――パリッシュの一人娘にして、ケイドとレイエスの妹――と距離を縮めるのは無謀でしかない。それなのに、気がつけばそのことを考えている始末だった。

彼女はこちらのしたことを理解してくれるだろうか？　おそらく。できれば早急に答えを知りたい。なにしろ、ウィントンの店を去っていく姿が頭にこびりついて離れないのだ。臆せず率先して動くさまには、魅了される。しかし拒まれて傷ついたさまには……腹を殴られた気分になった。そうして腹に一発食らったまま、この気まずい関係をどうにかするまでは、満足に立っていられそうになかった。

車で山道をのぼっていく途中、小さめの家を見つけたので、速度を落として眺めてみた。これみよがしというより風情のある一軒で、心地よく山にいだかれているように見える。

いまは落葉した背の高い木々に囲まれ、後ろには小川が流れていた。直感で、マディソンが住んでいるのだとわかった。興味深い。

非常に。

今日、彼女は同席するだろうか？　それともいま現在、あの小さな家にいる？　眺めているところを見つかるかもしれないと思って、また車を走らせた。マディソンが父親の家にいたとしても、対処できる。お互い大人だし、パリッシュ・マッケンジーの提供する仕事は、逃すには惜しい。追加の報酬に、文句なしの福利厚生、納得できる労働時間とあって、これまで以上にシルヴァーを支えられるはずだ。

ハリーのことも。

悩ましい思いを抱えつつ、あちこちの防犯カメラを数えながら——簡単に見つけられただけでも二十個——曲がりくねった道を進んだ。途中、巨大な石やそびえるようなポプラやごつごつした地面を目にして、ＳＵＶで来てよかったと思う。マディソンにセダンを批判されたことはまったく関係ない。相変わらず天候がひどいので、シルヴァーは出かけないことにし、頑丈なほうのこの車が必要ではなくなったのだ。

背の高い鉄製の門が見えてきたので、パリッシュに到着を知らせるべく、ブザーかなにかを探したものの、防犯カメラが仕事をしたのだろう、門はひとりでに大きく開いて、こちらが通り抜けるまで待っていてくれた。

前方に巨大な石柱が見えてくる。柱が支えるのは弧を描く大屋根で、二階の広々としたデッキにひさしを設けていた。床から天井まで届く窓が陽光を受けてきらめき、雪をかぶった景色を映していた。

豪邸のなかにいようと外にいようと、どの季節だろうと、山の眺めは壮観だろう。

広い玄関前に車を寄せて、どこに停めたものかと迷った。場所ならたっぷりあるし、停まっている車は数台——うち一台はマディソンのもの——だが、前方には滑稽なほどの駐車区画がある。マディソンの車のとなりに寄せたとき、ばかでかい玄関ドアが開いて、長身に銀髪の男性が現れた。その男性が、世界中どこでも〝止まれ〟を意味するかたちで、片手をあげる。

ＳＵＶのギアをパーキングに入れて車からおり、ルーフ越しに呼びかけた。「クロスビー・アルバートソンです。ミスター・マッケンジーは——」

「ええ、全員でお待ちしていました」

礼儀正しいもの言いに面食らった。それに、全員で、とはどういう意味だ？

かつがれているのかと訝《いぶか》りつつ、クロスビーは尋ねた。「車はどこに停めたらいいだろうか?」

「そちらでけっこうです、サー」

3

サー? あらためて銀髪の紳士を見つめ、執事かなにかだろうかと考えた。家の大きさを思えば驚くにはあたらないが、本物の執事に会ったことがないので判別がつかなかった。

「わかった。ありがとう」エンジンを切ってロックをかけ、玄関に向かった。

遠くから見たこの家は大きかったが、近づいてみると巨大そのものだった。先ほど気づいたデッキは頭上六メートルほどにあるので、つまり一階の天井はぎょっとするほど高いということだ。敷地内のいたるところにある防犯灯のおかげで、夜間でもきっと明るいのだろう。

そういえば、私道のこの部分や駐車スペース、縁石の角や玄関まで続く丸石敷きの歩道には雪がない。どういうわけかと周囲に目を走らせて、センサーを見つけた。なるほど、電熱で雪を溶かしているのか。

これぞ贅沢《ぜいたく》。

銀髪の紳士が玄関口から告げた。「ミスター・マッケンジーは書斎でお待ちです。ご案内しましょう」

「頼む」堅苦しさに少しばかり閉口しつつ、言った。ひとたび家のなかに入ると、ぽかんとして見まわしたいのをぐっとこらえて、ちらちら見るにとどめた。まるで美術館に足を踏み入れたようだ。ケイドとレイエスの実家だとは、にわかに信じがたい。あの兄弟は、危険な香りを漂わせているとはいえ、ふつうの男だ。それがここまでの特権を有していたとは。

そしてマディソン。幼いころはこの広い廊下を走りまわって、高い天井に響く自分の声を聞いていたのか？　磨き抜かれた廊下で滑って転んだ？　一つ一つの部屋で隠れん坊をして遊んだ？

父親を見つけるのに一時間かかった？

先に立って歩いていた銀髪の紳士が、ついに両開きドアの前で足を止め、言った。「アルバートソン刑事がお見えです」

「もう刑事では」クロスビーは訂正し、銀髪の紳士を迂回して前に出た。

パリッシュが机の向こうで立ちあがった。「執事のバーナードにはもう会ったようだな」

「やはり執事でしたか」

「本人がそうなりたいときは執事だが」パリッシュがからかうような顔でバーナードを見た。「すばらしい料理人でもある」

「恐れ入ります」バーナードが言い、あごをあげた。

「まずまずの助手でもあり――」

「最高の助手です」バーナードが口を挟んだ。

「――忘れてならん、猫愛好家」

「キメラは特別です。ご存じでしょう」

どう受け止めたらいいのかわからなくて、二人を見比べた。「そのすべて?」

パリッシュが笑顔で言った。「長いつき合いの友人で、家族同然で、彼なしではわれわれは立ち行かない」

バーナードが堅苦しさを忘れてにやりとした。「おっしゃるとおり。しかし私はどこへも行きませんから、ご安心を」クロスビーに尋ねる。「なにかお飲み物は? コーヒーかコーラか、アイスティーか。温かい紅茶がおすすめですよ。小さな磁器のティーポットでお出ししたいところですが、さすがにそれは執事ごっこが過ぎますな」

ゆっくり笑みを浮かべて返した。「全部〝ごっこ〟だった?」

バーナードは肩をすくめてドア枠に寄りかかった。「表の顔は大事です」

「キメラがいるときは別だ」パリッシュが言う。「あの猫の前では、こいつはめろめろになる」

「それと、子どもたちにも少し弱いですね」バーナードが部屋のなかに入ってきた。「ケイドはとてもきちんとしているので、彼の前ではとっておきの気取った顔をして楽しませてもらっています」

否定できなかった。ケイドは鉄の意志の持ち主で、あれほど冷静な男には会ったことがないくらいだ。武装した男三人を前にしても、うろたえることさえないだろう。

「レイエスはあらゆる手を尽くして私を苛立たせます」

「ブランチのときにビールを飲みたいと言ったりしてな」パリッシュが口を添えた。

バーナードは懐かしげにほほえんだ。「昔から、小さな悪魔なんです」

レイエス・マッケンジーに〝小さな〟ところなどない。兄弟はどちらも父親譲りの高身長だし、ケイドのほうは父親さえしのぎそうだ。

一家のこうした一面をのぞくのは愉快だった。厳しい訓練ではなく、ぬくもりを感じさせる一面。もちろん、それでどこにでもいるふつうの家族だと思いこんだりはしない。だとしても、彼らの人生はワークアウトと射撃練習一色ではなかったということだ。

しかし、ここにいたっても二人がマディソンに言及しないので、徐々に笑みが薄れてきた。どういうことだ？　パリッシュには子どもが三人いるのに、そのうちの一人が女性だからというだけでおろそかにされるのは気に入らない。

そんなことを思っていたとき、ついにパリッシュの声がやさしくなった。「マディソンはバーナードを意のままにしている」

無意識のうちに神経が研ぎすまされ、もっと聞きたいと騒いだ。

バーナードの顔にもやさしい表情が宿る。「坊やたちに勝るとも劣らぬうぬぼれ屋ですが、独特な色がありますね」

必殺のスキルを備えた男たちが〝坊や〟呼ばわりされるのは愉快だった。

「誤解しないでくれ。たしかに娘は個性的で意志も強いが、やさしく《ソフト》て穏やかな面もある」

ああ、それはすぐに気づいたし、いまでは忘れられる気がしない。「ケイドとレイエスにはそういう面がないと？」マディソンのやわらかさ《ソフト》から頭を切り離したくて、尋ねた。

「二人がそれぞれの妻と出会う前なら、それは難しい質問だっただろう。だがいまでは自信をもって、あると答えられる——たいていの人間にはわからないだろうが」パリッシュが言い、手で椅子を示して座るようながしてから、自身も机の奥の椅子にふたたび腰かけた。

「飲み物はどうしましょう？」バーナードが言う。

「アイスティーをもらえるかな」クロスビーは言った。「ありがとう」

全能の指揮官さながらに、パリッシュが机の上で両手を重ねた。「食事はいらないか？」いまは朝食後でランチには早すぎる。うなずいて答えた。「ええ、ありがとうございます」

バーナードが出ていき、パリッシュは椅子の背にもたれた。「言うまでもないが、この家は外界から完全に遮断されている。招かれもしないのにここへ来ようとする者は、だれであれ、ただちに排除される。しかし、きみにはオペレーションの一部を見せておきたかった。おれがなにを守っているのか、正確に知っておいてもらえるように」

好奇心が募った。「感謝します」

「おれの下で――おれとともに――働くのであれば、われわれのオペレーションを理解しておくことが重要だ」

「同感です」

もう長いあいだ、一家が法的な事柄に介入してくるのを苦々しく思っていた。

が、それも一家の成功をカウントしはじめるまでのことだった。

獄中に放りこめた人身取引加害者どもの数。解放できた女性、男性、子どもの数。

そうした成功に異を唱えることはできなかった。

もちろん法は大事だ。自身が境界線を越えるところは想像できない。だが、もっとも重要なのは被害者に真の庇護《ひご》を与えることで、マッケンジー家がやっているのはまさにそれだった。

バーナードが供してくれたアイスティーを飲みながら、タスクフォース事業について細かに話し合い、被害者の回復を支えるための安全な居場所のことも聞いた。その特別な目的のために、パリッシュは立派なホテルを購入し、リフォームしたという。

この人物がとりくむ慈善行為の幅広さには圧倒される。この一家ほど心血をそそいでいる人も組織も、ほかに知らない。

パリッシュがやや遠くを見るような目で、感慨深そうに言った。「なぜこの道をたどるようになったのか、説明するべきだろうな」

数カ月前、マディソンから一家の過去と母親を亡くしたことについて少し聞かされていた。こちらの疑念を薄れさせる必要から、やむなく教えてくれたのだ。とはいえ家族を守るため、与えられた情報は選び抜かれていて、こちらの理解を得るに足るだけのものだったが。

あのときは話を聞いて、一家全員に——なかでもマディソンに——同情したものの、結果、彼らがやっていることへの興味をますますあおられた。いま、なにか大きなことを知ろうとしているという予感がした。「正直、ずっと知りたかった」

「だろうな。きみは警察官だ」

「もう違います」訂正した。

パリッシュは小さく首を振った。「いいや。きみは警察組織を離れたかもしれないが、心は永遠に警察官だ」

たしかに。なぜならいまも悪を正したいし、民間人を守りたいし、悪党をつかまえたい。譲歩のしるしに肩をすくめた。

パリッシュが目を見て語りはじめた。「マリアンはおれの愛した女性で、子どもたちの母親だった。ケイドのことは産んでいないが、一緒にいるところを見てもそれとわかりはしなかっただろう」

まったく知らなかった。つまりケイドは、レイエスとマディソンとは半分しか血がつながっていない？「マリアンと出会ったときにはもうケイドはいたんですね」

パリッシュはかすかにうなずいた。「過ちとは言わないが、おれたちはまだ若くて、ケイドの母親は責任を背負う準備ができていなかった。息子を差しだされて、おれは引き受けた」つかの間、口元に誇らしげな笑みが浮かんだ。「一瞬も後悔したことはない。そしてマリアンは……一目であの子を愛した。レイエスとはほんの二歳違い。マディソンとは六歳」

「つまり、家族だったんですね」簡潔に言った。ずっとそう感じてきた。すべてを決めるのは血ではない。愛だ。

パリッシュの声が低くなった。「ある日、マリアンが連れ去られた」

その悲劇はすでにマディソンから聞いているなどと、とても言えなかったので、ただこう返した。「お気の毒に」

「金ですべては買えない。そうでなければマリアンはいまもおれのそばにいる。だが、金があれば最高を揃えることはできる。最高の探偵、最高の追跡者、悪と戦うにあたって最高の人間を」椅子を後ろに引いて、何度か呼吸をくり返した。

パリッシュがこの話をすることはめったにないのだろう。もしかしたら今回が初めてかもしれない。娘のマディソンは、話したくなったときに話せてきただろうか？　おそらくは、ノー。あの日、話してくれてよかったと思うが、彼女の告白がどれだけの意味をもつのか、知っていればと悔やまれた。こちらの気をそらすためとにらんでいたが、とんだ思い違いだったかもしれない。

「マリアンを見つけるために、おれはあらゆることをした」パリッシュが言いながら立ちあがる。「ときには冷酷なことも。命に関わることも」視線が鋭くなり、あごがこわばった。「おれが雇ったチームはマリアンを見つける前に人身取引組織をいくつか暴いた。答えを聞きだすためなら何本でも骨を折った、と言っても理解してくれるだろうな」

これには居心地が悪くなってきて、うなじをさすった。居心地悪さの理由のほとんどは、愛する人のためなら自分も同じことをしただろうとわかっているからだ。「彼女を連れ戻すことができたなら、そのやり方は機能したということでしょう」

パリッシュは長いあいだ無言だったが、やがてまた口を開いた。「彼女を見つけて家に連れ帰った日から一年後、マリアンはみずから命を絶った。過去の痛みに耐えきれなかった」

静寂が広がり、緊張感が募った。記憶がどっと押し寄せてきて、もしもあの日あのとき、自分があの場にいなかったら、いったいどうなっていたかという思いを連れてくる。マリアンがくぐり抜けたのと同じ目に遭っていい人などいない。パリッシュがいまだ味わっているのと同じ思いをしていい人も。

言えることは一つしかなかった。「わかります」

「わかってくれると思っていた」パリッシュが机の角に腰をあずけた。「マリアンは短い手紙を遺《のこ》していった。家族みんなを愛している、ごめんなさいと」目を見て続けた。「そして、自分が強いられたようなことをほかの女性が経験しなくて済むように、できるかぎりのことをしてほしい、と」妙なことに、パリッシュは小さくほほえんだ。「おれをよくわかっている女性だった。残虐な行為に対してなにかしら手を打てとおれの尻をたたけば、目的を与えられる、悲しみを切り抜ける手段になると考えたんだろう。持っている金とリソースを組み合わせればどこまでのことができるか、おれはすでに一度、経験していた」

「すばらしいことです」百パーセント、本心だった。

「子どもたちにも同じことを望んだ」パリッシュが言葉を止めて首を振った。「いざとなったらあの子たちが自分で自分の身を守れると、ほかの人も守れると、知っておく必要があった。マリアンに起きたのだから、だれにでも起こりうる。社会的な地位も、莫大な財産も、マリアンを守れはしなかった。どれだけの愛も」

息をするのが難しくなってきた。マリアンを捜索するあいだ、パリッシュが味わった苦悩は計り知れない。生死がわからず、どれほど怪我《けが》しているかも知れない状態で。

両手をこぶしに握った。せっかく見つけだしたのに、失ってしまうとは――

ああ、理解できるとも。愛する人を守るためなら、あらゆる手を尽くす。

「おれは最高の指導者のもとで訓練し」パリッシュが続けた。「子どもたちはそのおれが指導した。学んだことはすべて子どもたちにも知っておいてほしかった」

なぜ急にそれが正解に思えてきたのだろう？　いまこの瞬間まで、マディソンの生い立ちを苦々しく思っていた。あまりにも訓練一辺倒で、生きることより報復に重きを置きすぎだとみなしていた。小さな女の子が手に入れてしかるべきものをいくつも逃してきたのではと案じていたが、いまでは。

いまでは、彼女はたいていの人には不可能なかたちで自衛できるとわかった。考えなおすべきかもしれない、シルヴァーのことを……ハリーのことも。「エリート集団を作ったんですね、あなたとお子さんたちで。そしていまは、他者を守るためにできることをしている」

「おぞましい部分を省いたみごとな要約だな。実際、クロスビー、おぞましい展開にもなりうることは知っておいてくれ」

なりえた、ではなく、なりうる――つまり、いまも同じ手段を用いているということだ。「要約からは厳しい訓練の日々も省かれていますが、だいたいのところはわかってきました」代償なしに得られるものはない。この一家は多くを失い、結果、多くを与えてきた。だれにでもできることではない。

パリッシュが姿勢を正した。「理解してもらえてよかった。さて、そろそろ案内しようか」

「家のなかを、ですか？」

「ここはただの家ではない。人生の進路を変更する前、おれは優秀な外科医だった。まあ、変更したのは状況に迫られて、だったが」先に立って書斎を出ていく。「ここには完全な設備を整えた手術室を用意しているが、ジムもあるし、屋内射撃練習場、プール二つに、武器庫――」

「武器庫？」説明に驚くあまり、通り過ぎるいくつもの部屋の豪華ささえ目に入らないほどだった。

「レイエスとマディソンがスパーリング中だから、ジムは最後にしよう」

くそっ。いまの言葉で、見学ツアーのあいだじゅう、気もそぞろになることは保証された。

というより、パリッシュはそれを狙って言ったようにも感じられた。なぜだ？　一人娘に近づいてほしいと思っているわけはないのに。

いや、もしも近づいてほしいと思っているとしたら？　それなら、彼女を遠ざけるいちばんの理由が消える。

家はどこまでも続いているかに見えた。間取りを知っておくために、ケイド、レイエス、マディソンそれぞれの続き部屋はほんの少しのぞかせてもらうにとどめたが、パリッシュの説明によると、デザインには三人独自の好みが反映されているという。

マディソンの部屋はしゃれていながら派手さはない。本人と同じく。

白状すると、ケイドとレイエスの部屋については豪華であるということ以外、ほとんど印象に残らなかった。

そしていよいよ武器庫……これには度肝を抜かれた。これほど種類豊富な武器を見たことがあっただろうか。ストリートレベルのものから軍レベルのものまで、よりどりみどりだ。もはや感動すら覚えた。

パリッシュと友好的に会話をしながら廊下を歩いていたとき、前方の部屋からうなり声が聞こえた。

「あそこがジムだ」パリッシュが言う。「マディソンとレイエスはまだトレーニングしているようだな」

興味を引かれて、音のほうに歩み寄った。こちらは空気が濃密で温かく、さわやかな汗と消毒剤のにおいがする。静かにとなりを歩くパリッシュのことが意識から薄れた。

「もやもやをおれにぶつけるなよ」レイエスが言う。

「もやもやなんてしてません」マディソンの声に続いて、革を蹴るような音が響いた。

「嘘つけ。あのかわいい刑事が欲しいのに向こうが相手をしてくれないから、おれをぶちのめすことにしたんだろ」

体が凍りついた。パリッシュのほうは平然と歩きつづけたので、二歩、後れをとった。かわいい刑事、だと？　それはもしや……。

獰猛な女性のうなり声が響き、ひとしきり殴る音が続いた。

レイエスの笑い声。「ほらみろ」

「クロスビーは〝かわいい〟んじゃないの」マディソンが息を弾ませて言う。「ゴージャスなの」

やはり自分が話題だったかと、耳が熱くなるのを感じた。勘弁してくれ、マディソン。ちらりとパリッシュを見ると、彼女の父親はかろうじて笑いをこらえているようだった。

だからあの女性との距離を縮めるべきではないのだ。マディソン・マッケンジーは後先を考えずにものを言う。少なくとも、こちらの知るかぎりではそうだ。何度となく、予期せぬことで驚かされてきた。

そしてマディソンは、常に予期せぬことだらけ。

パリッシュはなにも言わないが、ジムへ向かう足も止めない。それどころか、一緒に来いとうながしているかに思える。

果たしてその真意は？　励まし？　それともある種のテスト？

「おれは、向こうも興味ありってほうに賭けるね」レイエスの息も弾んでおり、まるでパンチをかわしているようだ。

「だったらその賭けは兄さんの負け」

そんなことはない、としかめっ面で思った。だが、興味があるのと乗り気なのとでは別物だ。

「やつは怖がってるだけさ。ちょっと手を緩めてやれって」

「わたしが怖い、お兄さま？」

入り口まで来てみると、ちょうどマディソンが立てつづけにすばやい左、右をレイエスに食らわせるところだった。おもしろいことに、レイエスはさがってパンチをかわした――と思うや、妹を転ばせて顔面からマットに倒れさせた。マディソンがすぐさま仰向けになる。

「もやもやを抱えてるせいで気が散ってるな」レイエスが指摘した。「クロスビーだけが男じゃないぞ。相手がほしいなら探しに行けよ」

「黙って、レイエス」兄がそれ以上、かかってこないので、マディソンはヘッドギアをむしり取り、その場に寝転がったまま天井を見つめた。

「いい考えだ」声をあげて前に出たクロスビーに、全員の視線が集まった。「黙れ、レイエス」

近づきすぎる前にマディソンがこちらを向いて、怖い顔で警告した。「底の固い靴でマットにあがらないで」

へりで止まり、床の上のマディソンを眺めた。まっすぐ伸ばした脚はVの字を描き、両腕はだらりと脇に休んでいる。「大丈夫か？」

「は！」

レイエスが鼻で笑った。「妹が言いたいのは、あざをつけられたのはおれのほうだってこと」

頭を殴ってやろうかとレイエスを見ると……彼の顔には笑みが浮かんでいた。

「わたしのほうが強いみたいな言い方はよして」マディソンが両腕を後ろに伸ばし、両手のひらをマットに当てて上体を起こした。「まだ手加減して、二十六歳のわたしを十二歳扱いするんだから。本気でやってくれないなら、どうして上達できるっていうの？」

レイエスは片方の肩を回した。「ごめんって。しかたないんだ。おまえとのスパーリングは、ケイドなら兄さんをノックアウトしてるものね」

「ケイド相手とは違う」

レイエスの笑みが広がった。「おまえもやろうとしただろ？」

兄妹の会話はほとんど耳に入ってこなかった。意識はマディソンにからめ取られていた。全身汗ばんで、高い位置でまとめたポニーテールは乱れ、トップスは呼吸のたびに上下する胸にへばりついている。

そのマディソンが苛立ちもあらわに鋭い目をこちらに向けた。「ここでなにしてるのかしら？」

きみを目で味わっている。いや、絶対にそれは言えない。とりわけ、きみの父親と兄の前では。「パリッシュに家のなかを案内してもらっていた」

「仕事に関係ある場所を、でしょう？　ジムは関係ないわ――あなたには」身軽な動き一つで立ちあがり、指なし手袋のホックを歯ではずした。

防戦モードに入って腕組みをし、あざけるような笑みを浮かべた。「きみたちに噂話をされていると知っていたら、避けて通っていた」

マディソンが棚に用意されたタオルのほうへ歩み寄り、一枚を取った。「噂話をしてたのは、おばかな兄だけよ」

「おい」レイエスが言う。「おれは力になろうとしてたんだぞ」

こたえた。

「ひどい助言で？」クロスビーは指摘した。しかも、かわいい刑事とまで呼んだ。あれは

マディソンがとげとげしい笑みを兄に向けた。「悪気がないのだけはわかってる」続いて父のほうを向く。「可能なかぎりの訓練を積ませたいなら、わたしを妹じゃなく対等な相手として見るよう、パパから言ってよ」

パリッシュはうなずいた。「レイエス、少し話がある」そしてジムの奥のほうへ歩きだした。

レイエスはうめいたが、あとに従った。

マディソンはこちらを見向きもせずに、ジムから出ていった。

パリッシュとレイエスがもう話しこんでいるのを見て、彼女のあとを追いたい衝動に身を任せた。「おい」

ジムのすぐ外でマディソンが足を止めた。「なに？」

気のない態度にだまされるものか。マディソンのことならもうかなりわかってきたので、いまはプライドで動いているのもわかった。「ちょっといいか」

「わたしの汗が気にならないなら」

それで引きさがると思ったか？　むしろいいにおいだ。熱くて官能的で――ちょうどセックスしたばかりの女性のようで。

やめろ。

なにを言えばいいのかわからなくなり、面と向き合ったまま立ち尽くした。この女性には相反する感情を引き起こされてばかりで調子が狂うが、このままではよくないのもわかっていた。「きみにとっては問題か、私がお父さんの下で働くことは？」

「どうしてそうなるの？」

なるほど。プライドだけではなく傷心にも動かされているらしい。片手で顔をさすってから言った。「このあいだの私は、あまり――」

「なに？」あごをあげて言う。「あまり配慮が足らなかった？　かまわないわよ、思ったままを言ってくれる人のほうがいいもの。そのほうがいろいろ楽になるから」

「お兄さんの言うとおりだったとしたら？」くそっ。いまのは言うつもりではなかったのに。

マディソンがやわらかそうなタオルでのどと胸元を拭きながら、ひたと目を見た。「言うとおりって、なにが？」

「興味があるかどうかについて」

喧嘩腰《けんかごし》の態度は変わらなかった。「あら、いまさら興味が出てきたの？」

振り返ったが、パリッシュとレイエスは移動したらしく、どちらの姿も見えなかった。

「パパの仕事がほしいから、わたしとおしゃべりしてるわけ？」

「なんだと？」ばかげた言いがかりにむっとして、眉間にしわを寄せた――直後に、数カ月前、彼女にキスされたときに似たような言いがかりをつけたことを思い出した。当時はマディソンの父親と兄たちに信頼されておらず、彼女がそんな真似をしたのはこちらの情報を引きだすためだと思ったのだ。顔をしかめて言った。「いまのは自分が招いたことだな」

「それ、謝ってるの？」

「ああ」

驚いたことに、マディソンは一拍後、うなずいた。「ねえ、気づいてる？　パパたちは縁結びをしようとしてるのよ。だからこうしてわたしたちが話してるあいだ、ああやって延々しゃべりこんでるわけ」天を仰ぎ、言った。「笑えるわよね」そしてくるりと向きを変え、すたすたと行ってしまった。

クロスビーは床に足を固定してそのまま彼女を行かせようとしたが、無理だった。長い脚で、三歩で追いついた。「どこへ行く？」

「自分の部屋よ」歩調を緩めずに言う。「裸になってシャワーを浴びるの」

「想像させてくれてありがとう」

「どういたしまして」ちらりと横目で見た。「数カ月前の、わたしのキスへの反応と、ウィントンの店でのはっきりした宣言からすると、追ってきたくないんじゃないの？」

「そうだな、そう思うべきだろうな」それなのに。

不意にマディソンが足を止めて、ぱっとこちらを向いた。「なんなのよ、クロスビー？　目の前から消えろってそっちがはっきり示してきたから、そうしたのに」

「まだネット上ではつけまわしているだろう」

マディソンは否定しなかった。ただ肩をすくめてこう言った。「だから？　いまとなってはただの習慣よ。心配しないで」

心配するしかないのだ、なぜなら……その、マディソンの知らない事情があるから。またちらりと振り返ったが、依然としてパリッシュもレイエスも見当たらなかった。

もしパリッシュが縁結びをしようとしているのなら、暗黙の許しということになる。それをどう受け止めたらいいのか、よくわからなかった。

「まだこうして廊下に立ってなくちゃいけない理由があるのかしら？」

皮肉っぽい言い方にむっとした。「険悪なのはもうやめないか？」そう言って長々と見つめると、効果があったのだろう、マディソンが居心地悪そうに身じろぎした。こわばっていた肩の力がほんの少しだけ抜けたのを見て、一歩近づき、小声で言った。「一度、きちんと話し合いたい」

目に目を探られ、ついに彼女が心をやわらげた瞬間がわかった気がした。

「いいわよ。そっちはパパとの用事を済ませてきて。こっちはシャワーを浴びて着替えてくる。裏で会いましょう」

「裏？」

「そう。外のこと。あなたならコロラド州の冬も怖くないでしょう？　わたしが何度か湖まで行ってるから、雪のなかに通り道ができてるの。で、プライバシーが得られるのは湖のそばだけ」

ＳＵＶにブーツを積んでいてよかった。「なるほど」

「じゃあ二十分後に」

「パリッシュにはなんと言えばいい？」

あのゆっくりした笑みが浮かんだ。「あなたがなんて言おうと、パパにはすべてお見通し。パパの目をすり抜けられるものなんてないわ」

もしもパリッシュ・マッケンジーをじかに知らなかったなら、父親の直感を信用しすぎだと思ったことだろう。

実際は、同感でしかなかった。「きみに湖を見せてもらうと言っておこう」

「その調子」ぽんと肩をたたいて、ふたたび歩きだした。

今回は、そのまま行かせた。

そわそわしているように見えても気にしない。マディソンはまたスノースーツ姿で、裏のデッキの下の壁に寄りかかっていた。冷たい風が頬と鼻に吹き寄せるものの、それ以外の部分はじゅうぶん暖かい。たっぷり五分待ったころ、ついに雪を踏むブーツの音が聞こえてきた。クロスビーが家の横手から現れる。ニットキャップを深くかぶって耳を覆い、ダウンコートはマフラーを巻いた首のところまでファスナーをあげて、濃色のスノーブーツはふくらはぎ丈だ。両手はポケットに突っこんでいるものの、きっと手袋もはめているのだろう。

彼がすぐそばまで来る直前に、言った。「こっちよ」そして歩きだした。

そうでもしないと、恋わずらいの愚かな小娘のごとく見つめつづけて、どうでもいいようなことにうっとりしてしまいそうだった。たとえばニットキャップからのぞく黄色がかった茶色の髪の毛先がカールしているさまとか、コートに包まれた肩の広さとか。

クロスビーは黙ってとなりを歩きだした。

「寒い？」マディソンは尋ねた。

「それほど。きみは？」

「ぬくぬくよ」

「鼻が赤い」

口調に笑みを聞きつけて、近寄りたくなったのを必死にこらえた。「湖はこの先。いまは凍ってるけど、それでもきれいよ」他愛《たわい》ないおしゃべりをしていれば少しは気が楽になるだろう。内容をどう思われても、いまは気にならなかった。

「ここはみごとな土地だな」クロスビーが言った。「山も木々も空も……すべてが美しい」

「でしょう？」神々しいまでのこの景色を、自分と同じようにたたえてくれるのがうれしかった。「わたしもここが大好き」

「途中にあった小さめの家は、きみのか？」

「そう」寒さと雪でどんな音もくぐもって聞こえ、二人の声はあたりを漂っているように思えた。「レイエスの家には行ったことがあるわよね」初めて二人がじかに顔を合わせたのは、マディソンが下の兄の家にいたときで、あのときクロスビーは薄汚い人身取引加害者についての情報を得られないかと、レイエスを訪ねてきたのだった。マディソンはそれ以前からクロスビーに目をつけていて――すでに心を奪われていた。そして直接、顔を合わせてしまったら、瞬間的に恋に落ちた。

　向こうはそうならなかったのが、残念。

「ケイドにも自分の家があるわ。まあ、どっちもパパの家の敷地内にはないけど。兄たちには少し距離が必要なんでしょうね――でも、わたしはここが好きすぎて。もちろんプライバシーはちゃんと保たれてるのよ」

「おまけに防犯対策は完璧だ」

　にっこりして答えた。「それもあるわね」

「マディソン？」

ああ、この男性の唇からこぼれるわたしの名前の響きときたら。「なに？」

「なぜ私たちは湖に向かっている？」

片方の肩を回して、言った。「わたしは散歩をしたい気分だった。あなたは話がしたかった。これがいい解決策だと思ったの」またあなたにキスできるように、父と兄たちから引き離しているんじゃないわ。違いますとも。ありえない。一度、拒まれればじゅうぶん。

「ねえ、その大きな石にのぼって景色を眺めてみて」

クロスビーは疑わしそうに大岩をにらんだ。ところどころ、氷に覆われている。「のぼらなくても景色は見える」

彼の表情に笑ってしまった。「弱虫ね」慣れた足取りでよじのぼり、足を開いててっぺんに立つと、胸を張って両腕を広げた。「もしバーナードがここにいたら、山の王を名乗るわよ」

いつ転落してもつかまえられるようにとでもいうのか、クロスビーは体をこわばらせて首を振った。「バーナードはこんな岩にのぼったりしない」

「賭ける？」見おろして、小首を傾《かし》げた。「アルフレッドにはもう会ったのね」

「だれだって？」

こんなに楽しいなんて、どうかしている。雪のなか、クロスビーと二人きり、友達同士のようにおしゃべりするのが、楽しい？「バーナードって、ブルース・ウェインの執事のアルフレッドにそっくりだと思わない？」

クロスビーがほほえんだ。「きみのお父さんはバットマンさながらのダークヒーロータイプだから、うまいたとえだろうな」

父をかばう言葉が口をついて出た。「父は立派な人よ」

「同感だ」肩をすくめてつけ足す。「バーナードはたしかにアルフレッドに似ているが、ふつうの男性だろう」

マディソンは鼻で笑った。「とんでもない」

「つまり、大岩にのぼるようなやんちゃをしても堅苦しい執事には変わりないということか？」

「わたしの前では違うけど、あなたの前ではそうかもね」いまさらながら、ここまで高くのぼってしまったら、氷に覆われた岩をおりるのはそう簡単ではないと気づいた。「キメラにめろめろになってるとき以外は、バーナードはすごく礼儀正しくありたいの」

「となると、たいていの人が目にしていない彼の一面を、私は見たのかもしれないな」

マディソンは驚いて尋ねた。「バーナードがあなたの前で礼儀を捨てたの？」

「両方の面を見せてくれた、と言うべきか。最初は礼儀のかたまりだったが、お父さんと話をする流れでは、ごくふつうの男のようにふるまっていた」

「へえ」なによりいまの話で、家族が本当にクロスビーを受け入れたのだと思えた。じゃあ、これからどうなるの？　「つまり、あなたとわたしたちのつき合いは一過性じゃないということ？」

「そう願いたい」クロスビーは眉をひそめたが、その理由はこちらが思ったものとは違った。「おい、おりてこられないんだろう」

「おりられるに決まってるわ」ただ、いちばんいいおり方がわからないだけだ。

クロスビーが代わりに答えを見つけてくれた。試すように片足を岩のくぼみにのせてから、両手をこちらに差し伸べたのだ。「ほら。手を貸す」

二人とも着ぶくれているのだから、手袋の下の手の感触などわかるはずはないのに、それでも熱が全身をめぐって頬を染め、鼻まで暖かくなった気がした。「いい考えかどうか」そっと下をのぞく。「ただ飛びおりたほうがいいんじゃない？」とはいえ少なくとも一・五メートルはあるし、雪の下になにがあるかわからない。とがった石の上におりて、足首をひねってしまったら？

クロスビーは白馬の騎士のごとく、家まで抱いていってくれる？

そうなったら、死ぬまでレイエスにからかわれるだろう。

それで決心がついて、慎重に石の上に腰をおろした。ううっ、冷たい。スノースーツを着ていてもお尻が凍えそうだ。手を伸ばし、クロスビーの肩につかまろうとすると、彼の両手がウエストに近づいてきた。

　そこで悲劇が起きた。

　足が滑り、気がつけばのけぞっていた。目を丸くして、石に頭をぶつけるぶざまな自分を想像する。どうしよう、本当に抱きかかえられての帰宅になるかも！

　とっさにクロスビーが腕をつかんで引き寄せてくれたので、二人一緒に固い雪の上に倒れこんだ。

　重なり合って。わたしが上に。ああ……。

　あごを彼の鼻にぶつけてしまった。うめき声が聞こえる。

　とがった石で怪我をした⁉　急いでとなりに体を起こし、クロスビーの顔を両手で包んだ。「大丈夫？」

　クロスビーが、あのベッドルームを思わせるセクシーな目を開き、にやりとした。「凍った雪が受け止めてくれた――コートの襟から入りこんできたのは余計なお世話だったが」そっと体を起こし、手袋をはずしてうなじをさすった。

「ほら、手を貸すわ」いそいそと後ろに回って自分も手袋をはずし、襟元や耳の周りからせっせと雪を払った。「帽子がどこかに行っちゃった」

「正気もどこかへ行ったらしい」そう言って振り返り、懸命に雪を払っていた両手をつかんだ。「きみは大丈夫か？」

「あなたは雪より固いけど、下になってくれたおかげで受け止めてもらえたから、お礼を言うわ」

クロスビーが首を振って言う。「岩のぼりの腕前を見せびらかしたかったんだろうが、凍った岩にはもうのぼるな」

結局、見せびらかしたのはぶざまな転落ぶりだけだったので、おとなしく同意した。兄たちならさんざん冷やかしていただろうに、そうしないでいてくれるのがありがたかった。

「暖かい家のほうに戻りたい？」

「湖を拝まずに？」彼がからかうように言って立ちあがる。「きみが平気ならこちらも問題ない」かがんでニットキャップを拾い、雪を払ってからまたかぶると、手袋もはめなおした。

つまり、やめたいならわたしがそう言わなくちゃいけないということ？　やめるもんですか。自身も手袋をはめなおして、言った。「こっちよ」

4

「歩きながら話してもいいか？」クロスビーが尋ねた。

わたしはもっとセクシーな展開を考えていたというのに、彼のほうは会話を選ぶなんて。

「もちろんよ」

「まず……」クロスビーは少しためらって口をつぐみ、やがてこう言った。「ひどい男ですまなかった」

また謝罪？　どう受け止めたらいいの？「それはもう済んだ話でしょう。あなたは正直だっただけだし、それはいいことよ。またわたしに悩まされるんじゃないかと心配してるなら、その必要はないわ」

「マディソン、きみにはいつも悩まされている」どういうことかと尋ねる前に、クロスビーが続けた。「だが言いたいのは、こちらの私生活を調べるのをやめてほしいということだ」

「どうして？　なにか隠してることでもあるの？」否定されると思っていたが、意外にもクロスビーは歯を食いしばった。つまり、本当になにかを隠しているのだ。「たいしたことじゃないはずよ。でなければ、とっくにわたしが見つけてる」

「こっちは痕跡を消すのが非常に得意かもしれないぞ」腕をつかんで引き止めた。「本気で言っている。ほかのだれかに注目される前に、掘り返すのをやめてもらいたい」

風に運ばれた雪片が頬を過ぎていった。あごを引いて冷たさをしのぎつつ、頭のなかでいくつもの可能性を思い浮かべた。

クロスビーがさりげなく、なんでもないことのように――まあ、彼にとってはなんでもないのだろう――肩に腕を回してきて、盾になるべくそっと引き寄せた。クロスビーが尋ねたとき、頬に温かい息を感じた。「できるか？　頼むから、やめてくれるか？」

正直なのはいいことだと言った直後に嘘をつくのは卑怯というものだ。彼にすり寄ってコートの前身ごろをつかみ、濃厚な香りを吸いこむと、残念な気持ちでささやいた。「できないと思う」

クロスビーは爆発するのではなく、あきらめの笑いを漏らした。

「ごめんなさい」マディソンは急いで言った。「わたしにとってはすごく自然なことなの。知ってのとおり、好奇心はわたしのいちばんの欠点よ。わたしの痕跡はだれにも見つけられないと誓えば、少しは役に立つ？」

「いや。きみがどんなに優秀でも、優秀な人間はほかにもいる」

「あなたとか？」

「きみが嗅ぎまわっていることに気づいたほどには優秀だ」

暗黙の了解で歩きつづけ、いまでは体に腕を回されていた。どうせ、また岩にのぼるのを防ぐためだろうけれど、これほどの近さを味わえるなら、一晩中、寒さのなかにいてもいいと思えた。

もう少し歩いて、足を止めた。二人の前には凍った湖が、すりガラスのようにきらきらと輝いていた。ときおりその表面で、風にあおられた雪が躍る。

感想を知りたくて、クロスビーのほうを向いた。口元に小さな笑みが浮かんでいるのを見て、鼓動が速くなった。「寒いなかを歩いてきた甲斐《かい》はあった？」

「雪のなかに押し倒されるだけの甲斐もあった」こちらを向いて尋ねる。「アイススケートはするのか？」

「もう何年もやってない。氷が割れてわたしが落っこちるんじゃないかと、パパが心配するの。ここへ来るのはきれいだから、それだけよ」わたしと同じくらい、ここが気に入った？　そう見える。「兄たちは小さいころ、夏にここで泳いでた。夏でも水はすごく冷たいから、わたしは遠慮してたけど」

「なかに入るより外から見ているほうがよさそうだ」ゆうに一分、黙っていたが、やがてなにか決心したように言った。「家の近くに公園がある」

告白のような口調だった。まるで、新たな情報を差しだしたような。あなたのことならもうすべて知っている、とは言わずに、こう返した。「歩いて行ける距離に？」

クロスビーがうなずいた。「ときどき足を運ぶ」顔をあげ、まぶしい午後の陽光を浴びた。「その公園には池がある。もちろんこの湖よりはるかに小さいが、春にはやかましいガチョウや鯉《こい》が見られるし、水際にはカエルもいる。いまはその池も凍っている」

「それを知ってるのは、実際に行って見たから？」自然が好きという共通点があるなら、うれしい。「それとも単なる想像？」

「公園にはしょっちゅう行く」そう言って、目を見つめた。いまの光のなかでは、帽子からのぞく髪は黄色がかった茶色というより金色に見えたが、目はいつもよりさらに濃く映った。「マディソン、きみを信じていいか？」

驚いた。「ええ」彼の気が変わらないうちにと、急いで答えた。「百パーセント、信じていいわ」

クロスビーは数秒のあいだ、見つめていたが、ついに口を開いた。「私には娘がいる」

スノーブーツを履いた足で踏んばっていても、倒れてしまいそうだった。爆弾発言とはまさにこのこと！「ありえない」

「ありえたようだ」

「いたら知ってるはずだもの！」

「言っただろう、私は痕跡を消すのが得意だ――お父さんに雇われた理由の一つでもある」

傷つくと同時に腹も立った。急に唇が凍りついて、思うように動かせなくなった。「結婚してるの？」

「いや」

疑念は去らない。「じゃあ、離婚した？」

「結婚したことはない」

脳みそは心臓に追いつこうとするが、どちらもうまく機能していないようだった。「だれかいるの？　つき合ってる女性が？」

「少し質問を控えて、説明させてくれないか」

気は進まなかったが、こくりとうなずいた。

クロスビーがこちらの様子を見ながら忠告した。「楽しい話ではないぞ」

心臓が一瞬、止まった。こういう仕事をしているから、ありとあらゆる悲しい話を知っている。「家のほうに戻る？」

クロスビーは首を振り、こちらの腕を取ると、風よけになる背の高い常緑樹の木立のほうにうながした。すぐそばに立ったまま、不機嫌そうな低い声で話しはじめた。「娘のハリーに出会ったのは、ある反社会的集団を閉鎖に追いやっているときだった。人身取引加害者が関わっているとわかって、さまざまなかたちの虐待や薬物や売春がからんでいることも突き止めた。私は、なかでもロブ・ゴリーをつかまえたかった。やつがそこで女性を買っていることがわかっていたからだ。しかし残念ながら、取り逃がした」

マディソンがクロスビーとじかに顔を合わせることになったのは、そのゴリーという男がきっかけだった。最終的には父と兄たちも協力して、ゴリー事件は解決にいたった。

いまの話で、なぜクロスビーがあれほどゴリーをとらえることに熱心だったのかがわかった。「当時、ハリーはいくつだったの？」

「二歳」

ぞっとして息を吸いこんだ。「まだ赤ちゃんじゃない」

うなずいて、クロスビーが言った。「われわれは発見された人物全員を検挙した。人身取引加害者、被害者、その中間も。すべての部屋を捜索していたとき――」言葉を探すように、あごを動かす。

つらい記憶を打ち明けられているのだと悟り、マディソンは本能で動いた――彼の体に両腕を回して、きつく抱きしめた。一瞬、クロスビーは凍りついたが、やがて自身もたくましい腕を回してきた。そうして、こめかみあたりでふたたび静かに語りはじめた。

「なにかが聞こえた。ネズミの声ほどの小さな音だったが、そのときは、どんなものも見落とすまいという細心の注意を払っていたから気づくことができた。少し時間はかかったが、音の出どころはベッドの下だと気づいた。のぞいてもだれも隠れていなかったので、五十センチほどベッドフレームを持ちあげてみた」

彼の重たい鼓動を感じた。首筋に顔を押し当てて、こちらの強さを差しだそうとしながら、なにが見つかったのかを聞くための勇気を振り絞ってもいた。

「床にはすり切れたラグが敷かれていた。それをめくると……鍵のかかった落とし戸が見つかった」後頭部に手を当てて、抱き寄せる。「胸が引き裂かれそうだった。一刻も早く開けて、また被害者がいるのか、それとも加害者が隠れているのか、知りたかった。だが、なにかおぞましいことが待っていると直感でわかって、知るのが心底怖かった」

悲しみにのどを締めつけられて、ごくりとつばを飲んだ。「赤ちゃんがいたのね？」

クロスビーの口調は苦しみそのものだった。「二歳で、傷だらけで、床下に閉じこめられていた」

「お願いだから、全員殺したって言って」

鬱積した苦悩を吐きだすように、クロスビーが暗い声で笑った。「関与していた男女は二十人いた。冗談ではなくそうしたかったが、やれば大量虐殺になっていたし、だれがどういう人物なのか、まだ特定している最中だった」

マディソンはうなずいた。被害者と加害者を見分けるのは、ときに難しい。長期間にわたって非道な扱いを受けた人は、本人がやりたかろうとやりたくなかろうと、詳しいところをなにも訊かずに命令に従うようになるものだ。「わかるわ」

「あの子はまっすぐこちらに向かってきたんだ、マディソン」クロスビーが言いながら背中をゆっくり上下にさする。「かわいそうに、体は汚れて怯えていて、腹を空《す》かせて傷ついていたのに、必死にしがみついてきて……。瞬時に悟った、絶対に手放さないと」

その瞬間、マディソンの心はこの男性に奪われた。「当然よ」自信たっぷりに言いたいのに、実際はもろい涙声が出た。

「救急車を待つあいだ、警官の一人があの子のために、自分のランチ用だったピーナッツバターサンドのクラッカーを持ってきてくれた。別の一人は、車にあったと言ってミネラルウォーターのボトルを持ってきた」震えるため息をつく。「ハリーはその二人からはなにも受け取ろうとしなかった。私の陰に隠れるだけだった。それでも少しは食べさせて、水を飲ませるのに成功した」

いまは言えることなどなかったので、ただうなずいた。

「全員が打ちのめされた気分だった」

警察官なら、社会の最悪の部分を何度も目にしているだろう。痛み、飢え、育児放棄、暴力的な犯罪。「どんな虐待も見るのはつらいけど」深い同情をこめて言った。「それが子どもとなると。胸がつぶれるわ」

クロスビーが深く息を吸いこんだ。「ハリーはおむつをしていなかったが、だれかが大きなタオルを見つけてきたから、それでくるんでやった」

答えを知りつつ、尋ねた。「一緒に病院に行ったのね？」

「ああ。三日入院していたが、そのあいだに回復していった。まあ、体のほうは。私は毎日面会に行って、なるべくそばにいた。プレゼントを持っていって、少しでも明るい気持ちにさせようとした。もう安全だと感じさせたかった」

胸がよじれる思いをしつつも、彼の肩に顔を押し当てたまま、ほほえんだ。「きずながてきたのね」

「児童保護サービスがすぐに受け入れてくれる先を見つけられなかったとき、自分があの子を引き取りたがっていることに気づいた」

なぜならあなたは善良な人だから。そして善良な人は、子どもが傷ついたり怯えたりするところを見過ごせないから。胸の痛みにもかかわらず、笑みを浮かべて彼の顔を見あげた。「いい人ね、クロスビー」

「あの子のために、服やベビーフードやおむつを必死にかき集めた」言葉を止める。「そして完璧なシッターを見つけた――特別な人が必要だとわかっていた。空より広い心と、海より深い忍耐力の持ち主が。虐待を受けるというのがどういうものか、わかっているだれかが」

涙で視界がぼやけてきたが、まばたきをして払った。わたしはめそめそ泣くタイプではない。

「このあいだの店で、店主のオーウェンがシルヴァーという名前を口にしたのを覚えているか?」

うなずいて答えた。「ええ」

「シルヴァー・ギャロウェイは自身も虐待を受けたことがある女性で、二年前からハリーの世話をしてくれている。経済的にはぎりぎりだったが、ほかの家から少し離れたところに隣接する家二軒を見つけた。ハリーはシルヴァーが大好きで、シルヴァーもハリーが大好きだ」

あまりにも愛情と称賛をこめてシルヴァーの名前を口にするので、嫉妬の種が芽吹きそうになった。それを容赦なく踏みつけて、静める。クロスビーがシルヴァーのことをどう思っていようと、その赤ちゃんを大切にしてくれる人がいてよかった。

そんな思いを読んだかのごとく、クロスビーが目を見つめてほほえんだ。「ハリーはシルヴァーのことをおばあちゃんだと思っている」

あら、そうなの? ふうん。「シルヴァーは何歳?」

「まだ四十五だが、もっと若く言っても通用するだろう。ハリーはほかにもオーウェンをお兄ちゃん、ウィントンをおじいちゃんと思っている」

「ウィントンとシルヴァーは……?」

「いや。ウィントンは六年前に妻を亡くして、ほかの女性には一度も関心をもっていない」

「うちのパパと同じね」いまだに父がどれほど母を恋しく思っているか、考えるとますます憂鬱になってしまうので、話を先に進めた。「ハリーを養子にしたの？」

「二週間ほど前に、ようやく。それまでずっと、不測の事態が起きるかもしれないと考えていた。ハリーの母親のエイミーも、あの子が見つかった日に同じ場所にいた。まだ若くて混乱していて、薬漬けにされていた。本人いわく、ハリーを連れて逃げようとしたが、薬のせいで加害者どもに従うしかなかったと。われわれが救出したあとも、なかなか立ちなおれずにいた。心身ともに、とことん傷つけられ、苦しんでいた」

ああ、それも理解できる。まさにその理由で、母はみずからの命を絶った。

「いったいこれからどうなるのかと怯えて過ごす日々だった。ハリーの母親には元気になってほしかった――彼女だけでなく、全員に回復してほしかった。人生を取り戻してほしかった」

「あなたならそう思うに決まってる」少しの疑念もなくマディソンは言った。最初からわかっていた――クロスビーはこの世に変化をもたらそうと固く心に誓った男性だと。悪を正し、自力では自分を守りきれない人々を守りたいと願う人物だと。

信頼への感謝を無言で示そうとしてか、短く抱きしめられた。罪悪感でざらついた低い声で、クロスビーが続けた。「だが、エイミーがハリーの親権を持つと考えたら……」しばし無言になる。「感情の板挟みというやつだ」

「あなたは娘を失いたくなかった」

また抱きしめられて、クロスビーの顔には小さな感謝の笑みが浮かんだ。「そのとおりだ。残念ながら、エイミーは回復のためのプログラムすべてから逃げた。リハビリ治療を受けさせようとしても、いやがって……」あごがこわばる。「結果、この世から消えた。つまり、死んだということだ」

「死因は？」

それが信じられないとでも言うように、クロスビーはぶるっと首を振った。「見たところ、ガソリンスタンドのトイレで薬物の過剰摂取をしたらしい」

その言い方と表情から、本当には信じていないのがわかった。であれば、実際はエイミーになにが起きたのだろう？

「ハリーは母親を知らない」クロスビーが続けた。「反社会的集団の拠点にいたころも、エイミーはほとんどあの子のそばにいなかった――まあ、本人が望んでのことではなかっただろうが。ハリーには母親のことを少し話した……言えるかぎりのことを」

「事実に少しお化粧をして？」

「あれほど厳しい現実を知らされていい四歳児などいない」

「同感よ」気合いを入れて悲しみをまばたきで払い、クロスビーのぬくもりを手放すと、自身の脚でしっかり立った。「どうしてまだこのことを秘密にしてるの？」

マディソンが離れたことでがっかりしたようにもほっとしたようにも見える顔で、クロスビーが言った。「われわれが集団の拠点に踏みこんだ日、逃げたのはゴリーだけではなかった。ほかにも二人、網から逃げおおせたとわれわれは確信している。ゴリーは死んだから、もはや脅威ではない」

「よかった」

クロスビーが続ける。「手短に言うと、われわれが救出した女性のうちの三人が亡くなっている。全員の死因が薬物の過剰摂取で、発見現場はかならずだれかに見つけてもらえそうな公共の場だった」

マディソンは口笛を鳴らした。「偶然にしてはできすぎね」

「ハリーの母親が三人めで、発見は二カ月前のことだ。私は里親トレーニングとホームスタディ（ソーシャルワーカーによる面談や家庭訪問といった適性テストのようなもの）を終えていて、やっと裁判所から正式に養子縁組の許可がおりたところだった。が、それでも心配だ」

先ほどの話を聞いてしまえば、それももっともに思えた。

「なにが起きているのかわかるまでは、だれにもハリーのことを知られたくない」クロスビーが締めくくるように言った。

「でも、それは難しい注文じゃない？　だって、もしあなたが子どもと一緒のところを見かけたら……」肩をすくめる。「推測するのは簡単よ」

「きみにはできなかった」クロスビーが指摘する。

弁解モードになって、反論した。「赤ちゃんに注目すべきだなんて知らなかったもの」

「まさにそこだ、マディソン。だれも知らない。ハリーはいま四歳で、平日はシルヴァーに面倒を見てもらっている。仕事から帰ったら交代するが、常に用心を忘れない」

「用心って、たとえば？」

「親しい隣人は作らない、地域の防犯カメラはこちらを向いていない。出かける先は監視されていない場所にかぎる——最初に言った公園とか」

敗北を甘んじて受け入れた。なにしろ、Ｗｉ‐Ｆｉでアクセスできるカメラシステムにハッキングすることにかけては右に出る者がいないと、彼も知っているから。たいていの防犯カメラはＷｉ‐Ｆｉ経由でアクセスが可能で、カメラの所有者が自宅や職場からスマートフォンで簡単にチェックできるようになっている。

この仕組みのおかげで、山中の家にいるマディソンにも都心エリアで起きていることが見えるというわけだ。画像が鮮明なら、顔や自動車のプレートナンバー、その他必要なテキスト情報さえ入手できる。

けれど郊外となると、少しばかり難しい。

クロスビーが落葉した木の幹に寄りかかって、じっとこちらを見た。「ほとんどの人はシルヴァーをハリーの母親だと思っている。状況が状況だったから、ハリーが養子であることは周囲には伏せたままだ。要するに、何者かが私を狙う可能性も、そのためにハリーを利用する可能性も、排除できない。それもあって警察の職を離れた」

たしかに不安だろう。マディソンは行ったり来たりしながら、自身のブーツが氷に覆われた雪を踏む音に耳を傾けた。

クロスビーが言う。「もう少し安定したタイムスケジュールで、ハリーと過ごせるようにもしたかった。そうすればシルヴァーも自分の時間をもてるようになるから。それに給料があがれば、彼女らの生活が楽になる」

彼女らの？　あなたのは？　「ハリーが学校に通うようになったらどうするの？」

「それについてはどんどんタイムリミットが迫ってくる。幼稚園入園はもう目の前。頭を悩ませているところだ」

「もしうちの家族がこのことを知ったら、力になれるかも――」

「全員を殺して？」クロスビーがしかめっ面で、先ほどの言葉を投げ返してきた。

うんざりして彼をにらんだ。「どんな印象を受けてるのか知らないけど、わたしたちは見境なく人を殺したりしない。可能なかぎり、正義をもたらすようにしてるし、たいてい成功するわ」

「成功しないときは？」

なにも打ち明けるつもりはなかったので、こう返した。「知ってのとおり、父には莫大な資産がある。わたしが父を心から尊敬してるのは、その資産で贅沢ざんまいすることもできたし、自分の預金や権力を増大させることだってできたのに、そうしなかったからよ」パリッシュ・マッケンジーの自尊心は花崗岩《かこうがん》ほども揺るぎない。というより、父自身が揺るぎない。

父なら常に正しいことをするし、必要とあらばどんな手段も用いるだろう。マディソンにとって、真の英雄だ。

「パパは人を助けるために資産を使うの。あなたの状況を知ってたら、ハリーの母親のことでも力になったんじゃないかしら」

クロスビーの視線はひたむきなままだった――が、何度かマディソンの目から唇におりはした。「たしかに、お父さんのタスクフォースは驚嘆ものだ。しかしきみの家族をよく知らないし、これまでにわかったことからは不安にしかさせられなかった」

彼の言葉を払うように手を振った。「協力していれば、逃げた男たちを見つける方法をどうにかして思いついてたはず。きっと証拠があるはずよ」

「法廷で役に立つようなものはない」

それは警察が証拠の要件として、非常に高い基準をもうけているからだ。「パパなら

――」

「たしかな証拠を仕込める、か?」首を振って言う。「忘れないでくれ、つい最近まで私は警察官だった。それに、可能なかぎりの手を尽くして逃げた男たちを追っても、ゴリーしか見つけられなかったんだ。残る二人はまるで煙のように消えてしまった」

今回も質問には答えずに、話を先に進めた。「保護が必要な人をきちんと守る方法があるわ。あなたの娘を守る方法が」小さな女の子を想像すると、笑みが浮かんだ。「会ってみたい」

今度はクロスビーのほうが、話題にしたくないものを無視した。つまり、わたしを。

「そろそろ戻ろう」

どうして心が通ったなんて思えたのだろう? 本当の意味ではなにも変わっていないのは明らかだし、変わったと思うなんて、とんだおばかさんだった。「あなたのことを嗅ぎまわるのをやめてほしいのよね」

「そうしてもらったほうがいいし、より安全だ――ハリーとシルヴァーにとって」

簡単ではなかったが、どうにか無関心を装って、言った。「わかった。もうやめたと思ってもらっていい」まだ感情が高ぶっていたのと、またしても期待しすぎてしまった自分の愚かさが身にしみて、さっさと歩きだした。

クロスビーが眉をひそめて腕をつかんだ。「いやにあっさり引きさがるな」

「どうすると思ってたの？」クロスビーと出会うまでは、だれにも癇癪《かんしゃく》を起こしたことがなかった。まあ、レイエス以外にはだれにも。それなのにクロスビーのそばにいると、自制心を突き崩されたかのごとく、常に苛立ちの瀬戸際に立たされてしまう。「ああ、わかった。わたしが自分の思いどおりにするんじゃないかと勘ぐったんでしょう。小さな女の子を危険にさらすかもしれないとわかっていても、まっしぐらに突き進むんじゃないかと」

目で目を探られた。「いや。きみなら理解してくれると思っていた」

「じゃあ、わたしがその子に会うと言って聞かないと思った？〝きみとは一緒にいたくないとあんなにはっきり示したのに〟って？」

「三十分もここで二人きりだぞ。きみの理論はごみ箱行きだな」そう言って、一歩近づいてきた。

心臓が倍の速さで打ちはじめた。「わたしの理論じゃないわ。あなた自身が言ったことよ」

「それについては謝った」

「謝罪は受け入れた。で？」

眉根が寄ったものの、怒っているのではなく集中しているようだ。「状況は変わった」

またこの話をするべき？　心が揺れるのを感じつつ、ささやいた。「どんなふうに？」

問いを重ねる。「具体的に、あなたはどうしたいの？」

クロスビーが手袋を歯で挟んで引き抜き、温かな指でこちらの頬からそっと雪を払った。

「考えていたことならある」片方の口角があがり、指先が頬を撫でた。

心臓がのどをふさぐのを感じつつ、かすれた声で尋ねた。「どんなこと？」

「お互い歩み寄ったのだから、二度めのチャンスが訪れないかと――キスの」

目を見開いてしまった。彼がわたしにキスしたがっている。それ以上の誘いなど必要ない。

降参したことで肩と首の緊張が解けたのを、クロスビーは感じた。まるで、マディソンの引力に抵抗してきたのが数カ月ではなく十年だったように思えた。そういう女性なのだ。じつに強烈。

そばにいると存在感をひしひしと感じる。意識せずにはいられない。無視するなど不可能。

大胆で、官能的で、賢くて、頭の回転が速い。

こんな女性を求めない男がいるか？

その彼女がいま、初めてキスしてきたときと同じ、わたしがリーダーと言わんばかりの堂々たる態度で、唇に唇を押し当ててきた。

こちらもあのときと同じように、ほほえんでしまった。

マディソンは常にリードしたがる。場を仕切るのは自分でありたいのだ。そこは共通点と言えるので、少なくともこの点は理解できた。

唇越しにマディソンがうなるように言う。「もしまた笑ったら――」

「それはない」両手で頭をつかみ、今度はこちらがリードしはじめた。少しテクニックを使って、攻撃的なキスではなく楽しめるものにしていく。

唇に唇をこすりつけていると、ついにマディソンが力を抜いて寄りかかってきた。

「じらし屋ね」ささやいたが、主導権を奪い返そうとはしない。

「味わいたいだけだ」そう返してから上唇を唇で挟み、舌を這わせた。

マディソンが期待と興奮の声を漏らし、手袋をはめた手でコートをつかんでくる。

そんな彼女の口の端までキスで伝い、頬に鼻をこすりつけて、凍えた肌の清潔でさわやかな香りを吸いこんだ。熱くなった女性とシャンプーの香りも。ああ、くらくらする。

マディソンが首を倒して、着ぶくれた状態でもどうにかほんの少し肌をあらわにした。

その誘いを受けて、あごの下の感じやすい肌にそっと歯を立てながら上へ伝っていき、髪の生え際に鼻をこすりつけて、耳たぶを刺激した。

「ご参考までに――スノーブーツのなかでつま先が丸まってるわ」

ふだんは自信に満ちた声が、いまはあえぎ混じりだ。すばらしい。

「ご参考までに」ささやき返した。「きみのいたるところにキスをするのが大好きだ」

マディソンが完全に凍りついた。呼吸は止まり、コートをつかんだ両手も微動だにしない。と思った直後、うなずいて早口に言った。「そうなの、よかった」

抑えきれず、にやりとした。マディソンには抵抗しないほうが、はるかに楽しい。そう思いながら、今度は明白な意図をもって唇を重ねた——唇を分かち、舌でじっくり味わいはじめた。

首に両腕がからみついてきて、体は密着し、舌は負けじと大胆だ。二人の動きは完璧に調和していた。こちらが動くと彼女も動く。首を傾けると彼女は反対側に傾ける。呼吸が混じり合い、熱が高まっていく。

スノースーツが分厚いので、曲線も体が放つ熱も、実際には感じられない。何度も見とれたあの完璧なヒップにこの手で触れたかった。あの胸のふくらみを胸板に直接感じたかった。

いまはすべてが欲しかった。

周囲では凍てつくような風がうなり、頭上の枝からは雪が絶え間なく落ちてくる——そんななかで自身が固くなるのを感じた。たかがキスで。

とはいえ、それこそここまでのマディソンとの関係を物語っているというものだ。嵐のように騒がしく、予測がつかなくて、焦がすほど熱い。

簡単ではなかったが、どうにか唇を離した。二人とも、肩で息をしていた。マディソンは目を閉じたまま、ぐったりとこちらに寄りかかっている。

「なかなか――」彼女が二度、深く息を吸いこんでから言う。「――刺激的だった」

「きみとならそうなるだろうと、なぜかわかっていた」それもまた、ここまで必死に抵抗してきた理由の一つだ。

雇い主の娘で、隠しとおしてきた秘密も暴いてしまうほど有能で、おまけに、優先すべきものがあることを忘れさせるくらい魅力的。

まぶたが開いて、榛色の瞳が陽光を受けてきらめいた。「わたしも予感はあった。そうでなかったら、あんなにあなたを追いまわしたりしない」

もう一度、キスせずにはいられなくなったが、軽いものにとどめた。唇で鼻に、ひたいに、頬に触れる。「ここは深い雪のなかで、凍えるほど寒くて、きみのお父さんの家の敷地内だ」

いたずらっぽい笑みが浮かんだ。「賭けてもいいけど、パパは双眼鏡を使いたい衝動を必死にこらえてるわよ」

これには動きが止まった。「お父さんはそんなことをするのか？」

「パパはわたしを愛してるけど、尊重もしてる。なによりあなたを信じてる。だから答えはノー」笑みが大きくなる。「それでも、家に戻ったら待ち構えてるでしょうね」

失望させたくなかったが、ほかにどうしようもなかった。「家へ戻るつもりはなかった。今日、シルヴァーは出かける予定がないが、この天気にあの車しか置いてこなかったから、気になっている」このまま帰宅したら、パリッシュに逃げたと思われるだろうか？

マディソンが肩をぽんとたたいて言った。「手袋をはめて」そして家のほうに歩きだした。「パパにはわたしから伝えておく。大丈夫よ、なんとも思わないわ」

となりを歩きながら言った。「ありがとう」

「それより、わたしの全身にキスしたいって話だけど」ちらりと横目で見た。「いつ、どこで、どんなふうに？」

笑いを抑えられなかった。「少し考えさせてくれ」ますますマディソンをハリーとシルヴァーに会わせてもいいような気がしてきた。秘密を守ってくれるなら――その点は信じていいと思えるようになっていた――味方につけて悪いことはない。もしものときにシルヴァーにもう一人、信頼できて、なおかつ有能なだれかがいるというのは安心材料だ。

それを言えば、マッケンジー家の全員に家族を紹介するのも悪くないのかもしれない。考えたくはないが、もしもなにかが起きたとしても、この一家なら対処できる。

「マディソン」

「なあに？」もう家の裏手まで来ていた。

凍えるような雪のなか、一度、湖まで行って戻っただけで、すべてが変わった。いろいろな責任を背負っていなければ、深刻な不安を抱えていなければ、全速力で前進していただろう。

それくらいマディソンが欲しかった。だが優先すべきハリーがいる。それがわかっているから、減速して、生じうる問題と結果を熟考しなくてはならなかった。「あまり言いたくないが、これは一大変化で、私は急ぎすぎている――」

「部分的にはね」マディソンが遮り、つけ足した。「でも、ほかの部分ではわざと足踏みしてる」

おっしゃるとおり、本当は求めているのに否定してきたのだから、反論できなかった。マディソンがため息をつく。「心配しないで。大事なことなら我慢できるほうだから。さあ、パパに見つかって二人とも入れって言われる前に、もう行って。遅い時間まで引き止めたくないわ」

もう一度キスしたくなったが、ためらった。この女性にキスをすると、ほかのことすべてがどこかに消えて、キスだけが正解に思えてくる。

「また会えるわ」マディソンがそっと言った。「保証する」

無言でうなずいた。パリッシュが仲間に加えてくれた以上、マディソンにもきっとすぐにまた会えるだろう。二人きりは無理でも、仕事の際に。詳しい話を詰める時間はたっぷりあるはずだ。「気をつけて帰れ」

「あなたもね」マディソンが言い、大きな両開き扉をくぐる寸前につけ足した。「ハリーにわたしからキスを。シルヴァーには、もう尊敬してますって伝えて」

その言葉にほほえみながら、屋敷を回って正面の私道に向かった。まずまずの距離があるのに、そのあいだずっとマディソンのことが頭から離れなかった。が、それも正面に出て、待ち受けるバーナードを見つけるまでだった。

雪のない私道で立ち止まり、バーナードが近づいてくるのを待った。

「パリッシュが、用意していたスケジュール表を先ほど渡しそびれたと、こちらを」紙を差しだしておいて、実際はその手間が不要だったことを次の言葉でほのめかす。「メールでも送っておいたとのことです」

「ありがとう」ちらりと表を見ると、明日の午前九時にジョーンズという男性と会うことになっていた。彼の引退前に、ほかのスタッフと引き合わせてくれるようだ。その後も一週間ほど勤務して、引き継ぎをしてくれるらしい。

「明日の朝は大丈夫でしょうか？」バーナードが尋ねた。

「もちろん」どのみち明日は出社して、セキュリティシステムを新しくするためになにが必要か、実地で見るつもりにしていた。午後イチに向かおうと思っていたが、パリッシュが与えてくれる報酬と福利厚生を思えば、もちろん柔軟に対応する。

バーナードが、わからないくらいかすかに肩の力を抜いて、うなずいた。「パリッシュに伝えておきましょう。お会いできてよかった、クロスビー」

「こちらこそ」雪にも寒さにも動じない様子で屋敷のなかに戻っていくバーナードを、目を狭めて見送った。考え事をしながらＳＵＶのエンジンをかけて暖房を作動させ、雪まみれのブーツからふつうの靴に履き替えて、分厚いコートも脱いだ。

パリッシュの私有地を出て曲がりくねった道を進んでいると、どうしようもなく、罠《わな》にはめられたという気がしてきた。パリッシュは腹に一物を抱えている――賭けてもいい。

それはつまり、こちらは準備をしなくてはならないということだ。

5

じきに娘が階段をのぼってくるとわかっていたので、パリッシュは待った。まずはドアのそばで。それから廊下で。

先にバーナードが現れて、静かに言った。「手配完了」

「よし」パリッシュはつぶやいた。いくつかの駒を配置する必要があった――クロスビーへの理解を深め、次にどうするかを決めるために。「あとはケイドとレイエスだな」こちらが行動を起こせば、息子たちのどちらか一人にはかならず気づかれる。娘がクロスビーを追いかけはじめたことで、しばらくのあいだ二人を手一杯にさせる完璧な口実ができた。

バーナードが肩をすくめた。「二人とも、知ったら全力で取り組むでしょう。私から伝えますか？」

パリッシュは首を振った。「いや、ウィントンについてはおれから話すべきだ。強盗未遂へのマディソンの関与についても」確実に信じこませなくてはならなかった。息子たちを丸めこむのは容易ではない。また階段に目をやった。マディソンはなにをしている？

「すぐに話さなかったと言って息子たちは怒るだろうな」

「二週間の遅れをどう釈明します？」

「だれにも釈明などしない。なすべきことを指示して、結果を待つだけだ」

バーナードが笑みをこらえた。「せめて二人を手一杯にはさせられる」

「おれがやらなくてはならないことをするまでのあいだはな」足音が聞こえて、マディソンだとわかったので、バーナードを行かせた。

ちょうど廊下を歩いてきたふりをして、マディソンが開けるはずのドアに近づいていった。

計算どおり、ぶつかりそうになった。

「パパ！」マディソンが笑って一歩さがる。「ごめんなさい。ぼんやりしてた」

よくあることだ。なにしろマディソンはいつもノートパソコンをのぞきこんでいる。だが今回、ノートパソコンは閉じたまま小脇に抱えられていたので、原因はまったく別のことだと察しがついた。

娘の小さな秘めた笑みには気づかないふりをして、言った。「湖畔でクロスビーにつけ入ったりしていないといいが。忘れるな、彼は今後、うちの社員だ」

笑みが大きく広がった。「わたしがつけ入ったりできるような人を、パパが雇うわけない」左腕を肘にからめてきて、キッチンのほうに引っ張った。「というより、どうして彼を雇ったの？　どんなサイバーセキュリティが必要だとしても、わたしが引き受けるのに」

娘は――かわいい末っ子は――寒さで凍えているように見えるが、本人は絶対に認めないだろう。もう分厚い冬用の服からは着替えているものの、鼻は赤いままで頬はピンク色、唇は少しかさついている。首を振って、言った。「いくらおまえでも、同時にあらゆる場所に存在することは不可能だ」

マディソンがノートパソコンを軽く掲げた。「これがあれば可能よ」

「おまえにはほかにやることがあるだろう」反論させまいと続けた。「バーナードがホットチョコレートを用意してくれたぞ」

「じゃあバーナードも、その、わたしがクロスビーと外にいたのを知ってるの？」

ばかげた質問だ。答えはわかっているだろうに。バーナードはずっと一家のそばにいたし、それ以上に、おれの親友にして絶対的な味方だ。「バーナードの目をすり抜けられるものがあるか？」

「ない、かな？」

笑みをこらえたまま、二人でキッチンのテーブルに歩み寄った。何年も前から子どもたちとここに集まって、計画を論じ、戦略を立て……純粋に話をしてきた。子どもたちが、父親は気づいていないと思ってやりとりするのを、こっそり立ち聞きして楽しんだこともある。冗談を飛ばし合ったり、口喧嘩をしたり、どこにでもいるふつうのきょうだいのようなやりとりを。

子どもたちを選《よ》り抜《ぬ》きの戦闘機械に育てようと思って始めたわけではなかったが、結果はそうなった。

だが、それだけではなかった。ときに呆然《ぼうぜん》としてしまうほど、三人ともすばらしい人間に育った。

そこに関与できたとは。

深く後悔するときもあれば、失敗の重みを感じるときもある——とりわけ父親としての失敗を。それでも、こんな痛みと厭世《えんせい》感を抱えた父親のもとで、子どもたちはまっとうな、どころか、まれに見る大人に成長してくれた。

三人とも、父親のように人間らしさを失ったりしなかった。生きて呼吸をする武器とも呼べるほどなのに、その心には思いやりも愛情も備わっていたから——プラス、父親である自分も愛情をそそいだおかげか——まったく違う結果になった。

マディソンが椅子に腰かけたので、ちらりとバーナードを見た。息子たちに話をするあいだ、親友が娘を引き止めておいてくれるだろう。「一人でホットチョコレートを楽しむといい」

「パパは？」マディソンが問う。

娘がさっそくノートパソコンを開くのを愉快に思いながら、そっと髪を撫でてやった。「何本か電話をかけなくてはいけない」

マディソンがもうパソコン画面に集中していたので、静かに離れた。キッチンを出る間際に、言葉が自然と口をついて出た。「愛しているぞ、マディソン」

マディソンがぱっと顔をあげ、心配そうな表情で返した。「わたしも愛してるわ、パパ」じっとこちらを見つめる。「なにかあった？」

厳密にはイエスだが、その状況は変えてみせる。「いや、なにも」いままで心配させるとは、これも失敗の一つだろう。満足に愛情を示してこなかったということだから。

修正する。なるべく早く。

バーナードに向けて言った。「三十分ほど邪魔が入らないようにしてくれ」そしてこれ以上、らしくないふるまいをしてしまう前にキッチンから退散した。

仕事部屋に入ってドアを閉じると、窓に歩み寄って、純白の景色を眺めながら、頭のなかで最近のできごとを思い返した。

何者かが車に向けて発砲してきた。

最初は偶然と思おうとした。狩猟者の流れ弾かなにかだと。だが、三発となると。どれも運転席側のドアに命中したとなると。

偶然とは思えない。

子どもたちを呼んで、気をつけるよう忠告したい衝動に呑《の》まれそうになった。ばかげた話だ。

ケイドもレイエスもマディソンも常に用心するよう育てられた。けっして油断しないよう。三人とも、危険を想定することは呼吸と同じくらい無意識にやっている。父親と違って、不意をつかれたりしない。

ここ数年、腕が鈍ってきたのを感じていた。五十三歳のいまでは、現役プレーヤーというより管理する側だ。いまもワークアウトして鍛えているし、素手での戦いも武器の扱いも訓練を怠らないが、訓練と実地は同じではない。

次の作戦に加わろうとしたら子どもたちが卒倒するだろうと考えて、よじれた笑みを浮かべた。なかでもケイドは即却下するに違いない。あらゆる面で長男はまさにリーダーであり、困ったときに頼られる存在だ。軍に入隊する前から静かな威厳を備えていて、だれもが自然と敬意を払った。だからこそ、父子でしょっちゅう衝突するのかもしれない。ケイドの妻のスターリングによく言われる――あなたたちはそっくりだと。

ほめ言葉として受け止めているが、ケイドはどう感じているか。

次男のレイエスは定期的にケイドに勝負を挑んで楽しんでいる。次男は根っからの問題児だ。昔からそうだったし、これからもそうだろうし、レイエスの妻でさえそこは変えられないだろうが、きっとケネディは変えたいなどと思っていないだろう。ありのままのレイエスを愛しているから。

いちばん心配するのはおそらくマディソンだ。殺し屋の本能と愛情深さをあわせもつ、じつに独特な女性だ。最初は娘がクロスビーにほれたと知って、気に食わなかった。だがいまは、息子二人ともが結婚生活に馴染んでいるのを見て、娘にも同じものを手に入れてほしいと願うようになった。もしもこの身になにかが起きたときのために、知っておきたかった――マディソンにも、ほかのだれかでは叶《かな》わないかたちで満たしてくれる人がいると。

マリアンがおれを満たしてくれたように。

思考の糸を断ち切って机に歩み寄り、角に腰をあずけて、息子二人に会議用電話をかけた。

「二人に話がある」電話口に出たケイドとレイエスに言った。「深刻なことではない。ささいな心配事だ」

ケイドがすぐさま返した。「この電話に参加してないということは、マディソンに関係ある話だな。クロスビーはなにをした？」

続いてレイエスが穏やかに尋ねる。「おれがばらばら死体にしてこようか？」

パリッシュはにやりとしたが、声には愉快さをにじませずに言った。「クロスビーは直接関係ない。むしろ、おまえたちの妹が一線を越えたかたちだ」そして、ウィントンの店で起きたことを説明した。「三人はクロスビーが現行犯で逮捕させたし、三人とも、犯罪歴からすれば当面は問題にならないだろう。しかし、つまらんストリートギャングの一味でな。切れ者というわけでもないが、おまえたちが情報を集めてくれると助かる。現場にいた以上、おまえたちの妹がそう簡単に忘れてもらえるとも思えない」

予想どおり、息子たちは即座に警戒心をみなぎらせた。

「ふだんのマディソンなら」ケイドが言う。「冷静に痕跡を消すが、クロスビーが関わると」

レイエスも同意する。「あの刑事に夢中で、目が曇っちまうんだよな」

「おそらく」パリッシュは言った。「マディソンは恋をしているんだろう。となると、ますます代わりに目を光らせてやらなくては」

レイエスが鼻で笑った。「恋するには、まだやつのことをよく知らないんじゃない?」

「おれたち全員、クロスビーのことをよく知らない」ケイドがつけ足した。

完全に会話の主導権を失っていると気づいて、手綱を引くことにした。「クロスビーには明日、別件の予定が入っている。おまえたち、午前中に時間があるなら、二人でウィントンの店に行って、様子を見てきてくれないか。ただしウィントンはクロスビーの友人だから、目立たないように」

「ケイドに言ってるんじゃないよね?」レイエスが冗談めかして言う。「軍人の雰囲気むんむんの兄貴に向かって、一般市民のなかで目立たないようにしろ？　それはちょっと無理な相談じゃないかなあ」

「自分のバーではうまく溶けこんでいるだろう」子どもたちのなかでもっとも相手を苛立たせるのが上手な次男に、パリッシュは言った。

果てしなく続く犯罪がらみのゴシップをストリートから拾いあげるため、ケイドにはバーを、レイエスにはジムを、街の両極で経営させている。どちらも同じくらいさびれたエリアだ――問題を起こしそうな連中がうろつくのにぴったりの場所。

人身取引加害者のほとんどが、人間のくずを雇って計画を実行する。一人のやる気あるばかから別のばかへ、口コミは伝わり――しばしば仕事中の息子たちの耳に入る。

いかに多くの人々が、虐待の証拠に見て見ぬふりをすることか、かつては驚かされたものだ。女性の体のあざも、その女性が逃げないように近くで見張っている巨漢も見えないふりをして、本人が進んで性を売っているのだと思いたがる男たち。ネイルサロンで痩せこけた移民が延々と働いていて、ろくな寝床も食事もケアも与えられていないのに、そんなことはいっさい考えることなく爪を美しくしあげてもらう女性たち。未成年者、ときには児童が安食堂やバーの床を掃除していても、おかしいとも思わない客たち。

調べれば調べるほど、吐き気を覚えた。直接自分に影響が及ばないかぎり、気にしようとしない社会に。

直感を無視するような人間には絶対にならないし、それは子どもたちも同じだ。「おれに注意するより」ケイドが言った。「銃をぶっ放しながら入っていくんじゃないぞと弟に念押ししてくれ」

「おれがいつ銃を撃ちまくってどこかをめちゃくちゃにした?」レイエスが憤慨したように言うのはもっともで、それは次男の流儀ではない。

ケイドが即座に返した。「言ってるのは実際の銃のことじゃない」

「ああ、おれの腕のこと?」レイエスがからかうように言った。「そうだね。たしかにこの腕は武器だ」

「二人とも」パリッシュは言い、長いため息をついた。このごろ二人はますますやり合うようになっている。「もう気は済んだか?」

「ああ」ケイドが言い、冷静に続けた。「だからそろそろ父さんの番だ。いったいなにを企《たくら》んでる?」

パリッシュは目を閉じて、長男が常にこれほど鋭いことを恨めしく思った。「おまえたちの妹を心配している」

レイエスの声が急に険しくなった。「いつから?　父さん、いつもおれたちに言ってるじゃないか、マディソンは自分で自分の面倒を見られるって」

「実際、そうだからな」一人娘がクロスビーに夢中になっていることを口実にして、つけ足した。「だが、頭ではなく心で考えているとなると」いまの言葉をマディソンに聞かれたら、怒り、傷ついて、一カ月は口を利いてくれないだろう。「はっきりさせておくが、おれがそう言ったとマディソンにばらしたら、二人とも勘当するぞ。あの子を信頼していないとは思わせたくない」

静寂が広がった。やがて父の口実を受け入れたのだろう、ケイドが言った。「了解だ。スターと出会ったころのおれも、常には頭を冷静に保てなかった」

レイエスが妹をかばうように言った。「おれだってケネディのときは……。愛ってやつは、調子を狂わせてくれるよな」

まったく、いい息子たちだ。互いにきょうだいを思いやるさまに、誇らしさで胸がいっぱいになった。「ウィントンの店に行って、あの一帯の問題についてなにかわかったら、知らせてくれ。だが妹には悟られないようにな。少なくとも、マディソンにも共有すべきだと考える理由が見つかるまでは」

ありがたいことに二人とも同意してくれた。計画が動きだしたので通話を終わらせ、椅子に腰かけると、別の用事にとりかかった。

明日は、クロスビーについてさらに深いところを知る。娘が提供してくれた以上のことを。そのあと、さらに重要な件に移る。

つまり、広がりはじめた家族の輪を今後も楽しんでいけるよう、いかにしてこの身を守るかという件に。

次の朝、目覚めたとたんに不安がクロスビーを襲った。マディソンのことを考えながらコーヒーメーカーの用意をし、シャワーとひげ剃《そ》りのためにバスルームに向かう。曇った鏡の前に立ち、寝ぐせのついた髪をかきあげた。そろそろ切らなくてはならないが、優先順位は低い。いまはほかに頭を悩ませていることが山ほどあった。

濃いめのコーヒーを一杯飲んでから、仕事へ行くために着替えをし、ハリーを起こそうと子ども部屋に向かった。

キルトをかぶった小さな体は、両手両足を伸ばした格好でツインベッドに転がっている。小さな足と細い腕が布の下から突きだしていた。

今日も、ただじっと見つめた。初めての出会いを思い出して胸が締めつけられていた。なぜあの日、ハリーが信じてくれる気になったのかはわからない――〝必死さと生きたいという思いは本能的なもので、ハリーは生きたかったのだ〟ということ以外は。あの日から、できることはなんでもする覚悟だった。必要ならどんな手を使ってでも、この子によりよい人生を――より安全かつ、安らぎと愛でいっぱいの人生を、与えようと決意していた。

マディソンを信じて打ち明けるのは、思っていたほど難しくなかった。彼女はもう探索をあきらめただろうか？　いや。疑問の答えがわからないままにしておく女性ではない。それでもこちらが頼んだ以上、きっと慎重に慎重を重ねてくれるはずだ。そう信じられるから、不安が少しやわらいだ。

そろそろ出かける時間なので、子ども部屋のなかに入った。「ハリー、起きる時間だぞ」ハリーは子猫のような小さな声を漏らしてうーんと伸びをし、愛くるしい顔をくしゃくしゃにした。いつもからまっている金髪は、淡い金色の束になって顔の周りに広がっている。やさしくブラシでほぐしてやるのに十分はかかるだろう。

「ほら、寝坊助《ねぼすけ》」ベッドの端に腰かけて、キルトに覆われた太ももをたたく。「起きろ起きろ」

眠そうな青い目が開いた。「起きたくないよ」

ほほえんで頬を手のひらで包んだとたん、眉根が寄った。少し熱い。「ハリー、大丈夫か？」

「うーん」またもぞもぞと枕に顔をうずめる。

「ハニー、気持ち悪いか？」

「ううん」ささやくように言いながら、もうふたたび眠りかけている。

ハリーは底抜けによく眠る。色鮮やかなキルトとふかふかの枕を用意したやわらかなベッドに初めて横たえてやったときから、眠るのが大好きな子だった。

温かくて、居心地がよくて、安全なひとときが。

恐怖のないひとときが。

また胸が締めつけられた。

「頭が痛いか？　お腹は？」

「眠いだけ」

それだけではないのではと、提案してみた。「抱っこでシルヴァーの家へ連れていこう。向こうでもう少し眠らせてもらうのはどうだ？」

「いいよ」もう一度、伸びをしてから起きあがった。いつもよく言うことを聞く、手のかからない子なのだ。

ハリーを迎えてからの二年で学んだが、健康上の問題がないこの子の場合、風邪やときどきの腹痛はほどなく治まるのが常だった。シルヴァーの家に行くと、たいていもう少し眠ってから、人形のどれかや漫画本を持ってソファに移動し、シルヴァーに面倒を見てもらう。そして具合がよくなったらすぐに起きだすというしだいだった。

「着替えを手伝おう」先に毛布でくるんだとしても、パジャマ姿で連れだすには寒すぎる。

ハリーはうなずいて、バスルームに向かった。トイレが流れる音に続いて、歯を磨いているのだろう、水の音も聞こえてきた。ちゃんと磨けているかチェックするために、ふだんはそばについているのだが、今日はこのままにして、代わりに小さな白いTシャツと、ユニコーンのイラストつきの温かな紫色のスウェットシャツ、ピンクのスウェットパンツと白い靴下を取りだした。

半分目が閉じたまま、ヘアブラシを手に、ハリーが戻ってきた。

子どもについて知っていることは多くないが、この子はこんなに幼いのに、ずいぶんしっかりしているような気がした。

ハリーがまだ眠そうなままパジャマを脱いで、Tシャツとスウェットシャツを着せてもらおうと、両腕を掲げた。パンツがよじれていたので整えてやってから、ズボンと靴下を穿《は》かせて抱きあげ、ベッドに座らせて髪をとかしはじめた。「ポニーテール？」

首を振ったハリーのまぶたがゆるゆると閉じていく。そこで髪は結わえずに、もう一度ひたいに手を当てた。寝起きで温かいが、熱があるというのではなさそうだ。

ハリーが肩に寄りかかってきて、にっこりとこちらを見あげた。「お土産、持って帰ってくれる？」

かわいそうに。やはり、少し体調がよくないのだ――それをだしに使おうとしている。

「今日はお店に寄る時間があるかな」

「そっか」そう言って、青い目でじっと見つめる。

つい笑みが浮かんだ。人の心を操るのがなんてうまいんだ。「新しい塗り絵帳ときらきらクレヨンならあるぞ」

目がぱっと輝いた。「使っていいの?」

「もちろんだ」立ちあがって小さなスノーブーツとコートを見つけ、出発の用意をさせた。準備が整ったので腕のなかに抱きあげ、裏庭を横切った。ハリーは塗り絵帳とクレヨンをしっかり持って、顔はこちらの首筋にぴったり押し当てていた。

キッチンの出入り口でシルヴァーが出迎えてくれた。「おやおや。今日はナマケモノさんがいるのかな?」

ハリーが百八十度向きを変えて、泣き声で言った。「おばあちゃん、ハリー、しんどいの」そしてシルヴァーのほうに両腕を伸ばした。

「大丈夫よ、大丈夫」シルヴァーが少女を抱き止めて、問いかけるような顔をクロスビーに向けた。

両手を掲げて言った。「起きたときはどこも痛くないと言ったんだが。眠いだけだと」シルヴァーが母親のように少女をあやし、おでこにキスをするのを見守った。

ある状況ではハリーがシルヴァーのほうを好むことについて、以前は気になっていた。しかし、シルヴァーいわくそれは自然なことで、子どもは親に対してと祖母に対してではふるまい方が違ってくるのがふつうだという話だった。たしかにハリーは父親のクロスビーといると、一緒に体を動かしたがったり肩車を要求したりするが、シルヴァーといるとそういうことは求めないし、夜ごとの読み聞かせ役もクロスビーのほうを好んだ。

シルヴァーの豊かな黒髪は肩甲骨のすぐ下まで届く長さで、耳にかけた部分には白いものが交じっている。とはいえ、だぶだぶのスウェットシャツにスキニージーンズという服装や、ナチュラルな灰色の目からは、だれのおばあちゃんにも見えなかった。

「シルヴァーの家でもう少し寝かせてもらおうと話したんだ」言いながら、二人に続いて入っていった。この家のことは自分の家のように知っているので、こちらでのハリーの部屋にまっすぐ向かってキルトと枕を見つけ、二人が待つソファに持っていった。

娘が快適に過ごせるようにしてやってからおでこにキスをしようとすると、ハリーが両腕を首に巻きつけてきて、ぎゅっと抱きしめてくれた。

この子の汚れない愛情は、醜い世界のなかで、大いなる癒やしだ。髪を撫でてやりながら、かたわらにしゃがんだ。「もし具合が悪くなっても、シルヴァーがすぐパパに知らせてくれるからな」

「帰ってきたら、一緒に塗り絵する？　いちばんいい絵、とっといたげる」

いつもの餌だ――いちばんいい絵。ハリーに言われると、寛大な贈り物に思えた。「楽しみだ」

ハリーがあくびをして目を閉じ、もぞもぞと横になった。

シルヴァーと一緒に、今度は玄関へ向かった。彼女が言う。「ハリーなら大丈夫よ、お父さん。心配ないわ」

この女性には怖いくらいの正確さでしょっちゅう心を読まれてしまう。「熱が出たら連絡してくれ」

「もちろんよ」もう行きなさいと手で払う。「あの子の大好きなスープをこしらえて、今日は二人でゆっくり過ごすわ。さあ、遅刻しないうちに行って」

シルヴァーのような人がいてくれるとは、どこまで運がいいのだろう。「きみがいなかったらどうなっていたか」

「なに言ってんの」シルヴァーが笑う。「あなたならかならずどうにかしてたわよ。わたしこそ、あなたがいなかったらどうなってたか」

「お互い、運がよかったということにしておこう」

「そうね」首を伸ばして、雪の積もった前庭を見た。「早く行って。うちの電気代が倍になる前に」

クロスビーは笑って外に出ると、玄関の鍵がしっかりかかる音を聞いてから、前庭を横切って自宅のガレージに向かった。また歩道の雪かきをしなくては。帰宅したらすぐにやろう。暗証番号を入力してガレージ扉を開けたとき……いやな予感が背筋を駆けのぼった。

さっと振り返って付近を見まわしたが、目に映るのは雪をかぶった木々と羽ばたく鳥が一羽、そして灰色の雲間から差すまぶしい太陽だけだった。

公園のほうに目を凝らしたものの、車は一台もない。

シルヴァーが家に鍵をかけていて、今日は出かけないとわかっているので、この胸騒ぎも彼女には教えないことにした。無駄に不安をあおる理由はない。

それでも不安はそこにあって、肌をざわつかせた。

なにかがおかしい。

マディソンの存在と彼女の監視のせいで、こちらの警戒モードがオンになっただけならいいのだが。彼女のことが頭の中央最前線を占めている以上、今日はＳＵＶに乗ることにした。

車を走らせながらも警戒を絶やさず、いたるところに目を光らせた。すべてが静かだ。だからあの二軒の家を自身とシルヴァーのために選んだのだろう？　短い袋小路にあるのは二軒だけなので、プライバシーがじゅうぶん保たれており、周囲には空き区画と木立、公園しかない。それでも車で十分ほど走れば買い物ができる店や飲食店があるし、高速道路にも乗れる。便利なのだ。

家から離れたいま、ハンズフリーでマディソンに電話をかけた。まだ嗅ぎまわっているのか突き止めて……ランチにも誘ってみようか。ともかく、話をつけなくては。

そして、いずれかならず二人きりになる。できれば裸で、向こうの熱意が冷めないうちに。

残念ながら、それは今日ではなさそうだ。

木陰から出て双眼鏡をおろしたパリッシュは、たったいま目にしたものについて考えた。クロスビーと女性。それも、はっとするほど美しい女性。

まだ玄関をにらんでいる自分に気づいて、顔をしかめた。

乗ってきた車は一・五キロ以上手前で停めて、こっそり公園を抜けてきたので、勘づかれてはいないはずだ。それでも、クロスビーが間違いなくこちらの気配を感じ取った瞬間があった。周囲を見まわした様子もその証拠だ。勘の鋭い男のようだが、そのことはすでに知っているし、そうでなければ雇っていない。

常に直感を信じることについて、近々話をしておこうか。まあ、明日以降に。

この件について当面は子どもたちを関わらせないと決めていなければ、マディソンに連絡していただろう。娘ならものの数分で隣人の名前を調べあげ、背景まで突き止めるだろうから、あの女性を警戒すべきかどうかがわかるのだが。

妙な話、あの女性は怪しいという結果が出ることをなかば願っていた。なにしろ、そうなればさらに調べを進められる。

だが問題は、マディソンが傷つくかもしれないという点だ。娘が男に興味を示すことはめったにないし、クロスビーに示しているほどの関心を見せたことは一度もない。もしクロスビーとあの女性とのあいだになにか親密なつながりでもあれば、マディソンは打ちのめされるだろう。

それだけで、さらに調べを進めるじゅうぶんな理由に思えた。

女性宅の、部分的にレースのカーテンがかかっている大きな正面側の窓をにらんで、二十分ほど過ごした。周囲にだれもいないこと、女性がこちらに気づいていないことを、確認したかった。

なにごとも起きなかったので、離れて立つ大きな木に隠れながら、静かにクロスビー宅を回っていった。歩道と私道は降ったばかりの雪に覆われているため、足跡が残ってしまう。まず間違いなくクロスビーは気づくだろうから、この無断の訪問についてはなるべく早急に話したほうがいいだろう。侵入者が現れたと思わせたくはない。

幸いあたりに通行人はおろか近隣住民さえいなかったので、窓からのぞきこんだり鍵をたしかめたり楽に侵入できる箇所はないかと探したりするところを目撃される心配もなかった。まあ、どんなに鍵がかかっていようと侵入することはできるのだが、できればなにも壊したくない。

裏口には頑丈な鍵が二つもついていたものの、そこがいちばん開けやすそうに思えた。ところが、ちょうど二つめの錠を開け終えたとき、聞き違えようのない音がした――だれかが銃のスライドを引いて薬室に弾丸が装填《そうてん》される音。

アドレナリンが血流をめぐったが、表の冷静さは少しも崩さなかった。銃を持った何者かに横から狙われた状態で、片手をドアノブにかけたまま背中部分のホルスターからゆっくり拳銃を抜くと、すばやくドアの陰に隠れて狙いを定めた。

あの女性だった。

目と目がぶつかり、どちらもまばたきしないまま、にらみ合った。

驚きのさなかでも複数のことに気づいた——冬の空を思わせる冷ややかな虹彩《こうさい》の色、まっすぐに引き結ばれた唇、寒さのなかで躍る長い髪、そしてコロラド州の冬にふさわしい服を着ていない、年齢を重ねてはいるがいまなお均整のとれた体。

女性が銃をおろさないので、こちらも構えたまま、先に口を開いた。「その必要はない」

「あら、必要なら大ありだと思うけど。むしろいま考えるべきは、先に撃ってあとで質問するか、それとも逆の順にするか、よ」

「おれが先に撃ったらどうする?」

華奢《きゃしゃ》な肩の片方をすくめて女性が言う。「なんにせよ、一発は放つわ」銃身をさげて狙いを変える。「タマをぶち抜いたら、這って逃げることになるでしょうね」

タマはおおむねドアの陰だが、いまの脅しでつい腰を引いてしまった。「クロスビーとは知り合いだ」穏やかに説明する。

「へえ、わたしもよ。断言してもいいけど、こんな真似をされて、彼は喜ばない」

「たしかに出すぎた真似だった」それにもし、これほどあっさり見つかったことが子どもたちに知られたら、いったいなにを言われるか。すぐさま引退するべきだと説得されるに違いない。

「家宅侵入をそう呼ぶの？　出すぎた真似？」

「なにも壊していない。錠を開けただけだ」ふと気づいた――この女性は凍えるほど寒い思いをしている。足元はよりによって、ふわふわのピンクのスリッパだし、当然、防水ではないだろう。コートも帽子も手袋もなく、スウェットシャツと体にぴったりしたジーンズだけでは、まともに冷気を感じているはずだ。

　彼女のために――ということにして――この誤解された状態を終わらせることにした。降伏のしるしに両手を掲げてドアの陰から出ながら、説明した。「おれはクロスビーの新しい雇い主で、彼に任せる仕事柄、自宅周辺を一度きちんと見ておきたかった。なにか盗むつもりも被害を与えるつもりもなかった」

　ひどく色っぽい女性の唇がゆっくりと弧を描いた。「あなたがだれかは知ってるわ。ほかならぬパリッシュ・マッケンジーでしょう。そう、クロスビーはわたしに隠し事をしないの。あなたの下で働くと決めてすぐに、あなたとあなたの子ども三人のことを教えてくれた。あなたたちならなにをするかわからないから、用心してくれ、と言ってね」黒いまつげが、あの冷たい目の上におりてきた。「これで、あなたはいろんなことをするんだと証明されたわ」

なるほど。クロスビーは賢い男だ。ますます雇って正解だった。「そうか」銃を背中のホルスターに戻して、二歩前に出た。彼女はここからどう進めるつもりだ？

女性が挑むような態度で前に出てきた。スリッパで雪を蹴りあげてしっかりした足跡を後ろに残し、胸を張って、あごをあげて。長い黒髪を躍らせる冷たい風も感じていないかのようだ。

「きみはだれかな？」パリッシュはまだ慎重に前進しながら尋ねた。

「そうやってじわじわ近づいてくるのをやめないなら、あなたを撃つ女よ」

それでもパリッシュは止まらず、ただ動きをもう少し巧妙にした。「いつまでもここにこうしてはいられない。きみが凍えてしまう」

女性は、だからなんだという態度だ。

不意をつきたくて、言った。「スウェットシャツの上からでも乳首がわかる」

女性の顔から不敵な表情があっという間に消えた。このときとばかりに彼女の背後をちらりと見ると――まるでだれかがいるように――彼女がさっと振り返ったので、その瞬間を逃がさずつかみかかった。二人の体がぶつかる。パリッシュは大きく強く、長年の訓練のたまもので筋肉質。女性はほっそりとやわらかく、どこをとってもフェミニン。

気づかずにはいられなかった。訓練の日々がものを言っているさなかでも。

難なく銃を取りあげた。それを片手でコートのポケットに突っこんだものの、すぐさま股間を狙った膝蹴りをよけなくてはならなかった。阻止しようと、やんちゃな膝をつかんで持ちあげ、バランスを失わせる。女性は仰向けで雪のなかに倒れた――が、その両手はこちらのコートをつかんだままだったので、一緒に倒れることになった。女性の上に直接倒れこむのは避けようと、身を翻してなるべく地面に着地した。もちろんそのままじっとしてはいなかった。

女性が動きだすより早く上に重なると、腕で体を支えて、長い脚を片脚で押さえこんだ。たちまち冷静な女性が消え、獰猛な女性が降臨した。激しく暴れて、顔を引っ搔《か》こうとしてくる。

女性を傷つけることだけはしたくなかったので、慎重に両手を押さえつけてさらに体重をかけた。「落ちつけ、大丈夫だ。危害は加えない」

荒い呼吸のまま見あげる淡い色の目のなかで、恐怖と自尊心がせめぎ合っていた。「どいて」

はっとした。まるでこの世で最低の野獣になった気がした。「撃たれたくなかっただけだ」そっと説明する。「起きあがらせたら、落ちついてくれるか？」

「落ちつく？」甲高い声で言う。

パリッシュは顔をしかめた。まったく、なぜそんなばかなことを言った？「頼むから説明するチャンスをくれ。それならできるか？」

そのとき、涙でいっぱいの小さな声が響いた。「おばあちゃん！」

二人同時に家の戸口を見たとたん――間違いなくパリッシュはとろけた。たったいままで眠っていたのか、金髪はくしゃくしゃで服はしわだらけの小さな女の子が、ぬいぐるみのユニコーンをぎゅっとつかんで泣きじゃくっていた。泣き声が、雪に覆われた景色にこだまする。

「くそっ」パリッシュはつぶやいた。「すまない」さっと立ちあがって、念のため、一歩さがった。

女性が肩で息をしながら手を伸ばしてきた。「襟から背中に雪が入ったわ」ぶるっと震える。「首も足も雪だらけ。氷のかたまりになった気分よ」

大丈夫そうだと見て、手をつかんで助け起こすと、ふらついた彼女の足からスリッパの片方が脱げた。それならと腕のなかに抱きあげて、ついでに脱げたスリッパを拾った。小さな女の子に向けて言う。「おばあちゃんは大丈夫だよ。本当だ」少女のいる開いた戸口に歩きだした。「雪のなかで転んだだけさ」

それでもめそめそしている女の子に、女性がやさしく語りかけた。「ベイビー、もう泣かないで。この人はパパのお友達よ」

女の子がしゃくりあげ、目を丸くしてこちらを見つめた。

「パパというと？」パリッシュはかすれた声で尋ねながらキッチンに入っていった。

「クロスビーよ」女性の言葉に、膝がくずおれそうになった。彼女がその衝撃に気づいて、にやりとする。「そう。彼としては、あなたに知られたくなかったこと。知られたとわかったら、激怒するでしょうね」

パリッシュは背後でばたんとドアを閉じ、先へ先へと考えた。「なにか隠しているとは思っていたが」

「そうなの？」女性が身をよじって離れようとするので、床におろしてやると、彼女は身震いして体の雪を払った。「だけどさすがにこれは思いいたらなかったんじゃない？　つまり、それほど有能じゃないってことね」

クロスビーはいったいどうやってこれほどの事実を隠しとおしていた？

「ところで、わたしはシルヴァー」彼女が名乗り、女の子の前にしゃがんで語りかけた。「もう大丈夫だからね、ハリー。パパがすぐに帰ってくるわ」

「ほう？」カウンターに歩み寄ってペーパータオルを何枚か取り、床につけてしまった雪のあとを掃除しはじめた。

シルヴァーと名乗った女性がやさしく女の子の髪を後ろに撫でつける。「あらら、お熱が出てきたみたいね」

パリッシュは言った。「あるいはきみの手がまだ凍えているのか」手袋をはずし、ゆっくり慎重に、手の甲を女の子のおでこに当てた。「熱はない」

シルヴァーがさっと怖い顔を向けた。

名前が気に入った。本人によく合っている。髪に白いものが交じっているから、とくに。見た目も気に入った。色気があるのにさっぱりしていて、態度と舌鋒《ぜっぽう》の鋭さがおもしろみを添えていて……。「おれは子どもを三人育てた」思考に手綱をかけたくて、言った。「経験がある」

反論されるかと思ったが、シルヴァーはこう言っただけだった。「凍え死ぬ前に着替えなくちゃ」

無言の同意として、拾ったスリッパを差しだした。

シルヴァーがキッチンの椅子を指さした。「座って、なんにも触らないで。すぐ戻るわ」そしてハリーの手を取ると、まだやさしく語りかけながら、歩きだした。だが小さな女の子は何度もこちらを振り返り、その目はもはや恐怖ではなく好奇心をたたえていた。

一人残されたキッチンで手袋とコートを取り去ると、座っていろというシルヴァーの指示を無視し、やかんに水を汲《く》んでコンロにかけた。

クロスビーには娘がいた。なぜ彼はなにも言わなかった?

ホットチョコレートを作っていると、ほどなくシルヴァーが戻ってきた。ドアのところで立ち止まり、目に怒りを燃やす。「なにを勝手なことをしているの?」

着替えたシルヴァーは黒のセーターにショールをはおり、別のジーンズに分厚い白の靴下という姿だった。「もう寒くないか？」

シルヴァーは答えようともせずに、ハリーがテーブルに着くのを手伝い、小さな毛布でくるんでやってから、ユニコーンもとなりの椅子に座らせた。「気分はどう、ハニー？お昼寝したから少し元気になったかな？」

ハリーは上の空でうなずいた。視線はこちらに釘《くぎ》づけだ。

どうしたらほほえまずにいられる？　じつに愛くるしい女の子だ。大きな青い目にくしゃくしゃの金髪、そしてたっぷりの疑問。「怖がらせて悪かったね、ハリーちゃん」

ハリーは腕組みをして、きっぱりと言った。「パパ、いつも言ってる、ここにはだれも来ちゃいけないって」

「きみのパパは賢い人だ。で、いいことを教えてあげようか。それはつまり、おじさんも賢い人だということになるんだよ。なぜなら、きみのパパを雇ったからね」

シルヴァーが鼻で笑った。「もうじきクロスビーが戻ってくるから、あなたがどれだけ賢いかは、そのときわかるわ」

「彼は仕事中だ」パリッシュは指摘した。今日はスタッフと顔合わせをして、タスクフォースのチェックをする予定だから、まだ何時間もかかるはずだ。

ハリーの小さな肩に手をのせて、シルヴァーが言った。「あなたが現れた瞬間、彼にテキストメッセージを送ったの」優越感の笑みを浮かべて言う。「あなたがわたしに気づく前に、彼はこっちに向かってた」

興味深い。「彼に連絡してから、おれと対決しに出てきたのか?」

「当然でしょう」

銃で挑発してきたさまを思い出した。大事なものを――つまり睾丸《こうがん》を、撃つと脅してきたさまを。それから、ごく短いあいだ、雪のなかでぶざまに重なり合ったときの感触も思い出した。厳寒のなかでも、感覚は鈍っていなかった。

最後に女性と体を重ねてから何年も経つ。胸のふくらみのやわらかさを感じてから何年も。女性の肌の不思議と甘い香りを吸いこみ、あの血のたぎりを感じてから、もう何年も。

さらに思い出したのは、あのときまで威勢のよかったシルヴァーが硬直して息を止め、怯えたさまだった。「クロスビーに、現れたのはおれだと言ったんだろうな?」

「もちろん」またあざけるように言う。「心配いらないとも言ったわ」

腹の立つ女性だ。怖いもの知らずで度胸があって、なのにどこか傷ついている。「おれが脅威ではないとわかっていたなら、なぜ――?」

「決まってるでしょう、シュガー。女の子は楽しまなくっちゃいけないからよ」

6

幸いクロスビーが職場へ向かう際、道路は降ったばかりの雪がうっすらと化粧をしているだけだった。なにかがおかしいという感覚を拭いきれなかったので、ふだん以上に周囲に目を光らせたが、怪しいものはなにもなく、いつもの朝と変わりなかった。

建物に入ろうとしたまさにそのとき、シルヴァーからテキストメッセージが届いた。迎えに出てきた男性二人に断ってから、急いで携帯電話を取りだし、目を通した。

〝ボスが来て嗅ぎまわってる。大丈夫よ、心配ない。念のため知らせただけ〟

ボス？　まさか、パリッシュがそんな真似をするわけは……。いや、なにを言っている。マッケンジー家の人間は一人残らず、自分のしたいようにするではないか。確認のために返信した――〝マッケンジー？〟

〝そう。あなたの家の窓からなかをのぞいてた。イケオジだなんて聞いてないわよ〟

くそったれ。つまり今日の予定はそういうことだったのか――陽動。家を出るときに感じた気配もパリッシュだったに違いない。直感を信じるべきだった。家に残る口実を思いつくべきだった。それから……。ふうっと息を吐きだした。

なにかが仕組まれていると悟るべきだった。

またシルヴァーに返信した。〝すぐ帰る〟

〝了解。あとでね〟

向きを変えたとたん、マディソンに正面衝突しそうになった。ハンドバッグより持ち歩いていることの多いノートパソコンが、彼女の手から落ちそうになる。「おっと」器用に手でさばいてからこちらを見つめ、細い眉をあげた。「どこかへ行くの？」

マディソンのことだ、早朝に来ていないわけがない。マッケンジー家の人間は、自分たちが決めたルールとスケジュールに則《のっと》って生きるのだ。想定どおりには動いてくれないし、一緒に決めた約束をおとなしく守ることもない。「誘ったのはランチだぞ」募る苛立ちのせいでうなるような声が出た。「こんなに早い時間になにをしている？」

不機嫌な態度も口調もどこ吹く風とばかりに、マディソンは両眉を上下させてささやいた。「上階にある空き部屋をいくつか案内しようと思ったの」

勘弁してくれ。本気か？　新しい仕事の勤務時間中に、きみの父親の下で働きはじめたその日に、ほかの従業員が周りにわんさかいるなかで、空き部屋に忍びこんでお楽しみに興じると？

歯を食いしばりすぎて、こめかみが痛くなってきた。

マディソンをよけて振り返り、戸惑った顔で待っている男性二人に呼びかけた。「申し訳ないが、ミスター・マッケンジーが別の場所でお呼びだ」これでいろいろ訊かれずに済むだろう。「かならずあとで埋め合わせをする」それでもこんなふうに立ち去るのは無礼きわまりなく思えた。

第一印象としては最悪だ。

「ねえ、なにかあったの？」マディソンが急いで追ってきた。

「きみのお父さんだ」もはや秘密を隠しようがない。やっとの思いでマディソンに、プライバシーを尊重すると約束させたのに、その彼女の父親があらゆる境界線を越えてくるとは。

マディソンが文字どおり、目の前に飛びだしてきて、息せききって尋ねた。「パパがどうしたの？　まさか怪我？　なにがあったの？」

この女性がうろたえたところを見たのは初めてだったので、足を止めることにした。今日はあの白いスノースーツ姿ではなく、フェイクファーの縁取りをしたフードつきの黒いジャケットしかはおっていない。黒のレギンスは脚の長さとかたちのいい太ももを引き立てており、ニーハイのスノーブーツはおしゃれかつ実用的に見えた。

「今日は黒一色か」こちらの機嫌に合っている。

「クロスビー」マディソンが警告するように言った。

心配させたくなかったので、しかたなく説明した。「きみのお父さんが今日、私をここに呼びだしたのは、邪魔を排除して家に侵入するためだった」また苛立ちがこみあげてきて、強調するように言った。「私の家に、だ」

心配と、おそらくは罪悪感が、マディソンの顔におりてきた。ノートパソコンを抱きしめて言う。「どうしてわかったの？」

「シルヴァーがメールをくれた」ふたたび歩きだした。いまはとにかく家に帰って、まだ侵されていないプライバシーがあるのなら、それを守らなくては。まあ、マッケンジー家の人間から隠しておけるものなどそう多くないだろうが。

まったく、こんなことになるとわかっていたのではないか？　マッケンジー家の下で働くというのは、なにかを得てなにかを失うことだと――よりよい報酬と福利厚生の代わりにプライバシーを手放すことだと。ああ、わかっていたとも。だが同時に、それが最善だともわかっていた。マッケンジー家が目を光らせていてくれるなら、シルヴァーとハリーはより安全になる。否定できない事実だ。

だが、タイミングをはかりながら進めたかった。こんなふうに、マディソンの家族に押しきられるかたちでではなく。

歩調を合わせてついてくるマディソンが、しばし無言で考えてから言った。「シルヴァーとハリーもそこにいるのね？」

「そうだ」ＳＵＶに歩み寄り、ロックを解除した。

マディソンが腕に触れて静かに尋ねる。「どうするつもり？」

「辞職するのがいいかもしれないな。そしてパリッシュの鼻にパンチを食らわせる」利点はあるが、自分がその道を選ばないことはわかっていた。マッケンジー家は敵ではなく、味方につけておきたい。その長を攻撃するのは、ときの声をあげるも同然だ。マディソンを含めたマッケンジー家の全員に追われる羽目になるだろう。

マディソンが笑みをこらえて言った。「辞職なんてできないでしょう。あなたにとって完璧な仕事なんだから。それに、パパを殴るのはおすすめしない」身を乗りだし、からかうように言った。「きっと殴り返されるわよ。激しくね。年齢にだまされないで」

この女性のいつでも楽観的で明るいところには、多少なりとも怒りが薄れる。天を仰いで、言った。「パリッシュは五十三だ、マディソン。九十じゃない」

「そうね。速さも強さも健在よ」

「いまはどうでもいい」ドアを開けたとき、またテキストメッセージが届いた。うめきながらポケットの携帯電話を取りだして画面を見たとたん、激しく罵りたくなった。

マディソンが心配そうに近づいてきて、メッセージを読もうとする。「今度はなに？」

「またマッケンジー家の人間だ」怒りのあまり、これだけしか言えなかった。「きみたち一家に出会ったのは間違いなく災厄だった」

マディソンは怯《ひる》んだが、すぐに立ちなおって言った。「たしかにわたしたちはときどき少し強引かもね」現実的になろうとしてか、問う。「ケイド？　レイエス？」

「両方だ」まったくもって信じられなかった。「ウィントンの店に現れて、周囲に溶けこもうとしたが、地元住民を怯えさせただけだったらしい」

これにはマディソンもにっこりしたが、すぐにこう言った。「ごめんなさい」おもしろがっているくせに、なだめるような口調だ。「あなたが家へ帰れるよう、代わりにウィントンの店へ行ってほしい？」

ほしいのはきみとのセックスだ――それを、ランチで手を打とうとしていたのに。まさかこんな展開になるとは。

彼女の家族全員に対処しなくてはならないから、そのランチさえ手に入らなくなった。

「きみはここにいるはずじゃなかっただろう。少なくとも、約束の正午までは」

大げさにため息をついて、マディソンがうなずいた。「わかってるけど、あなたからの電話を切ったあとは、あなたのことしか考えられなくなったし、ここには空き部屋があるのを知ってたから……」小さく肩をすくめて、締めくくった。「我慢できなくなったの」

鼻梁《びりょう》をつまんでため息をついた。「きみも来たらどうだ？　一緒にお父さんに挨拶しよう。ウィントンには道中、電話をする」

マディソンの顔に、宝くじに当たったような表情がぱっと浮かんだ。いや、彼女の家はすでに大金持ちなのだから、宝くじではこんなふうに輝かせられないかもしれない。これほど求められていると思うと、恐れ多いような心境になった。ハリーの父親になってから、人生に余白はほとんどなくなったし、女性に興味をもつこともなかった。

マディソンのような女性がいるとは、まったくもって想像していなかった。

こちらが車のドアを開けてやろうとするより先に、マディソンは助手席側に駆け寄って、すばやく乗りこんだ。まるで、こちらの気が変わるかもしれないと思っているように。運転席に乗りこんだときにはもう、ノートパソコンを開いてシートベルトを締めていた。

「これって、ほぼデートじゃない？」マディソンがSUVのなかを興味津々に見まわし、保温式のコーヒーカップや、後部座席の毛布と救急セット、コンソールボックスの帽子と手袋に目をとめる。「だっておしゃべりできるし、ついにそのときが来たらあなたにしたいと思ってるあれやこれやについて、話してあげられるでしょう？」

どうかしていると笑いながら、駐車場をあとにした。

「ばかにして」マディソンが上機嫌で言う。「まあ、好きなだけ笑ってればいいわ。いざ仕返しのときが訪れたら、容赦しないんだから」

手を伸ばして太ももをつかんだ。「ばかにしてはいない。ただ、きみにはなにを予期したらいいかわからないというだけだ」

マディソンは少し呼吸を深くして、太ももにのせられた手をじっと見おろしていたが、やがてそこに自身の手を重ねた。「百パーセントの協力を予期して」ちらりとこちらを見る。「自分のほしいものに関しては、遠慮しないほうだから」

「気づいていた」手を引き抜いて、ウィントンのテキストメッセージが表示されたままの携帯電話を差しだした。「代わりに電話をかけてくれるか？　スピーカーフォンにして」

「ああ、ええと、いいわよ」

マディソンはめずらしく不安そうだった。こちらが信頼のかけらを示したからか？　かもしれない。これまでに示してきたのは、頑固さと苛立ちと皮肉くらいだから。彼女の家族を少し落ちつかせて、こちらの生活にずかずか押し入ってくるのをやめさせることができたなら、関係性を変えていきたい――少なくともマディソンとの関係性は。

一回めの呼び出し音でオーウェンが出た。「もしもし、クロスビー？」小声で言う。「こっちに向かってくれてる？」

マディソンが唇を噛んだ。オーウェンが怯えているのは声だけでわかる。とはいえケイドとレイエスは成人男性にでもそういう効果をもたらすし、感受性の強い少年にならば当然だ。

「大丈夫だ、オーウェン。その二人は問題を起こしたりしない。断言できる」

マディソンがうれしそうにほほえんだ。「オーウェン？　わたし、マディソンよ」

衝撃の沈黙が返ってきた。

マディソンがめげずに続けた。「いまクロスビーと一緒なの。お願いがあるんだけど、二人のうちの背が高いほうにあなたの携帯を渡してくれない？　その人はケイドといって、わたしの兄さんなの」

「わかった。ちょっと待ってね。クロスビーからの電話を裏で待つよう、父さんに言われたんだ。二人はまだ外にいる」移動しているらしき音が聞こえ、オーウェンの咳払いが続いた。「す、すみません」

　ケイドの深い声がなにごとかつぶやいた。

「あなたの妹さんです。お話ししたいそうです」

　ケイドが遠くでうめき、ごそごそいう音に続いて、電話口で言った。「マディソン、いまどこだ？」

「クロスビーと一緒よ。ねえ聞いて――パパがいまクロスビーの家にいるんだけど、そんなの、だれも知らされてなかった。クロスビーのことは職場へ行くよう仕向けて、兄さんたちには無駄な仕事を押しつけて、だれにも内緒で探偵ごっこに乗りだしたの」

「くそっ」吐き捨てるように言ってから、おそらくはウィントンに向けて、穏やかに断った。「失礼」それからまた電話口に向けて言う。「どうにもおかしい。おれの見たところ、ここでの問題はもうクロスビーが片づけてる」

「当然よ。彼にとってウィントンとオーウェンは家族同然だもの。危ないままにはしておかないわ」

「なるほど」ケイドがため息をついた。「クロスビーの家に集合か?」

「それがよさそうね」

クロスビーはハンドルを握りしめた。「同意していないぞ」

用心深い目でこちらを見て、マディソンが言った。「でも先にクロスビーの許可をとらせて」スピーカーフォンをオフにして、携帯電話を太ももに置く。「勝手にどんどん進めてしまうのもわたしの悪い癖なの」

「きみだけじゃない。マッケンジー家の特徴だ」

「そうね、わたしたち全員、なにかつかんだら全力でっていうスタイルだから」そう言うと、手を伸ばしてきて肩に触れた。「パパはなにか隠してる。困ったことに陥ってるんじゃないかと心配よ。そうでなければ話してくれてるはずだもの。急いで結論を出したくはないけど、たぶん子どもたちを迂回して、あなたに問題を押しつけようとしてるんじゃないかって気がするわ――あなたっていう人間に任せても大丈夫なことを確認してから」

似たような線で考えていた。

マディソンがそっと言う。「わたしたちがどういう家族なのかは、もう知ってるわよね。そんなの、だれも耐えられない」

ああ、知っているとも。「いいだろう、全員集合すればいい。だがまずはシルヴァーに知らせておきたい」

「彼女に知らせればパパにも知られちゃうし、そうなったらパパは待ってないかもしれない。うれしいサプライズっていうことにしたらどう？」

また笑ってしまった。「〝うれしい〟があてはまると思うのか？」

マディソンの唇に笑みが浮かんだ。「同意してくれたのよね？　そうでなければあの怖くて意地悪なしかめっ面をして、怒ってることを全身で示すやつをやってるはずだもの」

意地悪なしかめっ面？　怒りを全身で示す？　それは……悪くない。マッケンジー家の人間を相手にするときは、あらゆるアドバンテージが必要だ。たとえそれが〝怖く見える〟というだけでもありがたい。「わかった。連絡なしで全員集合だ。それじゃあウィントンを電話口に呼んで、少し話をさせてくれ」

クロスビーが店主のウィントンに、なにも心配はいらない、すべては行き違いだと携帯電話越しに説明するあいだ、マディソンは静かに待っていた。妙なことにウィントンの関心は、なぜマディソンがクロスビーと一緒なのかのほうに移っていた。なんだか励ましているように聞こえた。わたしの味方をして、応援してくれているように。

最初の赤信号でクロスビーが携帯電話のスピーカーフォンをオフにしたため、会話の内容は聞こえなくなったものの、ウィントンへの返答は短い〝いや〟と〝ああ、そうだ〟と、

〝それについては信頼してもらうしかない〟にかぎられていた。

ふーむ。それについてはって、どれについて？　わたしとはそういう仲じゃないと言っているの？　そう思うと癇《かん》に障って、気がつけばこちらがしかめっ面になっていた。

クロスビーが通話を終えてふたたび車を走らせはじめてから、尋ねた。「わたしたちはつき合ってるの？　つき合ってないの？」

「つき合っている」クロスビーが言い、周辺にくまなく視線を走らせた。なにも異常は見当たらなかったのだろう、続けた。「少なくとも、私はそう思っている」

あら、それはよかった。「じゃあ、ウィントンになにを否定してたの？」

唇の片端があがって、愉快に思っているのがわかった。「きみの家族と対立しているのかと訊かれた。しているとも」きっぱり言う。「いまはとくに。だがウィントンを心配させたくなかったから、否定した」

そういうこと。では、一つずつ片づけていこう。「どうしてウィントンはそんなふうに思ったの？」

「最近、お兄さんたちに会ったか？　二人とも、恐ろしさがにじみだしている」

「そんなことないわ」笑って言った。「二人とも、やさしくて思いやりがある人たちよ」

ウィントンとオーウェンの前ではとっておきの上品な態度でふるまったはずだ。とはいえ、ケイドとレイエスがどれだけ牙の鋭さをごまかせるだろうとも思った。兄たちの殺傷能力はどうしたって消せないし、自己防衛本能のある人なら、かならずそれに気づくはずだ。

クロスビーがちらりとこちらを見た。「二人がそういう人間であろうと決めたときは、そうなれるんだろう。だがウィントンの前でどんな顔を見せたかはわからない」またしかめっ面になる。「二人はお父さんの誘導で、ウィントンの店に行く必要があると思わされたのでは？」

おそらく。「パパにはいろいろ説明してもらわなくちゃいけないみたいね」同意してから、二つめの質問にとりかかった。「どうしてうちの家族と対立してると思ってるの？聞き間違いじゃないわよね。ウィントンを心配させたくないから、嘘をついたって」

クロスビーが片方の肩を回して言った。「ああ、事実をごまかした。だがマディソン、きみは鈍い人間じゃないだろう。わかっているはずだ、自分の兄たちが——」

「おおむねすべての人を信頼してないって？」侮辱にあたるようなことを聞かされるよりも、自身で言い終えた。侮辱されるのが自分なら、耐えられる。兄たちなら、冷静ではいられない。「二人とも、わたしを守ろうと必死なだけよ。わたしが二人を守ろうと必死なのと同じでね」すばやく考えてからつけ足した。「シルヴァーとハリーに会ったら、二人のことも必死に守ろうとするわ」

「そう願いたい。マッケンジー一族に生活を一変させられてもいいと思える、唯一の好ましい点だからな」

マッケンジー一族？　唯一の好ましい点？　にらむように目を狭めて言った。「わたしは〝好ましい点〟じゃないということ？」

通過する高速の出口にまた視線を走らせてから、クロスビーはにやりとした。「きみは人を不注意にさせる存在で、睡眠時間泥棒で、ものごとを複雑にしかねない女性だ」

そんなふうに言われると、そこまでひどく聞こえない。「あなただって人を不注意にさせるわよ。意識がどこかへさまようたびに、兄たちに延々冷やかされてるわ。ふだんはものすごく集中力が高いのに、いつかあなたと二人きりになれるってわかったいまでは、もうそのことしか考えられないのよね」

一瞬の驚きの沈黙に続いて、クロスビーがうなるように言った。「どうにかして不注意の原因を解消しなくてはならないようだな」

ああ、その低い声、思わせぶりな言い方……。彼がセクシーな冗談を言うのは初めて聞いたけれど、気に入った。「わたしはどうにかするつもりだったの。早く出社して、空き部屋を提案して。それを、最後まで説明しないうちに却下したのはあなたよ」

急に日射《ひざ》しがまぶしくなってきたので、クロスビーが日除《ひよ》けをおろしてサングラスをかけた。「仕事中に寝るような男だと、まさか本気で思っていたのか？　それも、出社一日めに？」

あまりにも驚いた声だったので、正直に答えるのは控えた。

「はっきりさせておくが」クロスビーが続けた。「仕事については絶対に譲れない倫理観をもっている。いまはお父さんに心底腹を立てているが、仕事となれば、かならず百パーセントをそそぐ」

なるほど。どうやらわたしは、したいことはしたいときにできるという状態に慣れきっていたらしい。彼の言いたいことはわかった。二人で別の方法を見つけるしかない。

クロスビーが父に腹を立てているという部分はスルーして、尋ねた。「ウィントンについて教えてくれない？　どういうつながりなの？」もちろん多少は突き止めたけれど、クロスビー自身の口から聞きたかった。日付やそのときどきの事実、写真といったもの以上の、彼ならではの視点から。

「なにが知りたい？」

「知り合ったいきさつとか？」

クロスビーが唇を引き結んだ。「ウィントンの店で万引きしようとして、あっさり見つかった。ウィントンは警察を呼ぶ代わりに、責任をとらせることにした」

「それじゃあ、おいしいところがばっさりカットされてるわ」

クロスビーが首を振り、唇からは険しさが薄れた。「いや、これがすべてだ。枝葉を知りたいなら言うが、父が死んだあと、母は働きづめで、生活を回すために可能なかぎりの時間を労働にあてていた。毎日、疲れ果てて帰宅した。努力していたが、悲嘆に暮れる女性にできることはそう多くない」片方の肩を回す。「私は反抗した。そうすることで、くそみたいな状況に対応していたんだろう――とウィントンはのちに言った。チョコバー万引き未遂のあと、ウィントンは母に連絡して、私を自室に閉じこめてから二人で長々話をした。会話に加わっていいと言われたときには、母は息子がウィントンの店で働くことに同意していた」

「ウィントンが、あなたを働かせた？」

クロスビーはいまも周囲に警戒の目を光らせていたが、ほんの少し体の緊張を解いた。

「進む道を教えてくれたんだ。人生において重要なものを。自尊心を」

「やっぱり、いい人だと思ってた」もっと話してほしかったので、小声でつぶやいた。

「日に二度、床掃除をしなくてはならなかった。ウィントンはかならず拭き残しを見つけて、指摘したからな。そのあと背中をたたいて、よくやったとほめてくれたものだ。一緒にコーラを飲んで話をした。ウィントンの妻はすばらしい人で、やさしさと理解のかたまりだった。たまに夕食をごちそうになったが、そのときはかならず母のために料理を持たせてくれた」思いにふけっているのか、しばし無言になってから、また続けた。「一度たりとも施しのようには感じさせなかった」

「それは、施しじゃなかったからよ」確信をもって言った。「善良な人が助けの手を差し伸べただけ」

「ウィントンの店で過ごす時間は、それだけでじゅうぶん貴重なものだったが、母のためになにができるのかを学ぶ機会でもあった。初めて母の帰宅前に掃除をしておいたとき、母は喜びのあまり、実際に涙を流した。それを見て、頭をがつんと殴られたような気がした。それまで自分がどれほど間抜けだったかを思い知ったし、ウィントンのおかげで、自分にはもっとできるんだと思えるようにもなった。だからそうした」

気づかれないようにそっと息を吸いこんで心を静め、どうにかほほえんだ。答えはもうわかっていたが、それでも尋ねた。「お母さんも亡くなったの？」

クロスビーがうなずいた。「仕事を引退して、親しい友人との時間を楽しむようになってしばらく経ったころ、鬱血《うっけつ》性心不全と診断された。二年と経たないうちに、ディナーと教会でのビンゴ大会から帰宅した夜、眠ったまま逝った」

「お気の毒に」

「診断されたあとは、楽しい人生だったとよく言っていた。おまえは自慢の一人息子だと。いわく、すばらしい夫と世界一の息子に恵まれたから、つらいときもあったけど、一分もほかの人生と交換したくないと」

「ああ、クロスビー。わたし、お母さんのことも好きだわ」さりげなく目頭を拭った。

「母のことはもちろん心から愛していたが、人としても好きだった。尊敬していた。常に働き者だったからというだけでなく、困難にくじけることなく最高の母でいてくれたから。

母の言うとおり、たしかにつらいときもあったが、ウィントンのおかげで切り抜けられたし、そのあとはすべて順調だった」静かにつけ足す。「いまだに母を恋しく思う。ハリーが母に会えていたらどんなによかったかと」

ああ、胸が引き裂かれそう――また。鼻をすすって目元を拭い、にっこりした。「話してくれてありがとう」

「これからの数週間で、お互いいろいろ話すことになりそうだな」

数週間？　それはつまり、性的な化学反応さえ確認したらおしまいというわけではなくて、もう少し長期的な関係を考えているということ？「一つ約束してくれる？」

「内容しだいだ」

笑ってしまった。この男性はばかではないから、先に内容を知りたがって当然だ。「パパを殴るのは我慢してもらえない？　さもないと、本当に気まずい展開になっちゃうから」

これにはクロスビーも笑った。「ああ、それなら約束できる――ただし、二度とこんな真似をしないとお父さんが誓うなら」

痛いところを突かれた。父はどんなときも自身が正しいと思う行動をとるので、十中八九、そんな約束はしないだろう。「まあ、どうなるか見てみましょう」いい結果が出るよう祈るしかない。兄たちも、おとなしくしているのが身のためだ。さもないと、このわたしが黙っていない。

クロスビーは必死の努力で怒りを抑えていた。パリッシュ・マッケンジーと対峙するには冷静さが欠かせないからだ。マディソンの指摘は間違っていない——今度の仕事内容は自分に向いているばかりか、ハリーのためにできることがより増えて、あの子の未来をよりたしかにしてやれる、ありがたいものでもあるのだ。優先順位を忘れないようにしなくては。ハリーとシルヴァー、両方のために。

ところがいまは、マディソンも優先すべきことに思えてきた。

とはいえこの女性は、自分で自分の面倒を見られる。ハリーは無理だ。シルヴァーは、若いころの試練でタフになったと本人は思いたがっているが、それでもこちらを必要としている。

マディソンは、性的な意味合いで求めていることをはっきり示してきた。だが、必要としているか？　いや、こちらの手助けなしでも問題なくやっていけるだろう。

ふと、そこにはある種の自由があると気づいた。もちろん責任から逃げたりしない——もはやかつての身勝手なガキではないのだ。ウィントンの助けを借りて難しい時期を乗り越え、母にふさわしい息子に、母が誇れる男になった。

だがいまは、マディソンと二人きりの時間を想像するのが楽しかった。ただの〝一人の男〟として、そんな時間を過ごしたい。楽しんで、人肌を感じたい。なんの責任もなしに。

ハリーの父親でいるのは幸せだし、この父娘《おやこ》の生活にシルヴァーがいてくれることには果てしなく感謝している。だが、深まりつつあるマディソンとの関係はまったく別のものだった。

新鮮なもの。

だから怒りを呑みこんで――まあ、大部分は――いつもどおりガレージに停車した。

マディソンが興味津々に家を見まわす。彼女の家より小さいし古いし、慣れているだろう流行最先端のインテリアデザインなど皆無だが。

「あとで案内するから、先にとなりへ行かせてくれ」

マディソンはノートパソコンを抱えて周囲をきょろきょろしていた。ガレージ内の片隅には、ありふれた芝刈り機と除草機とガソリンが、反対側の隅には雪かき用のシャベルと融雪用の塩の袋が置かれている。穴の空いたペグボードにはさまざまな道具がかけられていて、奥の壁際にはキャスターつきの大きな道具箱があった。

「あなたがここで暮らしてるところを想像してるの」マディソンが言った。「すごく家庭的な姿」にっこりしてみせた。「とってもすてきな光景」

いかにもマディソンらしい。この女性はすべてをその独特かつ明るい視点でとらえるのだ。手を伸ばして言った。「行こう。こっちのドアから出て、裏からキッチンに向かう」

ガレージ扉はもう施錠したので、マディソンをドア経由で外に連れだし、こちらにも鍵をかけた。とたんに、雪のなかに残る、キッチンの入り口まで続く足跡が目に入った。足跡はシルヴァーの家のほうへ向かっており、途中、雪がかき乱されている箇所があった。まるで複数の大人が転げまわったかのようだ。足跡がシルヴァーの家のドアまで到達しているのを見て、眉をひそめた。

怒りが再燃する。「パリッシュはうちに押し入るつもりだったらしい」

マディソンは目を伏せていたが、握った手をこわばらせてつぶやいた。「そう……みたいね」

かわいそうに。自分の父親がなにをしでかしたか、正確にわかっていても、どうにか丸く収めたいのだ。

シルヴァーの家の手前まで来たとき、玄関ドアが開いた。シルヴァーは寒さをよせつけまいと自分を抱くようにして、おどけた顔で言った。「やっと帰ってきた」マディソンを見て言う。「あら、とんだ美人さんね。クロスビーったら、しっかり手を握っちゃって。どう考えたらいいのかしら？」

いつもながら、マディソンは一瞬もうろたえなかった。「美人って、どっちが！　きれいな人だとクロスビーから聞いてはいたけど、ここまでだなんて聞いてない。すごく変わった目をしてるのね。だれだって息を呑むわ。それにその髪、うらやましい」クロスビーの手を放して、ずんずん先へ行く。「マッケンジー家の全員を代表して謝罪します。迷惑をかけてごめんなさい。許してもらえるといいんだけど」

シルヴァーが驚いて、マディソンの後ろに目をやり――マディソンは玄関前の階段の途中に立っているが、その身長ゆえに、シルヴァーとは視線の高さがほぼ同じだ――こちらと視線を合わせた。

シルヴァーのずけずけしたもの言いに、たいてい相手は気分を害するのだが、マディソンは腹を立てるどころかシルヴァーをほめちぎったうえ、謝罪した。

ゆっくりとシルヴァーの顔に笑みが広がった。「あらまあ。今日は驚きの連続ね」

「ところで、父はどこかしら」マディソンが尋ねた。「こっち？　あ、気にしないで。勝手に捜すから」そしていつもの強引なやり方でシルヴァーのそばをすり抜けると、キッチンに入っていった。

シルヴァーが声に出して笑った。「入って、クロスビー。あなたもパーティに加わって」

不満に思いつつも、マディソンにならってブーツの雪を落としてから、キッチン入り口のラグに立ち尽くしている彼女のとなりに立った。マディソンがそこで固まってしまったのは、パリッシュがテーブルに着いていて、ホットチョコレートを飲みながらハリーと塗り絵をしている光景に釘づけになっていたからだった。

さすがにクロスビーも似たような影響を受けて、残っていたわずかな冷静さも吹き飛ばされた。

「いま、クッキーを作ってるの」シルヴァーが言い、ドアを閉じて鍵をかけられるよう、クロスビーの背中をそっと押した。

「クッキー？」クロスビーは問い返した。

「それがいいかなと思って」シルヴァーがカウンターに戻り、クッキー生地にチョコレートチップを加えてから、せっせと混ぜはじめた。

マディソンはまだその場に立ち尽くしたまま、魅入られたようにハリーを見つめていた。そのとなりで、クロスビーは状況を呑みこもうとした。

パリッシュは腹立たしいことにこちらを無視している。まるで、あんな大胆なやり方で他人の生活に侵入するなどありふれた日常であるかのように。そして、こともあろうに塗り絵をしている。

愛娘《まなむすめ》のハリーがこちらを見てにっこりしたので、ようやく足が動かせるようになった。しゃがんだと同時にハリーが飛びついてきて、小さな両腕で首にしがみつき、やわらかな髪で頬をくすぐる。おもむろに体を引くと、こちらの顔を両手でつかんで言った。「パパ、ハリーね、ミスター・ケンジーと塗り絵してるの」

「マッケンジー、だよ」笑顔で訂正し、もう一度抱きしめてからこめかみにキスをした。具合がよくなったようで一安心だった。

「ケンジーでかまわない」パリッシュが言い、ど派手なピンク色に塗ったユニコーンの角を丁寧に色づけする。「ところで、嬢ちゃんは少し倦怠感《けんたいかん》があるな。鼻もすすっている。おそらく風邪の引きかけだろうが、確認したところ熱はない」

その冷静な診断を聞いて、クロスビーはゆっくりシルヴァーのほうを向いた。

シルヴァーはたちまち天を仰いだ。「ここまでのわたしの気持ちがわかった？　この人、とんだ知ったかぶりなのよ」

「おれは元医者だ」パリッシュが言った。「風邪については知識がある」

シルヴァーが冷たい灰色の目を狭めてマディソンを見た。「あなたは、ハニー？　パパさんと同じ、知ったかぶりなの？」

「パパさん？」マディソンはにんまりして、ノートパソコンをテーブルに置くと、手袋をはずしてコートを脱いだ。「クロスビーに訊いたらそうだって答えるでしょうね。でもわたし自身は、情報に通じてるって思いたい」コートを椅子の背にかけて腰をおろし、いろいろな塗り絵帳を眺めた。

これほど人がいることに慣れていないハリーは、まばたきもせずにマディソンを見つめていた。

おそらくマディソンはめったに子どもと接しないはずだ。それが証拠に、ハリーをじっと見つめ返している――負けないくらい興味津々に。

愉快だった。武器を持った敵には動じないのに、おちびな四歳の女の子にはどう対処したらいいかわからないとは。「マディソン？」

マディソンは、ようやく自身のしていることに気づいたのか、ぶるっと首を振って、ハリーに言った。「こんにちは」

ハリーは怪しいものでも見るように目を狭め、パリッシュのほうににじり寄った。「あの人、だれ？」

「おれの娘だ」パリッシュが言う。「いい人だぞ。にっこりしてやれるか？」

「やだ」

パリッシュが笑い、ちらりとこちらを見た。「この子はきみ似だな。少なくとも、性格面では」

その言葉に思わずかすかなほほ笑みを浮かべ、娘に語りかけた。「マディソンは本当にいい人だよ。一緒に塗り絵をしたいかい？」

「あら、ぜひやりたいわ」マディソンが熱心に言った――見るからに本心だ。「すてきな塗り絵帳をたくさん持ってるのね。一冊、貸してもらってもいい？」

ハリーはすぐさまマディソンのほうに飛んでいった。「これがね、いちばんいいやつ。人魚がいるから」小声でつけ足す。「ケンジーはユニコーンがいいって言って、あたし、ユニコーンのは一冊しか持ってないの」

マディソンはすっかりとりこになったように、手を差しだした。「会えてとってもうれしいわ、ハリー」

ハリーはつかの間、その手をじっと見つめてから、握り返した。「ケンジーって賢いよね。あたしのパパ、雇ったんだもん」

「ええ、それならものすごく賢いことになるわね」

「ケンジーもそう言ってた」マディソンにぴったりくっついて言う。「どの人魚、塗りたい?」

「〝いちばん〟を知ってるあなたに選んでほしいな」

ハリーが勇んで選びはじめたので、クロスビーは目の前の光景を眺め、ここからどう進めたものかと思案した。目下、シルヴァーの家の小さな丸いキッチンテーブルを、マッケンジー家の人間が二人も囲んでいて、塗り絵をしている——選《よ》りすぐりの訓練を積んできた危険な一家にとって、それがこの世でもっとも自然な行為であるかのように。

全員で守るべき基本原則、必要なのはそれだ。まずはこちらの考えをはっきり示すところから始めよう。「パリッシュ」なるべく声からとげを抜いて、呼びかけた。「少し話し合いたいことがある」

「ケイドとレイエスを待ったほうがいい」パリッシュが言い、マディソンを見た。「おまえがここにいるということは、二人もじきに来るんだろう?」

「ええ」マディソンは答え、眉をひそめて父親を見た。「パパがなにを隠してるにせよ、わたしたちには話しておくべきだったんじゃない？」

パリッシュは手を振って片づけた。「結果論だ。あのときは最善のことをしていると思っていた」

マディソンが塗り絵帳にかがみこんで人魚の髪を塗りはじめながら尋ねた。「バーナードも一枚噛んでるの？」

クロスビーの裏をかこうとなどしなかったように、パリッシュが平然と言った。「万一なにかが失敗したときのために、だれかが計画を知っておかなくてはならなかった」

シルヴァーがクッキー作りの手を休め、ちらりと振り返ってパリッシュをにらんだ。「この状況は失敗にあてはまらないの？」

するとパリッシュはシルヴァーにほほえんで――ほほえんで！――返した。「失敗？ クロスビーの家族に会えたことが？ 楽しい午後のひとときを、ホットチョコレートと、塗り絵と――」ちらりとシルヴァーの全身を眺める。「――すてきな仲間と過ごせたことが？ 無論、これは失敗ではない。むしろ、非常に有益で楽しい展開だ」

シルヴァーがみるみる頬を赤くして、ぱっと向きを変え、一心不乱にクッキー作りを再開した。

パリッシュはもう一度、シルヴァーを眺めてから、非難するような目をこちらに向けた。

「きちんと紹介されていればよかったが」

嘘だろう。まさか、こちらのせいにするのか？　歯を食いしばりたい思いで、きっぱり言った。「家族に会わせたいと思っていれば、紹介しています。会わせたくなかったし、あなたにはここにいる権利などない」

マディソンが父親とクロスビーを見比べてから、咳払いをした。「パパ、謝るべきよ」

パリッシュが首を傾けて言った。「心から謝罪する。信頼というやつを、ほとんど持ち合わせていなくてね」

「私生活を嗅ぎまわることと信頼に、いったいどんな関係が？」もうこの件は水に流したかった。本当に。マッケンジー家のことは理解しているし、ときには高く評価しもする。だがこれは。容易に水に流すには、あまりにも一線を越えすぎだ。

パリッシュがちらりとハリーを見て、いまは配慮が必要だとほのめかしてから、言葉を選んで説明した。「感情の乱れで気が散って、危険度が増すことは少なくない。おれはあることで子どもたちに心配をかけたくないと考えていて、きみが好もうと好むまいと、きみにはおれの秘密を知る役になってもらうつもりだった。もちろんこうなってしまっては、全員にすべて話すしかなくなったが」

パリッシュの穏やかで真摯な言葉に、肩の緊張がいくらかやわらいだ。「なにか困った事態に陥っているんですか？」

そのとき、玄関をノックする音が響いた。

そこから動く気はなかったので、足を踏んばってじっとしていた。

マディソンがちらりとシルヴァーを見る。

シルヴァーはふんと鼻で笑い、クッキー生地の入った大きなボウルを掲げた。「忙しいの。だれか出て」

パリッシュとにらみ合っていると、ついにマディソンがため息をついて椅子を引いた。父親とこちらの両方を指さしながら、言う。「わたしが戻るまでおしゃべりはなしよ」

パリッシュはほほえむだけだった。

こちらもなんの約束もしなかった。

マディソンがシルヴァーに向けて言う。「男って。ねえ？」

シルヴァーがにっこりした。

マディソンが手を伸ばしてハリーに問う。「わたしのお兄ちゃんたちに会いたい？　ノックしたのはきっとその二人なんだけど、早くしないと、鍵を壊して押し入ってくるわ」

ハリーは大急ぎで椅子をおり、マディソンに駆け寄った。

二人がキッチンをあとにした瞬間、パリッシュがこちらを向いた。「子どもたちは間違いなく口を出してくるだろうが、おれはきみに指揮をとってもらいたい。引き受けてくれるか？」

予測できないうえに独断で行動したがるマッケンジー家の三きょうだいを、指揮する？　じつに斬新な発想だ。いったいなにが待ち受けているのか、職務内容の説明書には記されていなかったに違いないが、どうしてノーと言えるだろう？　パリッシュに迫っている危険がなんであれ、それはマディソンをも危険にさらすのだから、となればこちらには阻止したい個人的な理由があることになる。「あの三人がおとなしく従うと、本気で思っているんですか？」

「情報がほしければあいつらも従うしかない。なぜならおれはきみにしか報告しないからな。きみがどれだけ教えるかは、きみしだいだ」

くそっ。パリッシュは本気だが、三きょうだいが激怒することは本能的にわかる。そこで、小声で言った。「引き受けるなら昇給を」

「問題ない」パリッシュが立ちあがったとき、まずケイドが、続いてレイエスが、キッチンに踏みこんできた。

シルヴァーがなにげない様子で入り口をちらりと見て、一度は目をそらしたものの、ふたたびゆっくりと、口を半開きにして視線を戻し、今度は目を丸くして凝視した。

ああ、気持ちはわかる。この兄弟を目にしたら、だれでもそうなるだろう。その点で言えば、マディソンにも同じ反応を示すのがふつうだ。

マディソンがまだハリーと手をつないだまま、兄二人のあとから現れて、紹介役を担った。そのなかで、クロスビーとシルヴァーの関係性については、二人は家族だとしつこいほどに明言した。

兄弟がシルヴァーに会釈をしてから、まっすぐ父親のほうを見た。

その目はそっくりだが、ケイドの目はブルーで、レイエスとマディソンは榛《はしばみ》色だ。

ほかに選択肢がないので、場の交通整理を引き受けることにした。「ここでは椅子が足りない」この家のキッチンテーブルは四人がけだ。シルヴァーにはそれ以上、必要ないのだ。ふだんは本人とクロスビー父娘《おやこ》の三人に、ハリーの選んだ人形だけだから。

娘を抱きあげて言った。「お客さんと少しお話してくるから、シルヴァーと一緒にここで待っていてくれるか？」

ハリーが父親の陰から顔をのぞかせて、ケイドとレイエスを見た。「みんな、巨人さんだね」ひそひそ声で言う。

「でも、いい巨人さんだ」そう請け合ってから娘の鼻にキスをし、椅子におろしてやった。

シルヴァーのほうを向いて言う。「頼めるかな」

シルヴァーはまだまばたきをしていないようだったが、どうにかふだんのさらりとした口調で言った。「あとで詳しく話してくれるなら」

「約束する」シルヴァーにはいっさい隠し事をしない。すべて知っておいてもらう必要があるからだ。そうしてこそ、脅威を警戒することができる。たったいまきょうだいが入ってきた入り口を手で示し、マッケンジー家の面々に言った。「リビングルームに移ろう」話は聞こえてしまうだろうが、寝室に立ち入らずにこの家でプライバシーを得ようと思ったら、それくらいしか手がなかった。

マディソンが最初に移動し、次いでケイドが、最後にレイエスが続いた。

ところがパリッシュはそれほど距離を詰めたわけではなかったが、それでもシルヴァーは身を固くした。「クッキーはいつ焼きあがる？」

パリッシュはシルヴァーに歩み寄った。「いまオーブンに入れるから、十分後くらいね」

パリッシュがほほえんだ。「ではそれまでに話を終わらせよう」

「あなたにあげるってだれが言った？」シルヴァーが返した。

するとパリッシュは、クロスビーが聞いたことのないハスキーな声でささやいた。「本気を出したおれの説得力はすごいぞ」

なんと。

十七年以上も独りを貫いてきたパリッシュが、なぜいま、そんな気を起こす？　しかもなぜ、うちの家族の一員を選ぶ？

苛立たしいが、シルヴァーに向けるパリッシュのまなざしに、目の色に、口調に、関心はありありと浮かんでいた。

不思議なのは、シルヴァーがまったく無関心というわけでもなさそうなことだった。この数年、何度も言ってきた――きみには好きなように生きる権利があると。デートしたければ留守中はどうにかすると。だがシルヴァーはそのたびに、デートはもうリストから除外したのと返してきた。彼女の過去を考えれば、理解できない話ではない。だがずっと気にはなっていた。シルヴァーは賢くてやさしくて思いやりのある女性だから――まあ、皮肉屋な面もあるが――運命の相手にめぐりあってほしいと願っていた。

これまで、彼女のために〝大事な話〟をする必要に迫られたときはなかったが、そのときが近づいている気がした。パリッシュに理解させておかなくては。もしもシルヴァーをもてあそぶような真似をしたら、どうなっても知らないぞと。新しい仕事の内容は気に入っているし、高い給料も家族の生活に大きな変化をもたらしてくれるだろうが、なにより大事なのは愛する人々だ。シルヴァーは家族。もう何年もそうだった。

なるべく早くそこを理解したほうが、パリッシュ自身の身のためだ。

7

パリッシュには、クロスビーの頭のなかが手に取るようにわかった。この男について最初に気づいたのは、その正直さとごまかしのないところだった。クロスビーはいたずらにゲームをしない。状況が許せば無慈悲にも情け深くもなれる男だが、目指している方向は疑う必要がなく、現実的で実直で有能な人物だ。

どれも称賛に値する資質。

リビングルームに移動して、家の正面側にある大きな窓に歩み寄ると、あとから取りつけられたと思《おぼ》しき警報装置が目についた。何者かが窓ガラスを壊せば、警報音が鳴り響くだけでなく、見たところ、当局にも通報される仕組みだ。

キッチンのドアと窓にも警報は取りつけられていたし、きっと寝室も同様だろう。

もしとなりのクロスビー宅に侵入していたら、警察が駆けつけただろうか？　おそらく。無論、警報があればすぐに気づいて面倒な事態は避けていた――シルヴァーに銃を向けられていなければだが。

思い出すと笑みが浮かんだ。

「いったいどうなってる?」長男のケイドが尋ね、壁に肩をあずけた。

どうやらクロスビーはこの家に、かぎられた予算でできるだけの安全対策を施しているらしい。すべてが最高水準のものにグレードアップされるべく、早急に手配しよう。

振り返ると、心配と怒りの表情をたたえた子どもたちがこちらを見ていた。クロスビーは部屋の端に立ち、爆発が始まるのを待っている。

「まずは」そのクロスビーに言った。「こんなふうに押しかけて申し訳なかった」

クロスビーが肩をすくめた。怒ってはいるが、やむなしと理解してくれたのだろう。というか、そう解釈することにした。

質問したのがケイドだったので、次に長男のほうを向いた。「二週間ほど前、高速道路I-25を車で走っているときに狙撃された。三発」

マディソンが鋭く息を吸いこんだ。「なんですって?」

「すべて運転席側のドアに命中した」

「まじかよ《ファック》!」レイエスが言い、座っていた椅子から立ちあがった。

ケイドは無言のまま、激しい感情を目に浮かべてじっとこちらを見つめた。

「言葉遣いに気をつけろ」レイエスに言うと、子どもたちからは信じられないと言いたげな目が、クロスビーからは感謝を示すうなずきが、返ってきた。「近くに女性と子どもがいる」

「その二人ともによく聞こえてるわよ」シルヴァーが歌うように言った。「だれだか知らないけど、汚い言葉を使った人にはクッキーをあげません」

レイエスが手で顔をさすり、ちらりとキッチンを見た。「ごめん」

「許してあげる――それでもクッキー一枚、没収ね」

これにはレイエスもほほえみそうになった。「了解」すぐに笑みを消して、父親のほうを向く。「なんでおれたちにはそのときすぐ知らされなかったのかな？」

「知らせなかったのは、猟師のライフルの流れ弾だと思いたかったからだ。だれも心配させたくなかった」全員がいっせいにしゃべりだしたので、片手を掲げ、無言で我慢を要求した。「もちろん、近い位置に三発も命中していたのを見て、誤解だったとわかった――スナイパーの仕事だと」後ろ手を組んで、行ったり来たりしはじめる。グレーを基調にした心地のいい空間で、色とりどりのクッションがそちこちに置かれ、分厚いラグが敷かれていた。「銃弾は窓をはずしていたから――」おれのことも。「――撃った人間が下手なのか、あるいは警告のつもりだろうと考えた」

ケイドの図体《ずうたい》がますます大きく見えてきた。レイエスはますます怒りを募らせ、マディソンは両手を握りしめている。

「それでも偶然と思いたかった。別のだれかを狙ったのだと。だがそこへ、〈コーナーストーンセキュリティ〉にメッセージが届いた」

「それって、父さんがクロスビーを雇った会社じゃないか」レイエスがまるで咎めるように言った。

パリッシュは、クロスビーのほうを見ずにうなずいた。「申し分のないだれかが必要だった。百パーセント、信頼できる人間が」

「メッセージというのは？」ケイドが冷静に尋ねた。

「固定電話にボイスメールが届いた」

「パパに直《ちょく》で？」マディソンが問う。「それとも、受話器を取った人ならだれでも聞けるかたちで？」

「直接、おれの個人回線にだ」

クロスビーが身じろぎした。「内容は？」ずばり要点に切りこむ。

彼の目を見て答えた。「男の声で、おれの名前を呼び、はっきりおれあてのメッセージだとわからせてから、手出しするべきではなかったと告げた」

「手出しって、なににさ？」レイエスが言う。

「メッセージはそれだけだ」また行ったり来たりしはじめて、コーヒーテーブル代わりに使われている革張りのスツールと揃いのサイドテーブルを回り、座面にクッションが置かれた揺り椅子のそばを通る……。「母さんの捜索に乗りだしたとき、おれは身元を隠さなかった。名乗りながら罰をくだした。おれがだれなのか、相手にわからせたかった。だれにやられたのかを理解できるように」楽しい思い出ではない。あのころは嘆きのあまり、たがはずれて冷酷になっていた。静かに打ち明ける。「怒りに突き動かされて、報復を求めていた」

キッチンとの境目に気配を感じた。ちらりと見ると、シルヴァーが青ざめた顔に同情の目で、たたずんでいた。

まばたきをして目をそらさなくては、彼女とのあいだに生じる化学反応を子どもたちに悟られてしまうし、それは望まない。説明しなくてはならないことがもう山積みなのだから、突然感じるようになった強くて否定できない引力まで加わらなくていい。

こちらが目をそらす直前、シルヴァーが向きを変えてキッチンに戻っていった。

いま、いちばん爆発しそうなのがレイエスだったので、次男に向き合うことにした。気の短い息子にして、卓越した狙撃手だ。

まれに見るほどの善人でもある。

「当然だが」補足するように言った。「冷静でいたほうが成功する確率が高いことは学んだし、もう何年もおれは表に顔を出さずに来ていた」

「ロブ・ゴリー事件か」クロスビーがいち早く点と点をつなぎ合わせて、言った。「やつの兄が爆弾で死んだ日、あなたもあの場にいた」

「着いたのは爆発のあとだが、ああ、そのとおりだ。きみがレイエスを逮捕するものと考えて、先にうちの弁護団に連絡した。手配済みだとレイエスに知らせたくて現場に向かった」少なくともこの思い出はましなほうだ。「だがクロスビー、きみには驚かされた」当時、刑事だったクロスビーはレイエスを逮捕しなかったのだ。むしろすべての筋書きを理解し、またたく間に細部まで把握したように思えた。「いずれきみを雇うことになると、あのときわかった」肩をすくめる。「今回の脅迫のせいで時機が早まっただけだ」

これにはクロスビーも眉をひそめた。「あの件に関与していた可能性のある人物が残っているということですか？」

「いや」そう言ったのはケイドだ。「おれたちで隅から隅まで調べた。マディソンもあらゆる手がかりを、どんなに小さなことでも、一つ残らず追った。抜かりはない」

マディソンはほとんど口を開かずにいたが、めずらしい話ではない。娘の得意分野は、結果を予測することだからだ。クロスビーとの共通点と言える――ほかにも数多くある共通点のうちの一つ。

「ゴリー事件とは関係ないかもしれない」そのマディソンが立ちあがり、クロスビーに歩み寄った。「わたしたちはこれまでに何十という作戦をこなしてきたの。そのすべてをチェックする必要があるわ」

「いや」クロスビーが言う。「いちばん新しい作戦から始めて、遡っていくべきだ。ここ二週間の話なら、最近のものに関係があると見ていいと思う」

「最近って、一年以内とか?」マディソンが尋ねた。

「三年以内だな」クロスビーが眉間にしわを寄せて考える。「話していたら、別の可能性を思いついた。最近、刑務所を出たばかりの人物という線もありうるのでは? となると、三年より前ということもあるかもしれない」

マディソンも考えながら言った。「パパに解雇された人っていう可能性もあるわね。それか、パパの経営するなかで、法にかなった事業に関係するだれか」

「この世には不満を抱えた人間が大勢いるからな」クロスビーの眉間のしわが深くなった。「しかし、二年以上は遡らなくていいと直感が言っている。と同時に、より警戒を高めて、また電話や手紙が届いたり、狙撃犯が現れたときに、すばやく対応できるようにするべきだと」

パリッシュの全身に満足感が広がった。クロスビーならきっとこうだろうと予測していたとおりの反応だった。たしかにケイドやレイエスとは違うが、よき対抗勢力《カウンターバランス》となって、物事を軌道からはずれないようにしてくれるはずだ。思ったとおり、肉親ではないクロスビーがいちばん冷静だった。

なおいいことに、マディソンはそのクロスビーとごく自然に足並みを揃え、もう共同作業を始めている。

息子二人に目を向けて、言った。「異論は認めない」

ケイドが反射的に肩を怒らせ、反抗心を示した。昔からこうだ。静かな反抗はその指導力と同じくらい、この長男の一部と言える。ケイドは指揮をとりたがるだろうが、賢い男なので、家族以外のだれかに任せるほうがいいことは理解するだろう。

常に臨戦態勢でかっとなりやすいレイエスは、両手を腰に当てて問い詰めるように言った。「異論って、なににさ?」

マディソンがいぶかしむように目を細くした。「パパ?」

「この先はクロスビーが指揮をとる」きっぱり言った。「全員、彼の命令に従うように」

みごとにスポットライトを当てられたな、とクロスビーは思った。幸い、パリッシュの言葉に過度な反感をもった者はいないように見えた。

とはいえ、全員が父親の指示を無視することにしただけかもしれない。

まずケイドを、続いてレイエスをちらりと見た。マディソンには思考のプロセスを乱されるので、彼女のほうは見ないようにした。「この件について、続きはパリッシュの家で話し合うべきだと思う」

「その前にクッキーよ」シルヴァーの声で、まだ聞いていたのがわかった。「コーヒーも淹《い》れなおしたわ」

「父さんはおれの車に乗せる」ケイドが宣言した。

レイエスがうなずく。「父さんの車はおれが運転していくよ」

「だめだ」パリッシュはぞっとした顔で言ったが、息子たちは聞いていなかった。

マディソンさえ聞いていなかった。「それがいいわ。パパは一度、狙撃されてるわけだし」

「間違いなく標的は父さんだ」ケイドが言う。

「しばらくは身を隠してないと」レイエスが口を添えた。

だれもがいっせいにしゃべりだした。というより、話し合って計画を練りはじめた。

パリッシュがこちらをにらんだ。

もどかしさにうなりたくなったのをどうにかこらえて、声をあげた。「そこまで」

信じられないことに静寂が広がり、全員がゆっくりこちらを向いた。

これには本当に笑いたくなった。引退した警察官の自分が、有能きわまりないマッケンジー一家を黙らせたとは。

「同じ一人の父親として」穏やかに切りだした。「断言する。パリッシュは、危ないと思ったら息子のどちらかに自身の車を運転させたりしない」

「そのとおり」パリッシュの声にはどこか安堵《あんど》の色があった。

口を挟まれてなどいないように、言葉を続けた。「私が先頭を行き、そのあとをパリッシュ、次いでケイドとレイエスが後ろを守るというのがベストだと思う。全員が警戒していればじゅうぶん安全なはずだ」パリッシュに向けて言う。「今後の移動の際は別の車を使ってもらえるだろうか？　あなたの車だとだれにも知られていない、新しいものを」

「無論だ。実際、その件についてはバーナードが今日、動いてくれている」

全員がまた騒ぎだした。

「おまえたち」パリッシュが揺るぎない声で言った。「このことでバーナードをいじめるんじゃないぞ。わかったな」

三人ともわかったと答えたが、まあ、この三人はみんなバーナードに深い敬意をいだいているし、隠し事をしていたのは父親だともわかっている。バーナードはパリッシュの指示に従っただけだと。

ケイドが腕組みをして言った。「クロスビーの案でかまわないが、表に父さんの車はなかった。つまり、どこかよそに停めていて、ここまでは徒歩だったということか」

「かなり手前に停めてきた」パリッシュが認めた。「そんな顔をするな。じゅうぶん用心した。クロスビーの家に厄介を持ちこんだりしない。とりわけいまは知っているからな、自分が何者かに……」ためらって言葉を切った。

「狙われてるって？」レイエスが代わりに言い終えた。「素直に認めてえらいね、父さん」

パリッシュが横目でこちらを見た。「まあ、きみの家をチェックしようと決めたときは、ここに女性と子どもがいるとは知らなかったが」

「その話はもういいでしょう」はぐらかそうとして、ぼやくように言った。「あなたには関係のないことだった」

「はい、そこまで」キッチンとの境目からシルヴァーが言った。「みんな、温かいうちにクッキーを召しあがれ」

マディソンお姉ちゃんとパパのあいだに座りたいとハリーが言ったので、マディソンはとてもうれしく思った。おまけに小さなハリーは自身の椅子をこちらに寄せて、好奇心でいっぱいの大きな目で見あげてきた。

シルヴァー以外に大人の女性を見たことがないの？　そうであってほしい。それはつまり、クロスビーの女性関係がほぼゼロだということだから。そこはケイドとの共通点だ。上の兄は女性選びに関して慎重きわまりなかったのだが、そんなある日、スターリングが兄の世界のドアを吹き飛ばしたのだった。

かたやレイエスは遊び人――だった。ケネディに身も心も捧げるまでは。

わたしは身も心も捧げようとしているの？　そんな気がする。だって、どうして拒めるだろう？　クロスビーは目の保養というだけでなく、強くて有能でどこまでもまっすぐで、そのうえすばらしい父親でもあるのだ。

すべてを備えたこんな男性に、心を奪われないわけがない。

クレヨンを選んでいると、唇をすぼめたハリーにじっと見つめられた。

この少女に降りかかってきたいくつもの悲しみを考えないようにするのは、たやすいことではなかった。たやすくはないけれど、必要なこと。なぜなら頭がそちらへさまよいだすと、胸が痛いほど締めつけられて、きっとその痛みが目に表れてしまうから。小さくてあどけないこの子を抱きしめて、どうにかして過去の痛みを全部取り去ってやりたい――心からそう願った。

わたしでさえこうなのだから、クロスビーはどんな思いをしていることか。愛そのものの表情で娘を見るクロスビーを、すでに何度かとらえていた。夜に一人で横になったときには、きっと幾度となく記憶が押し寄せてくるのだろう。なにしろ彼はその場にいて、すべてを見、経験して……たった一人で耐えてきたのだから。

驚くべき自制心の持ち主といえる。我がこと以外のなにものでもない事柄を、自分は一歩退いて、法の手にゆだねるとは。

わたしはそこまで強くないし、そこまでの道徳心もない。出会ったばかりのこの少女のためなら、喜んでゴジラになって、この子を正しく扱わない連中など口から火を吐いてなぎ倒してやる。

「どっか痛い？」ハリーがぐっと顔をのぞきこんできて、小声で尋ねた。

やっぱり——感情が目に表れたのだ。すぐさまにっこりして答えた。「どこも痛くない。むしろすごく楽しんでるわ。シルヴァーのクッキーはおいしいし、あなたはとってもキュートだし」

「あたしのパパのことも好き?」

「ええ、そうね。あなたのパパは大好きよ」

「じゃあ、なんで怖い顔してたの?」

全員の視線を感じつつ、堂々と白を切った。「ゴジラのことを考えてたの」さすがに四歳児が知っているわけはないだろうと思い、説明した。「すごく大きい恐竜みたいな生き物でね、街中を破壊するんだけど、たいていはいい理由からそうするの」

ケイドに意味深な顔で見つめられた。わかっているぞという顔だ。そう、この上の兄には恐ろしいほどの正確さで心を読みとるという不可思議な能力があるのだ。そのケイドが問う。「どの街を破壊しようと思ってた?」

「いまはどこも。必要ならやってやるってだけ」

ケイドが視線をハリーに移し、やさしい目で言った。「そのときはおれも力になる」

レイエスがテーブル越しに身を乗りだし、大きな声でクロスビーをいじった。「きみのために一肌脱ぐってさ」

「私の家族のため、だろう」クロスビーが動じることなく返し、クッキーをかじってコーヒーを飲んだ。「自分の身は自分で守れる」

「でも、きみが大切にしてる人は？」

「その人たちのことも守れるが、分厚い盾が加わるありがたさがわからないほど、思いあがった人間でもない」

「そのくらいにしろ」父が割って入った。次男に向けられた不快感は傷をつけてもおかしくないほど鋭かった。「賢い人間は、正しい人間の援護を断らないものだ」

クロスビーは半笑いを浮かべた。「レイエスを〝正しい人間〟と呼べるかどうか」

「えんご、ってなに？」ハリーが尋ねた。

マディソンは我慢できずに少女を椅子から抱きあげて、膝の上にのせた。まあ、この子はどんどん近づいてきていたので、すでに膝にのっていたと言ってもおかしくなかったのだが。塗り絵をするにも、小さな体の向こうに手を伸ばさなくてはならないくらいだった。このほうが楽だ。「援護っていうのはね、困ってる人を助けることよ。たとえば、さっきわたしが人魚のしっぽをどの色に塗ればいいかわからなかったときは、あなたが援護してくれた」

「紫！」ハリーが自信たっぷりに言った。

「そうね、しっぽの先まで紫」

こちらに向けられたクロスビーの表情があまりにも細かに探るようなので、体が少しほてってきた。男性に顕微鏡でのぞかれたことはめったにないし、数少ないそんなときも、理由は子どもを抱っこしているからではなかった。

ハリーがいたずらっぽい笑みを浮かべて、マディソンの皿から食べかけのクッキーをつかみ取って口に運び、背中をもたせかけてきた。ふだんからしょっちゅうマディソンの膝にのっているかのように、もぞもぞして快適な姿勢を見つける。おかげで胸のふくらみに肘鉄を食らわされ、あごに頭突きをかまされた。

けれど、本当に、どうでもよかった。ハリーは甘いにおいがして、髪は極上にやわらかくて、気がつけばかわいい頭のてっぺんに鼻をこすりつけていた。

それを見たクロスビーが小さな笑みを浮かべたので、いったいこれまでに何度、うれしくない場所に肘鉄を食らってきたのだろうと考えてしまった。ハリーがいちばん必要としていたときに抱っこしてやった彼の姿を想像したが最後、頭に焼きついて離れなくなった。感情が高ぶってハリーをぎゅっと抱きしめたものの、少女はいやがらなかった。

クロスビーが父親なら、たっぷりの愛情表現には慣れているに違いない。

「本能が暴走してるんじゃないか、マディソン?」レイエスが、妹の膝の上ですっかりくつろいでいる少女を見て、にやにやしながら尋ねた。

すかさずシルヴァーがテーブル全体に問うた。「あの彼は、いつもあんなに感じ悪いの?」

当のレイエスは笑い、ケイドはそうだと答えた。ケイドが立ちあがってシルヴァーにコーヒーとクッキーの礼を言い、クロスビーのほうを向いた。「防犯設備をチェックしたいから、少し見て回ってもいいか？　きみのことだから間違いはないだろうが――」

「〝おれたちならよりよくできる〟か？」クロスビーも立ちあがった。「遠慮なく意見を言ってくれ。ただし、予算がかぎられている人間もいることをお忘れなく」

父が手を振って片づけた。「もう我が家の問題だ」

マディソンは咳きこみそうになった。たしかにクロスビーを仲間に入れた以上、家族は距離を縮めるだろうと思っていたが、少しばかりやりすぎでは？　だって、わたしはクロスビーと二度キスしただけだし、向こうが結婚したがっているというわけでもない。彼はもうすてきな人生を築いている……妻はいないけれど。

そう思った瞬間、どうしていきなり欲求が目覚めたの？　肉体的な欲求というだけではない、なにかもっとやわらかで、はるかに強いもの。いわば、切望のような。

クロスビーは父の申し出を断りかけたようだったが、道理のわかる男性だし、シルヴァーとハリーを愛しているから、最後には短くうなずいた。「ありがとう」

レイエスが、兄とクロスビーに加わった。「システムを構築して、もしここでなにかあったらおれたち全員にわかるようにしたらどうかな」

「警察にもわかるように」クロスビーが言った。

あいにくそれは、マッケンジー家の好むやり方ではない。習慣というのは根強いもので、一家はたいてい法執行機関を避けることにしている。

クロスビーの言葉にだれ一人、賛成も反対もしないうちに、膝の上のハリーから力が抜けて、手からはクッキーが落ちかけた。

「あらら」抱っこの手に力を入れて小さな顔をのぞきこむと、少女はもうすやすやと眠っていた。

「おねむちゃんね」シルヴァーが静かに言い、コーヒーを置いて立ちあがった。「さっきお昼寝したから、こんなに早くまた充電切れになるとは思わなかった」

「だが風邪を引きかけているからな」父が言い、シルヴァーの背後に近づいて、やさしい笑顔でハリーを見おろした。

父の動きを口実だと感じたのは、マディソンだけではなさそうだった。たしかに父はハリーを気に入ったようだけれど、と同時に、シルヴァーに惹かれているのも明らかで、後者に近づく口実を探しているのだ。それをどう受け止めたらいいのか、マディソンにはよくわからなかった。

「わたしが」シルヴァーが言いかけて小首を傾げ、こちらがいとも自然にハリーを抱っこしているさまを眺めた。「あなたがベッドに運びたいならお願いしようかな?」

答える前に、ケイドが言った。「おれがやろう」

ほぼ同時にレイエスが言った。「おれがやる」

シルヴァーは兄弟をちらりと見て、ハスキーな声で笑った。「本能が目覚めちゃったのはマディソンだけじゃないみたいね」腰に手を当てて尋ねる。「きみたち、そろそろ子どもをって考えてるの？」

ケイドが肩をすくめた。「スターがその気になれば、すぐにでも」

「スターというのはケイドの妻だ」父が説明する。「ケイド以外はスターリングと呼んでいる」

レイエスが両手をこすり合わせて言った。「おれは父親ってやつになってみたいけど、いまはケネディの仕事が忙しいからね。二年以内にはって感じかな」

問題を解決するべく、クロスビーが言った。「私が運ぼう」そしてやすやすとマディソンの腕からハリーを抱きあげた。ハリーはため息をついて父親の胸板に寄り添い、目を覚ますことなく、頭を肩にあずけた。「寝かしつけているあいだに、みんなは娘の部屋をチェックしてくれ。そのあと、家の残りの部分も頼む。ただし娘を起こさないよう、静かに」

「わたしの部屋は最後にして」シルヴァーが言い、だれより先にいそいそと立ち去った。

腕のなかが寂しくなってしまったマディソンは、みんなに続いてキッチンを出た。廊下の先のほうで、ドアが静かに閉じる。きっとシルヴァーは、どやどやと押しかけられる前にいくつか片づけたいものがあるのだろう。

クロスビーはまるで自宅にいるかのごとく、この家でも慣れた様子だった。シルヴァーとの取り決めは誤解されやすいものだろうに、二人のあいだに火花はいっさいなく、あるのは敬意と愛情だけだった。

シルヴァーはまぎれもなく美しいのだから、驚くべき話だ。近いうちに、クロスビーとシルヴァーが出会ったいきさつを聞いてみたい。どんな過去があるにせよ、あの女性は自身の美しさを誇示していない。それでも美しいには変わりないけれど、なにより、気取りがなくてくつろいでいて、〝ハリーのおばあちゃん〟という役割に満足しているように見える。おまけにぬくもりを感じさせるばかりか、こちらには即、通じた、とげのあるウィットまで垣間見せた。

出会った瞬間から好きになった。父もそうなのだろう——そして、それを隠そうともしていない。兄二人はどう感じている？　わたしは少し居心地が悪い。純粋に、そういう父には慣れていないから。

まったく、先走りすぎよ、マディソン。パパがシルヴァーに出会ってまだほんの数時間なのに。

クロスビーが娘を薄いキルトで覆わないうちにもう、ケイドとレイエスはハリーの寝室を軽くチェックして出ていった。クロスビーは娘の髪を撫でておでこにキスをしてから、一歩さがってこちらを見た。

マディソンは笑顔で部屋を見まわした。ハリーはこの家に住んでいるわけではないので、もっとゲストルーム然とした空間を予期していたが、ここはどう見てもハリーのために設《しつら》えられていた。

やわらかなグレーと淡いバラ色を基調に、ガーリーだけれど上品なしあがりになっている。片方の壁にはコルクボードが渡されて、ハート型の画鋲《がびょう》でさまざまな絵が飾られていた。ツインベッドは白の錬鉄製で、白い本棚がナイトテーブルの役割を果たしている。ベッドの足元側には白いラタンのおもちゃ箱。ハリーは蓋を開けっ放しにしていて、ぬいぐるみがいくつもあふれだしていた。

頭上からさがる明かりと本棚の上のランプには、羽根飾りつきのシェードがかかっている。そのうえ小さな揺り椅子と、スツールつきのお絵描き机まで揃っていた。

マディソンは自身の幼少期を思い返してみたが、これほどぬいぐるみやおもちゃに熱中した記憶はなかった。電子機器――いつだってほしいのはそれだった。

「この部屋の飾りつけはシルヴァーがやってくれた」

子ども用の揺り椅子の凝った細工に触れながら、マディソンは言った。「すごく趣味がいいのね」

「うちの子ども部屋も似た感じだ」クロスビーがこちらの思いを察したように、そっと言う。「色調は明るい紫とグレーだし、おもちゃも系統が違う。キルトには名前が刺繍《ししゅう》されていて、服は向こうのほうが多いから、たんすも大きい」

声を落としたまま、マディソンは返した。「ハリーにはおうちが二つあるみたいね」すり切れたうさぎを拾い、そのやわらかさに心を癒やされながら、ラタンのおもちゃ箱の、ナマケモノと赤ちゃん人形のあいだに座らせてやった。

「ハリーはほぼ毎日、ここで過ごす」クロスビーの視線はこちらを見据えたまま、ゆっくりした動きを漆黒の目で追っていた。「どちらの家でも快適に過ごしてほしかった」

なぜならあなたはそういうすばらしい人だから。「おもちゃをたくさん持ってるのね」本もたくさん。本棚から一冊抜き取って、パンケーキがネズミに話しかけているイラストにほほえんだ。「なにもかも、きちんと片づいてる」

「いつもではない。今日は体調がすぐれなかったから、ソファで休んでアニメを見ていていいとシルヴァーからお許しが出た。ふだんはここで遊ぶから、紙やらおもちゃやらが散らかっている」笑みを浮かべた。「毎晩、ハリーを連れて帰る前に、シルヴァーと二人で片づけだ」

切れ者刑事のクロスビーよりも、子煩悩パパのクロスビーのほうが魅力的だなんて、おかしな話。「ハリーより二歳くらい上のころ、わたしは兄さんたちよりえらいんだと思ってた。だって、もう自分のパソコンを持ってたの。もちろんペアレンタルコントロールが設定されてたけど」得意げに打ち明けた。「いつだって簡単にかいくぐれた」

クロスビーが短く笑った。「ハリーのパソコンを使っていい時間《スクリーンタイム》は短いが、どうせ未就学児対象のゲームをするか、アニメを見るか、くらいだ。だからそれより、お絵描きをしたり工作をしたり、シルヴァーとお菓子を作ったり、天気がいいなら外で遊んだりするよう、すすめている」

「公園に行ったりも？」

「ああ。それほど雪が積もっていないときは」こちらのウエストに片腕を回して、部屋の外にうながした。「だれもがきみのような神童じゃない」

「わたしだって違ったわよ」反論したが、親しげな彼の言い方がうれしかった。「ただ、ほかのことに興味がなかっただけ」

「パソコンと、お兄さんたちとの競争以外に？」

彼のほうに頭をもたせかけた。「それはもう少しあと、ママが死んでからのこと。防具をつけて兄たちと本気で勝負することだけが、パソコンからわたしを引き離せたの。体でぶつかり合うスパーリングは、コードを解いたりシステムに侵入したりするのと同じくらい楽しかった」ある記憶がよみがえってきて、笑みが浮かんだ。「一度、レイエスのパソコンに侵入したことがあるの。まったく、兄さんが見てたものといったら。わたしが十四のときだから、レイエスは十八ね。一カ月は目を合わせられなかった」

クロスビーが笑い、ハリーの部屋のすぐ外でマディソンを引き止めた。「つまり、パソコンに侵入してお兄さんたちを踏みつけるのがきみのおもな気晴らしだったというわけか。おもちゃは？　一つも持っていなかったのか？」

「持ってたはずなんだけど」眉をひそめて思い出そうとした。「パパとママからのプレゼントのなかには人形やゲームもあったはず。ふつうはそういうものでしょう？」

クロスビーが壁に寄りかかり、視線をこちらの背後――兄たちが向かった廊下の先の、シルヴァーの部屋のほうに向けた。「なぜか、マッケンジー家の人間が〝ふつう〟のことをするとは思えない」

たしかに。父はいつも世界を独自の視点で見てきた。自身にも雇う人間にも子どもたちにも、常に最高を期待した。父にとって個性は大きなプラス材料だ。どんなときもパソコンへの関心を奨励してくれたし、最新の機器を買い与えてくれた。

そして母は……。母は、二人のうちの〝飴《あめ》担当〟だった。「そうね、うちの家族はめったにふつうのことをしない。それってまずい？」

漆黒の目に見つめられた。最初は目を、それから口元を。「きみに関しては、なにもまずくない」

わたしに関しては、なにもまずくない。どうしてそれが希望のように思えるの？

今日ここへ来て、シルヴァーと出会い、ハリーを抱っこしたことで、彼との距離がぐっと縮まった気がしていた。まるで、クロスビー自身が世間に見せようとしている顔だけではない、本当の彼を少し知れたような。

クロスビーのぬくもりと、いつもぞくぞくさせられる香りと、かぎりない強さに吸い寄せられて、彼のパーソナルスペースに足を踏み入れた。本当はもっと近づきたい。初めて出会ったあの日からずっと、そんな願いをいだいている。クロスビーにはいつだって、もっと欲しいと思わされる。

両手を彼の肩にのせると、当然ながら、服が邪魔していなかったらいいのにと思ってしまった。素肌に触れて、熱を手のひらに感じられたらと。

「マディソン」クロスビーの声は低くかすれていた。「なにを考えている?」

「たぶん、考えちゃいけないことを。少なくとも、いまはだめなことを」力を抜いて、理性を呑みこもうとする性的な欲求を振り払おうとした。こんなに影響を及ぼされていては、容易ではなかった。「パパのこと、許してくれた?」

「ほかに選択肢があるか?」両手をこちらの腰に当てて、話題を変えた。「上手にハリーの相手をしてくれたな」

「本当?」最高のほめ言葉に聞こえた。「膝の上にのせてても重くなかったわ。うちの子猫と変わらないくらいで」

「子猫を飼っているのか?」

どうして驚くの？　「おかしないきさつなのよ。まず、レイエスがジムの近くの路地裏にいた大きな猫を拾ってきたの。かわいそうに、見た目はぼろぼろで、間違いなく野良で、かわいい子猫を三匹も抱えてた。で、もちろんレイエスは全員を助けた」

クロスビーは片方の眉をあげただけで、なにも言わなかった。

「たぶん本当に猫を見つけたのは、当時はまだそんなに打ち解けてなかったケネディよ。だけど彼女は家に連れて帰れなかったから、レイエスが引き受けたというわけ。猫は共有するはずだったんだけど――」

「どうやって猫を共有するんだ？」

「いい質問ね」マディソンはにっこりした。「レイエスはきっと、猫を利用してケネディに近づこうとしてたのよ。ほら、猫に会いに来てもらったり、一緒に獣医に行ったりとかして。だけど猫を一目見たバーナードが夢中になっちゃって。あのときはすごくおかしかった。堅苦しいバーナードが床の上に転がって、全身猫の毛だらけになって、左右の目の色が違ってしっぽが曲がってる猫に赤ちゃん言葉で話しかけて」思い出すといまだに笑ってしまう。「バーナードはキメラを――これも勝手にバーナードがつけた名前なんだけど――自分のものだと言い張って、レイエスに返そうとしなかったの」

「お父さんが、一家におけるバーナードの役割を説明してくれたとき、〝猫愛好家〟と言っていたが、まさかそのままの意味だとは思わなかった」

「なにかの遠まわしな表現だと思った？」笑って続けた。「子猫三匹のほうは、わたしたちきょうだいが一匹ずつ引き取ったの。わたしは長時間、パパの家へ行くときは、ボブを連れていくようにしてる」

「ボブ？」

「そう。ヤマネコ《ボブキャット》ってね」兄たちが話しているのが背後に聞こえた。低い声でぼそぼそと、防犯対策について論じている。加わらなくては。「ボブはすごくかわいいんだけど、虫をつかまえようとしてるときは別。そのときだけは野獣よ」

「ボブは出かけることに慣れているのか？」

「うちとパパの家を行ったり来たりするくらいはね」急に思いついた。「いつかハリーと一緒に遊びに来て。猫たちに会えたらハリーも喜ぶんじゃない？」

楽しげだったクロスビーの表情がなにか少し真剣なものに変わったが、どうしたのと尋ねる前に、シルヴァーが全員を廊下から追いだした。

「終わったか？」クロスビーが尋ねる。

「この二人、しつこいの」シルヴァーは言ったが、本気で不満に思っている口調ではなかった。「次はあなたの家を見たいんですって。わたしはハリーが眠ってる隙にキッチンを片づけておく」

「ありがとう。すぐに戻る」クロスビーがそう言ってマディソンから離れ、先頭に立って自宅のほうに歩きだした。

ついに彼の家を見られる。ああ、待ちきれない。


バージェス・クロウは満足感に浸っていた。計画を練るには時間がかかったが、とうとうパリッシュ・マッケンジーにつけを払わせる方法を見つけたのだ。しかしここは慎重にいかなくてはいけない。なにしろあの男は愚かではないし、トラブルを嗅ぎつける嗅覚をもっている――関係ないところにその鼻を突っこむという才能も。マッケンジーの心の平穏を少しずつ削っていって、無謀な真似をするまでに追いこむのだ。

そして追いこんだら、とどめを刺す。

数年前、クロウは業界内で新進気鋭の星だったが、そんなときにあの男が金と影響力にものを言わせてさっそうと現れ、ばたばたと人を倒していって――クロウはそのあおりを食らった。

マッケンジーはクロウを追っていたわけですらなかった。クロウの存在も、クロウが家出少女たちと築いた儲《もう》かるビジネスも、知らなかった。家庭で顧みられない少女というのは、クロウほどの容姿と話を聞く耳をもつ男に、いとも簡単に引っかかるものだ。

いま、滞在中のホテルの一室で、鏡つきのドレッサーの前で足を止め、少年っぽいと言われることもある乱れた金髪と空色の瞳がかもしだす純真さをチェックした。二十二歳のサーファーに見えると何度も言われてきた。本当は三十歳で、人間を売るビジネスの起業家で、感情と麻薬を巧みに用いて子飼いの少女たちを操っているのに。

だが、それは秘密だ。この顔が意図を隠してくれるなら、なおよし。

いま滞在中の部屋は希望の水準を満たしていないものの、数カ月前の写真で簡単にオーナーを脅すことができた。そいつがクロウの少女の一人に金を払って性的なサービスをさせたときの写真で。

そこがクロウとほかのビジネスマンの違うところだ。常に証拠を集め、未来に備える。困窮しているいま、その習慣が役に立った。

マッケンジーさえ首を突っこんでこなければ、いまごろ同じビジネスをしているほかの二人と手を組んで、そのリーダーになっていたのに。三人で協力して一帯の土地を買い占め、手広いビジネスを展開していたのに。高速道路I‐25沿いにある長距離運転手用の食堂のいくつかを独占できていたのに。ぼろ儲けしていたのに。

実際は、すべてを立てなおす羽目に陥った。

そして同業者にマッケンジーの手入れがあって以来、過剰なまでに用心するようにもなった――賢明だった。そうでなければあのいまいましい刑事とその部下が拠点に突入してきたとき、一斉検挙されたなかに自分も含まれていただろう。クロウともう一人は首の皮一枚で逃げおおせたが、拠点から私物を拾う手立てがなく、そこに隠していた薬物と金を回収する方法もなかったので、行き詰まってしまった。

さらに、マッケンジーが人身取引業者相手に大暴れしてくれたおかげで、手を貸してくれと頼める人間もいなくなった。

輝かしい未来、大金持ちになる未来は、露と消えた。

拠点を失ったあとは見つからないよう身をひそめ、風向きが変わるのを待っていたが、パリッシュ・マッケンジーは一向にあきらめなかった。大規模なものから小規模なものまで、あらゆる業者をたたきつづけた。二年も無駄に過ごしたあと、クロウは待つのをやめた。資金援助者が必要だった。常連客が必要だった。そして以前のように堂々と営業する必要があった。そうしてこそ、コネが生まれてカネが稼げる。

相手が警察なら裏をかけるが、マッケンジーとなると。あの独善くそ野郎はあらゆる場所に同時に存在するかに思えた。ことが起こりもしないうちに把握しているのだ。まだ注目されてもいないスタートアップを容赦なく壊滅させるのだ。

そういうわけでクロウは時間をもてあまし、飢え死にしないていどにときどき小売りで稼ぐしかなかった。はらわたが煮えくり返りそうだった。

これはれっきとしたビジネスだ。こちらは少女を誘拐してもいない。それに、ほとんどは〝女性〟とみなされていいレベルだ。十七、八歳で、自分の足で立つことに飢えており、家族というしがらみに不満を抱えている。

クロウはただ、そんな少女たちに同情し、安全と食事と寝起きする場所を提供するだけ……。そうしてだれも本当には聞いてくれなかっただろう話に耳を傾けてやれば、今度は少女たちのほうが親切に報いようと、必要な金を稼いでくる。

仰向けでか、ひざまずいてか、そこは知ったことではない。だが、それがなんだ？

こっちは価値を与えてやったのだ。

というより、素直ないい子には価値を与えてやる。だが警察の助けにすがったばか娘にはなにも与える筋合いはない。そういう連中はこちらの習慣や行きつけの場所、友人といったものついて、べらべらしゃべりかねないからだ。警察を――最悪の場合、マッケンジーを――連れてくるかもしれない。だからそういう連中は消えなくてはならないのだ。その考え方を悪いとも思わない。むしろ正しいことをしていると思っている。抜かりなく、きちんとビジネスをおこなうビジネスマン。それだけだ。

そういうばか娘がちょうど一人でいるときに薬物を過剰摂取するよう手配するのは、簡単すぎるほど簡単だった。死を招くフェンタニルとヘロインの混合物で、ばか娘たちは迫る危険に気づきもしなかった。ほんのつかの間、悩みを消してくれる、あの完璧なハイの状態を求めて、嬉々《きき》として針を腕に刺した。結果、そいつらはもう問題ではなくなった。

あのとき、拠点から赤ん坊が救出されたことも覚えていた。詳しいことはよく知らないが、母親のほうは我が子を隠すだけの良識をまだもち合わせていたらしい。子どもが死んだという話は聞かないので、この世のどこかにまぎれこんだのだろう。こちらにとってはいい厄介払いだ。

目下、子飼いにしている少女たちが田舎の山小屋で遊んでいて、自然と対話しているのがもったいない。稼いでもらわなくてはならないのだ。それ以上に、マッケンジーへの復讐を果たしたいのだ。優先すべきは後者。

カーテンをそっと開けて、汚い窓の外を眺めた。マッケンジーと、やつのいらぬおせっかいのおかげで、こっちこそが被害者になった。だがさすがのマッケンジーも永遠に問題でありつづけることはできない。

そのときが訪れるまでは……。クロウはにやりとした。マッケンジーにもう一度、メッセージを送ろう。今度は近くにいて、楽しい場面を見物させてもらう。

クロスビーは、マッケンジー家の面々がしたいようにさせた。それにはすべての窓、すべての錠、すべての防犯カメラ、そしてすべてのドアをチェックすることが含まれていた。マディソンは何度か兄二人と相談していたが、おおむねただ家のなかを見て回っていた。

どんな印象をもっただろう？　マディソンの水準からすれば、ここもシルヴァーの家も極小で、基本の間取りはほぼ同じだ。寝室は三つだが、一つは小さすぎて数えるに値しない。シルヴァーはその三つめの部屋を裁縫部屋にしているし、クロスビーは仕事部屋として使っている。机と椅子と本棚を置けばいっぱいになるような広さなのだ。どちらの家にもバスルームは一つしかなく、キッチンはダイニングと一体になっており、あとはリビングルームと一台用のガレージがあるだけだ。

娘との二人暮らしにはそれでじゅうぶんだし、小さい家のほうが安全を確保するのも楽になる。パリッシュの豪邸のような家を維持するにはいったいどれくらいの費用がかかるのか、想像もつかなかった。

マディソンの家はふつうサイズだが、それでもここの倍は大きいはずだ。

そのマディソンがハリーの子ども部屋をのぞいて、尋ねた。「ここもシルヴァーが飾りつけしたの？」

「ああ、ほとんどは」一家の点検作業が終わるのを壁に寄りかかって待っていたクロスビーは、娘の部屋を入ってすぐのところにいるマディソンに歩み寄った。「紫だが、けばけばしい紫じゃない——と思いたい」家具はどれも修理したもので、クロスビーみずからペンキで白く塗ったパーツが取りつけられている。たとえばカーブした木製のヘッドボードや、小さな円形のサイドテーブル。ベッドカバーはグレーと淡い紫のチェック柄で、真ん中に大きくHの刺繍があり、あちこちにふかふかの白い枕が置かれていた。

「ハリーはこの部屋が大好きでしょう」

「ああ。だがしょっちゅう模様替えをして楽しんでいる。つい数週間前も、ベッドを違う壁際に移動させたいと言いだした。一緒に作ったペーパーフラワーをどうしてもヘッドボードの上に飾りたいからと。そのときはベッドの後ろに窓があったんだ。土曜の午前中いっぱいを使って、なにもかもを移動させた」

マディソンが紙でできた花に歩み寄った。それぞれディナープレート大の紙の花が、全部で四つ、画鋲で壁に留められている。「きれいね」

「恥ずかしい話、どれがあの子でどれが私の作った花か、見分けられないだろうが、そんなことより娘の芸術的な側面が誇らしい」

「あなたがこういうことをハリーと一緒にしてるってわかって、ぐっと来ちゃった」唇がよじれる。「わたしが作ったペーパーフラワーはきっとひどいできよ」

その言葉が示唆するものは……クロスビーは迷ったが、自分がなにを望んでいるかはわかっているし、実際、彼女と距離を置きつづける理由はない。

もしマディソンが自身の家族からのプレッシャーとからかいに対処できるなら、こちらもできるはずだ。「さっき、きみの猫に会えたらハリーが喜ぶんじゃないかと言ったな」

振り返ったマディソンが、期待の顔でうながした。「ええ。それで?」

いつだって前のめり。そんな反応を示されたらいい気になってしまいそうだが、実際は、純粋に胸がぬくもった。「きっと喜ぶ」

「すてき!」いつもどおり、マディソンはすぐさま計画を立てはじめた。「みんなでディナーにしましょう――バーナードも間違いなくハリーに会いたがるから――で、そのあとキメラとボブに紹介してあげる。お天気が少しよくなれば、外でそり遊びもいいわね。パパの家の敷地にはぴったりの斜面があるのよ」

やわらかな唇に人差し指を当てて黙らせたが、彼女の前のめりな気持ちは、色濃いまつげに囲まれたあの金色の目で躍っていた。

なんと美しく、なんとセクシー。

そんな女性に求められている。

しかも彼女はハリーの相手まで上手だった。当然、少し恐る恐るのところもあったが、どのしぐさも心からのものだった。自然で、思いやりに満ちていた。

ハリーを救出したあの日の私と同様に。善良な魂は細部にまで宿るもので、二人とも、それを有している。

「どれも楽しそうだ」そう言って、やわらかな唇から指を離した。「そのうち、土曜にここへ遊びに来るといい。うちのディナーはずっとくだけたものだが、シルヴァーも私も料理はうまい。それにお絵描きや工作なら、ハリーはいつでも歓迎だ」

マディソンの顔がうれしそうに輝いた。「ぜひ」

そこへ現れたパリッシュの顔は、対照的に無表情だった。「出発だ」

クロスビーは即座に尋ねた。「なにごとです?」

「うちのホテルに爆弾を仕掛けたという脅迫電話があった」

なんだと……？　もう動きだしながら、クロスビーは尋ねた。「地元のホテルですか？」

パリッシュの所有する不動産は数多く、近隣のもの以外はまだよく知らない。

「ああ」息子たちをすぐ後ろに従えて、パリッシュが玄関に向かう。「救出した人身取引の被害者を一時的にかくまうために使用するホテルだ。定住できるところを見つけるまでの、仮の宿」

人身取引の被害者——そこに、いままた何者かの脅迫が？　怒りで体が自動操縦モードに入った。幸い、すでに移動方法については解決済みだったので、隣家に走ってシルヴァーに状況を説明する時間は残されていた。パリッシュが車を停めた場所までは、ケイドが弟と父親を乗せていくだろう。マディソンはここへ来たときのように、同乗させる。

パリッシュには間違いなく危険が迫っている。どうやら最悪のタイミングで雇用契約を結んでしまったようだ。

8

「爆弾が実在しなくてよかった」

パリッシュの張り詰めた安堵のつぶやきと、そのもどかしさを、クロスビーは同じ思いで受け止めた。抑えた声で返す。「きっと同一人物でしょう」最初は、目くらましではないかと疑った。爆弾騒ぎでパリッシュを引きつけておいて、別の場所を攻撃してくるのではと。幸い、このホテル以外の地元の不動産においても、ほどなく安全確認がとれた。となると、別の可能性が浮かんでくる――純粋ないやがらせ。

「敵はおれをへばらせようとしているな」パリッシュが陰気な笑みを浮かべた。「どっこい、ますます決意が固まっただけだ」

同感だったので、うなずいて理解を示した。

ホテルとその周辺をくまなく捜索したあと、各機関が協力する爆弾処理班の一員であるデンザー警部補は、爆弾は存在しないと断定した。パリッシュは、家族しか使用できない専用車庫への立ち入りを快く思っていないようだったが、それでも警部補の指示に従った。

後悔より慎重をとる、と言って。

宿泊客が駐車場に戻っていくのを眺めながら、せめて雪が降っていなくてよかったとクロスビーは思った。

「従業員を教育したほうがいいのではとデンザーに言われました」セキュリティ主任として警部補に紹介されたクロスビーは、パリッシュに言った。「武装した警備員がいるのはけっこうなことだ――私ではなく警部補の言葉です――が、従業員は客室に電話をかけるべきではなかったと――」

「全客室にな」パリッシュがうんざりした口調で言う。

「――全員を避難させるために」宿泊客の多くが外に立たされて数時間になる。まあ、ほとんどは近隣のレストランに向かってくれたが。パリッシュはその人たちに、食事代はホテル側がもつと伝えた。ふつうの人にとっては経済的な打撃だろうに、パリッシュはものともしなかった。「警部補はさらに、電話をかけてきた人物が切ったとしてもフロント係は切るべきではなかった、と言っています。また、携帯電話の使用はよろしくない、なぜなら実際に爆弾が存在する場合、電波によって爆発が引き起こされる可能性もあるから、と」

パリッシュが表情も変えずにつぶやいた。「いたずらで助かったな」視線を上に向けてホテルの最上階を見やった。

そのフロアには、売春を強要されていた環境から救出されて間もない女性が二人、〝宿泊客〟として寝起きしていた。

が、いまはそこにいない。

注意深く見守っていたところ、パリッシュが近くのカフェに避難させて、非番の警備員を護衛につかせていた。

ほかの宿泊客には知らされていないが、いちだんと防犯対策が施された最上階のフロアは、心身の傷から回復途上の被害者に安全な居場所が必要になったとき、パリッシュのタスクフォースが一時的な措置として使うために確保されている。パリッシュの事業のこの側面については、クロスビーもいまだ深くは知らない。早急に確認しておこう。

五つ星ホテルとあって、ほかの宿泊客が警備員の存在を怪しむこともなかった。最高のセキュリティは多くの人にとって魅力だ……まあ、いたずら電話に対してはあまり効力がないが。

「ホシは女性たちがいることを知っていたのか？」クロスビーは考えながらつぶやいた。

「まさにその理由から、あなたのホテルのなかでもここを狙ったのか？」

「そうではないと願いたいが、つかまえてみるまで、たしかなことは言えんな」

もしも犯人の目的がパリッシュを怒らせることにあったなら、成功したと言えるだろう。パリッシュが怒りを見せたわけではないが、胸のなかで煮えたぎっていることは聞かなくてもわかる。

クロスビー自身、同じくらい激怒していた。「このふざけた犯行で、ホテルは営業面に打撃を受けるでしょうか？」

パリッシュは肩をすくめた。「いま考えるべきはそれじゃない」さりげなく、どうでもいいことのように、続けた。「おれは〝わからない〟というのが嫌いだ。直接の脅しなら対処できるし、そういうことが起こりうるのも覚悟している。だが、無関係の一般市民を危険にさらす、だと？」小さく首を振った。「だれかがつけを払うべきだ」

もう一度、クロスビーは周囲に目を走らせた。くそっ、犯人がどこかにいるのは間違いないのに。引き起こした騒ぎに大喜びしているはずなのに。

ＳＵＶの助手席に乗せてきたマディソンのほうへ視線を移した。いまはノートパソコンで魔法を起こしている。専用サーバーなしのノートパソコンでどれだけのことができるのかわからないが、全力投球しているように見えた。

周辺の捜索にあたっていたケイドとレイエスから報告が入った。怪しいものも人物も見当たらないので、捜索の範囲を広げるという。ケイドの妻は、爆破予告電話はネイルサロンの調査と関係があるのではと考えているらしい。どんな可能性も排除する気はないが、その線に明確なつながりはなさそうに思えた。

むしろ今回の脅迫は、クロスビー個人に関係があるかもしれない。考えてみれば、パリッシュへの脅迫が始まったのは、クロスビーがマッケンジー家と関わりだした直後のことだ。

偶然だろうか？　いや、偶然など信じない。

となりでパリッシュが体勢を変えた。「周囲にひそんでいる者がいれば、ケイドかレイエスが見つける。マディソンは、ホテルに強い関心を示す不審な人物が映っていないか、近隣の防犯カメラの映像にアクセスしてチェックしている」きっぱりとつけ足した。「犯人はかならずつかまえる」

「追跡可能な回線から電話をかけてきたという可能性は？」

「それはないだろう。契約不要の使い捨て携帯《バーナーフォン》からかけてきたはずだ」パリッシュはポケットに手を突っこんで、不安そうに客室へ戻っていく宿泊客を眺めた。「犯人はここにいた」事実として言う。「はっきり感じる。きみもだろう」

「ええ」もはやパリッシュの鋭さにも驚かなくなっていた。「なぜマッケンジー家の面々がみんな防弾チョッキを着て半自動小銃を持っているのか、デンザー警部補に怪しまれませんでしたか？」

パリッシュは肩をすくめた。「警部補は間違いなく怪しんだだろうが、おれはなにも訊かれなかった」

なんという影響力。「所持許可証の提示も求められなかった？」そんな警察官がいるだろうか？

「このホテルはおれのもので、おれは銃を持っていると正直に話した。何人か知り合いの警察官がいたから、彼らが警部補に話をつけてくれたんだろう。子どもたちについては、デンザー警部補にはケイドやレイエスを尋問する理由がなかった。二人とも、すぐに散ったからな。そしてマディソンはきみの車からほぼおりていない」

もう一度、マディソンに目を向けた。分厚い防弾チョッキを平然とつけているさまは、まるでそれがブラジャーくらいにしか邪魔ではないかのようだ。どこまでも驚嘆すべき女性。

かたやこちらは……ただの人。引退した刑事。幼子を引き取った養父。欠点だらけのくせに理想だけは高い男。

パリッシュが険しい顔でこちらを見た。「急に危険が迫ってきたとわかっても、仕事を辞めたりはしないだろうな？」

興奮した顔で身を乗りだしたマディソンに気を取られつつ、つぶやいた。「しません」

容易に怖《お》じ気《け》づく男ではない。

ただし、愛する人を巻きこむとなると。

「開けてよかった」

「彼女がなにか見つけたようです」そう言って自身のＳＵＶに向かいはじめたとき、マデイソンが車のドアを開けておりてくるのが見えた。

後ろを追ってきたパリッシュが言う。「急ぐな。デンザー警部補に勘づかれる」

そうだった。警察に情報を与えるなかれ。

近づいていく二人を見て、マディソンは開いた助手席側のドアのそばで待った。「そのしかめっ面」じゅうぶんな距離まで近づくと、マディソンが手を伸ばしてきて眉間に触れ、むきだしの指でしわを伸ばした。「怖いわよ——暗くてセクシーな感じで、だけど。ものすごく恐ろしい人に見える」

そんなことを言われて、うなりたいのか、笑いたいのか、キスしたいのか、自分でもよくわからなかった。おそらくはキスだが、いまはだめだ。「なにか見つけたのか？」

マディソンがパソコンの画面をこちらに向けた。「犯人をね」

全身の筋肉がこわばった。画像は、少し前にホテルを囲んでいた人々をとらえたものだった。とっくに去ってしまった人々。うなじの毛が逆立った。

「バージェス・クロウ」こちらが名前を口にする前に、パリッシュが苦々しげにつぶやいた。「そいつなら知っている」

「何度か調べたのを覚えてるわ」マディソンが言った。「でも、かなり前よ」

パリッシュはうなずいた。「おれたちにはつかまえられなかったが、人身取引の輪において〝将来有望〟とされていた男だ。若い女性、ときには未成年者まで餌食にする、口先も人の心を操るのもうまいやつだった」口元がこわばる。「数年前にレーダーから消えて、あいにく近づきにはなれなかったがな」

　だから絶対に偶然を信じないのだ。「私のせいかもしれない。警察の手入れでやつの拠点に踏みこんだのは私だから。まさか、あれからずっと潜伏していたのか」そんなことをしても意味はないとわかっていたが、さっと振り返ってあたりを見まわさずにはいられなかった。

「近くにはいないわ」マディソンが言った。「それでも、ケイドとレイエスに画像を送っておいた。この男が双眼鏡でこっちをのぞいてたら、兄さんたちが気づけるように」

　忘れてはならない。この女性はマディソンであり、ノートパソコン一つで、理解不能なあれやこれやができるのだ。「ほかには？　ここまでのやつのアシはわかったか？　ナンバープレートの画像は？」

「今夜、わたしの安全なサーバー経由でもっと調べてみるつもり。ほかの防犯カメラの映像にもあたってみる。これは」パソコンの画面を手で示す。「あそこのレストランのカメラ映像。完全に新しいアングルを提供してくれたわ」

「きみはすごいな」マディソンはいつだって必要な情報を見つけてくれる。

　温かで親密な笑みがマディソンの口元に浮かんだ。「この男が引っかかったのは、ほかのなによりパパに注目してるって気づいたからよ。ほら、この表情を見て。あいつだ、とわかったのはお互いさまというわけ」

「おれが捜していたことを知っていたんだろうな」パリッシュが言う。「あるいは、いずれ捜すことになると。やつの仲間は全員、おれたちが連行させたから」

「でもね、それだけじゃないの」マディソンが画面をスクロールする。「これを見て」

カメラ映像は鮮明とはほど遠く、進むにつれて粒子が粗いところもあったが、バージェス・クロウがほかの野次馬《やじうま》から離れて一人たたずんでいるのがわかった。視線はパリッシュに向けたままで、その鋭さときたら実際に触れられそうなほどだ。パリッシュが、やつは近くにいると感じたのも無理はない。

そのとき、なにかに視線を奪われたようにクロウがよそを向き、凍りついた。表情から満足感が消えて驚きが浮かび、続いて怒りが広がった。

「なにを見つけたんだ？」クロスビーは尋ねた。ホテルに身を寄せている被害女性の一人だろうか。

マディソンの手が腕に触れた。「クロスビー、あなたよ。あなたもこの男を知ってるんでしょう？」

「ああ、知っている」なんてことだ。つまり、これまでは標的ではなかったが、いまさら標的になったということか？「このあとはカメラの画角から出てしまったのか」

「ええ。ほかのカメラ映像からもまだ見つけられてない」マディソンが言い、空いている腕を腕にからめてきた。「でもかならず見つけるわ。約束よ。ただ、どの映像もこれほど鮮明とはかぎらないのよね。うちのホテルの防犯カメラはばっちりなんだけど——わたしが手配したから。でも、ほかのお店のは、どうだか。それに、敷地内には宿泊客が散歩できるように湖があるでしょう？　ホテルのそばにはカメラがあるけど、その散歩道全体まではカバーしてないの。クロウがそっちを通って立ち去ったなら、正確につかめるものはそう多くない」

警察に任せたら一週間かかりそうなことまで、もう達成したらしい。クロスビーはまじまじとマディソンを見つめた。その熱意、知性、そして驚くほどのセクシーさ。何十通りもの意味で、人生が完全に手に負えなくなったような気がした。

以前は一点の曇りもなく信じていた事柄が、いまでは新たな可能性でぼやけてしまっていた。将来の計画も、優先順位も、一組のトランプのごとくシャッフルされて。

「どうしたの？」マディソンが尋ねた。「大丈夫？」

片手で顔をさすった。「ハリーの母親が薬物の過剰摂取で亡くなったと話したのを覚えているか？」

「同じ拠点で見つかった女性二人も同じように亡くなったのよね。ええ、覚えてる」

「あの日、拠点にいるはずだった二人の男のうちの一人が、クロウだ」

マディソンが目を見開いた。「でも、クロウは逃げおおせた」

うなずいて続けた。「やつがこちらに気づいたなら、考えざるを得ない――私がハリーを引き取ったことを、やつが知っているのかどうか」突然、これまで以上にマッケンジー家と足並みが揃った――なぜならクロウを消したいから。本当はとうに消えていてほしかった……あの男が娘を脅かす存在になる前に。

なんてこった。これほどのものに行き当たった現実を、クロウはにわかに信じられなかった。拠点に手入れをおこなった張本人の刑事が、じつに安穏としてパリッシュ・マッケンジーその人と一緒にいる。並んで立ち、親しげに会話をしている。

のっぽと、さらにのっぽ。えらそうと、さらにえらそう。いいコンビだ。いけすかない野郎の二人組。

まったく、この世は狭いな！

それで、SUVにいる女は何者だ？　マッケンジーも刑事もくり返し女のほうを見ている。やつらにとって、なにか意味のある存在に違いない。フロントガラス越しなので助手席の姿もはっきりとは見えないが、髪は長くて色は明るめのようだ。

正体を突き止める。もしマッケンジーか刑事の関係者なら、どちらかを悩ませる絶好の手段になるかもしれない。さらに苦しめる手段に。知っているかぎりでは、二人とも女が弱点だ。

あの女をどうやって利用しようかと考えて、クロウはにやりとした。成功はますます甘美なものになるだろう。報復を倍にできて、二つの問題を同時に処理できて、そのうえ楽しむことまでできるのだから。

事業がまた軌道に乗ったら、あの女を群れに加えてもいいかもしれない。それでこそ、こちらの人生をめちゃくちゃにした男二人に正義がくだされるというものだ。

マッケンジーは、事業最大のチャンスをぶち壊した。人身取引業界の王になるチャンスを。

そこへあの刑事が、唯一まだ機能していた場所に踏みこんできた。楽に儲かるビジネスで体制を立てなおそうとしていたのに。ふいになってしまった。

二人とも、くたばれ。

刑事の名はまだ知らないが、突き止める。かならず。いまはこの場にぐずぐずしないのが賢明だろう。二年間、透明人間になる腕を磨いてきてよかった。

それからの数日間で、クロスビーとシルヴァーの家には最新式の防犯装置が取りつけられた。マディソンもクロスビーも多忙をきわめたため、爆破予告電話の一件から顔を合わせていなかったが、今夜、クロスビーがディナーに来ることになっていて、マディソンは待ちきれない思いだった。話したいことがたくさんある。問題は、それをどうやって話すかだった。

クロスビーのことは知っている。よく知っている、と言っていいと思う。だけどこれは。彼はどんな反応を示すだろう？

ケイドとレイエスにも相談できない。兄二人は激怒するはずだ。そして父はもうじゅうぶん問題を抱えている。

マッケンジー家の男たちは、クロスビーとシルヴァーの家に最高水準の防犯システムを設置するために知恵を合わせ、未熟な者にはほぼ感知できないような方法をとった。ケイドからの進捗報告によると、両方の家の表と裏の錠前は最高価格の生体認証式に交換されたという。どの錠前にもクロスビー、シルヴァー、ハリーの指紋が登録されているうえに、回転式のアクセスコードがついているので、だれにも解除できないはずだ。

マディソンの指示どおり、超高感度カメラが家と周辺エリアに追加されたおかげで、近づく者は全員、見えるようになった。なおいいことに、ボタン一つで音を拾ってくれる装置も加わった。精緻すぎるうえに新しすぎるので、まだ市場に出回ってもいない代物だ。

カメラの映像はすべてモニターで――両方の家のキッチンとリビングルーム、主寝室に一台ずつ設置された画面で――チェックできるようになった。もしも何者かが敷地に入ってきたら、ブザーが鳴って家の主に知らせてくれる。もちろん動物がブザーを作動させることもたまにあるだろうが、そう頻繁には起こらないはずだ。

カメラの数が多いので、モニター上のそれぞれの画角は小さくならざるを得ないが、部屋をばかでかいモニターに占拠されたいと思う人はいない。この問題は、作動したカメラの画角だけを拡大するという方法で解決できた。クロスビーかシルヴァーが音も聞きたいと思ったら、ボタンを押すだけでいい。

カメラ映像だけでなく音声情報も、マディソンと父に送信されるよう設定した。兄たちはアプリ経由でアクセスできるが、プライバシー保護の観点から、アクセスするのはトラブル発生の通知が届いたときに限定された。

追加の防犯対策のおかげで、マディソンはたちまち気が楽になったものの、快適とはほど遠かった。しつこい不安が心の平穏を乱していた。

クロスビーとハリーに出会えてしまったいま、二人を失うなど、考えるのも耐えられなかった。

クロスビーとシルヴァーとハリーに、ごくごくさりげなく提案もしてみた――うちに越してこないかと。なにしろこの家には寝室が三つあるし、わたしとクロスビーが同じ寝室を使えば……。

けれどクロスビーはきっぱりと、それはないと却下したので、マディソンも二度は言わなかった。そんなふうに家族を根こそぎ追い立てるなど、期待するのは酷だ。ハリーにはもう完璧な生活習慣ができてしまっているし、そこはどうにかなるとしても、幼い子にとっては小さな違いもこたえるだろう。

それに、シルヴァーは絶対に承諾しないという気がした。

最後に――マディソンの重要度では、という意味だけれど――クロスビーの自尊心。彼はきっとこちらに頼ることを喜ばない。理解はできる。同じ思いだから。

携帯電話が鳴った。画面を見てクロスビーからだとわかり、もうほほえみながら応答した。「もしもし。ちょうどあなたのことを考えてたところよ」わたしたちのことを。あなたがうちで暮らすことを。もしかしたら毎晩一緒に眠ることを。思わず天を仰いだ。起こりうる脅威について考えていたはずなのに、いつから完璧な共同生活を妄想していたの？

「こっちはホテルでの仕事が終わったところだ。従業員は、爆破予告があったときの対処法をしっかり学んだし、最上階にかくまっている女性二人のためにタスクフォースが適切な住居を用意するまでのあいだは、警備員を増やすことにした」

「おつかれさま」椅子の背にもたれ、クロスビーとのあいだに新たに生まれた気さくな雰囲気を味わった。「じゃあ、そろそろ家に帰れるの？」

「ああ。申し訳ないが、ディナーには三十分ほど遅れそうだ」

「バーナードに知らせておくわ」

「申し訳ないと伝えておいてくれ」

「わかった。でも必要ないわよ」こういう仕事をしている家族だから、ときどき避けがたい事態がもちあがることは折りこみ済みなのだ。

「きみは今日、なにをしていた？」

こんなふうにお互いの一日を報告し合ったりして、長年の恋人同士のようにおしゃべりできるのがうれしくてたまらなかった。とびきりすてきな、初めての経験だ。

ちょうどいい質問だったし、だれかに言わなくてはならないとわかっていたので、椅子の上で姿勢を正した。「ニュースがあるの」

「クロウのことか？」

「ええ、じつは」いまは自分がとても誇らしかった。細かすぎる作業で目が疲れてしまったけれど、ついに新たな情報を見つけたのだ。「クロウの車は赤いデュランゴ、おそらく五、六年前のモデルね。左折して大通りに入ったところまでは追えたけど、そのあとは見失った。交通監視カメラにも映っていない」

「つまり、いまも近くにいるか、あるいは屋根つきの駐車場かどこかにもぐったということか」

こんなにがんばったのに、称賛も感謝もなし？　むっつりして返した。「今夜、こっちに来たときにカメラ映像を見せるわ」

「いや、この件についてはハリーになにも聞かせたくないし、きみと仕事の話をするあいだ、あの子を人に任せたくもない」

両眉をつりあげて、いまの言葉をどう受け止めたものかと考えた。核心を避けて巧妙に質問をするのは得意ではないので、ずばり尋ねた。「ハリーのこと、わたしの家族には安心して任せられないって言ってるの？」

「そうじゃない。むしろ、きみの家族が見ていてくれるなら安心だ」

あら。じゃあよかった。そう言ってもらえたおかげで、ほめてもらえなかった失望も大いに癒やされた。「だったらどうして――」

クロスビーが笑みをにじませた声で説明した。「きみにはわからないかもしれないが、この世にはお父さんのお屋敷に圧倒される人間もいる。ハリーはあんな家を見たことがないし、防犯カメラのことやそれを設置する理由について、とっくに質問攻めだ。これ以上、不安にさせたくない」

わたしもあの子を不安にさせるのはいや。「なるほどね」

「今夜は、仕事のあとにあの子と話したり一緒に遊んだり、ただのんびりしたりして過ごす貴重な時間だ。あの子のほうから離れていかないかぎり、くっついていたい」

ああ。クロスビーがあの小さな天使と一緒のところを想像しただけで、ついため息が漏れた。「ハリーはひっつき虫タイプ？」

クロスビーが笑った。「誇張ではなく、あの子の気分は日替わりだ。抱っこからおろされるのをいやがる日があれば、延々とレスリングごっこをしたがる日もある。なんにせよ、できるかぎり、仕事に邪魔されないようにしている」

「よかった。あなたにもハリーにも、一緒に過ごす特別な時間をちゃんと過ごしてほしいもの」こわばっていた心が完全にやわらぎ、ほんの少しこみあげてきたのは……もしかして、嫉妬？

そう。まさか自分が男性と長期的な関係を結ぶとは思っていなかった。それも、娘のいる男性と。けれどいまは、それこそ最高にすばらしいことに思えた。

問題は、その男性に話しておきたいことがあるという点だ。クロウに関する重要な件で、電話越しではないほうがいい。個人的な内容の事柄で、父や兄たちには知らせたくない
——少なくとも、いまはまだ。

二人きりになれないなら、どうやって話す？

「もしもし。まだつながっているか？」クロスビーが尋ねた。

「ええ。ごめんなさい、ちょっと考え事を」行き詰まって、二人きりになれるかどうかはひとまず状況を見ることにした。「ここに来てもらえるのが本当に楽しみ」

低いささやきが返ってきた。「こっちはいろいろなことが楽しみだ。近い将来のことが」

あら、それについてはわたしだって。だけど当面、どうしたら実現できるのかがわからない。クロスビーが仕事と家庭をきっちり線引きしているというのなら、セックスはどこに収まるの？　尋ねようかと思ったが、先を越された。

「そろそろ切らなくては。だが断っておく――もしもチャンスが到来して二人きりの時間をもてたなら、防犯カメラの映像を見るより、もう一度きみを味わいたい。どうせ私が映像を見たとしても、まだきみが気づいていないなにかに気づくわけはないからな」

ほしかった称賛とセクシーな約束が同時にやってきた。「わたしは手抜きをしないわよ――どっちのことでも」今夜は一緒にいられるだけで満足して、会いに行く口実は明日、考えよう。明日なんてすぐだ。

電話口でキスの音をさせてから、言った。「じゃあ、あとでね」電話の向こうで低く笑う声を聞きながら、通話を切った。

クロスビーたちが少し遅れそうだとバーナードに知らせるために、笑顔でキッチンに向かった。どんな状況にも対応してくれるバーナードは、当然ながら今回も、問題ないと請け合った。

「今日のメインはなにかしら？」マディソンは言い、くんくんとにおいを嗅いだ。「なんにしても、ものすごくいいにおい」

野菜を刻んでいたバーナードがちらりとこちらを見た。「一つご提案しても？」

礼儀正しいバーナードはいつだっておもしろい。女王のように手を振った。「申してみよ」

「そり遊び、とおっしゃったかと」

「言ったわね」うってつけの斜面があるのだ。「寒いのはわかってるけど――」

「小さなお子さんなら、水泳も楽しまれるのでは？　私自身、午前中に少し泳ぎましたが、水温は完璧でした」

「バーナード！　なんていい考えなの」携帯電話を取りだした。「クロスビーにメールして、水着を持ってくるよう伝えるわ」

「それがよろしいかと。デッキチェアにビーチタオルを置いておきました。お子さん用の浮きがないのが残念ですね」

たしかに。家族がプールを使うのは純粋に泳ぐためで、のんびりくつろぐためではない。

「うーん、そうね」メッセージを送ると、数秒後に着信音が鳴った。

〝きみが――ビキニ？〟

にんまりして返信した。〝そうよ〟

〝やはり時間どおりに行けるかもしれない〟

マディソンは笑いながらスマイルマークを返信し、携帯電話をポケットに入れた。「泳いでみたいって。思いついてくれてありがとう」

バーナードが野菜をすべてサラダボウルに移した。「彼氏が今後も訪ねてくるのなら、プール用のおもちゃをいくつか用意しておきましょう」

マディソンは動きを止めた。「あなたって本当に最高ね」衝動的に近づいて、引き締まった腰に両腕を回した。バーナードのほうは手が濡《ぬ》れていたので、同じように抱きしめ返すことはできなかった。

それでも頬を頬に押し当てて、肘でハグをしてくれた。「気をつけて。エプロンが汚れていますから」

「あなたが汚れてたことなんて一度もないわ、バーナード」一歩さがり、必要もないのに彼のシャツとエプロンを整えてやった。「もちろんキメラと遊ぶときは別だけどね。ところで、あの子はどこ？」今日はまったく見かけていない。

「私の猫で娘さんのほうをおびき寄せて、そのまま父親のほうも釣りあげるつもりですか？　賢いですね、マディソン。じつに賢い」

思えばバーナードは昔から、父のやさしい版に母のぬくもりを足したような存在であり、思いやりのある世話係であり、いちばん必要なときは友達でもあってくれた。本当に大好きだ。バーナードのような家族はいない。「みんなには言わないでほしいんだけど、いまはね、あなたの言葉を借りると、彼を釣りあげるためならなんでもするつもりよ」

バーナードは一瞬、驚いた顔をしたが、すぐにやさしくこう言った。「わかっていますよ。彼の話をするときの目を見ればわかります」

「いやだ、本当？　わたしがそんなにわかりやすいって知ったら、パパが激怒するわ」

背後で父の声がした。「激怒？　おれがするかな」

振り返ると、父がキメラを抱いて立っていた。その後ろには、ふわふわのしっぽを立てたボブがいる。マディソンは吹きだしてしまった。なんとキメラは、ツートンカラーの大きなリボンつきの首輪をつけていたのだ。淡いブルーと黄色がかった緑色で、左右の色が異なる目とお揃いだ。「どうしたの？　この子におしゃれさせちゃって」

バーナードがとろけた。「おお、なんと美しい」急いで手を拭いてから猫を抱き取って、腕のなかに包んだ。長い脚に曲がったしっぽのキメラは赤ん坊のごとくその腕のなかに収まり、満足そうにのどを鳴らす声を広いキッチンに響かせた。「リボンが気に入ったようだ」パリッシュに言ってから、あやすように猫に語りかける。「そうでしゅね？　気に入りまちたね？」

マディソンは咳きこみそうになった。バーナードが猫に赤ちゃん言葉で語りかけるのには、いまだに慣れない。

父は天を仰いだが、顔はほほえんでいた。

「パパ」油断すると笑みがこぼれそうになるのを抑えて、まじめな顔と声で言った。「もしかして、わたしがクロスビーを釣りあげる手伝いをしようとしてるの？」

「おれの手伝いは必要ないだろうが、ああ、彼のことは気に入っている」父が言った。「尊敬もしているし、ハリーのことを聞いてからはますます敬意が深まった。おれの一人娘はいい男に夢中になったものだと思う。しかし」強調するように言った。「なにより大事なのは、おまえが幸せかどうかだ」

父との会話でこういう流れになることは、めったにない。一瞬驚きに固まってしまったが、すぐに返した。「自分の幸せを男性に頼ったりなんて絶対にしないから、安心して、パパ」

「よかった」父がこれまためずらしく愛情を表現し、こちらを引き寄せて抱きしめた——成長してからは記憶にないくらい、やや長く、ややきつく。

「パパ？」

「他人に頼るようには育てなかった」体を離して、じっと見つめる。「だからといって、本当に特別なだれかと寄り添い合って人生を楽しんではいけないということではないんだからな」

パパとママのように。「わかってるわ」ささやくように答えた。父の助言で妙に心が震えていた。「でも、クロスビーのことは急がないようにしましょう」急ぐのはわたしだけでじゅうぶん。家族まで巻きこんだら、あっという間にクロスビーが逃げだしてしまう。「だって彼はいま、手一杯でしょう？　それに、ほら、わたしたちマッケンジー家はなかなかの難物よ」

父の笑みがひねくれたものになった。「いかにも」そして信じがたいことに、娘の頬を手のひらで包んだ。「おまえに心を寄せてもらえるのがどれほど幸運なことか、気づけるのは正しい男だけだ」背を向けて歩きだすと、ボブが一緒に行こうと駆け寄ってきた。父は足を止めて子猫を抱きあげ、肩にのせると、そのまま歩いていった。

マディソンは唖然《あぜん》としてバーナードのほうを向いた。「パパは、その、ボブのことが好きなの？」

「お父上は猫全員が好きになりましたよ。あなたのほうが坊やたちよりここへ来ることが多いので、ボブとは自然に距離が縮まったんです」

坊や。バーナードや父が、兄たちのことをそんなふうに表現するたびに、おかしくなる。バーナードがキメラの頭のてっぺんにすばやくキスをしてから床におろし、手を洗おうと流しに歩み寄った。「ところで、パリッシュがキメラにおしゃれをさせたのは、娘のあなたのためだけ、ではありませんよ」

「そうなの？」どういう意味だろう？

「私の美しい猫が餌になるとあなたが考えたように、彼も似たようなことを考えたんです」ちらりと肩越しにこちらを見る。「本人からはなにも聞いていませんし、あの性格ですからきっとなにも言わないでしょうが、パリッシュはシルヴァーに気があるんです」

「シルヴァーのこと、だれから聞いたの？」近づいてカウンターをのぞきこみ、サラダの上の、ひらひらした人参《にんじん》カールを失敬した。

「私はなにも見逃しません。とっくに気づいているでしょう」

「ええ、それは。だけどそこまで見抜くなんて。あなたが魔法使いだってことは知ってるけど、テレパシーまで使えるようになった？」

「ケイドとレイエスが彼女の話をしていたんです」どうでもいいような口調だ。「チャーミングな女性という印象を受けました」

チャーミングというのは古風な表現かもしれないけれど、シルヴァーを要約しているような気がした。「おもしろくて、ぽんぽんものが言えて、おまけにすごくゴージャスよ。パパは間違いなく彼女に気がある」上の兄がスターリングをこの家に連れてきてから、父は大きく変化した。いままでは家族のどんな状況にも適応する――子猫を連れた野良猫にも、バーナードの、堅苦しい執事から猫大好きおじさんへの変貌ぶりにも。レイエスがケネディを紹介したときさえ、ほぼ動じなかった。

かみそりのような鋭さはほんの少し丸みを帯びてきて、いまでは娘と愛情のこもった本音の会話をしたあとに、その娘の猫を連れて堂々と去っていくまでになった。

兄二人のロマンスが影響を及ぼしたのかもしれない。息子たちの姿が、新しい愛を拒絶することで逃していたものすべてを、父の目の前に突きつけたのかもしれない。そう考えれば、娘とクロスビーのロマンスにあれほど寛容なことにも説明がつく。

「さあ、行った行った」バーナードが言う。「姫は考え事。私はディナーの準備」

マディソンはうなずいた。「さっきも言ったけど、ありがとう」クロスビーがビキニ姿を楽しみにしてくれているとわかった以上、最高の最高で迎える決意だった。バージェス・クロウにまつわる不安も今夜はいったん脇に置くことにして、父の屋敷にある自身の部屋へ、笑顔で向かった。

帰宅したクロスビーはまず防犯カメラをすべてチェックし、機械に少し慣れることにした。これほど複雑で細かなものが、これほどユーザーフレンドリーな仕組みになっているとは、驚きだ。

ざっとシャワーを浴びてもう一度ひげを剃り、楽な服に着替えてから、自身とハリーの水着、子ども用の腕につける浮き輪《アームリング》、丸めたタオル二枚を防水のバッグに詰めて、となりのシルヴァーの家に向かった。出発する前に、予期しておいたほうがいいことをシルヴァーに伝えておきたかった。

玄関口で出迎えてくれたのはシルヴァーだけで、ハリーは見当たらなかった。無言の問いに答えるべく、シルヴァーが言う。「自分の部屋でお出かけの準備をしてるわ。すごくわくわくしてるみたいよ」

それを聞いて、娘を人から遠ざけていることに罪悪感を覚えた。マディソンのように、どんな状況でも緊張せずに堂々としていてほしい。こうしてマッケンジー家と親しくなったからには、安全を保ちつつハリーの社交の輪を広げることもできるだろう。

バッグをおろしてコートを脱ぎ、防犯カメラのモニターをあごで示した。「どう思う？　仕組みは理解したか？」

「ケイドは辛抱強い先生ね」シルヴァーが言う。「気持ちのいい青年だわ。気に入った」目の輝きに気づいて、尋ねた。「レイエスは？」

シルヴァーが鼻で笑う。「すごくいい子にしてたわよ。なんとしてもわたしのお気に入りになってみせるんですって」厳しい顔に笑みがにじむ。「やさしい子だわ。知ってるでしょう？」

口ごもりつつ、返した。「ああ、いや、知らなかった」

「そう？　やさしいのよ。ただ、彼もわたしも皮肉っぽいから相性がよくないのよね。わたしのほうが上手《うわて》だとついに認めたけど、そう言いながらもにやにやしてた。そんな子、どうしたら好きにならずにいられる？」

クロスビーはほほえんでモニターをあごで示した。「カメラは全体をカバーしているな」

シルヴァーがあらためてモニターを見た。「認めるわ。防犯設備を増やしてよかった。ずっと不安だったというんじゃないから、しかめっ面しないで。ただ、いろんなことがあったから……」

「わかっている」人生を一変させる前、シルヴァーはひどい男に支配されていて、無料のチョコバーのごとく周囲にふるまわれていた。二年間で数回、逃げようとしたものの、そのたびに前回より激しく殴られただけだった。殺される寸前まで殴られたあとは、逃走をあきらめかけていた。

そんなある日、偶然きっかけが――クロスビー・アルバートソン刑事が――訪れて、シルヴァーは迷わずそれをつかんだ。

あれほど勇敢な行為はめったに見たことがないし、彼女が必要としていたときに自分がその場にいられてよかったと、いまだにしょっちゅう思う。ハリーを養子に迎える前から、シルヴァーとは親しくなっていた。シルヴァーほど信頼できる人は、この世にほとんどいない。

はたと気づいた。シルヴァーはまだ着古したスウェットシャツに破れたジーンズ、左右ちぐはぐな靴下という格好だ。これは……。「今日はその服装で？」

シルヴァーが笑いをこらえてポーズをとった。「どうして？　だめ？」

どう言えばいいのかわからなくて、うなじを掻いた。彼女のハスキーな笑い声で、ようやく意味がわかった。「ええと、冗談かな？」

「みたいなものね」向きを変え、すでにきれいな流しを拭きはじめた。「わたしは残る。お風呂につかって古い映画を見なくちゃいけないの」

いま初めて聞いた。「行かないのか？」

「あなたのデートで、わたしのじゃないもの」

「きみも招待されている」このごろはシルヴァーもめったに尻ごみしなくなったが、とはいえ、お互いほとんど人づき合いはしない。娘と同じでシルヴァーも、ディナーパーティには縁遠いのだ。「先方はきみも来るものと思っているのに」

シルヴァーは首を振り、目を合わせようとしないまま、尋ねた。「あの人たちにわたしのこと、なにか話した？」

気になっていたのはそれか？　それが心配で苦しんでいた？　くそっ、もっと早く気づくべきだった。一歩近づいて、正直に答えた。「彼らには、きみはすばらしい人で、こちらはすっかり頼りきりで、ハリーはきみをおばあちゃんだと思っているとしか言っていない。それ以外について話すかどうかは、きみが決めることだ」

シルヴァーは自身の爪を眺めながら尋ねた。「パリッシュは訊いてこなかった？」

どうやら二人とも、相手を意識しているらしい。「知りたいことがあるとして、パリッシュ・マッケンジーは自分のタイミングやり方で突き止めたいタイプだと思う」カウンターに寄りかかってつけ足した。「マディソンは少し知りたがった。ずばり尋ねてはこなかったが、そう多くを見逃す女性でもない」パリッシュと同じで。「こちらの状況が特別なことは話しておいた」

これほど近い関係なのに親密な要素がまったくない男女というのもめずらしいだろうが、この関係にとっては、そこが問題になったことはなかった。シルヴァーは長いあいだ、心の傷を抱えているせいで人を信用できなくなっていたし、こちらは彼女を本当の意味で助けるだけでなく、その信頼も得たいと切に願っていた。そこにあったのは支えたいという思いと深い同情だけで、やがてそれは友情に変わり、いつしか強いプラトニックな愛情になった。

「マディソンになら話していいわよ」シルヴァーがちらりとこちらを見た。「彼女になら知られてもかまわない」

やさしくほほえんだ。「きみから話すといい――もう少し親しくなったら」

シルヴァーがさっと目を見た。その目に理解の光がまたたいて、口元には笑みが浮かんだ。「へえ、そういうこと？」

「ああ」マディソンとのことはゆっくり進めようと思っていた――というより、彼女が許してくれるかぎりのゆっくりさ加減で。こちらの欲望が許すかぎりの。「マディソンのことは好きだ」

「わたしも大好き。あなたはわたしたちみたいな傷物の相手をしすぎてるから、しっかりした元気ガールが必要なのよ」

「シルヴァー」たしなめるように言った。たしかにこの女性はかつて傷つけられたかもしれないが、それはもう過去の話だ。細い肩にそっと手をのせた。「知っているだろう、きみは家族だ。いまもこの先も、なにがあろうとそこだけは絶対に変わらない。ハリーも私もきみを愛している。大事な存在だし、これからも一緒だ」

シルヴァーがひどくもろく見えて、胸が張り裂けそうになった。「わたしも同じ気持ちよ」深呼吸をして心を落ちつかせる。「それでも、マディソンにはあなたから話したほうがいいと思う」

「本当にそれでいいなら、話しておくよ」

「それがいいの。ありがとう」

まだなにか言いたいような気がしたが、そこへハリーが大急ぎで現れた。腕には四個もぬいぐるみを抱えている。

シルヴァーが反射的に笑顔になってそちらに歩み寄り、ぬいぐるみを一つずつ抱きあげてはテーブルにのせていった。「この子たち全員連れていくの？」

ハリーはすねたように下唇を突きだした。「この子た、ち、は行きたいんだもん」

どうやら二人はもうその件について、一度話しているらしい。クロスビーは笑みをこらえて言った。「シルヴァーはまた今度、一緒に行こう」

「ゆっくりお風呂、つかるんだって」ハリーが不満そうに言う。「泡いっぱいにするんだって」

シルヴァーを家に引き止めているのは、〝のんびりバブルバス〟だけではなさそうだが。

「あ、バービーちゃん忘れた！」ハリーがもう駆け戻りながら言う。「バービーちゃんも行きたがってるの！」

娘が話の聞こえないところまで離れるのを待ってから、シルヴァーの正面に回った。

「もしかして今夜のディナーをパスするのは、だれかに会いたくないからかな？」

「もしかして、じゃないわ。そのものずばりよ」

これぞシルヴァーだ。ふだんは率直すぎるほど率直で、だからいろんなことが簡単なのだ。「つまり、パリッシュは今後、問題になりそうだということか？」

「いいえ、問題は彼じゃない。わたし」

「シルヴァー……」

この件を終わらせようとしてだろう、シルヴァーが大きな声でハリーに呼びかけた。「早くしないと遅れるわよ」こちらに向きなおってコートを差しだす。「ほら、楽しんでらっしゃい。わたしのことは心配しないで。携帯のアプリをオンにしておくから、湯船につかってるあいだもカメラの映像はチェックできるわ。泡風呂でゆっくりして、好きな映画を見れば、夜は完璧よ」

いや、そんなことはない。だがいつものごとくシルヴァーはいろいろ考え抜いて、ベストな決断をくだすだろう。そのために一人の静かな時間が必要だというなら、受け入れるしかない。「もしなにかあったら、いつでも連絡してくれ。携帯は肌身離さず持っているから」

「どんな感じだったか、明日聞かせて。細かいところまで忘れないでよ」

「パリッシュが着ていたものとか？　一言一句とか？　きみのことをなにか言っていたかとか？」

シルヴァーが笑って、たたいてきた。「そうじゃなくて、あなたとマディソンのこと」表情がやわらぎ、笑顔でこちらを見あげる。「あんな女性を感心させるのは簡単じゃないわよ」

批判のようには聞こえなかったが、確認したくて尋ねた。「あんな、というと？」

「背が高くてきれいで、仕事ができて自信があって――彼女のことならまだまだ延々ほめてられるけど、要するに、がんばれってこと。マディソンはあなたの運命の人だって気がするの。だから、しくじるんじゃないわよ」

本当だろうかと思いつつ、うなずいた。「最大限の努力をしよう」

9

バーナードが機嫌を損ねたのは、マディソンが先に玄関を開けたせいだった。〝よくもそんな真似を〟と言いたげな顔で堅苦しく脇に立ったバーナードが、あてつけのごとく、とっておきのとりすました態度を示してくる。

「いらっしゃい！」それを無視してマディソンは言い、クロスビーとハリーをなかへ通した。「寒いでしょう、早く入って」

「ありがとう」

クロスビーに手を握られた小さなハリーは、目を丸くして口を開け、ぽかんとしていた。あちこち見まわし、のけぞって天井まで眺める。

マディソンは天井を意識したことがなかったので、自身も見あげてみた。たしかにものすごく高いところにあり、シャンデリアは巨大なので、圧巻と言えた。

クロスビーがコートを脱ぎながら言う。「あまり待たせていないといいが」

今日の彼は穿き古したジーンズにごつい編みあげブーツ、コットンのサーマルシャツにネルシャツを重ねている。少し荒削りで、くらくらするほどセクシーだ。

ハリーの服装も父親と似た路線で、スキニージーンズに白いコットンのサーマルシャツ、そこにピンクのネルシャツだ。ブーツもピンク色で、靴紐《くつひも》のないタイプだった。

「ちっとも待たせてなどいませんよ」バーナードがクロスビーに会釈し、ハリーには笑みを投げかけたが、あとからだれも入ってこないので眉をひそめた。玄関ドアを大きく開いて外を見まわしたものの、人影がないので、怪訝《けげん》な顔でクロスビーを見た。「今夜は二人だけですか?」

「残念ながら」クロスビーがぬいぐるみをのせた大きなかばんを足元におろし、ハリーの雪まみれのブーツを脱がせた。「シルヴァーは家にいることにする、と」

「おばあちゃんね、お風呂入るの」ハリーが父親にぴったりくっついたまま、バーナードを見つめる。「泡ぶく、いっぱいにして」

ちょうど廊下をやってきた父の足並みが崩れた。

父がうっかり浮かべた落胆の表情にマディソンは気づいたが、その表情はすぐに消えた。

「よく来た」父が言い、なにごともなかったようにこちらへ近づいてきた。

「ケンジー!」少女がクロスビーから離れて父のほうに駆けだした。あいにく小さな足は靴下を穿いていたので、玄関ホールの大理石の床でつるりと滑った。父がすかさず腕をつかまえていなければ、派手に転んでいただろう。

「ああ怖かった」マディソンは言い、どきどきしている胸を押さえた。「硬い床に頭をぶつけたらどうしようと」そんなのは、すてきな夜の始まりとは言えない。

バーナードがまだ堅苦しい声で言った。「このすべすべの床に頭をぶつけるというのは、マディソンが幼いころに得意だったことです」

父がハリーを抱きあげて、言った。「走ってはだめだぞ、お若いレディ。さもないと家中の壁に激突することになる」

「ここの床、つるつるだね」ハリーがにっこりして言う。

父がクロスビーを見た。「ブーツを履かせておくか」

クロスビーは首を振った。「だれかさんは」娘をにらみながら言う。「雪のなかで飛び跳ねることにしたんです。ブーツは濡れているから、より滑りやすくなるだけかと」

ハリーが急いで話題を変えようと、小さな手をマディソンの父の頬に当てた。「パパがね、今日行くおうち、おっきいよって」二階へ続く長い螺旋《らせん》階段を見あげる。「お城みたいだね」

「こうしてお姫さまも来たからな」少女を引き寄せて片腕で抱え、クロスビーに歩み寄って手を差しだした。「よく来てくれた」

マディソンは早く今夜を始めたくて、そわそわと体重を右足から左足に移していた。挨拶はさっさと終わらせて、ハリーにあちこちを見せてまわり、ディナーも急いで食べ終えて、一緒に泳ぎたい。クロスビーが水着を気に入ってくれるよう、心底願っていた。シルヴァーが来られなくて残念だ。たちまち父とバーナードをとりこにしていただろうに。二人とも、シルヴァーが来るのを楽しみにしていた。バーナードは、おそらくまだ会ったことがないから。父は……まあ、一時ののぼせではなさそうだ。

父とハリーがバーナードと話している隙に、クロスビーを肘でつつき、小声で尋ねた。

「なにかあったの？」

クロスビーがまた肘でえぐられては困るとばかりにこちらの腕をつかみ、目を見つめて……視線を唇におろした。

あらすてき。そんなふうに見つめられたら、いまこの場でキスしてしまいそう。「クロスビー？」ほほえんで尋ねた。「どうしてシルヴァーは来なかったの？」

「彼女にとって、こういうのは慣れないことだ」クロスビーが静かに返す。「三人だけの生活に慣れきっている。きっと時間が必要なんだろう」

マディソンは鼻にしわを寄せた。なんだか彼らの生活に土足で踏み入ったような気分だった。「いい印象を与えようとがんばったんだけど」

クロスビーが手で頬を包んだ。「がんばる必要はない。きみはいつでも印象的だ」親指が頬をこすり、口角に触れたと思うや、手が離れた。「きみがどうこうではないんだ。むしろシルヴァーはきみのことが好きだと言っていた」

「本当に？」それならいろいろなことが楽になる。

「もっと言うと、きみを感心させてこいと実質、命令された」

まあ。本当にシルヴァーはこちらの味方のようだ。最初がバーナードで、次はパパ、それにシルヴァーまで。こうなったら運命だと信じたくなる。「感心なら、じかに会う前からさせられてたわよ」キスしたい思いでいっぱいになり、身を乗りだした。「どのくらいか、見せてあげましょうか――」

「こほん」

二人同時に振り返ると、バーナードと父が並んでこちらを見ていた。父はまだハリーを抱っこしていて、三人それぞれの表情は見ものだった。バーナードは不機嫌を装い、父は甘やかすような顔で、ハリーはいたずらっ子の笑みを浮かべている。

「ディナーまで少し時間がある」父が言った。「姫に城のなかを案内してこよう」

「それはわたしがやるつもりだったのに」マディソンは訴えた。

バーナードが小ばかにしたように言う。「ずいぶんお気に召したようだから、ドア係ごっこを続けられるといい。お兄さんたちがじきに到着だ」

玄関ホールに突っ立って、ケイドとレイエスを待ってなどいたくない！「あなたはなにするの？」

「ディナーのしあげを」バーナードはつんとすまして去っていった。

ハリーがけたけたと笑う。「あのおじちゃん、おもしろいね」

「このおじちゃんは」バーナードが振り返って言う。「姫のディナーに特別なものをこしらえますよ。お腹が減っているといいですね」

ハリーが大きなひそひそ声で、父に尋ねた。「なんだろ？　あたしの好きなものかな？」

「スパゲッティミートボールは好きか？」父が問う。

「大好き！　わーい！」少女は大きな腕に抱かれた体を弾ませた。

「それからショートパスタをつかったキャセロール料理に、ラザニアも出てくるはずだ」

父は肩をすくめた。「パスタばかりだが、おれの子どもたちにはそれぞれ好きな料理があって、バーナードは三人を甘やかすのが好きだ。来客の前で料理の腕を披露できるときは、とくにな」

クロスビーが笑顔で娘の真似をした——ただし小声で。「わーい」

「さて、どこから見学ツアーを始めようか？」父がハリーに尋ねた。「上か下か。いや待て、バルコニーからだな。お山が見えるぞ」そう言って歩きだした。

クロスビーの心配を思い出したマディソンは、慌てて声をかけた。「パパ、そんな、許可もとらずに。クロスビーは朝から仕事だったのよ。娘との時間を楽しみにしてたかもしれないでしょう」

父が足を止め、出すぎた真似をしているなど思ってもみなかったような顔で言った。

「すぐに戻る」

「いいよね、パパ?」ハリーがねだる。「お願い。ハリー、お城のなか、見てみたい」

クロスビーはほほえんだ。「いいよ。だけどミスター・マッケンジーから離れるんじゃないぞ。一人でふらふらしないこと」

マディソンの父は少女を床におろして、手をつないだ。今回、向きを変えて出ていく二人を止める者はいなかった。

そういうわけで、マディソンが考えていたよりはるかに早い段階で、クロスビーと二人きりになれてしまった。胸の鼓動が高鳴り、全身の肌がほてりだす。

バーナードはいまや遠いキッチンにいて、父とハリーは角を曲がって見えなくなった。

クロスビーがそちらを見つめたままなので、咳払いをして言った。「そうしたいなら、追いかけてもいいのよ」

まっすぐ視線を向けられて、やっと気づいた。こちらがずっと感じてきた熱い思いと切望のすべてが、ベッドルームを思わせるあの黒い目に浮かんでいる。無言のクロスビーに追い詰められるまま、両開きの玄関ドアに背中をあずけ、顔の両側に手を押し当てられて、唇を奪われた。

リラックスした〝お互いをもっとよく知ろう〟というキスではなく、つらい記憶の合間に分かち合うキスでもない。そうではなく、これは〝ああ、きみが欲しくてたまらない〟

という激しいキスで、あたかも足の裏に雷が落ちたように――その雷がすぐまた上へ向かってお腹を直撃し、さらに胸のふくらみを襲って心臓に到達したようにまで思えた。なんてこと。

体がとろけたに違いない。脚も背骨もぐにゃぐにゃで、それでも両手は難なく彼の肩につかまり、口は有頂天で舌の攻撃を受けていた。

最後にこんなふうにキスされたのはいつ？　ああ、思い出した。これが初めてだ。それはきっと、こんなふうにわたしに火をつけた男性はこの人が初めてだから。

クロスビーが体を押しつけてきて、胸のふくらみが胸板に、腰が腰に密着する。ああ。マディソンは唇を離し、息を弾ませながら言った。「あなたって、なんてセクシーなの」

クロスビーがひたいにひたいをあずけ、暗い声で笑った。「こっちのセリフだ」

「うれしい」あごにキスをし、ほてったのどにも唇を押し当てた。さわやかなムスクと熱くなった肌の濃厚な香りに、めまいがする。ああ、いますぐ食べてしまいたい。「舌がすごく器用ね。これだけで想像力が暴走しちゃった」

返事の代わりにまたキスされた。そろそろやめなくてはいけないのはわかっているし、クロスビーもわかっているのだろう――両手は玄関ドアにぴったり押し当てたままだ。触れてほしいけれど、お互いがお互いに示す燃えあがるような反応からすると、いい考えではなさそうだ。だからこのまま、体を密着させてむさぼるように唇を奪い合い、手に負えない事態にならないよう、必死に自制心をつなぎとめていた。

クロスビーが体勢を変えてキスをより激しく、深くすると、両の手のひらの下でたくましい肩の筋肉が収縮する。息遣いが乱れ、腰をますます押しつけられて――いきなりだれかが玄関を開けようとした。

ドアに押されてマディソンは前につんのめり、二人の足はからまって、クロスビーは危うく倒れそうになった。一緒にこちらもバランスを崩す。

と、ドアの脇から上の兄が手を伸ばして腕をつかまえてくれ、不機嫌な声で言った。

「なにごとだ、マディソン？」そして玄関ホールに入ってくると、妹をまっすぐ立たせてから、眉間にしわを寄せてクロスビーを見た。「ここでなにをしてる？」

クロスビーも眉間にしわを寄せた。「いまはなにも」

自身の夫のそばをすり抜けて入ってきたスターリングが、その場を一目見るなり、満面の笑みを浮かべた。「やるじゃない」そして片手を掲げ、マディソンにハイタッチを求めた。

マディソンは落ちつきを取り戻しながら笑みをこらえ、明るくハイタッチを返した。

「玄関ホールでいちゃついてたのか？」続いて現れた下の兄も、妻のケネディと一緒だった。クロスビーに向けて言う。「なあ、部屋なら腐るほどあるだろ。下にはマディソン専用の部屋だってある。みんなに見せびらかす必要はないいんじゃないか」

「玄関をふさぐ理由もな」ケイドが言う。「ノックの音が聞こえなかったのか?」

「ええと、ごめんなさい」欲望に溺れるので忙しかったから。

驚いたことに、クロスビーがこちらのウエストに腕を回し、全員に笑みを投げかけた。

「ついさっき、きみたちのお父さんに娘を連れ去られたから、こうして二人きりになった」肩をすくめる。「そしてきみたちの妹さんは魅力的すぎる」

「まあ」ケネディが言い、手を差しだした。「わたしを覚えてる?」

「もちろん」クロスビーが握手を交わす。「元気そうでなによりだ」

二人が初めて出会ったときの状況は、あまりいいものではなかった。ケネディは何者かに狙われていて、レイエスは過保護な原始人モードに入っていたからだ。そのころはみんなクロスビーのことをよく知らなかったので、兄二人は彼を完全には信用していなかったものの、マディソンは最初から心を奪われていた。

そのクロスビーがいま、こうしてここにいる。兄たちがお行儀よくしていないなら、わたしが黙っていない。

「あのあと、レイエスと結婚したの」ケネディが説明する。「だけどいまも性格は歪《ゆが》んでないから、安心して」

「おい」レイエスが傷ついたふりをして言った。

「あなたも性格はまっすぐよ」ケネディが言う。「ときどきはね」

クロスビーが笑った。「今日、シルヴァーも似たようなことを言っていた」

「ああ、そうよ、シルヴァー」ケネディが周囲を見まわす。「レイエスからいろいろ聞いてるわ。会えるのをすごく楽しみにしてたの」

マディソンはため息をついた。「今夜は自宅でゆっくりお風呂につかるんですって」

「泡風呂に」クロスビーが言い、にやりとした。「ふだんはあまり一人でのんびり過ごせる時間がないから」

ケイドが全員をキッチンのほうへうながした。「ハリーは毎晩、自宅に連れて帰るんじゃないのか？」

「連れて帰るが、たいてい夕食までシルヴァーのところで済ませる」

「お風呂っていうのは嘘じゃないかなあ」レイエスが言う。「父さんが気のあるそぶりをしてて、彼女のほうは避けてるってことだろ？　ところで父さんは？」

ケネディが夫の腕をつかんだ。「そのことでお父さんをからかっちゃだめよ、レイエス・マッケンジー。本気ですからね」

スターリングが言う。「わたしはからかおうかな。まだ借りが残ってるから」

ケイドが厳しい顔で妻を見た。「やめとけ。なにか言われたら父さんはすぐやり返すだろうし、そうなればせっかくクロスビーが訪ねてきてくれたのに、台無しだ」

「クロスビーには悪いけど、わたしはわたしの楽しみを味わいたいのよね」

マディソンはクロスビーの困った顔を見て、笑ってしまった。「スターリングが初めてここに来たときはすごかったのよ。パパは絶対権力者の態度を崩そうとしないし、スターリングはそこに横槍《よこやり》を入れつづけるし」

「でも、パリッシュはそんなに難しい人じゃない」スターリングが言う。「それより問題は――」言葉を切り、ふざけて義理の弟を押したので、不意をつかれたレイエスはよろめいた。「――このいじり屋よ」

「だけどいまは仲よしだろ」レイエスが言う……義理の姉を転ばせようとしながら。

スターリングはそれをかわして笑った。「かもね」

ケイドが妻をかたわらに引き寄せた――弟から遠くへ。「二人とも、クロスビーの前だぞ。おれたちの印象が悪くなる」

「むしろ正しい印象になるんじゃないかしら」ケネディが言う。「それでも、お互いへの愛情はきっと感じてもらえるはず」

これにはクロスビーも咳きこみそうになったが、一家の悪ふざけに気分を害した様子はなく、むしろ楽しんでいるように見えた。どうやらいいスタートを切ったらしい。

マディソンとしては、こういう夜をもっと過ごしたかった。みんな一緒に、ふざけ合って、楽しんで。

小さかった家族の輪は、すばらしいかたちで広がった。その一員でいたい――ただし、クロスビーも一緒なら。

いずれ、クロスビーと一対一で向き合う時間をもたなくてはならない。それまでは、親しくなっていく過程の一秒一秒を楽しむとしよう。

それで思い出した……。ほかの人に聞こえないよう、声をひそめて尋ねた。「明日のランチ、予定は空いてる？」

「実際のランチのことなら、イエスだ」あの漆黒の目でじっくり顔を眺める。「ほかのことを意味しているなら、職場では困る」

「ランチのことよ」そう言いながら、期待をこめてつけ足す。「近いうちに、ほかのことの予定も入れられそう？」

「そう思ってくれていい」大きな手をウエストから腰に滑らせると、顔を寄せてこめかみでささやいた。「さもないと生きていける気がしない」

「兄貴たちがここにいるぞ」レイエスに釘を刺されながら、全員でキッチンに入っていった。テーブルの用意がされていないのを見て、レイエスがバーナードを見る。「今夜はお上品にダイニングルームでお食事かな？」

バーナードはコンロにかけた大きな鍋をかき混ぜながら、振り返りもせずに答えた。

「当然です」

当然です、とレイエスが口だけ動かして真似をし、天を仰いだ。それからクロスビーのほうを向いて両腕を広げる。「かわいい妹がきみと二人きりになりたがってるから、おれがベビーシッター役を買って出よう」

ケイドが咳きこんだ。「自分がなにを言ってるか、わかってるのか?」

「いますぐって意味じゃない」レイエスが弁解口調で言う。「でもさ、兄貴と違っておれは理解してるんだ、おれの妹だからってだけで、しちゃいけないことには——」

ケネディが夫の口を押さえた。「そこまで」

「アーメン」スターリングが感情をこめて唱えた。

バーナードが振り返って言った。「さあ、ダイニングルームに移動ですよ。だれか、パリッシュともう一人のゲストを捜してきてください。ディナーの用意ができました」

娘を連れてプールに入っていきながら、クロスビーはあらためて、シルヴァーも一緒に来られたらよかったのにと思った。きっとディナーを楽しんだはずだ——料理も人も、すばらしかった。バーナードが自家製のロールパンをスノーマンのかたちにしてくれたので、ハリーは大喜びだった。しかも、スパゲッティの上には極小のミートボールで、スマイルマークが描かれていた。

いまやハリーはバーナードのことを〝ケンジー〟とほぼ同じくらい特別だと思っている。そう、シルヴァーもきっと楽しんだだろうし、それを望んではいるが、ちょうどいい緩衝材になってくれただろうに、とも思っていた。

プール室のガラス製の両開きドアをちらりと見るのも、これで十回めだ。

この圧倒的なプール室には度肝を抜かれたが、たしかに温水は心地よく、外で一時間ほどそり遊びを楽しんだ体にはなおさらだった。

ハリーは疲れておとなしくなっていたが、それでもプールには飛びこんでいって水を跳ね散らかした。「でっかいお風呂みたいだね」

ただし泡のない、とクロスビーは心のなかでつぶやいた。温水にぷかぷか浮かんでいる娘が――空気を入れてふくらませたアームリングを腕にはめているのだ――バタ足をするさまを眺めて、言う。「楽しんでるか、ハニー?」

「うん！　すっごく楽しい。ハリー、ここ好き。また来られる?」

ドアが静かに閉じるのを気配で感じた。

「また来られると思うわよ」マディソンが言いながら入ってきた。腕にタオルをかけて、手には携帯電話を握っている。

目が燃えあがり、呼吸は止まった。雄としての全細胞が気をつけの姿勢をとった。

ああ、なんたる光景。

マディソンが裸足《はだし》でプールのへりまで歩み寄り、にっこりと二人を見おろした。そんな彼女を下から上へ、目でじっくり探索していった。長く引き締まった脚から丸みを帯びた腰へ、平らなお腹から細いウエストへ、控えめな胸のふくらみから堂々とした肩へ。しなやかでフェミニンな強さと、努力に裏づけられた自信の具現化だ。

打ちのめされそうなほどセクシー。

ほかの女性には感じえないほどに。

マディソンが口角をあげて、視線をハリーに移した。「あらやだ、ピンク？」片側に突きだした腰に手を当てる。「あなたはすてきなピンクの水着を持ってるのに、わたしは黒しか持ってない。いいなあ、うらやましいなあ」

ハリーがくすくす笑った。「紫のも持ってるよ」

「次のときに見せてね」そう言って、携帯電話とタオルを椅子の一つに置いた。

そんなふうに腰をかがめられては、心臓の鼓動がたいへんなことになる。あの一級品のヒップときたら……。

マディソンが笑顔でステップをおりてきた。

水がなめらかなふくらはぎを包み、締まった太ももを呑みこんで、とうとう胸のふくらみに打ち寄せた。両手で覆いたくてたまらない胸のふくらみに。目を燃えあがらせたまま、低い声で言った。「やあ」

「だめよ」マディソンが小声で返す。「そんなにセクシーな声でささやかないで。必死に踏みとどまってるんだから」

正直なことを言われて、性的な緊張が多少やわらいだ。「〝やあ〟がセクシーか？」「言葉じゃなく、言い方」水のなかにもぐって数メートル先で浮かびあがると、ハリーのほうに泳いでいった。

いまもノートパソコンを持っていないということは、仕事から引き離せたということだろうか。手元にノートパソコンを置いていないマディソンなど、めったに見ることがない。ディナーのときさえ手近なところに置いていた。

雪のなかで遊ぼうと外に出たときは、代わりに携帯電話を持っていたが、パソコンのほうもどこかに隠し持っていた。

それからの一時間、プールの端から端まで競争したり（ハリーを勝たせてやった）、水に飛びこんでだれがいちばんしぶきをあげられるか競ったり（これは勝たせてもらった）、仰向けで水に浮かぶ方法をマディソンがハリーに教えたりして過ごした。二人並んで練習していると、ハリーの金髪は頭の周りに後光のごとく広がり、マディソンの金茶色の髪はつる植物のごとく伸びていた。

夢のようなマディソンの肢体から目をそらせなかった。彼女もハリーもこちらに意識を払っていない、こういうときはとくに。

マディソンのすることすべてが、そのやり方さえも、魅力的だ。初めて会ったときは、まさかここまで簡単に娘と仲よくなってしまうとは思いもしなかった。ところが実際は。

こうなると、みずから課してきたデート規制からも解放されそうだ。

考えてみれば、マディソンのおかげでいろいろなものから解放されてきた――ずっと抱えていた秘密や、押し殺してきた感情からも。

そのときマディソンの携帯電話が鳴ったが、本人は水のなかにいて気づかなかった。知らせようとして幅の狭い足をそっとつかみ、軽く引っ張った。

すると水中でマディソンがくるりと一回転し、あの長い長い脚をまっすぐに伸ばした。その顔を見た瞬間、彼女が幸せなのだとわかった。マディソンには裏表がない。ハリーの相手をしているのはその父親のためというより、純粋に、相手をするのが楽しいからだ。どこまでも自然体――そう思うと怖くなる。強くて美しく、大胆でやさしく、おまけに……母性本能まで備えているとは。

彼女の父親の育児方法を絶賛はしないが、その結果は間違いなくみごとだ。マディソンがこれほどすばらしい女性に成長した理由が育てられ方にあることは、否定できなかった。

いつまでも見つめていると、マディソンが両眉をあげた。「どうしたの？」

片手で口元をこすった。この女性に慣れる日が来るだろうか？　来ないといい。「メッセージかなにかが届いた」タオルのほうを手で示す。「携帯に」

「ああ、ありがとう。聞こえなかった」水中を歩いてプールサイドに進み、腕の力だけで優雅に水からあがった。

華奢な骨格にすらりとした体つきなので頼りなく見えるものの、実際は強いのだ。自然が与えたものを最大限に活《い》かしている。肉体面も、精神面も、知性の面でも。いや、あらゆる面でこの女性は標準以上だ。

マディソンが体から水をしたたらせながら椅子に歩み寄り、ざっとタオルで拭ってから、携帯電話を手にした。

クロスビーは、水中で眠ってしまいそうになっている娘を見守りつつ、ボイスメールに耳を傾けるマディソンの謎めいた表情を観察した。マディソンの視線がちらりともこちらに向けられないので、なにかが起きたのだと察知した。

別の男か？　しかしお互い合意しているはずだし、マディソンは正直そのものなので、その可能性はないだろう。もしいろいろな男を楽しみたいなら、はっきりそう言うはずだ。だとしても、考えざるを得なかった。なにしろ、こちらはいつでも時間をつくれる身ではない。いまだって、彼女が欲しくて静かに正気を失いつつあり、向こうも同じように感じているとはっきり示してくれているのに、いつになったらその思いを叶えられるのか、わからずにいるのだ。

マディソンが携帯電話の画面をオフにしてまた椅子に置き、プールサイドに戻ってきた。まだこちらのほうを見ないまま、ハリーにほほえみかけると、やわらかな声で言った。

「だれかさんはガソリンが切れたみたいね」手のひらを上に向け、両手の指を動かしながらこちらに言う。「ハリーをちょうだい。タオルでくるむわ」

娘は、いまにも眠りに落ちるサインであるぼんやりした状態で、不満そうにつぶやいた。

「もうちょっと泳ぎたい」

「泳いでいなかっただろう、ハニー」ボイスメールについてマディソンは話してくれるだろうかと思いつつ、娘を抱きあげて、プールのへりのほうへ進んだ。

「マディソンが教えてくれたみたいに浮かんでたんだもん」ハリーが泣き声で言う。「いまから泳ぐもん」

「もう疲れただろう」返しながらも、娘があまりいい子ではない側面を見せようとしているのを感じた。たいていの四歳児と同じで、ハリーも機嫌がくるくる変わるし、疲れたときはなおさらだ。今日は盛りだくさんの一日だったので、そろそろ家に連れ帰ってベッドに寝かせたほうがいい。

「泳ぐの！」

「わたしはもうへろへろ」マディソンが言い、あくびのふりをした。

「あたしは違うもん」ハリーの顔に、思いどおりにならないときお決まりの頑固な表情が浮かんだ。

「ハリー」厳しい声で言った。

マディソンが声をかけた。「本当に疲れてないの？　すごい、びっくりね。わたしのほうがこんなに大きいし、だから、たぶんわたしのほうが力も強いじゃない？　それなのに、わたしは休まなくちゃいけないなんて」

「あたし、休まなくていい」ハリーは胸の前で腕組みをして、父親から離れようとしながら、また言った。「泳ぐの！」

「そういうことなら、あなたのほうがタフなのね。ねえ、ちょっとこっちに来て、腕の力こぶを見せてよ。あなたのパパに負けないくらい立派なんじゃない？」

ハリーは笑いそうになったが、すぐさましかめっ面に戻った。「そんなわけないもん」

「絶対に巨大よ。パパが見たら泣いちゃうかもね」

「パパは強いもん！」ここまでの流れを忘れて父親をかばう。「ねえ、泳ぎたい」

「うん。だけど終わりにしようって言ったときにやめなかったら、またわたしが誘っても、パパは連れてきてくれないかもしれないよ。そうなったらがっかりでしょう？　だってわたしはすぐにまた誘いたいもの」もう一度、指を動かすと、今度はハリーみずからマディソンのほうへ近づいていった。

マディソンが大げさにハリーの腕をつかんで筋肉をチェックするので、最後には二人して滑稽な、筋肉を見せつけるポーズのし合いっこになった。

マディソンのおかげで、今日を笑顔で終えられた。

彼女と同じやり方でプールからあがり、タオルで体を拭いながらも、携帯電話の暗い画面をちらちら見ずにはいられなかった。なぜボイスメッセージを聞いているあいだ、考えを顔に出さなかったのだろう?

「なんでもないのよ」マディソンがハリーの髪を乾かしてやりながら、こちらを見た。「ほかにも話しておきたいことがあるから、明日聞かせるわ。何時にランチにする?」

少しほっとして、ちらりと娘を見た。マディソンにもたれかかり、またいまにも眠りそうになっている。そこでタオルを首にかけて娘を抱き取り、更衣室に向かった――トイレだけでなく立派なシャワー室まで完備した空間だ。正直な話、この家にいくつバスルームがあるのか、もはやわからなくなっていた。「この子が気絶する前に着替えさせてくる」

「眠くないよ」ハリーはつぶやいたが、首はこちらの肩にもたせかけている。

「そうだよな」娘のこめかみにキスをして、マディソンに言った。「すぐ戻る」

十五分後に戻ってみると、マディソンも着替えを終えて、タオルで床の水を拭っていた。

静かに声をかけた。「手伝おう」

マディソンがにっこりする。「あなたは手一杯でしょう」

たしかに。ハリーは完全に充電切れで、腕のなかでぐったりと眠っている。「この子にはもう遅い時間だ」

「たいしたことないから気にしないで。どうせここは温かいからすぐ乾くわ」タオルを広げて椅子にかける。「週に二度、バーナードが掃除してくれるの」こちらを向いて言う。

「話だけど、やっぱりいまにしましょうか？　どっちでもかまわない」

いまのほうが好ましいが、時間が気になった。もしも一時間眠っただけで起きてしまえば、ハリーは朝まで起きているだろう。「だれからか、だけ教えてくれ」

「テッドよ。タスクフォースのフロントデスクの」

「なにか問題でも？」ホテルに爆破予告電話があったことが、すぐに頭をよぎった。

「そうじゃない。コンピューターシステムのアップデートの件で、電話がかかってきたんですって。彼とはまた明日、ランチの前に話をするわ」

すべてを包み隠さず話していないとわかるほどに、いまではこの女性を理解しているのだと気づいた。視線は揺らがないし、答える前に口ごもりもしなかった。それでも……。

マディソンが腕組みをして、ため息のように笑った。「クロスビー。やっぱりいま聞きたいの、明日でいいの？　どっち？」

「明日まで待つという自分の判断を考えなおしているところだ」一歩近づいた。幸い、ハリーは眠ったままでいてくれた。「要点だけ聞かせてくれ」

マディソンは肩をすくめた。「いいわよ。どうせランチのときに話すつもりだったし、深い話はそのときでいいし。簡単に言うと、バージェス・クロウを追って防犯カメラの映像をチェックしてたとき、彼が何度かわたしを見たことに気づいたの。つまり、ホテルのあの現場で、わたしのほうを見た。あなたとパパの視線を追ったような感じだった。だけど車のなかにいたわたしがはっきり見えたとは思えない。ただ、留意すべきことだとは思う」

これまたよどみなく説明したものの、やはりなにか隠しているという気がした。「そのことタスクフォースへの電話との関係は？」

「それは……」マディソンはため息をついた。「クロウがわたしを見たのなら、おそらくノートパソコンを持ってたのも見られてる。もしかしたら――可能性は低いけど――電話をかけてきたのはクロウで、わたしに関する情報を探っていたのかもしれない。テッドと話して、厳密には電話の主がなにを言ったのか聞くまでは、なにも断言できないけど」

「パソコンソフトのアップデートは人任せにしないんだな」

「ええ。わたしが自分でやってるわ」人差し指の背でハリーの頬を撫でる。「だけどたぶん、なんでもない。だから心配しないで」

するなと言われて、はいそうですか、とはいかない。「今夜は出かけるのか？」

「冗談よね？　自分がすさまじいスタミナの持ち主なのは知ってるけど、今日はいろいろあったから。へろへろってハリーに言ったのも嘘じゃないのよ。今夜はこれから自分の家に帰ってベッドに飛びこむわ」

クロスビーはあごを動かした。「お父さんの敷地はきみの家のあたりも含めて安全なんだろうな」

「もちろん。もしだれかが敷地に近づいてきたら、すぐわかるようになってる。それから先に言っておくけど、わたしもあなたと同じことを考えてるから、明日、会いに行くときはしっかり用心するわ。ところで、明日の待ち合わせ場所と時間をまだ聞いてない」

急に話題を変えるのか？　しかし質問を重ねれば侮辱ととられかねないので、ここは流れに乗ることにした。「きみがタスクフォースを訪ねる予定なら、そこで待ち合わせよう。十一時でどうだ？　レストランへは車で一緒に向かえばいい」少し早めに到着して、テッドからじかに話を聞くのも手だ。

「じゃあ十一時に」マディソンが言い、そばをすり抜けようとした。記憶にあるかぎり、彼女が二人の時間を早く切りあげようとしたのはこれが初めてだった。

「マディソン？」

彼女が足を止めた。

「パリッシュには話すんだろうな？」

「テッドと話をするまではなにも言いたくないの」

「私はお父さんの部下だ。隠し事はできない」

「隠し事じゃないわよ」振り返ってかすかにほほえむ。「わたしたちは隠し事をしない。脅威があれば共有する――それがもっとも安全なやり方だから。そうじゃなくて、今回の件は本当になんでもないかもしれないの。一日くらい、たいしたことないでしょう？」

「まあ、おそらくは」それでも気に入らないが。

「ありがとう」マディソンはそう言ってプール室を出ると、ハリーを抱っこしてあとに続くこちらのためにドアを支えていてくれた。

そのまま長い廊下を進み、幅広い階段をのぼって、いまでは静かになったメインフロアに出た。

書斎の前を通りかかったとき、ドアが開いてパリッシュが出てきた。ハリーを見て、ほほえむ。「今夜はもうおねむか」

「だといいんですが」クロスビーは言った。「歯を磨いてパジャマに着替えるときに、復活しないことを祈ります」

「歯磨きも着替えも、一晩くらい、抜きにしろ」パリッシュが提案し、手を伸ばして少女のこめかみにかかった巻き毛をそっと払った。あごでマディソンを示す。「この子がこれくらいだったころ、こんなふうに眠ってしまうことはめったになかったが、まれにそうなったときは、寝る前のルーティンを抜きにしてそのままベッドに運ばなくては、またぱっちり目を覚ましてしまっていた」

「なんとなく覚えてるわ」マディソンが言う。「一度そんなふうに目を覚ましてしまったとき、ママがわたしを寝かしつけようとしたけどうまくいかなくて、そしたらパパが入ってきて、一時間以上、テクノロジーの話をしたのよね」

っていた」

「おまえがあくびをしはじめるまでな」パリッシュが返した。「そのときには真夜中にな

「提案どおりにします」クロスビーは言い、娘のひたいにキスをした。いまだにときどき、父親としての役割で大失敗をするのではと不安になることがある。絶対に守ると決めていた――歯磨きは一日に二度、勉強と遊びの時間は均等に。衣服は常にジャストサイズで清潔に。

それから、性別を基準にした役割にはけっして押しこめない。満足な選択肢を与えられなかった女性なら、もうさんざん目にしてきた。ハリーにはいろんな可能性をもっていてほしい。自分はなんだってできるのだ、パパは応援してくれるのだと、わかっていてほしい。

問題は、それをどうやって実現するか、だ。たいていの親なら当たり前のようにできてもクロスビーにとっては難しいことが、山のようにあった。

我が子を愛することは難しくない。それなら、初めて腕に抱いた瞬間から無条件にできてきた。だが、それ以外は？　助言をもらえれば助かる。

「きみはいい父親だ」パリッシュの言葉は、本心から言っているように聞こえた。

努力が加算対象なら、まずまずうまくやっていると言えるだろう。「シルヴァーには、心配しすぎだと言われます。きっとシルヴァー自身が常に心配しているから、他者の不安

に気づくんでしょう」

パリッシュが小さくほほえんだ。「親の心配に終わりはない」

「パパ」マディソンが不満そうに言った。「わたしのことは心配しなくて大丈夫よ。まあ、レイエスのことは……」

全員で静かに笑った。

パリッシュがそっと打ち明ける。「ある意味では、おまえがいちばん心配だ」娘が気分を害する前に説明する。「唯一の娘で末っ子だからな。特別に思うのを許してくれ」

「しょうがないわね」マディソンがしぶしぶ言った。「でも必要ないのに」

クロスビーは言った。「シルヴァーにも言うんだが、父親には好きなように心配する権利があるんだ」

少しためらってから、パリッシュが尋ねた。「シルヴァーは具合が悪いのか？　ハリーの風邪が移っていないといいが」

「彼女の体調ならご心配なく。このとおり、ハリーもすっかり元気になりました」どんなかたちでもシルヴァーを裏切ったりしないが、正直に答えられるのは気が楽だった。「きっと一人で静かに考え事ができる時間がほしかったんでしょう」

マディソンが寄り添ってきた。「わたしたち、彼女を圧倒しちゃった？」

パリッシュがちらりと目配せをしてきた。「まあ、おれたちのうちの一人はな」この話はそれまでとばかりに、ハリーをあごで示した。「その小荷物を抱えっぱなしだな」

娘を見おろし、ひたいにそっとキスをした。「重くありませんから」

マディソンがほほえんだ。「あなたの車の暖房を入れておきましょうか?」

「そんな手間は――」

「わたしがやりたいの。というか、わたしもそろそろ自分の家に帰らなくちゃ。ボブキャットは車内が温かいと喜ぶから、わたしの車の暖房も入れておきたいし。キーはどこ?」

彼女の父親の前でポケットを探られるのはどうかと思い、首を振った。

するとパリッシュがこう申しでた。「ほら、おれがハリーを抱っこしているから、二人で行ってこい。コートはバーナードが玄関脇のハンガーにかけておいたし、ハリーのブーツはラグの上だ」こちらの腕から幼子を抱き取る動きはじつによく慣れたもので、自身の子らが小さかったころに何度もそうしてきたことを証明していた。

数週間前なら驚いていただろう。あのころは、パリッシュ・マッケンジーは大金持ちの有力者で、育児など担当外だと思っていた。いまはそんな思い違いをしない。

ハリーが身じろぎし、パリッシュに寄り添ってため息をついた。

「この子は宝物ね」マディソンが言う。「すごく小さな宝物」

「おまえも昔はそうだった」パリッシュが小声で言う。「まあ、四歳のころにはハリーの倍は大きかったが」

「わたし、背が高かったの」マディソンがクロスビーに言う。「わたしたち全員」

「いまもだろう」子どもはみんな、ありあまるほど愛情をそそがれるべきだし、ハリーの未来には幸せな時間だけが待っていてほしい。マッケンジー家の面々が諸手《もろて》をあげて娘を受け入れてくれたことにどれほどの意味があるか、言葉にできずにただうなずいた。「ありがとう」マディソンの背中に手を当てて、一緒に玄関のほうへ向かった。

コートをはおって、電熱で雪を溶かした私道を進む――いつまで経っても慣れそうにないが、こうして体験するのは悪くない。こちらは自身の黒いＳＵＶに向かい、マディソンは白の一台に歩み寄った。あいだには、おそらく二台分の駐車スペースがあった。

エンジンをかけて設定温度を調節し、チャイルドシートのシートベルトも整えてから車を出て、フロントバンパーのそばまで来ていたマディソンに歩み寄った。

「ここは暗がりが多いの」マディソンが小声で言い、腕を引っ張る。「防犯灯でどこもかしこも明るいけど、わたしの車の後ろならだれにも見えないから、そうしたければ、おやすみのキスができるわよ」

「ぜひしたい」正直に言い、両手で彼女の頬を包んだ。泳いだあとに髪は乾かしたが、まだ少し湿っていた。「寒くないのか？」

「燃えてるわ」そう言って身を乗りだすと、率先して下唇に舌を這わせ、歯で挟んで引っ張ってから、ふっくらした濡れた唇を押しつけてきた。

ああ、なんたる味わい。なんたる感触。そして香りは誘惑そのものだ。

マディソンはコートのファスナーをあげていなかったので、両手をなかに滑りこませてしなやかな背中に這わせ……トップスのなかにもぐりこませて、温かいシルクのような手触りを堪能した。「あの黒いビキニ姿のきみに悩殺された」首筋でささやいた。いたるところに触れたかった。

「急《ブレス》かすつもりは――」

片手をヒップまで滑らせて、たぎっている部分に押しつけた《ブレス》。二人一緒にうめいた。

「押しのけてみろ、ベイビー」

一瞬マディソンの動きが止まり、すぐさま身を引いて顔を見た。「あなたいま、わたしをベイビーって呼んだ」

驚きの表情があまりに滑稽で、笑いそうになった。だが気持ちを傷つけたくなかったし、誤解されたくもなかったので、代わりに湿った髪をそっと撫でつけた。「だめか?」

「だれにもそう呼ばれたことはないの」

たいていの男なら、びびってそういう呼び方をしないだろう。これが初めてではないが、マディソンのように活発でリーダーシップをとりたがる女性は、これまで何度デートしたことがあるのだろうと考えてしまった。誘いたいと思った男は少なくないはずだ。たとえ恐ろしげな父親と兄二人が目を光らせていようと、マディソンがきわめて個性的だろうと。

だがそれでも、マディソンのおめがねにかなった男は多くないのではと思わせるなにかがあった。

一つには、この女性はじつに背が高いので、ほとんどの男性を身長で上回るから。彼女が男を見おろす絵面は想像しにくい——父親と兄二人があれほど大きくては、とくに。そしてとても賢い女性だから、仮にちょっとしたデートだとしても、知的レベルで劣る男は選ばないだろう。そのうえ、あれだけ驚くべき才能を備えていては……匹敵する技能を有しない男になど興味をもてるだろうか？

どういうわけか、そうは思えなかった。

こうした資質はこちらにとっても重要なチェックポイントだ——まあ、身長はのぞいて。マディソンは多くの面でこちらの理想を満たしている。こんな女性を探そうとも思っていなかったのに。

彼女と同じくらい真剣になろうと、そっと唇に唇をこすりつけた。もう一口、さらにもう一口欲しくなったところで、言うべきことがあるのを思い出した。

「きみが好きだ、マディソン」

にっこりして彼女が言った。「うれしい」

本当か？　この関係を一歩踏みこんだものにしたいと本気で思っている？　そうであってほしい。なぜならこちらはとっくに、もっと踏みこみたいと思っているから。「呼び方は気持ちの表れだが、きみがいやなら、辞書から消すよう努力する」

「いやじゃないわ」マディソンが急いで言った。「慣れてないだけ」小首を傾げてしげしげと見る。「ベイビーがだめだったら、なんて呼ぶつもり?」

本格的に笑みが浮かびそうになった。「スイートハート? ハニー?」

「ハニーはなし。それは娘にとっておいて」

「わかった」いっそ〝私のもの〟と呼んでもいいが、さすがにそれは早すぎるだろう。

マディソンがうめいて言った。「わたしたち、本当に二人きりの時間をもてるのかしら。いまみたいじゃなく、服を脱いで横になった状態で、よ。だってね、クロスビー、わたしには本当にそれが必要なの」

できれば〝それ〟ではなく〝あなた〟と言ってほしかったが、マディソンほどの能力があれば、だれのことも必要としないだろう。求めてもらえるだけで満足しなくては。

少なくとも、いまのところは。

「シルヴァーに相談して、都合がつけられるか見てみよう。そのあとで、お互いの期待をたしかめ合うのはどうだ?」

「セックス方面の期待?」

常に率直だな。「それが最高の期待だろう?」

ぎゅっと抱きしめられた。「さあ、どうかしら。あなたとなら、いまのところすべてが最高だもの」

からかうように言った。「それなら、もういらないか――？」

「いるに決まってるでしょう」体を離して、渇望をありありとたたえた目で全身を眺めわす。「これだけ待たされたんだもの、満足できる見返りがほしいわ」

「プレッシャーを感じるべきじゃないんだろうな」

真剣そのものの言葉が返ってきた。「あなたはきっと完璧よ、クロスビー。間違いない」

にやりとせずにはいられなかった。「完璧な相性を目指す、ということで手を打たないか？」最後にもう一度、あの甘美な肉体をぴったり押しつけられて抱きしめられたとき、自身のパ、ハ、ハ、フォーマンスを心配しなくていいのはすばらしいと思った。相手がマディソンなら、間違いなくセックスは完璧なものになる――完璧に爆発的なものに。

待ちきれない。

10

危険を冒したのに得るものがなかったことでむしゃくしゃしつつ、バージェス・クロウはホテルの部屋のなかを行ったり来たりした。前とは別の、契約不要の使い捨て携帯電話《バーナーフォン》を使ったとはいえ、タスクフォースに電話をかけたのは大失敗だった。応じたテッドなんとかという電話番かなにかは、いまは電話をおつなぎできませんと言って譲らなかった。

そこでこちらは、ボイスメッセージを残せませんかと尋ねてみた。テッドが丁重に断ってきたので、今度はマッケンジー家のどなたかに変わってもらえないかと言ってみた。だれかの名前でも聞きだせないかと思ったし、親しさを演出すれば助けになるかもしれないと考えてのことだ。ところが口の固いテッドなにがしは、マッケンジーの名にいっさい覚えがないふりをして、そちらのお名前とお電話番号を教えていただければあとで〝担当の者〟が折り返します、と言うばかりだった。

ふざけるな。

どんなに粘ってもテッドは折れなかったが、この電話の件をパリッシュ・マッケンジーに伝えるだろうことには左のタマを賭けてもいい。そうなれば、あちらはますますガードを固めるはずだ。

明朝またかけなおすと適当なことを言って、電話を切った。携帯は捨てて、ホテルの部屋に戻った。

そこでようやく希望が見えるニュースを手に入れた。

マッケンジーのホテル近くで目撃した黒のSUV――ノートパソコンを手にした女が助手席にいた例の車――のプレートナンバーを使って、ある技術オタクに接触していた。だれを信用するか、危険な賭けだった。いくら腕がよくても割のいい誘い一つで裏切りかねない。これもまた、数多くの人間相手に強請《ゆす》りのネタを保持している理由だ。今回の〝友達〟は、ストリートではレンガ《ブリック》という名で通っているのだが、クロウの女の子の一人をひどく手荒に扱って、また使えるようになるまで一週間かかったことがあった。

こちらは映像によるその証拠を持っているので、胸くそ悪いそいつの忠誠心をあてにできるというしだいだった。

ブリックが文句も言わずにやるべきことをしてくれたおかげで、例のSUVがクロスビー・アルバートソン刑事のものだとわかった。ブリックはさらに、アルバートソンの画像も何枚か拾ってきてくれた。ビンゴ。

これで名前と顔と、乗っている車の型と年式がわかった。そのうち自宅もわかるだろう。

そうしたら、あいつはおれのものだ。

ストリートにコネがあるのも便利な話だった。ブリックに指示して噂を流させると、たちまち当たりが来た。

どうやらアルバートソンはもう刑事ではないらしい。なんといまはマッケンジーの下で働いているようだ。

二人が同時刻に同じ建物にいてくれれば、一度に片づけられるのだが。

幸い、情報屋のネタはそれだけではなかった――元刑事のアルバートソンは、とある小さな個人経営の店を見守っているという。アルバートソンのせいで、儲かるはずの計画がぶち壊しにされて数人がムショにぶちこまれたと、不機嫌に語っていた連中がいるというのだ。つまりこの一件で、過剰反応する元刑事を嫌いになった者が大勢いる、と。次から次へと敵を作っているとは。しくじったな。

パリッシュ・マッケンジーを不安にさせる方法はもう知っているし、アルバートソンを怒らせる手段もわかった。脅威で二人ともを神経過敏にさせておいて――そこを襲う。結果には大いに満足できるだろう。

あの助手席の女も手に入れられれば、なおさらだ。

がしゃんと音を立てて、バーナードがコーヒーカップを置いた。

パリッシュは読んでいた新聞をおろし、両眉をあげた。「どうした、バーナード?」あれほど礼儀を重んじる人物にしてはめずらしいしかめっ面で、バーナードがこれまた荒っぽくカップにコーヒーをそそいだ。

おやおや。パリッシュは仕事をいったん脇に置き、負けじと眉根を寄せた。「いったいなにごとだ? だれかがキメラに失礼なことでも言ったか?」

意外な問いかけだったのだろう、バーナードの険しい顔も少しやわらいだ。「まさか。みんなあの子を愛しています。キメラは世にも美しく、愛くるしい猫ですから」

天を仰ぎたくなったが、どうにかこらえた。「ではなぜそんなふうに不機嫌な様子で、コーヒーカップを投げつけてはコーヒーを跳ね散らかしている?」

「カップを投げつけてなど——けっこう」パリッシュの机に腰をあずけ、しばしまっすぐ見つめた。「長いつき合いですから、まさか気がつかないとは思っていないでしょう」

「気がつかないというと、なにに?」

バーナードの目つきが計算するような表情をたたえた。「昨夜、例の女性がここへ来なかったからがっかりしているんでしょう」反論されると思ったか、堂々と片手を掲げて制するしぐさをした。「否定はご無用」

「するつもりはなかった」椅子の背にもたれ、両肘を肘かけにのせて、両手の指先を合わせた。「彼女が来なかったのには理由がある」

「その女性もあなたと同じくらい関心があるのでしょうけれど、どちらも化学反応には疎い。ええ、マディソンから聞きましたとも、シルヴァーは過去を抱えているらしいが、詳しいところは知らないと」

「おれも知らん」上の空で返した。「だがそれよりも、彼女は関心がないから家にいることにした、と考えるほうがよくないか？」

「たわけたことを」バーナードが机を離れて姿勢を正し、きっぱり言った。「あなたはじゅうぶんハンサムだ」

バーナードに容姿をほめられるとは、奇妙きわまりなかった。じつに滑稽でもあった。

「そうか。それはありがとう、バーナード」

バーナードが怖い顔でにらむ。「品もいい。まあ、横暴がすぎるのも事実ですが」

「事実だな」ふと考えてしまった。おれはぐいぐい迫りすぎたか？　じっと抑えるのは性に合わない。それにシルヴァーのような女性には、抑えたところで見透かされていただろう。「おれの……横暴なところは、おれをよく知らない人には怖く映るだろうか？」

バーナードがうなずいた。「ええ、あなたを知っている人にも。ですがそう簡単に怖じ気づくような女性にあなたは惹かれたりしないのだから、そこは問題になりません」

ありがたい。少なくともバーナードの保証はもらえた。笑みをこらえて尋ねた。「では、ほかに提案は？」

「知ってのとおり、私は女性に対して常に正直です」

「なるほど」口では言いつつ、論点がわからなかった。女性に対するバーナードの姿勢がどう関係してくるのだろう？　「それはつまり――」

「大人になってからほとんどの時間をここで過ごさせてもらいました。子どもたちが成長するさまを、我が子のように見守らせてもらった。大好きな料理を楽しませてもらい、およそ想像しうるすべての贅沢を味わわせてもらった。この環境を変えたいとはこれっぽっちも思いません」

いったいどういう展開だ？　パリッシュは咳払いをした。「何度も言っているだろう、バーナード、腰を落ちつかせたくなったらいつでも言ってくれ、手配すると」とはいえ容易ではないだろう――一家はみんな、バーナードに頼りきっている。だがみんな身勝手ではないし、大切なこの男の幸せを心から願っている。「当然、この家の外で生きる権利がある。おれは別に――」

傷ついたような顔でバーナードがぴしゃりと言った。「たったいま、そんな気はないと言ったでしょう。聞いていなかったんですか？」

「いや……聞いていたが」

「あなたは変わった」遮られてなどいないように、バーナードが続けた。「ずっと思っていました、あなたはもっと――」

「もっと、なんだ?」首のつけ根が緊張してきた。そこに罪悪感が拍車をかける。「もっとマリアンを忘れるようにするべきか? どれほど愛しているかを?」

バーナードが動きを止めて、つかの間、足元を見つめた。「愛していた、ですよ、パリッシュ。あなたは彼女を愛していた。しかしその彼女は天に召され、あなたはこれからも生きつづけなくてはならない」

「もうたっぷり生きた」そしてもう、別の女性との親密な関係など考えられない。

「いいえ、あなたがしてきたのは休みない復讐です。すごいことだと思っていますよ——ご存じでしょうが。あなたを誇りに思うし、マリアンもきっと同じように思ったことでしょう。そして、あなたには可能なかぎり幸せになってほしいとも思ったに違いない」

幸せだった——マリアンのとなりで。いまは? 自分の一部を失ったような気分だ。マリアンと一緒に三分の一が焼け落ちてしまい、残りの三分の二はどうやってちゃんと機能したらいいのかわからずにいるような。ひとことで言えば、不完全。

「パリッシュ」バーナードがそばに来た。「あなたはすばらしいものを築きあげた。じつに多くの人を助けてきたし、これからもいろいろなかたちで助けつづけるでしょう」

「無数のかたちでな」そう言いなおしたのは、必要な助けは数かぎりないと知っているからだ。物理的な報復だけでなく、金銭的な援助や法的な支援、精神面でのサポートもなくては大きな変化などもたらせない。

バーナードが小さくうなずいた。「築きあげたものが拡張し、タスクフォースが整い、子どもたちも貢献しつづけるとなると、さあ、今度は自分のことを考える番です」

うすうす答えを知りつつも、尋ねた。「具体的に、どうしてほしい？」

バーナードがぐっと胸を張った。「いつもどおり、決死の覚悟でこの問題に飛びかかっていただきたい！」

いやに勇ましい。「飛びかかる？」小ばかにして笑った。「問題？　おまえの言葉の選択をシルヴァー・ギャロウェイが喜ぶかどうか」

「いいかげんにしなさい」バーナードが腕をつかんで立ちあがらせ、ドアのほうへ押しはじめた。「コートを持って。私が用意した新しい車に乗って。彼女との未来があるかどうか、たしかめてくるんです。さもないと、私が彼女に言い寄りますよ。女性相手にどれだけ成功してきたか、ご存じでしょう」

パリッシュは笑った。「待て待て、バーナード。言いたいことは理解した」

「では、行ってきますね？」

「ほかに選択肢があるか？」

「私を痛い目に遭わせたいなら、あるかもしれません。なにしろ、全力であなたのケツを蹴っ飛ばしてはみますが、マッケンジー家のみなさんと違って、体型維持以外の目的では体を鍛えていませんからね、おそらくあっという間にのされるでしょう」

おそらく、だと？「こらえてくれてよかった」大まじめに言った。バーナードのような友がいてくれて、本当に運がいい。そのことはずっとわかっていたが、最近はバーナードが指摘したとおり、心境に変化が出てきたし、ものごとも新しい目で見られるようになってきた。それこそ、この思いがけないロマンスへの関心を説明しているのかもしれない。

「出かけてくる」宣言した。

「昨夜のうちに、そうするべきでした」

「頭をよぎりはした」素直に認めた。訪ねていきたい思いは強すぎて、一晩中、苦しんだくらいだ。

「ためらうなんて、あなたらしくない」

ああ、そのとおりだ。肩をすくめて言った。「彼女はゆっくり風呂につかって一人の時間を楽しみたがっていると聞いたんだ。マリアンがときどきそうしていたのを思い出してな。今日はあなたが育児担当、わたしの邪魔はしないでと言って、一人の静かな時間を楽しんでいたものさ。シルヴァーは平日ずっとハリーの面倒を見ているから、きっと同じようなものだろう」

「なるほど」バーナードは言ったが、ちっとも納得していないようだった。「昨夜のうちに訪ねていかなかったことは許しましょう。で、いつ行きますか？」

「正午では早すぎるか？　クロスビーが留守のあいだにしたいんだが」

「申し分ありません。計画変更を受け入れましょう」

「計画では、おれはいますぐ出発することになっていたのか？」

「そんなところです」

パリッシュは笑って尋ねた。「もう仕事に戻っていいか？」

「かまいませんよ。なにかご用があればおっしゃってください。今日は一日中、待機していますから」

冗談だろう？　バーナードはしばしば夜に外出する。本人が言ったとおり、独身男の生活を謳歌《おうか》しているのだ。「今夜は予定がないのか？」

「あなたに道理をわからせる必要があるかもしれないので、予定を空けておきました」そう言って、めったな人には見せない笑みを浮かべる。「明日の夜はデートです」

なんという献身――すべておれのために。バーナードはほぼいつも、他者のためを思って生きている。この友がいなければどうなっていたかわからないし、それは家族全員が痛感していることだ。「ありがとう」

「どういたしまして」

「バーナード……おれたちは兄弟のようなものだということはわかっているよな。こうしたいと思うことがあれば、いつでも、どんなことでも言ってくれ。嘘偽りなく、喜んで調整する」

るとと誓う」

「このままで幸せです」

「ここは永遠にきみの家だ」パリッシュは続けた。「もし真剣な相手ができたなら、敷地内にもう一軒、建ててもいい。知ってのとおり、プライバシーはじゅうぶん保たれる。そうしたければ、いっそ明日引退したっていいし、その後の人生で必要なものはすべて整えると誓う」

「パリッシュ」顔をしかめようとしているが、うまくいかないらしい。「ありがとうございます。ですがあなたはこれまでずっと、寛大すぎるほど寛大でした。自分一人くらい、しっかり支えていけますよ」

「きみなら男五人でも支えられるだろう。そうではなくて、ここらで少しのんびりしてはどうかということさ」

「一つ、私はこの人生が気に入っています。周囲のためにしていることも含めてです。引退なんてしたらものの数分で退屈してしまうでしょう。二つ、私の代わりなど見つかりませんから、考えるのもおやめなさい。そして三つ、なににおいてもすでに完璧な状況を手に入れているんです。好きなことを仕事にして、休みたいときに休んで、家族に囲まれて」パリッシュの肩をつかんで言った。「私だって、兄弟のように思っている」

心からの言葉に打たれて、うなずいた。「きみはいいやつだな、バーナード」

いつもどおり、バーナードはすぐに返した。「最高のやつですよ」出ていこうと向きを変えながら、言った。「そこをお忘れなく」

マディソンが着いたときにはもう、クロスビーは来ていた。駐車場に彼の車を見つけて、となりに停めた。ずいぶん早めに来たみたいね。その理由は？

エントランスで守衛たちに挨拶をした。よく知る関係で、家族は元気かと尋ねたり、新しいあごひげをほめたり、飼い犬のいたずら話を聞いて笑ったりもする。どの従業員も、採用前にマディソンと父が入念な書類審査をし、その背景も詳しく調査済みだ。この人たちのことなら隅から隅まで知っていた。

全員が鋭く有能なだけでなく、思いやりも備えている。タスクフォースには両方の資質が必要だ。

なかに入ると、コートのファスナーをおろしてフロントデスクに向かった。テッドの姿はないが、奥にいるのだろう。

周囲を見まわして、クロスビーの姿もないことに気づくと同時に、頭のなかで警報が鳴りだした。「おはよう、ゲイル。テッドはいる？」

六十歳のゲイルはここで働くほとんどの人より年上だが、ス《S》ーパーバ《V》イザーとしてきわめて優秀で、たいていの職を補佐できる。

マディソンはこの女性が好きだった。仕事ができるから、だけでなく、その穏やかな人柄ゆえに。

「マディソン、会えてうれしいわ」顔をあげたゲイルが心からの笑みを浮かべる。「来るとは知らなかった。なにか飲む？　コーヒーか紅茶か」

「いいえ、ありがとう。ゆうべテッドから留守電が入ってて、ちょっと寄ろうと思ったの」

「変ね、テッドからはなにも聞いてない」

「きっとたいしたことじゃないのよ」もどかしさが全身をめぐる。「いま、どこかしら」

「ミスター・アルバートソンとオフィスのほうに行ったわ」

歯を食いしばってしまったが、どうにか笑みは絶やさなかった。「そうなの？　クロスビーは何時にここへ来た？」

「たしか三十分ほど前に。着いてすぐにテッドと話がしたいからと、二人で行ってしまったの」ゲイルは言い、デスクを離れようとした。「オフィスまで案内しましょう」

「いいえ、いいの」一線を越えたことでクロスビーをとっちめるあいだ、余計な目撃者にはいてほしくない。「すぐに終わるから」

「そうなの。じゃあ、わたしはこのファイルの整理を終わらせましょうかね」そしてふたたびパソコン画面に向かった。

「ありがとう」マディソンは手袋をはずしてコートのポケットに突っこんだ。ブーツのヒールで床をこつこつとたたきながら廊下を進み、会議室の前を通過して、ガラス張りのオフィスに入っていくと、テッドが机に腰をあずけ、クロスビーは壁に肩をもたせかけていた。

なごやかな会話をしているように見える。

すばやく状況を観察したが、二人に怪しいところはなさそうだ。とはいえ、見た目だけで判断したことはない。クロスビーが約束の時間よりずっと早くにここへ来たという事実も、こちらが話をしなくてはならないのと同じフロント係をさらっていったという事実も、残っている。

「ミズ・マッケンジー」テッドが気づいてさっと姿勢を正し、手を差しだした。「ちょうどミスター・アルバートソンに、昨夜ここへ電話をかけてきた人物について説明していたところです」

クロスビーがじっとこちらを見つめた。「説明はきみが来てからでいいと言ったんだが」

そうなの？　あえてじっと見つめ返した。「早かったのね、クロスビー」

「きみもな、マディソン」唇がカーブしてひねくれた笑みが浮かぶ。「まあ、そうするだろうと思っていたが」

あら。そう。あなたを仲間はずれにするんじゃないかと思っていたということ？　そんなつもりはなかったけれど、情報を共有する前にいったんすべてあずかりたかったのは事実だ。だからといって、やましいとは思わない。だって、これはわたしの仕事だから。

テッドは急に張り詰めた空気に気づいたのだろう、二人を見比べた。すらりとした青年で、若いのに観察力があり、いまは明らかにそわそわしている、「ええと、その……」めがねを整えて言う。「ぼくは昨夜、遅くまでここにいて、いくつか片づけものをしていました。そうでなければ問題の電話に出ることはなかったでしょう」

そして、テッドほど頭の回転が速くないだれかが電話に出ていたかもしれない。「かけてきたのは男性だったと言ったわね」

「はい。それで、なにか聞きだそうとしているという印象を強く受けたんですが、もちろんなにも答えませんでした。みだりに情報を与えないというのがぼくのポリシーですから。採用されたとき、ミスター・マッケンジーから強く命じられたことの一つです」

テッドがここで働きはじめてもう四年になる。「その男、厳密にはなにを訊いてきたの?」

「最初はソフトウェアのアップデートの話をしてきたんです。ぼくが喜んであなたにつなぐとでも思っているみたいに。ぼくは、名前と連絡先を教えてもらえればあとで担当者が折り返す、と言いました。妙な話、相手のいらいらが聞こえるような気がしました。すると相手は、ボイスメッセージを残してもいいんだが、もし電話をつないでもらえたら自分がだれだかわかってもらえるはずだと言いました。ぼくがあらためて、それはできないと返すと、だったらミスター・マッケンジーの家族ならだれでもいいから話したいと言いだしたんです。どう考えてもおかしいでしょう？」

「ええそうね」マディソンは言った。頭をフル回転させながら、断片と断片をつなぎ合わせていく。「すごくおかしい」

「電話の主は明らかにパリッシュのことを知っていた」クロスビーがつぶやき、すぐに言いなおした。「ミスター・マッケンジーのことを」

「そのようです」テッドは誇らしげにあごをあげた。「だけどぼくはなにも認めませんでした。ただの見解ですが、相手は従業員の名前を聞きだそうとしていたように思います」

こちらを向く。「それからおそらく、ミズ・マッケンジー、あなたの情報を」

「どうしてそう思うの？」

「こちらが訊かれたことを答えないでいると、相手は、あなたと話したことがあると言いだしたんです――厳密には、茶色の長い髪の女性と話したことがある、と。だけど名前を忘れてしまったと。笑って、本人には内緒にしておいてくれと言ってました。〝あんな美人を忘れられる人間はいないだろう？〟というのが向こうの言葉です」

クロスビーはまばたき一つしなかったが、怒りがむくむくとふくらんでいるのがマディソンにもわかった。

「あなたはなんて返したの？」

テッドは頬を赤くして、白状した。「あなたのことを言ってるんだとわかりましたが、同じことをくり返しました。つまり、名前と連絡先を教えてもらえたら、あとで担当者が折り返す、と」咳払いをする。「向こうが言っていたのはあなたのことですよね?」

「たぶんね」当たり障りなく返した。「ほかには?」

「以上です。電話は非通知でかかってきました。非通知を受けつける理由について、ミスター・マッケンジーにお訊きしたことがあります――たいてい迷惑電話なので。そうしたら、助けを必要としている人は、すぐには身元を知られたくないものだと説明していただきました」

「そのとおり」マディソンは言った。「信頼はすぐには得られないものだし、傷ついた人は、当然だけど慎重になるものよ」

テッドはうなずいた。「ほかの従業員にも伝えるべきでしょうか。こういう電話への対応を練習しておけるように」

「いい考えだ」クロスビーが言った。「仕事は山ほどあるだろうが、今日中に同僚全員に情報を共有しておいてくれるか。明日までに詳しい指示書を用意しておく」

頼られて、テッドが胸を張る。「喜んでお引き受けします。任せてください」

「ありがとう」クロスビーは手を差しだした。「きみに頼めるなら安心だ」

二人が握手を交わすのを見て、マディソンは誇らしいような気分になった。クロスビーは本当に、人との接し方が上手だ。最初に出会ったときの、あのまじめ一辺倒で恐ろしげで怒りっぽい刑事はどこへやら。まあ、わたしは恐ろしいとは思わなかったけれど。むしろまったく違う印象を受けた。それに、考えてみれば、いまもときどき生まじめだ。

「以上かな、ミズ・マッケンジー？」クロスビーが従業員らしく敬称で尋ねた。「ほかにも確認すべきことがあるだろうか？」

「ええ、じつは。防犯カメラの映像を少し見せてほしいの。ミスター・アルバートソンには残ってもらいたいけど、テッドは仕事に戻っていいわ。時間を割いてくれてありがとう」

「とんでもない。ほかになにかあれば、いつでも呼んでください」

テッドがオフィスを出てドアを閉じると、マディソンはほほえんだ。「おみごとね、ミスター・アルバートソン。テッドはまるで、あなたに勲章をつけてもらったみたいな顔をしてた」

「いい青年だし、ほかの従業員への指示も安心して任せられる」

「そうね」二人きりになったいま、クロスビーにキスしたい衝動をこらえるのに苦心していた。あいにくオフィスはガラス張りなので、通り過ぎる人全員に丸見えだ。「テッドはすごく頼れる存在よ。今回の電話のあしらい方にも感心しちゃった」

クロスビーが腕組みをしてふたたび壁にもたれ、待った。なにをかは、わからない――

けれど彼のほうはどこまでもこちらを理解しているように見えるから、もしかしたら頭のなかまでもう把握済みなのかもしれない。

妙に神経質になって、尋ねた。「なに？」

「なにかはわかっているだろう」

早めに来たのを謝れということ？　あなただって早めに来たのに？　お断りよ。「わたしがあなたの仕事に首を突っこんだら、どう思う？」

クロスビーの視線が微妙に変化した。少し冷ややかになったような、よそよそしくなったような。「きみのお父さんはうちに押し入ろうとした。記憶がたしかなら、その件全体について、私は非常に寛容だったと思うが」

ええ、たしかに。「それとこれとは話が違うわ」どう違うのかはわからないけれど……ええと、そうだ、家族。「わたしはただ、パパと兄さんたちに取りあげられる前に、問題を自分で整理するチャンスがほしかったの」

「そのことと私になんの関係がある？」壁から離れたクロスビーの視線はいまも深く探るようで、奥まで見透かしていた。

ほほえむのがいい手に思えたが、浮かべた笑みはこわばっていた。「自分で何度か言ってたじゃない、いまではパパの下で働いてるから、隠し事はしたくないって」

クロスビーは眉をひそめた。「まったく別の話だ。もちろんお父さんに対して、仕事に関する隠し事はしない」

「これは仕事に関係があるの」

「これはきみに関係することで、きみは彼の娘だ。彼には知る権利がある。それを言えばお兄さんたちにも」

「だからそういうことなのよ」机の奥に回り、大きな革張り椅子に腰かけた。「例の電話がどこまで深刻なのか、見きわめる時間がほしかったの」

「それで？」

「それで、みんなには今夜話すつもりだった。だからどうぞ安心なさって、ミ、ミ、ミスター・ア、ア、アルバートソン」すばやくボタンをいくつか押して、最近のカメラ映像を引っ張りだすと……見ているふりをしはじめた。

彼女の態度をどう解釈したらいいのか、クロスビーにはよくわからなかった。自立心旺盛すぎる女性には、懸念すら示してはいけないのか？　関心も？　思いやりも？

マディソンが家族に対してなにかを証明しなくてはいけないと思っているのは知っている。

だがこちらに対しては、なにも証明する必要はないのだとわかっていてほしかった。

「今日はいい天気になりそうだな」

マディソンが顔をあげ、上の空で尋ねた。「ええ？」

「太陽が出ている。予報ではもう雪は降らないと言っていた」きれいな榛色の目を戸惑いがよぎった。「道路の雪もおおむね溶けているだろう。明日の夜、うちへディナーに来ないか？　お礼のようなものだ——屋内温水プールはないが」

今夜でもいいのだが、さすがにそれはシルヴァーに悪い。欲望が荒れ狂っているからといって、そんな思いやりのない真似は間違っている。シルヴァーには敬意を払うべきだし、それならディナーに人を招くときは事前に知らせるのが筋だ。

「本当？」たちまちマディソンの態度がやわらいだ。「ぜひ行きたいわ。何時にうかがえばいい？」

「六時半でどうだ？」いやそれより……。「喜んで迎えに行く」

マディソンは首を振った。「そうしたら送ってもらわなくちゃいけなくなるし、するとハリーの寝る時間が遅くなるでしょう。わたしは大きいんだもの。ちゃんと自分で行き帰りできるわ」

たしかに背は高いが、それでもマディソンは華奢に見える。この女性のことをよく知らなければ、彼女がいかに巧みに自身をファイターに変えるかもわからないだろう。加えてあの速さと高い知性だから、目覚ましい結果が生まれるのだ。

「どうしてそんな目でわたしを見るの？」マディソンがほほえんで椅子を立った。「断ると思ってた？」

「いや」むしろ家に来たがっているのではと思っていた。お互いのあいだに強力ななにかが育っているのを感じる。体のことだけではない、なにかが。その深さを理解できていないのは彼女のほうだ。カメラ映像をあごで示して尋ねた。「なにを探している？」

マディソンが視線を画面に戻した。「はっきり〝これ〟というんじゃないの。ただ、なんとなく胸騒ぎがして」

「同じだ。私も胸騒ぎがする」

驚いた目で、目を見つめる。「気が合うわね」

そうであってほしい。ベッドのなかでも。運に恵まれれば、明日たしかめられるはずだ。

「バージェス・クロウはきみを標的にしようとしている」

「そう、そうなのよ！」意見が一致して喜んでいるようだ。「いまのところは〝気がする〟だけだけど」

「いや、直感が叫んでいる」クロスビーは言った。机を回ってとなりに立つと、髪を撫でられるほど距離が縮まる。つややかな髪を撫でおろし、つかの間、肩をつかんでから、指先であごまで伝って上を向かせた。「その叫びは無視しないでおこう。いいな？」

マディソンが唇を舐めた。「ちょっと不安になってるんだけど、おかしいわよね？」

「いや、残念ながら、ベイビー。不安になって当然だ。相手はなにかを企んでいる」

「パパを傷つけたいなら、子どもの一人を傷つけるのがいちばんだもの」

やはり状況を瞬時に理解したか。この女性も洞察力が鋭い。「家族に話すときは、どんなささいなことも省くな。そこが要ということもありうる。こんなふうに考えてみろ――もしもこれが自分ではなく家族のほかのだれかのことで、そのだれかがなにかを感じているのに共有しなかったら、と。腹が立つだろう?」

マディソンは鼻で笑った。「わたしの家族がどういう人たちか、もう知ってるでしょう。頑固なタフガイで、なんにでも対処できるといつでも思いこんでる」

やれやれ、それはまさにきみ自身だ――タフ〝ガイ〟ではないが。そう思って、にやりとした。

幸いマディソンは画面とにらめっこをしていたので、気づかなかった。「いつもわたしは置いてけぼり」

「それならきみが前例になれ。こうして情報を共有するのだから、今後は同じことを期待すると言ってやればいい。いっそ、すべて共有すると約束しないなら、今後はなにも教えないと脅してやれ」

一瞬だけ考えて、マディソンはうなずいた。「天才的ね。言ってもいい? あなたにアドバイスしてもらえるのが楽しくなってきた」

驚いた。一家のほかの面々と同じで、マディソンも自身の計画に沿って突き進むのを好む。そして白状すると、彼女のそういうところも好きだった。なにからなにまで、共通点が多い。

オフィスのなかを見まわしてつぶやいた。「ここには広いユーティリティルームがあるんだったな」ドアを開けたものの、そこはオフィス専用のバスルームだった。「まあ、ここでも事足りるか」

マディソンの両眉があがった。「事足りるって、なにに？」

その手をしっかり握ると、椅子から立たせてバスルームのなかに連れこんだ。

「ええ？」意図に気づいたのだろう、マディソンが小声で言う。「楽しいことをするんでしょう？　ねえ、そうだって言って」

まったくこの女性は、常に状況をおもしろくしてくれる。「ランチ休憩は一時間とった。いま、残りは四十五分。喜んでそのうちの五分を、きみとのキスに費やそう。そのあとでなにかしら食べ物を腹に入れる」そう宣言しておかないと、勢いに流されて、自身が定めた基本原則を破りかねない――職場でのセックスに関する原則を。

「キスだけ？」マディソンがふくれっ面で尋ねた。

そんな彼女を壁に押しつけて顔を両手で包み、いてほしい場所から動けなくさせた。マディソンはじゅうぶん背が高いので、二人の体は肝心な箇所で出会う――太もも、腰、胸板と胸のふくらみ。唇と唇。

ああ、これだ。これに飢えていた。もうこの味わいに、香りに、そして嘘偽りのないすばやい反応に、病みつきだった。舌を挿し入れると、しゃぶりつかれる。うなり声をあげると、切望にまみれたやわらかな声が返ってくる。

一刻も早く、次の段階へ進むことができる状況下でこんなふうにキスしたい。生まれたままの姿で、準備万端で、こちらは固くそそり立ち、彼女はしたたるほどに濡れて……。くそっ。こちらはもう半分固くなっている――ということは、彼女も濡れているのか？

この女性を我がものにしたい、どうにかしてつなぎとめたいという思いに背中を押され、首を傾けてさらにキスを深めた。舌と舌がからみ合い、息は熱くなって、どちらの体も本当にしたいことを模倣してうごめく。

股間のものは間違いなく準備万端だ。マディソンがぴったり体を押しつけてきて、我を忘れさせること請け合いのやり方で腰をくねらせるからたまらない。

「ちくしょう」完全に自制心が利かなくなる前に手綱をかけた。「そのときが待ちきれない、マディソン・マッケンジー」

「ああ」首筋に顔をうずめてマディソンがつぶやいた。「右に同じよ、クロスビー・アルバートソン」

気がつけば、片手で左の胸のふくらみを覆っていた。マディソンがぴたりと凍りつき、次の瞬間にはのけぞって壁に頭をあずけ、目を閉じた。

ああ、そういうきみが見たかった。「やわらかいんだな」親指で胸のいただきをこすることで自身に拷問を加えつつ、彼女をじらしながら、本物のプライバシーが手に入るどこかへ連れていけたらと心の底から願った。

こんなことは始めるべきではなかった。ごまかしても無駄だぞ、と心の声がした。彼女を前にしたら手を引っこめておけないんだろう、と。

「だって……」マディソンがとろんとした目を開き、熱い瞳で見つめた。「そこ、おっぱいだから……」

その言葉で、どうにか自分を抑えられた。ほほえんで、唇にやさしくキスをした。「完璧だ。きみが完璧だ」

「本当？」

離れるのは容易ではなかった――しがみつかれているいまは、とくに。それでも、肩をつかんでいる手に手を重ねて、離させた。「カメラ映像を見るのに必要な時間は？」

「わたしをここに連れこんで、こんなに熱くさせて仕事そっちのけにしておいて、自分は責任感ある従業員を演じるなんて、ひどい人。本当に、誘ってもその気にならない？」

その気に？　なるに決まっている。「そこへテッドが踏みこんできたら？　パリッシュに報告されるんじゃないか？」

マディソンが片方の口角をあげた。「どうかしら。テッドはすごく良心的だから」

頬に触れて言った。「きみを前にして手を引っこめておくのは不可能だから、謝罪は期待しないでくれ」

「楽しかったわ。だから……」小さく肩をすくめる。「謝罪はいらない」

「慰めになるなら言っておくが、男のほうが証拠がわかりやすいから、こちらのほうがつらい状況だ」

とたんにマディソンの視線が股間におりてきて、とどまった。

「逆効果だぞ、ベイビー」

「わたし……」言葉を止めて、触れようとしたのか手を伸ばしてくる。

息を詰めたのは、果たして触れてほしかったからか、それとも触れてほしくなかったからか。

マディソンは唇を噛んで、降参とばかりに両手を掲げた。「わかった。わたしも責任感を思い出す」ふうっと息を吐いた。「いい子にしたんだから、ボーナスポイントをくれなくちゃいやよ」

「じきに、な」ささやき声で約束する。「そのときは、お互い好きなだけ触ろう」

廊下から会話の声がして、オフィスの前を歩いていった。運よく、どちらも入ってこなかった。一緒にバスルームにいた理由を説明するのは簡単ではない。

「五分ね」マディソンがささやいた。「五分で映像チェックを終わらせる。ランチを食べる時間はそれで足りる？」

その時間を余すところなく使って、下半身に言うことを聞かせよう。困ったことに、むしろきみを食べたい、などという考えが浮かんでしまったが、まあ、本心は抑えられない。

この女性が欲しかった。この女性のすべてが。可能なかぎりのあらゆるかたちで。

「なんとかなるだろう」言いながらドアを開け、マディソンを先に行かせてから、甘美なヒップを軽くぴしゃりとたたいた。

いかにも彼女らしく、マディソンは笑った。

バージェス・クロウがこの女性に危害を加えようとしていると思うと、我慢ならなかった。こんな女性は二人といない。どこまでも心が広く、どこまでも大胆。個性的で特別で、守られることをめったに必要としないのはわかっているが、彼女に迫る脅威を排除するためならなんだってやる。

つまり、こちらが先にクロウのしっぽをつかまなくてはならないということだ。

11

シルヴァーが防犯カメラのモニターで見ているだろうと思いつつ、彼女の家の玄関にたどり着いたパリッシュは、もう一度、ドアをノックした。

やはり反応はない。

先ほどガレージ扉の窓からのぞいたので、車があるのは知っている。もう一度、ノックしようとこぶしを掲げた——そのとき、玄関ドアがぱっと開いた。

シルヴァーがいた。苛立ちをありありと目に浮かべて、三つ編みにした長い髪を左胸に垂らして、対決の場にふさわしいほど肩を怒らせて。

「やめて」シルヴァーが鋭く言った。

またしても自身の反応に驚きつつ、ゆっくり手をおろした。「ノックを?」

「予告なしに現れるのを。よくないってわかってるんでしょう」それだけ言うと、靴下を穿いた足でくるりと向きを変え、すたすたと奥に入っていった。

これを招待と解釈し、なかに入って玄関の鍵をかけた——そのあいだも彼女から目をそらさずに。今日もスキニージーンズを穿いていて、ふわふわのピンクの靴下に、ぶかぶかのスウェットシャツという姿だ。

四十代に違いないが、こんな服装だとカレッジの学生に見える。

「ミスター・ケンジー！」ハリーが両腕を広げて飛びだしてきた。

少なくともこの子はおれに会えて喜んでいる。

「元気だったか、おちびちゃん」抱きあげてやさしくハグをし、細い腕にぎゅっとしがみつかれる感触だけでなく、あごへの濡れたキスも楽しんだ。いったいどうして、子どもに抱きしめられると、こんなに心が癒やされるのだろう？

この心が癒やしを必要としているわけではない。おおむね全方位において、完全に……大丈夫だ。

なんと説得力に欠ける言葉。

「いまね、バービーちゃんで遊んでるの」ハリーが言う。「一緒に遊ぶ？」

床に座っていたシルヴァーが顔をあげた。その横にはプラスチック製の大きな家と人形が一ダースほど、それにド派手なピンク色の車があった。「一緒に遊びましょうよ、ミスター・マッケンジー」シルヴァーがからかうように言った。「いちばんかわいいバービーを使わせてあげるから」

笑いそうになった。そんなにおれの気を削《そ》ぎたいのか？「どのバービーもきみとハリーのかわいさにはかなわないだろう」玄関脇でブーツを脱いでから、ハリーを抱っこしたまま奥へ進み、シルヴァーを見おろした。向こうが目をそらしたのを見て、心が決まった。よし、受けて立とうじゃないか。

ハリーを床におろし、手袋とコートを取り去って椅子の上に放ると、ヨガのようにあぐらをかいた。「バービーは、たいしたプラスチックの家を持っているんだな」

まだ怒った様子のシルヴァーがすぐさま立ちあがり、パリッシュのコートをコートかけにつるした。そのまま尋ねる。「コーヒーは？」

「おかまいなく」

「もうポットいっぱいできてるの」

この女性は大量のコーヒーを飲むようだ。「では遠慮なくいただこう——ここで飲んでかまわないなら」さっそくハリーが押しつけてきたバービー人形は、裸で髪はもつれまくっていた。続いて小さな服もどんどん押しつけられる。着せろ、ということらしい。

礼儀正しいもの言いをあざけるように、シルヴァーが返した。「どうぞどうぞ」そしてさっそうと去っていった。

その後ろ姿を自分がどんなふうに見ているかに気づいて、胸がずきんとした。単に美を鑑賞しているのではなく、マリアンを喪《うしな》ってからずっと感じていなかった、熱いたぎりを覚えている。

ハリーがにじり寄ってきた。「この靴、使わせたげる」

ホッチキスの針ほどの大きさの靴を、奇妙にカーブした人形の足に履かせるのは、試練に思えた。「こっちを着せてみよう」いちばん簡単そうなワンピースを選んだものの、みごとにかたちづくられた人形の胸のふくらみにどうやってかぶせたものか、試行錯誤する羽目になった。

ちらちらと部屋の入り口に目を向けるが、シルヴァーはまだ戻ってこない。コーヒーをカップにそそぐのに、どれだけの時間がかかるというのだろう。おれが訪ねてきたことで、そこまで落ちつかない気分にさせてしまったか？

そんなにまずいアイデアだったのだろうか。結局、バーナードの尻を蹴飛ばすことになるのかもしれない。だが、未熟な若造のごとく、こんなふうにおたおたしていられない。決心したのだし、その決心に沿って行動してみせる。

そんなふうに自分を励ましていたところへ、シルヴァーがトレイを手に戻ってきて、やわらかいスツールにトレイをのせた。「ブラックよね？」

数秒ほど見つめてしまった。「ああ。ありがとう」

「カップはトレイに置いてね。スツールがやわらかすぎるから、じかに置くと倒れてしまうの。前はちゃんとしたコーヒーテーブルを持ってたんだけど、この子が――」手を伸ばし、ハリーの巻き毛をちょんと引っ張った。「――しょっちゅう激突するものだから」

「どーん！」ハリーが言い、手のひらでぴしゃりとおでこをたたいて、めまいを起こしたふりをした。「パパがね、フットボールのヘルメット、かぶらなくちゃだめだなって。ハリーがいつもなにかにぶつかって、転ぶから」

「大事なことを考えていると、歩いていても頭がお留守になるものだ」パリッシュはプラスチック製の靴と格闘しながら言った。なぜこの人形はこんなにおかしな格好をしているんだ？「マディソンもそうだった。いつもノートパソコンを抱えていてな。まあ、それはいまも変わらないが、ものにぶつからないよう上手に動くコツを覚えた。少なくとも、おれの家と自分の家では」

「あたし、マ、ヂ、ソ、ン、好き」

シルヴァーも同じように感じているだろうか、それとも、自身の状況を脅かす存在だと思っている？「おれもマディソンが好きだよ」ついに服をすべて着せることに成功した。「できたぞ。完成だ」なんだか妙に誇らしい気分だった。

「じゃあ、次こっちね」ハリーが言い、新しい服一式を押しつけてきた。

面食らって少女を見つめた。「冗談だろう、お嬢ちゃん」

シルヴァーがにやにやして言う。「そうやって遊ぶのよ。延々、着せかえつづけるの」

信じられん。「これは別の人形に着せたらどうだ？　ほら、こっちの黒髪は着替えの途中だ」最初のブロンドを脱がせてまた着せて、をしなくていいように、黒髪に服を着せはじめた。

それから一時間半にわたって遊びつづけさせられた結果、ようやくすべての人形の装いにハリーの合格点をもらえた。何度もくり返してみてようやく着せかえ遊びのコツをつかんだが、ハリーとシルヴァーのほうがずっと手が小さいので、明らかに有利だった。

「マディソンとバービー人形で遊んだことはないの？」シルヴァーが尋ねた。

人形が着ている服に合わせておしゃれな黄色のブーツを選びながら、パリッシュは言った。「娘が人形遊びをしていた記憶はない」記憶が記憶を呼んで、ふと、それは父親である自分のせいなのだろうかと考えた。最近はしょっちゅう厳しい真実を突きつけられる。

「あの子の興味の対象は、いつも別のものだった」

「相手に重傷を負わせる方法を覚えることとか？」シルヴァーが問う。

ハリーが寄りかかってきた。眠くなってきたのが見てとれたので、声を落として答えた。

「それもある。技術は兄二人にも負けないが、速さでは二人をしのぐ」

「一風変わったしつけよね」

興味が湧いたか？　第一歩だ。「一風変わった人生だったからな」ハリーの体から力が抜けたので、倒れないよう、腕を回してやった。小さな天使の目は閉じて、唇は薄く開き、首は片方に傾いている。だれかのそばにいてこれほどリラックスしていられるなど、想像もできなかった。「どうすればいい？」シルヴァーに小声で尋ねた。

シルヴァーが浮かべた愛《いと》おしげなほほえみに、ノックアウトされそうになった。彼女が言う。「いずれ寝落ちしなくなると思ってたんだけど、いまのところ、この子は世界レベルの居眠り上手なのよね」人形を置き、床に両手両膝をついて這ってくると、ハリーの体勢を整えた。「この子のベッドから枕を取ってきてくれない？」

ほんの一瞬、この至近距離を利用して、くすんだ色合いの目を囲む色濃いまつげの長さや、こめかみでカールしている髪、小さな耳——まったく、このおれが、耳だって？——の美しさを観察し、肌と髪の軽やかな花のような香りを味わった。

この女性のそばにいると、自分が自分のような気がしない。別人になった気がする……というより、人であることをより意識する。

自制心を保とうと、立ちあがった。ハリーの部屋に入り、枕だけでなく薄手のキルトもベッドから拾いあげた。

リビングルームに戻ると、シルヴァーがちょうだいと手を伸ばしてきた。が、それを無視して床に膝をつき、ハリーの頭の下にそっと枕を入れてから、キルトをかけてやった。

シルヴァーは不満そうな顔でこちらをにらんだものの、邪魔にならないよう、おもちゃを拾い集めはじめた。

彼女が、神経質にならないていどのきれい好きだということには、もう気づいていた。この家はまさにシルヴァーそのもので、見た目がいいうえにくつろげる。

彼女がキッチンに向かったので、トレイを拾ってあとを追った。なにも言わずにコーヒーのおかわりをそそぎ、二人でテーブルに着く。静寂が広がり、シルヴァーは流しの上の窓のほうを見つめ――パリッシュはそんな彼女を見つめた。

とくに髪に惹かれた。漆黒で一箇所だけに白い筋がある。「どうしてそうなった？」白い部分をあごで示しながら尋ねた。

「加齢によるものじゃない？」シルヴァーは肩をすくめた。「少なくとも、髪が真っ黒な女性はこうなりがちなの」

「きれいだ」つけ足したいことはたくさんあったが、この女性はほめ言葉を喜んで受け入れるようには思えなかった。

「くり返しになるけど」やがて彼女が言った。「あなたはここに来るべきじゃなかった」

「だが来るしかなかった」コーヒーを飲んで続ける。「さもないとバーナードが許さない」

「バーナード？」

彼女の目に見とれた。ごく淡いグレーで、雲の多い夏の日を思わせるが、苛立つと色が濃くなる。「説明するのが難しい存在だ」

色濃いまつげがあがって、目がもう少し丸くなった。

「執事のようなもので」

「執事」シルヴァーがくり返す。

「腕のいい料理人で」

シルヴァーがまばたきをする。

「おれの家に住んでいて――」

「一緒に住んでるってことは」身を乗りだして片腕をテーブルにのせ、尋ねる。「あなたのボーイフレンドなの？」

一瞬、言葉を失ったが、にやりとして言った。「おれたちは兄弟のようなものだ。どちらも同性愛者ではないが、バーナードのほうがおれよりはるかに精力的に遊んでいる」

シルヴァーが指でとんとんとテーブルをたたいた。「あなたはどれくらい精力的に遊んでるの？」

あの手を取りたいと、本気で思った。ぬくもりを、肌のやわらかさを感じたいと。だがそれはまだ早すぎるとわかっていた。「そういうことはしていない。妻が死んだあとは」

震える息を漏らして、ささやくように尋ねた。「一度も？」

「一度も」正直に認めた。「きみは？」

よそよそしさが戻ってきて、不安の影を押しやった。「これ以上ないほどノーセックスよ。同性に興味はないし、異性はとっくにお断り。もしもこうして訪ねてくる理由が、わたしの過去のことを聞いて、なにかしたいと思ったからなら――」

くそっ。思いきって手を伸ばし、彼女の手を包んだ。電気が走った。信じがたいほど強烈な感覚、つながり。慣れるには少し時間がかかりそうだ。

「きみの過去についてはなにも聞いていないが、目を見れば傷ついているのがわかる。そういう痛みは見たことがあるから、推測はできる」

シルヴァーは身動き一つせず、息さえ止めたまま、じっとこちらの目を見ていた。

指の関節を親指でこすった。手はこんなに小さいが、その心は強い。過去にどんな悪魔に苦しめられたとしても、その強さで戦ったのだ――マリアンと違って。首を振り、あまりにもひどく不誠実な思いを振り払って、悲しみも追いやろうとした。「ここへ来るのはきみの弱みにつけ入るためじゃない」

シルヴァーがあごをこわばらせた。「そんなこと、わたしがさせないけどね」

ああ、そうだろう。きみのそういうところがすばらしい。「ここへ来るのは」正直に告げた。「そうせずにはいられないからだ」

「一つ忠告してあげる、シュガー。こんなことしても時間の無駄よ」

そんなことを言われて、ほかの男なら――つまらない男なら――自尊心が傷つけられたと逃げだしているだろう。おれはそういう男ではない。「今日は無駄ではなかった。おれにとっては。とても楽しい時間を過ごせた」

「お人形さんの着せかえ遊びをして？」鼻で笑った――が、手は引っこめなかった。

それを青信号ととらえた。「きみとハリーと一緒にいられて」はっきり言う。「クロスビーのことはもともと尊敬していたが、暮らしぶりを知ってますます敬意が深まった」

「どういう意味？」

「クロスビーは娘のためにできるかぎりのことをしている。自分がそばにいられないときは、代わりに美しい心の持ち主がついていてくれるよう、手配している点も含めて」

彼女の唇がよじれた。「わたしの心はそんなに美しくないわよ。だれに対してもね」

「大事な人に対しては、美しいだろう？」いつか、その大事な人に加えられたい。

シルヴァーがまた震える息を吸いこんだ。なにも言わないので、こちらも黙っていた。

数秒が流れたとき、彼女が口を開いた。「クロスビーはあなたの娘に恋しかけてる」

そうであってほしいと願っていた。なぜならマディソンはもうあの男を愛しているから。

「迷惑か？」

また唇が魅惑的にカーブし、小さな笑みを浮かべた。それを見ると、なぜかこちらまで笑顔になってしまう。彼女が言った。「迷惑だなんて、ちっとも。クロスビーとはただの友達だもの」

「それは違うな。彼にとってもハリーにとっても、きみは家族だ。なにがあろうと、そこは変わらないだろう」

「ええ、そうね」百パーセント、信じている口調だった。

いいことだし、ますますクロスビーを尊敬できると感じた。あの男は、生きていくうえでのよりどころをシルヴァーに与えたのだ。「ときどき遊びに来ていいか？」シルヴァーがなにか言いかけてためらったので、たたみかけた。「今度またうちにみんなが集まるときは、きみにもぜひ来てほしい」

シルヴァーが唇をすぼめた。「敬遠したのは見え透いてた？」

「バーナードには、ああ」奇妙なざわざわする感情が胸に広がった。「つまり、おれのせいだったのか？」

つながれた手を見つめて、シルヴァーが小声で言った。「あなたには混乱させられるの」

「よかった。おれもきみには混乱させられる」

「嘘でしょう？　わたしは最初からずばずばものを言ってるじゃない」

「そうだな。だが口で言っていることと本心がまったく別に思えるときがある」彼女が反論しそうになったので、つけ足した。「たとえ本心ではないように思えたとしても、かならずきみが言ったことのほうを尊重する。そこはわかっておいてくれ」

かすかな間のあと、シルヴァーがうなずいた。

「よし。では決まりだな？　お互いの家を訪ねて、もっとよく知り合って、この先どこへ行き着くかを見てみるということで」

「どこへも行き着かないわよ」

「絶対に急《せ》かすような真似はしない」時間の無駄という忠告も気にしない。「ただ、おれたちのあいだになにかがあるのかどうか、見てみるチャンスがほしい。そのチャンスをおれにくれないか？　後悔させないと約束するから」

驚いたことに、シルヴァーが手の向きを変えて、固い握手を交わした。「交渉成立。でも、わたしがおしまいって言ったら、即おしまいよ」

そんな展開は考えられなくて、うなずいた。「わかった」彼女の手を掲げて指の関節にキスをしてから、ふたたび椅子の背にもたれた。「ちなみに、おれがここに来たことは間違いなく娘に知られるから、クロスビーにも伝わるはずだ――ほら、クロスビーになにか訊かれるかもしれないから、事前に言っておく」

「了解」シルヴァーが引き出しに歩み寄ってペンと紙を取りだし、なにか書きつけてからこちらに渡した。また椅子にかけて、言う。「わたしの電話番号。次は先に連絡して」

笑みはゆっくり浮かび、だんだん大きく広がっていった。もはや痛々しい記憶の居場所はなくなって、なにか新しいものがやってくるという予感が芽生えていた。携帯電話を取りだす。「おれの番号をテキストメッセージで送るから、人恋しくなったら――話がしたくなっただけでも――電話をくれ」

「しないわよ」

「絶対はないだろう？」やり返した。先にメモを見ながら電話番号を登録し、メッセージを送ると、彼女の携帯電話が着信を知らせて鳴った。それを確認してからポケットに携帯を戻した。「教えてくれてありがとう」

シルヴァーが身じろぎし、腕組みをしてまたほどくと、挑むような顔で見つめた。「ハリーからあなたの家の話を延々聞かされたの。〝でっかいお城みたい〟で、山ごと所有してるんですって？　地下にはプールまであるって」

しばし彼女を見つめたが、気がつけば、なぜか素直に打ち明けていた。「きみに家を案内するのを楽しみにしていた。世間と切り離されていて、おれにとっては、とても落ちつく場所だ」

「じゃあ、本当なの？」

「山全体は所有していない」自然と笑みが漏れた。「大部分だけだ。地下にはプールがあるし、屋外にも一つある。それから大きな美しい湖を作った。家はなんというか……のっぺり広がっている感じだが、居心地はいい。おそらく気に入ると思う――そう願いたい」

シルヴァーはしばしこらえていたが、ついににやりとした。「つまり、大金持ちなのね」

「そういうことだ」

冗談めかしてこちらの腕を押しながら、尋ねた。「それならどうしてこんなふうにわたしを嗅ぎまわってるの？」

嗅ぎまわる？　勇気を出して手を伸ばし、彼女の頬を包んだ。「それは、きみが美しいからだと思う。ほら、きみは美しいだろう？」

シルヴァーはまばたきどころか、いっさいの反応を示さなかった。

「それとも、じりじりさせられるようなきみの態度のせいか」身を乗りだしてささやいた。

「すさまじくセクシーだ」

これにはシルヴァーも笑った。

「あるいは……」今度はこちらが震える息を吸いこんだ。「正直に認めてもいい――マリアンと一緒に死んでしまったものと思いこんでいたおれの一部に、きみのなにかが呼びかけるんだと」妻の名前を口にするだけで裏切りのように感じたが、バーナードの主張を思い出した――長いあいだ、おれは復讐しか頭になかった。

シルヴァーの頬を包んでいた手に彼女の手が重なって、つらい思いから呼び覚まされた。こちらの手は倍ほども大きく、訓練で固くなっており、大の男でも握りつぶせる。

それなのに、やさしい手のひらの下でみごとに動けなくさせられた気がした。

「心から愛してたのね」

説明など不可能に思えたので、ひとことで答えた。「ああ」

あの夢のような目に見つめられた。「ずっと寂しかったの、パリッシュ？」

「想像しにくいだろう？　たいていの人の目には、おれはすべてを持っているように映る」それでも、重要なものは欠けていた。

「そういう意味じゃなくて」

親指でやわらかな肌をこすった。「きみは、金と力のある人間はいつもよこしまで身勝手でお気楽だと思いこんで、忌み嫌ったりしないのか？」

「からかうつもりで言ったんじゃないわ」シルヴァーの笑みにはかすかな悲しみがひそんでいた。「それに、クロスビーはそんな人の下で働かない」

「そう言われたらそうだな。クロスビーはしっかり地に足のついた実直な男だ」

「そのとおりよ」シルヴァーが言い、頬を包んでいたこちらの手をおろさせてから、驚いたことに、指に指をからめてきた。二人の手がテーブルの上に落ちつく。「次はいつ来たい？」

脈が跳ねた。どういう理由で気が変わったにせよ、うれしかった。「いつなら都合がいい？」

「午後はたいてい、ハリーと二人でここにいるわ。お天気が意地悪なときはとくにね」

「バービー人形で遊ぶのか？」顔をしかめそうになるのをこらえつつ、尋ねた。

「ときには指に絵の具をつけてお絵描き《フィンガーペインティング》したりもするわよ」シルヴァーが言い、ウインクをした。

「それなら楽しめそうだ」不思議だが、この女性とならなんでも楽しめる気がした。この世のほとんどが最大限の敬意をもって接してくるなか、シルヴァーはすがすがしいほど生意気だ。

「わたしも。だけどあなたは本当にはわたしを知らないし、知ってしまったら、そんなに会いに来たくなくなるかもよ」冗談めかして鼻にしわを寄せる。「ひどい過去があるの」

そんなに会いに来たくなくなる、だと？

もしもこちらが意のままに人の心を操る冷酷な人間だったなら、クロスビーはその下で働こうと思わなかっただろう。それと同じで、もしもシルヴァーがすばらしい人間でなかったら、クロスビーはハリーを任せたりしないはずだ。「なにがあったのか話してみる気になったら、おれの興味が薄れたりしないとわかるぞ。やってみるか？」

こちらの提案に、シルヴァーは身を引いた。テーブルの上で両腕を重ね、〝こんなの、なんてことない〟と言いたげな表情をつくろったのを見て、同情と称賛の両方がこみあげてくる。同情したのは、過去が今日《こんにち》に影響を及ぼしているのは明らかだから。称賛は、それに真正面から向き合おうとしているから。

感情の奇妙な対比に、心のうちがざわついた。

「さっそく急かしてしまったか？」パリッシュは尋ねた。彼女のぬくもりが、つながりが、恋しかった。「話したくないなら、それでいい。気持ちはわかるし、すまなかった――」

シルヴァーが首を振った。「本当に知りたいの？」

「知ってもなにも変わらないと証明したい」はっきりさせた。「おれは変わらないと」言った直後に首を振った。新たな現実に気づいて衝撃を受けていた。まったく、このおれに他者をどうこう言える権利があるか？「むしろ、きみこそおれを拒みたくなるかもしれない。マリアンがいなくなったあと……ほかの人には理解できないだろうことを、おれはたくさんやってきた」

シルヴァーは黙って耳を傾けていた。関心と思いやりをたたえて。

この女性にはなに一つ隠してはならないので、正直に告白した。「まったく後悔していない。もしもチャンスが与えられたら、おれはもう一度同じことをする」

残虐きわまりないけだものどもを排除したことを、みじんも悔やんでいない。

この人生の選択は、控えめに言っても異例だろう。なおかつ、万人がよしとするものではない。

「きちんとした理由があったんでしょう」シルヴァーが、まるでかばうように言った。

もしも許してくれるなら、おれもきみをかばいたい。「ああ」

それで心が決まったように見えた。シルヴァーは誇らしげにあごをあげ、じっと目を見て切りだした。「いまよりずっと若くて、ずっとずっと愚かだったころ、あっちの男とつき合ってはこっちに乗り換えるということをしてたの。すごく楽しかったわ。浴びるほど飲んで、しょっちゅうパーティして、うまくいかないことがあると、うちが貧乏で、父さんが出ていって、母さんがぜんぜん働かないせいにしてた」

「つらい子ども時代だな」つぶやくように言った。

シルヴァーが鼻で笑う。「もっとつらくても、わたしみたいに腐らず生きてる人は大勢いる。状況が変わってほしいなら、まずは自分が変わらなくちゃいけない。だけどわたしはずっと同じことをしつづけた。何度も何度も、くり返し」

「だが、なにかが変わった」考え方ではないとしたら、なにが？

「どん底って言葉があるでしょう？」ひねくれた笑みを浮かべた。「わたしはそのうち、ある男に出会ったの。ひどいやつで……」言葉を切り、唇をすぼめる。

はらわたがゆっくり熱くなっていった。怒りと、同情と、それ以上のなにか。触れたい衝動をどうにかこらえて、続きを待った。

「最初はよかったの。一緒にパーティを楽しんで、わたしにほれこんで」

そうならない男がいるか？　怒りを表さないよう抑えたまま、くり返した。「最初は」

「そう。坂をくだりはじめたなってわかっても、わたしはそいつのもとを離れなかった。ほかに行くところはなかったし、働いてなかったし、生きるすべがなかったから」

「だからその男に頼った」そういう場合、虐待はいっそうひどいものになりがちだ。

「そう。するとそのうち、そいつは汚らしい友達連中にわたしをレンタルしはじめた」

レンタル……。表向きはいっさいの反応を示さなかったが、心と頭のなかでは、この女性を傷つけ、貶《おとし》めたその男をもう半殺しにしていた。

「わたしがいやがろうと関係なかった」見えない輪をテーブルに指先で描きながら、だんだん過去に呑まれていく。「わたしの気持ちなんておかまいなしだった。そいつも、友達連中も」

目の奥で怒りが燃えあがったものの、必死に落ちついた表情を保った。

「一度、逃げようとしたの」ユーモアを欠いた笑いを漏らす。「シェルターで眠るほうが、いっそ外の寒さのなかで眠るほうが、ましだと思ったの。わかる？」

「ああ、わかるとも」追い詰められると、人はときに信じられない選択をするものだ。

「だけどそいつに見つかって、殴られまくって——心底怖かった。おまえはおれに感謝するべきなんだ、借りがあるんだと大声でどなられて、わめかれて。それでもう、わたしが逃げないだろうとそいつは考えた」

「だが違った」シルヴァーなら何度でも逃走を試みるだろうと、すでにわかっていた。この女性は闘士だ。その事実に感謝する。

シルヴァーが小さく肩をすくめて言った。「それから何度か逃げようとしたけど、そのたびに殴られ方がひどくなるだけだった。本気で殺されると思ったときもあった」早口で続けた——こうして語ることで痛みがぶり返したかのように。数秒後、少し陰りが薄れ、やわらかな口調でまた話しはじめた。「ある日、アパートメントの外でクロスビーが通行人に、店に強盗が入った話をしてるのが聞こえたの。わたしはチャンスだと思って、つかむことにした」笑みに満足感がにじんだ。「本当にさりげなくドアに近づいて、すばやく開けて、死にものぐるいで走ったわ。廊下を突っきって、転がり落ちるみたいに階段をおりて、半狂乱で通りにたどり着いた。顔をあげたクロスビーに、わたしは突進していった」

クロスビーがそこにいてくれて本当によかった。

シルヴァーの笑みが広がった。「かわいそうに、クロスビーはびっくり仰天してた。逃げなくちゃいけないんだ、必要なら逮捕してくれていいからってわたしはまくしたてた。お願いだからアパートメントのなかに帰すことだけはしないでって」

「もちろんクロスビーはそんなことをしなかった」

「ええ。あのときの彼を見せてあげたいわ。あの日の彼に、わたしは感動した。本当に想像以上だった――だってそれが彼だから。目の前で体がどんどん大きくなっていくように思えた。制服警官が一緒にいたんだけど、クロスビーはその人の車にわたしを乗せてからアパートメントに入っていって、くそ男を逮捕したの。もちろんわたしは、それじゃあだめだってわかってた。そう長くは留置場に閉じこめておいてくれないって。わたしのほうも、ただシェルターに連れていかれて終わりじゃないかと不安だった。そうなったらあいつに見つかってしまうって。だけど……」唇を噛み、こみあげる感情を振り払おうとしてか、すばやくまばたきをした。「連れていかれたのは長期滞在型のホテルだった。信じられなかった。クロスビーは職業訓練プログラムに登録してくれて、住むところを探すのを手伝ってくれて、フルタイムの仕事を見つける手助けまでしてくれて――で、わたしたちは友達になった。クロスビーは数えきれないくらい何度も様子を見に来ては、食事に連れだして、ただただ話をしてくれた。話を聞いてくれた。わたしなんてどうでもいいのに」

　呼吸が苦しくなるのを感じた。「どうでもよくない」

「ずっとどうでもいい存在だった。誤解しないで。原因のほとんどは自分にあるの。ちゃんとわかってる。自分の人生なのに、いいかげんなことばかりしてた。だけど、一度でも本当に大事にされたら、またそうされたくなるものなのね。少なくとも、わたしはそうだった。そしてクロスビーはそのあいだずっと、一度たりともわたしを狙ってこなかった。こぶしで、という意味じゃないわよ」急いで言う。「モーションをかけてこなかった、という意味。言葉でもしぐさでも、そういう気配さえ見せなかった。本当に友達で、わたし、気づいたのよね、自分には一人も友達がいなかったことに。彼みたいな友達は」

　どうやらクロスビーはクロスビーなりのやり方で、かぎられた手段のなかで、おれと同じことをしてきたらしい。つまり、行き詰まって困っている人にほかの道を示し、安全を提供した。選択肢を。

　そういうものを与えられてこなかった人にとって、それらはかけがえのない価値をもつ。最初からクロスビーを好ましく感じたのも、当然だったのだ。

「その友情が彼にとっても重要なのは明らかだな」この女性を傷つけた男について、考えた。シルヴァーが名前を教えてくれたら、すぐに見つけられるのでは？　名前くらいなら、クロスビーからでも聞きだせるのでは？　けだもののその後をクロスビーが追っていることは疑いようもない。

「わたしを殴った男だけど」シルヴァーが、まるで思考を読んだように言う。「死んだわ。どこまでばかなのか、やばい男を裏切ろうとしたんですって。路地で遺体が見つかったそうよ」

「いい厄介払いだ」

「お察しのとおり、わたしも嘆きはしなかった」遠くを見つめて言う。「クロスビーとの友情は続いた。ことあるごとに言われたわ、きみが誇らしくてたまらないって。本心だったんでしょうね、だってハリーを引き取ったあと、彼は……」言葉が途切れ、ほんの一瞬、下唇が震えた。「彼はわたしを信頼したの。このわたしを。彼が手を差し伸べてくれなかったら自分の人生さえまともに築けなかったような、とんだぽんこつ人間を」

「そんなことはない」

「クロスビーもきっとそう言うでしょうけど、わたしには本当のことが見えてる。彼がいなかったら、きっといまごろ住む家もなくて、ひどいことをしてたはず。最悪中の最悪な人間になってたはず。それなのに、クロスビーは人生最大のありえないチャンスをわたしにくれたの」顔をあげて浮かべた笑みには、胸のなかの感謝すべてが映っていた。「ここはあなたの家みたいなお城じゃないけど、自分の家だし、そんなの死ぬまで叶わないと思ってた。そのうえクロスビーっていう友達までいるのよ。与えられた仕事は簡単――ハリーを愛せばいいだけで、そんなの、会った瞬間から勝手に始まってた。小さな赤ちゃんがこっちに腕を伸ばしてきただけで、心を奪われた。で、いまも奪われたままよ。あの子とそのパパにね」シルヴァーはごくりとつばを飲み、感情のこもった深い声で続けた。「底辺の生活を送ってたわたしは、おばあちゃんに変身したの。最高の贈り物よ」

こちらまで目がうるんできた。「クロスビーに訊いたら、きっときみについて同じことを感じていると言うだろう。きみたち三人で支え合ってきたんだな」

「三人で家族になったの」満足のため息をついた。「クロスビーには幸せになってほしいわ」

「彼もきみの幸せを願っているさ」

悲しい話の名残りを払うように首を振り、にっこりしてみせた。「パリッシュ・マッケンジー、あなたといれば幸せになれるって言ってんの？」

恐れ多い。だが、この女性がからかうときの発音や言葉遣いは好きだ。「まずまずの〝おすすめ物件〟だぞ。とはいえ、おれもひざまずいてプロポーズしているわけではないが」

シルヴァーが鼻を鳴らし、人差し指を突きつけてきた。「たったいま言ったでしょう、この生活がどんなにすてきかって。ひざまずかれようがどうされようが、手放したりしない。でもね、わたしの抱えてる大きな荷物に圧倒されて逃げだしたりしないなら、また会う話でもしましょうか。正直に言うわ——今日はものすごく楽しかった」

長すぎるほど長いあいだ、胸のなかで——おそらくは呪われた胸のなかで——冷たく凝り固まっていたなにかが、急にほぐれて溶けていった。驚くような感覚だった。これを失いたくない。絶対に失わない。

だがいまは、また会いたいと思ってもらえているうちに帰るべきだろう。静かに椅子を引いて立ちあがった。「またすぐに会いに来るとハリーに伝えてくれ」つかの間、シルヴァーの頬を手で包んだ。「いまから楽しみだ」

12

マディソンがランチから帰宅すると、玄関で子猫のボブが出迎えてくれた。玄関脇のフックにコートをさげてブーツを脱いでから、猫を抱きあげた。いつもかならず時間を割いて、この子を抱っこし、撫でて、愛されていると感じさせるようにしている……が毎回、マディソンより子猫のほうが先に、この過剰な愛情表現に飽きてしまうのだった。

こちらはありったけの愛情を示すのに、クロスビーも子猫のボブも、さほど返してくれない。意地悪め。

「いいわよ」言いながらボブをふたたび床におろした。「なにか食べたいんでしょう」

ボブはみゃーおと返事をして、しっぽを高く掲げるなり、子猫らしいユーモラスなとことこ歩きでキッチンにまっしぐらだった。マディソンは、水を換えて餌皿に少しフードを入れてやってから、防犯カメラの映像をチェックしようと机に向かった。

ものの数秒で、父がシルヴァーに会いに行ったのがわかった。へえ。娘のわたしが気づくとわかっていて？　なにしろわたしの観察力はたゆみない。ときにはしつこいほどに。

どのみち父とは話をしなくてはならないので、先にバージェス・クロウについてわかるかぎりのことを調べようと決めた。クロウが行方をくらましたあたりの交通監視カメラの映像すべてにも目を通した。

するとラッキーなことに、ふたたびクロウが見つかった。その地点と向かっている方角をすばやくメモし、映像のなかで追跡したものの、州間高速道路I-25を南下している途中でまた見失った。

興奮して、上の兄に電話をかけた。

ケイドは一回めの呼び出し音で出た。「どうした?」

「クロウを見つけたわ。居場所を突き止めたわけじゃないけど、だいたいの場所は把握した」わかった情報をすばやく伝える。「このあたりには貸し家がたくさんあるの。クロウにつながっていてもおかしくないような怪しい物件があるかもしれない」

「あるいは、単に部屋を間借りしていて、大家には疑う理由がないか」

「あとで調べてみるわ。いますぐでもできるんだけど、先にパパと話がしたくて」

「わかった。だがいいか、マディソン」ケイドの声が、いかにも長兄らしい厳しいものに変わる。「絶対に一人で行動を起こすなよ」

マディソンは顔をしかめて不満そうに言った。「わたし、こうして電話をかけてない?いまも自分の家の机に向かってるし、パソコンはオンのままだし、そのうえで兄さんに電話したのよ。頼むから少しは信用して」まったく。

意外な言葉が返ってきた。「おまえの言うとおりだな。悪かった。こう言って慰めになるならだが、これがレイエスでもおれは同じことを言っていた」

「本当に？」

「あいつがどういうやつか、知ってるだろう。いつでも先走る」

マディソンは笑った。「そんなことない。レイエス兄さんはいまも気が短いふりをしてるけど、もうすっかり冷静で論理的よ」

「そうか？」

「そうよ。そして上の兄は、スターリングと結婚してから少し固さがほぐれた。兄さんたちは二人とも変わったわ」さらに驚くなかれ、わたしも変わった。「電話のついでに……」クロウが爆破予告事件の際にこちらを見ていたこと、タスクフォースの事務所に不審な電話があったことを説明した。

「おまえを狙ってるのか」声の落ちつきが、いっそう恐ろしさを感じさせる。

兄には見えないとわかっていても、マディソンは肩をすくめた。「わたしの存在には気づいてるだろうけど、電話の応対をしたテッドは探りを入れてるみたいだったと言ってたし、わたしもそう思う。ホテル近くでわたしを見かけたけど、わたしがだれで、パパやクロスビーとどういう関係なのかまではわかってないんじゃないかしら」

「テッドがうまく対応してくれて助かったな」

「本当よ。クロスビーもほめてた」

一瞬の間のあとに、ケイドが尋ねた。「つまり、クロスビーはおまえの家族より先にこのことを知ったのか?」

思わず天を仰いだ。「重要なのは、わたしは用心してるってこと。だからこのあとパパの家へ行って、カメラの映像からわかったことを伝えるの。レイエスにもわたしから知らせておく?」

「あいつには、この電話を切ったらすぐにおれからかけておく」

「わたしたちはチームよね?」電話をスピーカーフォンにしてパソコンをシャットダウンし、ふたたびブーツを履いてコートをはおった。

「おれたちはチームだ」ケイドが言った。

ボブが脚の周りを一周し、背中を一度だけ撫でさせてくれた。子猫はそれからソファの背に飛び乗ると、窓の外を眺めはじめた。

クロスビーとの会話を思い出して、マディソンはつけ足した。「なにかわかったらかならず知らせて。わたしもそうするから。いい?」

鋭いケイドは、さりげない妹の言葉から言外の意味まで汲み取った。さすが。「いままでおれはそうしてないと思うのか?」

「わたしには報告しないでしょう」不満そうに言う。「レイエスもしてくれない。だけど今後は――」

「おい、マディソン、冗談だよな？　おれたちはおまえに頼ってる。おんぶに抱っこでな。おれたちが出動するたびに、おまえのおかげでどれほど安全が保たれてるか、自覚してないのか？　おまえはおれたちにとって調査の達人であり、だれにも見えない場所を見てくれる目でもある。いつでもおまえが見守っていてくれるから、おれたちは応援から遮断されたと感じずに済んでるんだ」

ドアノブに手を伸ばしたまま動きが止まり、呼吸が少し速くなって――笑みが浮かんだ。

「そう？」

「そうさ。実際、おまえなしではなに一つうまくいかない」声がやさしくなる。「おまえこそがすべての中心だ」

玄関ドアにひたいを当てた。うれしくて目が回りそうだ。「ありがとう、ケイド」

「礼は言うな。こっちはいますぐ父さんの家へ駆けつけて、おまえがわかったと言うまでスパーリングの相手をさせようかと考えてるところだ」

笑ってドアを開け、澄んだ冷たい空気のなかに踏みだした。「喜んで受けて立つわよ」

「だろうな」

凍てついた雪をざくざくと踏んで、車庫のすぐ外に停めておいた車に近づいた。「そうだ、パパが今日、シルヴァーの家に行ったたって知ってた？　しばらくいたみたい」

「父さんを見張ってるのか、マディソン？」

その声で、兄がにやりとしているのがわかった。「わたしにばれないとパパが思ってるわけないわ」

「同感だ。つまり、おれたちに知られてもかまわないと父さんは思ってるんだな。その件について、なにか大きな決断をしようとしてるんだろう」

「シルヴァーと一緒にいるときのパパの態度、気づいた？」

上の兄はそれには答えず、こう返してきた。「クロスビーと一緒にいるときのおまえの態度には気づいてるよ。頼むから、あいつがまだもたもたしてるなんて言わないでくれ」

「もたもたしてない。とっくにいい感じよ」マディソンは請け合った。運に恵まれれば、もうすぐベッドのなかでもいい感じだとわかる。「そろそろ切るわ。じゃあ、なにかわかったら即知らせてね」

「いまはおとなしく電話を切らせてやるが、近いうちにクロスビーのことでじっくり話をするからな。覚悟してろ」

「どうして？」マディソンは尋ねた。「デートに関するご意見なんて必要ないけど」

「それはそうだ。だが、愛に関する有意義な見解なら一聴の価値はあるんじゃないか」

愛。もしやケイドは専門家にでもなった気でいるの？　これまでのところ、クロスビーは愛をほのめかしてもいないし、こちらが先に思いを伝えるなんて絶対に避けたい。それならもうじゅうぶんやってきた。それに、まだセックスもしていない。ベッドの相性がよくないなら、愛を宣言なんてできないものでしょう？

「〝あ〟から始まる単語のせいで口が利けなくなったか？」

感情が入り乱れていようとも、鋭すぎる兄にはなにも認めないし否定もしない。「じゃあね、ケイド」

「愛してるよ、マディソン」

足を止め、息を吸いこんでささやいた。「わたしも愛してる、兄さん」電話を切って、ほほえんだ。やっぱりわたしの家族は最高だ。完璧ではないけれど、完璧な人などいない。ただ、家族のきずなに関しては大当たりを引いたと断言できた。

ものの数分で父の家に着いた。父は仕事部屋にいて、だれかと電話中だった。

父が入れと手招きして会話を終わらせ、電話を切った。

「邪魔した？」マディソンは尋ね、父の机にノートパソコンを置いた。

「単なる金銭関係の話だ」じっとこちらを見る。「その顔は、なにか言いたいことがあるな。だがこちらから先に言おう。ああ、シルヴァーと会っている」

マディソンは両眉をあげた。なぜそんなに明白なことをわざわざ発表したのだろうと不思議だった。

父が椅子を離れて机を回り、目の前で足を止めた。「今日、彼女に会いに行ったことはもちろん知っているな」

「もちろん」素直に認めた。父に合わせてごくまじめな態度をとろうとしたが、あまりうまくいかなかった。

「異論がないといいが」

マディソンはにっこりした。「あるわけないわ。どうしてわたしが反対するの？」

父はさらに背筋を伸ばし、いかにも〝おれはおまえの父親だ〟と言いたげな様子でこちらを見おろした。「理由はないが、これまでそういうことはなかったし――」

「だからわたしには受け止めきれないと思った？　わたしが、もろくてはかない心の持ち主だから？」

「ばかを言うな」

父のしかめっ面がおかしくて、手の甲をひたいに当てて大げさにため息をついた。「ああ、トラウマになるわ。パパが女性と会ってるなんて。どうやったら生きていけるの？」

父の口角があがった。「こいつめ。つまり、驚いていないのか？」

「ちっとも」人差し指と中指を立てて、自身の両目を指す。「この目が見える？」指二本をうごめかせ、謎めいた口調で言った。「この目にはね、いろんなものが見えるのよ」

「そうなのか？　たとえば？」

「たとえば、シルヴァーがしゃべりだすといつもパパが反応することとか。彼女の一挙手一投足を目で追うこととか。それから、その二つをごまかそうとしてることとか」父の腰に腕を巻きつけて、ぎゅっと抱きしめた。「よかったわね、パパ」

父が笑って抱きしめ返そうとしてきたが、マディソンは体を離した。

「だけど、彼女がパパを大事にしなかったら」警告口調で言う。「許さない」

父がひたいにキスをした。「穏やかじゃないな。うれしいが、おまえと同じで、おれも自分の面倒は自分で見られる」

「わたしもパパと同じで、それでも勝手に心配する」二人で笑みを交わした。「心配といえば……」マディソンはつかつかと歩いて椅子をつかみ、父の机の正面近くに引っ張ってくると、ノートパソコンにダウンロードしておいた例の防犯カメラ映像——車内にいたところをクロウに見つかった場面を開いた。「ちょっとこれを見てくれる?」

父は机の向こうに戻るのではなく、別の来客用の椅子に腰かけた。無言のまま、示された映像を最後まで見た。

映像が終わると、父はバージェス・クロウの静止画を射殺するような目で見つめた。

「これだけじゃないの」マディソンは静かに言い、タスクフォースにかかってきた電話の件を報告した。「テッドがよくやってくれたわ。彼にいくら払ってるか知らないけど、昇給と、もっと責任ある仕事がふさわしいと思う」

「手配しよう」父はそれ以上、なにも言わずに立ちあがって行ったり来たりしはじめた。

父の思考プロセスを邪魔したりしない。家族はそれぞれにやり方がある。通常、情報はまず父に報告され、それを受けて父が計画を立てるが、今回は個人的な問題だし、父の表情を見ればそのせいで苦労しているのがわかった。

「ほかにこの件を知っているのは？」

「今日、クロスビーに話したわ。タスクフォースのオフィスで落ち合って、一緒にランチしたの。それからここへ来る直前に、ケイドに電話した。交通監視カメラでクロウを見つけたから。レイエスにはケイドから伝えてくれてるって。わたしたち三人で、クロウがねぐらにしてそうな場所をしらみつぶしにするつもりよ。ホテル、モーテル、B&B。すべてが計画どおりに進めば、二日以内にはしっぽをつかめるでしょう」

父から返ってきたのは意外な言葉だった。「クロウとじかに顔を合わせたい。理由が知りたいんだ。なぜおれを狙う？　なぜおまえを狙う？　やつの本当の目的はなんだ？」

「忘れないで。クロウは数年前、クロスビーの率いるチームが人身取引組織の拠点に手入れをしたとき、逃げたうちの一人でもあるのよ」新たな不安が胸を貫いた。「クロスビーがハリーを見つけたのと同じ拠点……」

パリッシュ・マッケンジーは爆発するタイプの男ではない。かんしゃくを起こしたり激しく罵ったりもしない。ではどうするか――冷ややかに激怒するのだ。「今後は連絡をより密にすること。クロウをつかまえるまで単独行動はなしだ」

「パパ」マディソンはそっと言った。「シルヴァーの家には可能なかぎりの防犯対策をしたわ。シルヴァーもハリーも安全よ」

「本当に安全な人などいない。知っているだろう」

悲しいかな、父の言うとおりだ。その教訓なら、母の死というつらすぎる体験を通して学んだ。「明日の夕食に来ないかって、クロスビーに誘われてるの。行くつもりだけど、出かける前と向こうに着いたときに連絡するわね」

「向こうを出る前にも連絡しろ」

「わかった」なんでもないような口調で言ったが、父の心配が伝染していた。ノートパソコンを閉じて言う。「そろそろ自分の家に帰るわ。クロウが潜伏してそうな場所をできるだけピックアップしておきたいの」

「ケイドとレイエスにはおれから伝えておこう。おまえが明日の夜に出かけるまでに、クロウが最後に目撃された場所近辺を探っておく。やつ本人は無理でも、手がかり一つくらいは見つかるだろう」

「クロスビーには？」

父は首を振った。「まだだ」

「まだって、どういう意味？　この件については仲間でしょう」

「これまではそうだったが、いまでは家族の問題だ。こういう状況下でのクロスビーはまだ見ていないから、どんな反応を示すか、どこまでやるかがわからない」

父の考えは理解できるが、クロスビーが喜ばないこともわかった。「クロウを見つけたら、クロスビーが警察官に戻ってしまうんじゃないかと心配なのね」クロスビーなら法にかなったやり方を選ぶだろうし、たいていの場合、そのやり方では問題は終わらない。

「心配どころか、当然そうなると思っている。彼の体にはそういう血が流れているからな」眉間にしわを寄せて考える。「わかってほしいが、別に批判しているのではない。クロスビーのことは高く買っているし、彼の倫理観も尊重している。警察官として、また父親として、その倫理観は大いに役立ってきただろう。だからこそ、クロウの有罪を確定できるほどの証拠が集まれば、おれたちもクロスビーのやり方でいく」

「つまり?」

「クロウが二度と問題にならないと確信できるなら、警察に引き渡す」

「本気なの?」希望の火花が散った。

父の険しい顔に吹き消された。「ほぼそうならないことはわかっているだろう。クロウのような輩《やから》はめったに降伏しないし、たいてい網の目をすり抜けていくものだ」

父を説得できる方法はないだろうか?「だけどクロスビーを仲間に引き入れたのはこの件のためでしょう。あのとき信用したんだから、いまも信用してあげて」

「これは信用の問題ではない」

そんなことはない。クロスビーが有能で、必要なときは慎重になれる人だということは、家族全員が信じている。それを思い出してもらわなくては。「彼を責任者にしたのはパパ――」

「あのときは、敵の狙いはおれだった」違いをはっきりさせようと、父が言う。「おれの子どもたちではなかった」

「わたしたちだってしょっちゅう狙われてる」そっと思い出させた。こういう仕事をしている以上、避けられないことだ。

「そして狙われたときは、対等な手段、対等な勢いで報復する。警察官がからんでいては、それはできない」

ああ、クロスビーはいまもそうなの？　ときに命も奪うわたしたちのやり方を認めない？「家族のためなら、クロスビーも――」

「おそらくおれたち同様、殺しも厭わないだろうな」父が認める。「だがいま話しているのはおれたち家族のことで、彼の家族ではない。そしてもし、クロウがおれの子どものだれか一人でも傷つけたら、あるいはまた逃げおおせて脅威のままでありつづけるのなら、おれは偶然頼みにはしない」

父の言葉は、ある一点において正しい。クロウのような男はかならず戦うか逃げるかだ。

そして逃げてもきっとまた戻ってくる――こちらが油断したころに。

それがわかっているから、苦しい立場に置かれてしまった。クロスビーにすべて打ち明けるべきか、父の希望を尊重して……その結果を受け入れるべきか。

クロスビーには信頼してほしいけれど、隠し事をしていたとわかったら、どれだけ信頼してもらえるというのだろう？

大きな葛藤を抱えてしまった。突破する道は一つしか知らない――仕事に戻って、クロウを見つけて、あのけだものを葬り去るのに必要な証拠すべてを集める。そうすれば、クロスビーに隠し事をする理由はなくなるというわけだ。

クロウはかならず終わらせる。


クロスビーとしては、昨日の行動は意図的だったと言えるかもしれない。マディソンとのランチにしゃれたレストランはすべて避けて、小さな家族経営の食堂に連れていったのだ。が、彼女の反応に失望することはなかった。

というより、彼女は反応しなかった。壁に貼られた古い白黒写真をちらちら見ることもなければ、くたびれたブース席やバースツールのひび割れたプラスチックに見くだしたような目を向けることもない。ただ黒板の、手書きの〝今日のおすすめ〟の文字に目をとめて、ミートローフ、とつぶやいた――それがすばらしいごちそうであるかのように。

もしかしたら長期的な関係を考えはじめたせいで、マディソンがこちらの生活にフィットするかどうかが気になってきたのかもしれない。マディソンは尋常ではないほど裕福な家に生まれたが、こちらは違う。一日体験するくらいならわけないが、一生となると。無理だ。ハリーにもそういう生活は望んでいないし、シルヴァーもいやがるのではという気がした。

そういうわけで、あたりでいちばん質素な店を選んでみると……マディソンは難なくそこに馴染んだ。運ばれてきたミートローフ――ちなみに絶品――を食べながらの会話は軽やかで楽しいものだったが、そこはかとなく官能をはらんでもいた。無理もない。二人とも、準備だけは整っているのだから。

食事を終えて、こちらは仕事に戻り、マディソンは帰宅してパソコンでの調べ物を続けることになったとき、クロウについて家族に話しておくよう念を押した。マディソンはそうすると答えたし、その答えを信じてもいるが、こちらもマッケンジー家の面々と話せたらより安心できるだろう。帰宅してシルヴァーと少ししゃべったら、すぐにそうすることに決めた。

ＳＵＶを停めてガレージをあとにし、裏庭を渡った。脇のほうに雪だるまが二つ立っているうえ、積もった雪の上には寝転んでつけたのだろう大きさの異なる〝雪の天使〟の跡も二つあったので、今日はシルヴァーとハリーが外で遊んだのだとわかった。

これこそ娘に望むもの。楽しい日々のなかで責任感を学び、愛と安心に満たされて過ごす、ふつうの生い立ち。

マディソンとの時間も楽しかったんじゃないのか、と頭のなかの声がささやいた。たしかに彼女は豪華な屋内温水プールを持っているが、それをひけらかすようなことはなく、ごくふつうにハリーと遊んで過ごした。

たしかにマッケンジー家の豪邸はプライベートマウンテンにあるが、ハリーが注目したのはそり遊びの楽しさだけだった。

たしかにマッケンジー家は度肝を抜かれるほどの富を有している……が、一家とのディナーはくつろいだもので、会話と笑い声に満ちていた。だれも気取らず、バーナードだけは折り目正しいが、その言動はむしろ愉快だった。

考えにふけりながら裏口をノックすると、ほどなくシルヴァーがドアを開けてくれた。キッチンに入り、どの照明も抑えられているのに気づいて、リビングルームのほうをのぞくと……娘がソファの上でぬいぐるみに囲まれ、毛布にしっかりくるまれていた。テレビの光が照らす顔は夢中そのものだ。

「『ジャングル・ブック』よ」シルヴァーの言葉で納得した。娘の大好きな映画の一つなのだ。「パリッシュが帰ったあと、外でたっぷり遊んだから、のんびりアニメ映画を見るのがいいだろうと思ったの」

クロスビーは眉をひそめた。「パリッシュが来たのか?」

「そう」シルヴァーがカウンターに背中をあずけ、腕組みをした。「だめだった?」

「きみがいいならかまわない」コートを脱ぎながら彼女を観察する。「いいみたいだな」

「ハリーがお昼寝してるあいだに、二人でゆっくりしゃべったわ」

「それで?」シルヴァーの表情のなにかで悟った。「彼に話したのか」

「ほぼ全部ね」シルヴァーが認めた。

「その小さな笑みからすると、意外な反応が返ってきたな」

「どんな反応を示すか、じつはなんとなくわかってた。だから話してみる気になったの」笑みが広がる。「彼、期待を裏切らなかったわ」

「つまり、理解して、うれしいことを言ってくれた、と。うわべだけではない、真実を」

「あなたが言うのと彼が言うのとでは、まったく別物よ」片手で三つ編みを撫でる。「あなたには、そういうことを言ってくれるものと期待するようになってるから」

「期待してくれていい」ことあるごとに、きみはすばらしいと伝えている。

「あなたはいつもわたしを善人として見てくれる。そういう人だから、聖人になれたのね」返事を待たずに続けた。「だけどパリッシュも同じように感じたみたい」

「聖人はみんな死んで天に召されたよ」クロスビーは指摘した。「残されたのはありきたりの人間だけで、それぞれの状況でそれぞれベストを尽くしている。ときどき失敗して、ときどき成功する」

「あなたとパリッシュはものの見方が似てるわ」

そうなのか？　興味深い。「それはほめているのか、けなしているのか、どっちだろうな。いや、答えなくていい」それを聞いてシルヴァーが笑う。「少しハリーと話してくる。そのあと、きみに伝えておきたいことがある」

「深刻なこと？」

「きみが心配するようなことではない」きっぱり言った。「すぐ戻る」

リビングルームに入ると、ハリーがやっとこちらに気づいた。膝立ちになって、熊のバルーがどんなにおもしろいか、猿の王さまキング・ルーイの踊りがどんなに好きかを、ノンストップでまくしたてる。

かわいい熱弁を聞きながら、リモコンを拾ってアニメ映画を一時停止し、ソファの上の、娘のとなりに腰かけた。

ハリーがすぐさま膝に乗ってきて、ハグとキスをした。「食べる前に最後まで見てもいい？」

パパがいなくて寂しかった気持ちはもう消えたか。クロスビーは笑った。「シルヴァーに訊いてみよう」

キッチンからシルヴァーが言う。「今夜はスープだから、問題ないわよ」

それなら大人だけで話す時間ができる。「映画はあとどのくらいで終わる？」

「ちょっとだよ」ハリーが急いで請け合った。

確認すると、たしかに残り二十分ほどだった。「パパにもう一度キスして。そうしたら、おまえがここで映画を見ているあいだ、シルヴァーとお話ししているから」

ハリーは小さな両腕で父親の首にしがみつき、大きな音をたてて頬にキスをしてから、急いで毛布の下に戻った。

クロスビーはほほえんでリモコンの再生ボタンを押し、娘を一人にしてやった。

キッチンに戻ると、シルヴァーがもうボウル二つにスープを盛りつけており、テーブルにはトーストしたパンとバターも用意されていた。

そこでこちらはグラスを二つ出して、それぞれにアイスティーをそそいだ。マディソンを招待する件について切りだしたかったが、どうにも気詰まりだった。なにしろ、いちばん求めているのはセックスのための時間だ。それをどうやって言葉にするか、考えなくてはならない。どちらの女性も侮辱することなく。

二人はしばし無言のまま食事をしてから、その味や今日の天候、クロスビーの新しい仕事についてしゃべった。

こちらが正しい言葉を見つけきらないうちに、シルヴァーが言った。「それで、あなたとマディソンだけど。どうして二人だけの時間をつくらないの？」

なんと。この女性は読心術が使えるのか。「二人だけの時間？」くり返すことで、自然に本題を切りだす時間を稼ごうとした。

「そうよ。あれやこれやのための、邪魔が入らない時間。必要でしょう？」言葉を止め、ほとんどひとりごとのようにつぶやいた。「わたしには必要」

「え、なんだって？」にんまりして身を乗りだし、目をそらしたシルヴァーの顔をのぞきこもうとした。「聞こえなかった。もう一度」

シルヴァーがあごをあげて目を見た。「あなたは彼女とベッドインしたくてたまらない。いたるところに兆候が現れてる」

「兆候？」それをシルヴァーにもあてはめてみようか。

「ねえ、時間とチャンスがほしいの？　ほしくないの？」

笑ってしまった。こちらはどうやって本題を切りだそうかとびくびくしていたのに、シルヴァーときたら、こんなふうにぽいと放りだすのだから。こういう率直で、ときに思いきったもの言いは、マディソンとの共通点だ。「その前に、きみがひとりごとのようにつぶやいた言葉の意味が知りたい――シルヴァー、もし〝そういう〟意味だとしたら、うれしく思うよ。本当に」ものすごくうれしく思う。シルヴァーは一生このまま、そういう意味で男性を近づかせないのではと思っていた。もう何年も、その状態だったから。

シルヴァーがこちらを見て、笑みを浮かべ、幸せそうなため息をついた。「わかった。

そうよ、わたしも人間。自分でも驚いてるわ。パリッシュは……いつの間にか気になる存在になってたの。あの人が本気なのか口だけなのか、たしかめてみたい」

驚いた。あの自信家でほぼ全知全能のパリッシュ・マッケンジーが、シルヴァーの考えを変えてしまうとは。「どうすれば協力できるかな?」

「夕方にハリーを映画に連れていって。彼の車がここに停まってるのをあの子が見なくて済むように。だけど」言いながら、人差し指をぴたりとこちらの胸に突きつけた。「あなたとマディソンが先よ。わたしはまだいろいろ考え中だから。あなたはもう切羽詰まってるでしょう」

また笑ってしまった。たしかにそのとおりだ。「きみには世話になりっぱなしだな」

「ちびっ子はうちにお泊まりすればいいわ。初めてのことじゃないし」

まだ警察官だったころは、呼び出しで夜遅くまで帰宅できないときもあった。「それはそうだが、きみが負担を背負わなくても――」

「負担だなんて、とんでもない。あの子のことが大好きなのは知ってるでしょう。むしろいまから楽しみなくらいよ。一緒にアニメ映画を見て、ポップコーンを食べて……あの子にネイルしてあげるのもいいわね。すごく楽しそう」

「ありがとう」

「ちょっと。あなたに愛する人ができたんだもの、これくらいどうってことないわ」

愛？　それほど重大な言葉をさらりと言われて戸惑い、正直に言った。「そこまで深い感情と決まったわけでは……」とはいえ自分の気持ちもよくわからない。わかるのは、抑えようがなくてひどく不慣れな感情だというだけ。いまこそ本題に移ろうとして、言った。「彼女とはまだ……たいしたこともしていない」

シルヴァーは笑った。「それって、〝まだ寝てない〟の遠まわしな表現よね？　いいわ、経験者からのアドバイスをあげる。愛ほど重要なことにおいて、セックスは決定的な要素ではありません」

その言葉の意味するところなら容易に理解できた。シルヴァーが前に話してくれた――おぞましい男に引っかかってしまった理由は、セックスがすごくよかったからだと。体の相性がいいということは、どちらにとっても肉体的な悦《よろこ》び以上のものを意味しているのだと勘違いしていた彼女だが、やがて真実に――どんなにいいセックスも、人として欠けているすべてを補うことはできないという現実に――気づいたころには、地獄のような状況に陥っていた。

「だが」さりげなさを装って言った。「両方を手に入れることもあるんじゃないか。愛と、いいセックスの両方を」自分は片方が欠けていては納得できないし、きっとマディソンもそうだろう。であればプレッシャーを感じてもおかしくないのだが、実際はますます飢餓感が募るばかりだった。

「もちろんそれが理想だけど、わたしはもうユニコーンを信じてないの」シルヴァーがそう言ってにやりとし、皮肉っぽいユーモアを示したが、その目は別のことを語っていた。「でも、あなたは両方を手に入れられるよう祈ってる」すばやく続けた。「あなたは手に入れて当然だもの。彼女みたいな女性を手に入れて当然。だからわたしに頼って。そのためならなんでもする」

クロスビーはほほえんだ。「ありがとう」そうしてついに計画を話しはじめると――シルヴァーの全面協力が得られることになった。

心配で早朝に目が覚めたマディソンだが、夜もたいして眠れなかった。こんなかたちでクロスビーとのわくわくする関係を始めたくなかった。彼に隠し事をするなんて……なぜ父はそんなことを求めてきたのだろう?

もちろん理由はわかっている。自身が何者かに狙われていると思っていたときは、父もさほど心配していなかった。クロウがどこまでやるかを知ったいま、娘を狙うかもしれないとわかったいま、問題はずっと個人的なものになったのだ。事態があまり美しくない展開を見せた場合、クロスビーの良心が邪魔になるのではと父は案じている。そしてこの世のくずを相手にしていると、事態はたいていい醜くなる。

今回もひどく醜いことになりそうだという予感がすでにあった。

そうなったら、どうなるの？　クロスビーはどれだけ怒るだろう？　もしかして理解してくれる？　ケイドとレイエスはこんなふうに頭を悩ませる必要がない。ケイドの妻のスターリングはいつも作戦に加わっていて、その姿勢はマッケンジー家の面々に劣らず徹底的だ。レイエスの妻のケネディは、作戦にはめったに関わらないが、全員に用心を忘れないよう忠告し、一家が危険な状況に向き合っているときはかならず心配する。

ある意味、クロスビーのおかげで均衡がとれたような気がしていた。彼がいると、みんなの気持ちが引き締まる。少なくともマディソンはそう思っていた。どうやら父は違ったらしい。

子猫のボブがマットレスに乗ってきたのを感じた。脚伝いに歩いてきて、胸の上で丸くなる。毛に覆われた鼻先をこちらの鼻にちょんと当てて、のどを鳴らしはじめた。

「おはよう、猫ちゃん」あごの下を掻きながら問う。「お腹が空いた？」

ボブはすぐさまベッドから飛びおりて、寝室を出ていった。そう、この子猫はこちらが許せば一日中でも食べているのだ。

眠りに戻るのは不可能だとわかっていたので、重たい体をベッドから起こし、バスルームに向かった。

数分後、ふわふわのローブとスリッパ姿で、もう餌を食べた子猫に見守られるなか、温かい紅茶を淹れた。カップを手に机へ移動し、ノートパソコンを開く。

ついてきたボブが身軽に机に飛び乗って、キーボードの上を歩こうとした。「それはだめっていつも言ってるでしょう、ボブ」子猫をぎゅっと抱きしめてから膝の上におろし、バージェス・クロウが最後に目撃されたあたりの防犯カメラ映像を開いた。すでにホテル三軒とモーテル一軒にあたりをつけており、手始めにそれらを調べようと決めていた。

どのホテルの防犯カメラも駐車場に向けられているが、クロウのトラックは見当たらない。モーテルがもっとも怪しく思えたので、まずはそこからとりかかることにした。

ところが、モーテル沿いの道路に作業員が集まっているのを見て、目を丸くした。トラックや道具からすると、アスファルトの補修工事らしい。

やれやれ。今日の監視作業はお休みだ。これほど近くに余計な目があっては危険すぎる。作業員や交代の運転手に加えて、地元警察も交通整理に出てくるはずだ。

執行猶予を与えられた気分だったが、早急になにかしら手を打たなくてはいけない。ただ先送りになっただけで、問題が消えたわけではないのだから。

とりあえず今日は、遠隔で調べられるだけ調べてみよう。まずはモーテルからだと直感が叫んでいるので、モーテルのシステムにハッキングをかける――システムがあればの話だけれど。運がよければ、クロウをつかまえるのに必要な情報が手に入るだろう。

そのあとは、どこまでクロスビーに教えるかを考えなくてはならない。

　クロスビーが目を覚ました直後、電話がかかってきた。いやな予感が走る。ベッドの脇にさっと両脚をおろし、ランプをつけて携帯電話をつかんだ。

　画面にあったのはオーウェンの名だった。なにごとだ？

　応じようと画面に指を走らせて、立ちあがりながら携帯を耳に当てた。「オーウェン？どうした」

「父さんが」震える声で少年が早口に言う。「怪我したんだ、クロスビー。朝早いのはわかってるけど、いま病院で、だれに電話したらいいか――」

「かけてくれてよかった」さらりと言ってスピーカーフォンに切り替え、すばやくたんすに歩み寄った。「なにがあったか話してくれ」

「荷物が届くんで父さんは早起きしたんだ。ぼくはまだベッドから出てもなかった！」

「大丈夫だ、深呼吸をしろ」ズボンを穿きながら、ウィントンの怪我が深刻ではないよう祈る。「十分以内に家を出るが、なにがあったか知っておきたい」どれくらい深刻なのかを。

「たぶん宅配の人が帰ったあとに……だれか来たんだ。二人いたって父さんは言ってた。それで……父さんはそいつらに襲われた。店の裏の路地で倒れてるのをぼくが見つけた」

　店の裏口は荷物の受け渡しがおこなわれる場所だ。見たことがあるので、通行人のいない、ひっそりしたところだというのも知っている。

「父さんは自力では起きあがれなくて、いっぱい血が出てて……お医者さんは問題ないって言ってるけど、ぼくは――」

「怖かったよな。よくわかる。こうして話を聞いただけで恐ろしくなったくらいだ。医者が問題ないと言ってくれてよかった」少年にとってはどれほど衝撃的な朝だっただろう。「出血はどこから？」

「頭をひどく切ってるけど、鼻と唇からも血が出てた。それにあちこちあざだらけ。ぼく、パニクって911に電話したんだ」

「それでいい」急いでシャツに腕を通し、ボタンをとめる。「先にハリーをシルヴァーのところへ連れていかなくてはならないが、大至急向かうと約束する。どこの病院だ？」

オーウェンが病院名を告げて、ささやくように言った。「クロスビーに電話したこと、父さんは喜ばないかもしれない。新しい仕事に就いたって聞いたよ」

クロスビーは鼻で笑った。「仕事よりおまえとおやじさんのほうが大事だ。電話してこなかったらおまえの尻を蹴飛ばしているところだぞ。わかったな？」

この電話で初めてオーウェンの声に安堵が混じった。「うん、わかった。ありがとう。そろそろ父さんのところに戻るよ」

「状況が変わったらまた連絡してくれ」あるいは、状況が悪化したら。「三十分以内に到着する」電話を切るなりハリーの部屋に走り、娘を起こしてからシルヴァーに電話をかけて、話しながらバスルームに向かった。

いつもながらシルヴァーには大助かりだった。まだばたばたしていたとき、キッチンのドアをノックする音が響いて、半分眠っているようなありさまで入ってきたシルヴァーが、コーヒーを淹れようとポットを手にした。「ここはいいから支度しなさい」

シルヴァーのおかげで、五分後には出発の準備が整った。シャワーとひげ剃りは、今朝は抜きだ。寝ぼけたままテーブルに着くハリーの前に、シルヴァーがシリアルを用意してくれた。

娘を抱きしめて頬にキスをし、愛しているよと伝える。シルヴァーに対しては、肩をつかんで礼を言った。

シルヴァーは固い笑みで応じ、すぐそばにいるハリーを気にして小声で言った。「ぶじを祈ってるわ。落ちついたら電話して」

「そうする」幸い、出勤まであと二時間ほどあった。調整の必要があるかどうかは、ウィントンの様子を見て決めよう。

病院に向かう途中でマディソンに電話してみたが、応じたのはボイスメールだった。まだ明け方で、太陽ものぼりきっていない。シャワーを浴びているのかもしれないと思って短いメッセージを残したが、胸騒ぎがした。ウィントンが怪我をして、マディソンが電話に出ない、だと？

そしてウィントンが怪我をしてもなおマディソンのことを考えるとは、どういうことだ？

考えることは山ほどある。たとえばウィントンの店。オーウェンが店の戸締まりを忘れなかったならいいが、あの子はまだ十五歳で、父親が襲われて……。ええい。こういうときこそ、マッケンジー家を味方につけておいてよかったと思わされる。迷いもせずに携帯電話の画面を開き、ケイドの名前を親指でタップして、呼び出し音に耳をすました。

マディソンと違って、ケイドは最初の呼び出し音で応じた。「もしもし」

「クロスビーだ。こんなに早くにすまないが、問題が起きた」

「おれの妹に？」

「いや。じつは先に電話をかけたが、応じないのでメッセージを残した。いずれにせよ、彼女は巻きこみたくない」

「わかった。それで、おれはどうすればいい？」

なにが起きたのかをできるだけ手短に伝えた。「もうすぐ病院に着くから、詳しい状況がわかるはずだ」

「そうか」ケイドが言う。「おれがあの店に様子を見に行ったときは、きみのおかげでトラブルは片づいたように思えたが。また問題が起きるとは妙だな」

同感だ。「あの悪党集団を解散させたとき、何人かを怒らせてしまったらしい」

「きみが〝悪党集団〟と言うときの、嫌悪感たっぷりの口調が気に入った」

これほどウィントンを心配していなかったら、思わずにやりとしていただろう。「あんな能なし連中、バージェス・クロウに比べれば心配する価値もない。クロウなら、こちらの正体を突き止めたらすぐにウィントンとのつながりにも気づくだろう。ストリートでは、噂はすぐに広まるからな」

「そしてレベルの低い青二才は簡単になびく」ケイドがつぶやいた。「現金で五十ドルもちらつかされれば、なんでもやるだろう」

「まさに」とはいえトラブルメーカーのなかには、金をつかまされなくても情報を流すくらい、こちらを嫌っている者もいる。

さらなる気がかりは、クロウがこちらの住所までつかんでいる可能性だ。コンピューターに詳しい人間なら、だれでも調べられるだろう。クロウにはそういう知識があるか？そういう知識のある人間が知り合いにいるか？

クロウがハリーやシルヴァーを傷つけようものなら、素手で八つ裂きにしてやる。

「こうしよう」ケイドの声で、暗い思考から呼び覚まされた。「おれがウィントンの店に行って様子を見てくる。警察が見逃したことに気づくかもしれない」

つまり警察は無能だと？　クロスビーはどうにかあごを動かし、侮辱されたと思うまいとした。「ありがとう。ただし証拠は一つもいじるなよ」

やり返されたと気づいたように、ケイドは笑った。「努力しよう」

「オーウェンが戸締まりをしていったかどうかも確認してくれるか？　帰宅して店が散らかっていたり、ごっそり商品を盗まれていたりしたら、ウィントンがあまりに気の毒だ」

「まったくだな。確認して連絡する」

こうしていとも簡単に、ケイドは肩の荷を軽くしてくれた。さあ、ウィントンの容態を見に行こう。


バージェス・クロウは進捗状況の報告に耳を傾けた。ほほえんではいない。まだ。年寄りをぶちのめしたくらいで満足はできない。これはクロスビー・アルバートソンをおびきだすために必要な戦術、それだけだ。「そのじいさんはどこの病院に搬送された？」

「さあな」チンピラが言う。「別におれは救急車を追いかけてったわけじゃないし。それにあんたの指示は、ここに残って例のおまわりを追え、だったろ？」

〝元おまわり〟だが、ばか相手に訂正はしない。「病院に運ばなくちゃならないくらい、じいさんをぶちのめしたなら、アルバートソンが向かうのはそっちじゃないか？」

数秒の間のあと、間抜けが言った。「それは……まあ」

クロウはもどかしさにうなりたいのをこらえた。「まあいい。アルバートソンが現れたときのためにそこにいろ。あとはこっちで調べる」

「で、おれはいつまでここにいなくちゃいけないんだ?」

ちらりと時計を見て、クロウは言った。「少なくとも正午までは。おそらく午後一時までだな。病院での結果しだいだ」

「午後一時! 冗談だろ? それならもう百ドルもらわねえと割に合わねえよ」

欲深い野郎だ。「いいだろう。とにかく、なにかあったらすぐに知らせろ」電話を切って、店近くの病院を調べはじめた。それが終わると、また電話をかける。アルバートソンはかならず店主のいる病院へ向かうはずだという確信のもと、別の知り合い二人に接触する。アルバートソンの乗っているSUVを説明して、見つけたら追うよう指示した。

やつの家がわかれば、ゲームは完了だ。あの元刑事だけでなく、やつが大事にしているものを一つ残らずこの手のなかに収める。

そのあと、すべてを破壊するのだ。

13

　クロスビーは不安の動悸《どうき》を無視しようと努めつつ、看護師から教わった診察室に向かった。手前まで来たとき、開いたドアの奥からオーウェンの声が聞こえた。

「父さんを置いていけないよ」

「しかし、なにか食べたほうがいい。まあ少し落ちつけ」

　くそっ、あのウィントンが弱々しい声だ。〝こんこん〟と言いながら入ってみると、真っ白な部屋のなかは人でひしめいていた。ウィントンは病院の薄いガウンを着てベッドに横たわり、オーウェンは心配顔でそばに立っていて、ベッドの足側には警官が、キャスターつきの台の前には医師がいた。

　全員を順ぐりに見てから、ウィントンに視線を据えた。傷だらけの顔に心のなかで怯んだものの、表向きは平静を装った。ウィントンの第一の関心事は息子だとわかっているので、まずはオーウェンを抱きしめた。「やあ。がんばっているか？」少年の肩越しに見ると、ウィントンが感謝を示してかすかにうなずいた。

オーウェンは必死な様子でぎゅっとしがみついてから、体を離して父親を手で示した。

「見てよ、クロスビー！　こんな目に遭わされるなんて、ひどいだろ？」

「オーウェン」ウィントンがそっと息子をたしなめたあと、こちらに言う。「おれなら心配ない。先生もそう言ってる」

医師が向きを変えてキャビネットに腰をあずけ、腕組みをして尋ねてきた。「ご家族ですか？」

答える前に、ウィントンとオーウェンが同時に言ってくれた。「そうです」

こんな状況でも、二人の気持ちはうれしかった。「容態は？」

「頭部を十五針縫いました。脇腹に複数の打撲傷、右の腰と腿にも一箇所ずつ。ちょうどレントゲンの結果が出たところですが、幸い骨は折れていないようですね」

「脳震盪《のうしんとう》は？」クロスビーは尋ねた。ウィントンの髪には血がついている。

医師は首を振った。「視界のぼやけはなく、言語も明瞭、吐き気や記憶の欠損もありません。判断力もたしかですが、頭痛は避けられないでしょう。痛み止めを処方しておきました」クリップボードを手に姿勢を正し、ウィントンに尋ねた。「なにか質問は？」

「いつになったらここを出られる？」

「父さん」オーウェンが困った声で言う。父親がもう病院を出るなど考えられないのだ。

「お父さんなら心配ない」医師が言い、オーウェンの肩に手をのせた。「いまはなにより休むこと。そうすれば自宅に帰ってからが楽になる」

「でも、ぼくにほっとけって言うんです」

医師がちらりとこちらを見た――解決策を求めるように。

いまは提供できるかもしれない。「大丈夫だ、オーウェン。一緒に考えよう」

医師が満足した顔でオーウェンに言った。「お父さんの着替えを手伝ってあげるといい。もうすぐ看護師が帰宅に必要な書類を持ってくるはずだから」

医師が出ていくと、警官が前に出て手を差しだした。「アルバートソン刑事。数年前に一度お会いしました。ラーソン巡査です」

「覚えている」肩書きは訂正しなかった。「いてくれて助かった、ラーソン」

「車でここまで連れてきてくれたんだよ」オーウェンが言い、感謝の顔で巡査を見た。

「どうってことありません。どのみち報告書を作らなくちゃいけませんから」

巡査も医師もオーウェンにやさしくしてくれて、ありがたい話だ。少年は見るからに心労で疲弊している。

「あいにく」ラーソン巡査が言う。「ミスター・マクリーンが覚えていることはあまりないようで」

「不意打ちだったからな」ウィントンが説明した。

「で、ぼくは二階にいた」オーウェンは苦しげに言った。「父さんは路地で怪我して倒れてたのに、ぼくはなんにも知らずに――」

「知らなくて当然だ」クロスビーは言い、罪悪感まみれの告白を遮った。

「今日は学校がないから、寝かせておいたんだ」ウィントンが言う。「店は営業日でな」

クロスビーに説明した。「まずいことが起きるとは思いもしなかった」

なぜならそんなことは一度も起きなかったから――バージェス・クロウが現れるまで。

「ぼくが見つけるまで、父さんはずっとその場に倒れてたんだ」オーウェンがささやくように言う。「コートも着ずに」

「十五分かそこらだ」ウィントンがなんでもないように言った。

クロスビーは少年の肩を抱き、人との触れ合いが役に立つことを祈った。「おまえの行動はすべて正しかった。９１１に電話したことも含めてだ。すばやく行動したし、重要なのはそこだ」

巡査が三人をちらちらと見比べた。「ぼくはそろそろ失礼します。ミスター・マクリーンには、あとで刑事から連絡があるでしょう」

「待ってくれ」ウィントンが苦しげに起きあがろうとした。

すぐさまクロスビーとオーウェンが手を貸すと、ウィントンはベッドの片側に身を起こし、左腕で脇腹をかばいながら、右手を差しだした。「ありがとう、おまわりさん。なにもかも」

ラーソンは両手でウィントンの手を握った。「自分の仕事をしたまでです」

巡査が出ていこうとしたのを見て、クロスビーはウィントンに言った。「そのまま、頼むからじっとしていてくれ。すぐに戻る。ラーソン巡査に少し話があるだけだ」

巡査と一緒に部屋を出て、開いたドアから数メートル離れた。「二、三日のあいだ、彼の店のあたりをだれかにパトロールさせてくれないか？」

「了解です」ラーソンが真顔で言う。「目を光らせておくと、息子さんにはもう約束しました」

「ありがたい」首のつけ根に生じつつある緊張のしこりを指でもんだ。「一日か二日、店を閉めるように説得したいが――」

「それはもう息子さんが。しかしミスター・マクリーンは冗談じゃない、と。どうやら店の経営で生計を立てていて、客を混乱させたくないようですね」

最近起きた〝みかじめ料〟周りのトラブルについて手短に説明し、ウィントンの知らない詳細も伝えた。

「担当刑事に知らせておきます。そちらにも目を光らせておきましょう」

「関係があるかもしれない」クロスビーは言った。「可能性は薄いが」

「ほかになにかうかがっておくことは？」

「いや」教えられるようなことは、なにも。部屋のなかからもめているような声が聞こえてきたので、ラーソン巡査にもう一度礼を言ってから、急いで戻った。

オーウェンが、立ちあがろうとする父親を止めるように正面に立っていた。まだ十五歳の少年なのに、本人は必死で大人になろうとしているのだ。

クロスビーは少年の後ろに歩み寄り、父親のほうに尋ねた。「なにがあったのか、話してくれるか?」

ウィントンがうんざりしたように言った。「配達の兄ちゃんが帰った直後を襲われた」ちらりと息子を見てつけ足す。「まだコーヒーも飲んでなかったし、オーウェンはなにも食っていなかった」

「それはもういいって」オーウェンが髪をかきあげる。「お腹は空いてないよ」

これを合図とばかりに、クロスビーは財布を取りだしてオーウェンに渡した。「しかしこっちは腹ぺこだ。ひとっ走りカフェテリアまで行って、サンドイッチかなにか、持ち帰りできるものを買ってきてくれないか? 帰りの車のなかで食べよう」

オーウェンが反論する前に、ウィントンが言った。「いい考えだな。おれにもコーヒーを頼む。あと、ペストリーかケーキみたいな甘いものも。正直、いまはカフェインと糖分が必要でたまらん」

オーウェンは眉をひそめた。「いいのかな――」

「食べたほうがいい」クロスビーは少年を納得させようと、小声で言った。「本人が甘いものを欲しているなら、それが摂取すべきものなんだろう」

「そっか。わかった」オーウェンも小声で返す。「じゃあ、ここは任せて……?」

「いいとも。車のなかで食べられそうなものを選んできてくれ。頼んだぞ」

目的を与えられたからだろう、少年はしっかりした足取りで出ていった。

息子が声の届かないところまで行くのを待ってから、ウィントンが悪態をつき、しかめっ面で立ちあがった。「犯人の足音に気づいたときにはもう遅かった。振り返ったとたんに殴られて、顔を見る間もなかった」

クロスビーは歯を食いしばった。

「おれも腕は立つほうだ」ウィントンが言う。「だが今朝は不意をつかれてな。バランスを失って倒れて、レンガの壁に頭をぶつけちまった。先生の話じゃ、そのときに腰と脚も痛めたんだろうと」

情景を想像しただけで、全身をめぐる怒りが増幅した。「脇腹は?」

「何発かいいキックをお見舞いされてな。最後に覚えてるのは、丸くなって頭をかばったことで……気がついたらオーウェンが心底怯えきった顔でこっちをのぞきこんでた」やわらかな声で続ける。「出血がひどかったもんだから、あいつはおれが死ぬと思ったんだろう。それだけでも、やったやつを殺してやりたいね」

まずいことが重なっていく。「どう説得すれば、しばらく入院――」

「いや、坊主《サン》。気持ちはありがたいが――本当だぞ――やっぱりおれはうちへ帰る。オーウェンは友達のところに一晩泊まらせよう。明日は土曜だから、そこでゆっくりさせてもらえばいい。だがおれはいつもどおり、おれの店を開けないと。きっといまごろ常連客は、どうしておれが店にいないのかと不思議がってる。それだけでたくさんだ」

完璧なタイミングで携帯電話が鳴った。画面に表示された発信者の名前を見て、応じる。

「クロスビーだ」

ケイドが言った。「店の戸締まりは完璧だったから、オーウェンをほめてやれ。何人かが立ち寄って、警察と救急車を見たがと言ってきたから、詳しく説明する代わりに、強盗が入ったが店主はぶじだと伝えておいた。ぶじなんだろう?」

「ああ、おおごとではなかった」そう請け合い、ウィントンの容態を簡単に知らせた。

ケイドは低く口笛を鳴らした。「それくらいで済んでよかったな」

ウィントンが命を失ったかもしれないことは、二人ともわかっていた――こちらをおびきだそうとするクロウの策略の犠牲になっていたかもしれないことは。「同感だ」

「いまは店のなかにいるから、入り口のところに札をさげておこうか?　大勢が様子を知りたがってる」

クロスビーは眉をひそめた。「戸締まりは完璧だったと言わなかったか?」

「完璧だったし、また完璧になる」

なるほど。ドアに鍵がかかっていようと、マッケンジー家には関係ない、か。「もう少ししたらこちらを出る。ウィントンも家に帰ると言って聞かない――」

「当然だ」ケイドが言った。「おれならそう言ってるし、きみだってそうだろう。それまでここで見張っていようか？」

そこまでは頼めない。「大丈夫だ。ああ、ちょっと待ってくれ」携帯を手で覆い、ウィントンに店の札のことを尋ねた。

「彼はいま、店のなかにいるのか？」

「話すと長くなるが、ああ、そうだ。心配するな。なにも壊されていないと保証する」

ウィントンがひねくれた笑みを浮かべた。「たいした一家と仲よくなったもんだな」

「どうもそうらしい」

それを聞いてウィントンは愉快そうに笑い、慌てて脇腹を押さえた。「札は奥の部屋にあると伝えてくれ。入って左手、いちばん上の棚の側面に釘でぶらさがってると。〝〇〇オープン〟と書いてあるから、正午、と書きこんでくれると助かる」

「だめだ」クロスビーは言った。「今日は休まないと。再開は明日の朝にしよう」

「おれなら大丈夫――」

「だがオーウェンが心配する。あの子の気持ちを考えてやれ。一日くらい休んでもかまわないだろう？　あの子のために」

「ちくしょう」ウィントンは少し考えてからうなずいた。「そうだな。じゃあ、明日の午前九時オープン予定、と書くよう伝えてくれ」

クロスビーはそのとおりにした。

ケイドが言う。「了解、引き受けた。それからクロスビー、これはおれたちの事件だ、いいな？　なにが起きてるのか、おれたちで突き止める」

「おれたちというと？」もしもマッケンジー家がとりあげるつもりなら――

「おれたち家族」ケイドが簡潔に答えた。「プラスきみだ」

まったく、この一家には驚かされてばかりだ。これほど支えてくれるとは。片手で顔をさすり、間違った結論に飛びついた自分を恥ずかしく思った。「ありがとう」

「どういたしまして。なにかあればいつでも言ってくれ」

「それなら一つ。まだマディソンから連絡がない。もしかして――」

「二十分前に電話で話した。きみが電話をかけたときはシャワー中だったそうだ。悪いが、あいつはもうきみのところへ向かってる」

その言葉に驚いて、言った。「ここへ？　つまり病院へ？」しかし……考えてみれば無理もない。マディソンは〝先に行動、考えるのはあと〟というタイプだ。「こっちはそろそろ出てしまう」

「いや、ウィントンの店で会おうと伝えてくれ、と妹に頼まれた。きみに電話するのを遠慮したのは、きっとウィントンのそばにいるだろうし邪魔したくないから、だそうだ」

むしろ、店へ駆けつけるのを止められるかもしれないから、では？「ケイド、きみは電話を遠慮しなかったんだな」

「しかたない。おれはきみの手を握るために駆けつける気がなかったから」

笑みが浮かんだ。マディソンはそうしたいのか？　手を握るために駆けつけたい？

「なあ」ケイドが言った。「マディソンは人前で不安を見せるのが好きじゃない。不安を見せたら弱い人間だと思われる、と考えてるんだ。だがきみのことが心配だから、そばにいたいと思ってる。そういうわけで、拒絶しないでやってくれないか」

「そんなことはしない」ウィントンの視線を感じて、クロスビーは言った。「それでも、助言をありがとう」

ケイドがしばし黙ってから、言った。「家族なら当然のことをしたまでだ」

家族。華麗なるマッケンジー家の面々を、こちらの〝寄せ集め集団〟に加えるとは。

通話を終えて携帯をしまってから、ウィントンの着替えを手伝った。ゆっくりになるのはいたしかたないことだが、健康自慢の男なら悔しさを覚えるだろう。ウィントンは誇り高い人物で、自分の人生を生きてきた。店を切り盛りし、ひとりで息子を育てるあいだも、いっさい不平をこぼさなかった。

そんな彼が――父親同然の人物が――見るからに苦しんでいる姿はつらかった。ズボンを引きあげるときに青ざめる顔や、一人では靴下と靴が履けないさまは。

このつけはかならず払わせる、と胸に誓った。バージェス・クロウと、このためにやつが雇ったチンピラに。

ウィントンを車椅子に移動させようとしていたとき、オーウェンが戻ってきて、ほどなく看護師も現れた。

二十分後には診察室を出て車に向かっていた。ウィントンが乗った車椅子を看護師が押して、そのとなりをオーウェンが歩き、クロスビーは駐車場をくまなく見張っていた。妙に胸がざわつく。ウィントンとオーウェンの両方をぶじ家に送り届けるまで、油断は禁物だ。

家に着いたら、二人の安全を確保する方法を考える。脅かすものすべてを暴き、消し去るまで、かならず二人を守るのだ。


ウィントンの店から長男のケイドを送りだしたパリッシュは、店舗全体を一周し、窓とドアすべてをチェックして、錠前も確認した。悪くない。信頼できるものしか装備されていないのは、きっとクロスビーのおかげだろう。

いま、ウィントンのサポート役にと連れてきたゲイリーが店の外周を回って、だれかが待ち伏せしそうな場所がないことを確認している。こういう古い建物には非常階段や、歪んで鍵をかけられない窓、荷受け場所付近のこじ開けられそうな防犯ゲートなどがあるものだ。

ゲイリーはなにをこんなに手間取っているのかと外の様子を見てみると、近隣の住民が一人、また一人と足を止めては、心配顔でウィントンの容態を尋ねていた。どうやらウィントンはこの人たちに大いに愛され、尊敬されているらしい。まあ、そうだろう。もしも親切で頼もしい人物でなかったら、クロスビーに影響を及ぼしたはずがない。

マディソンにふさわしい男を育てる手助けなど、だれにでもできることではないのだ。

ようやくゲイリーから説明を受けてみると、案の定、非常階段は安全で、どの出入り口もきちんと機能しているとのことだった。建物の外でならず者に襲われはしたが、ウィントンの店は可能なかぎりの防犯対策が施されていた。

なかに戻ってコートを脱ぎ、カウンターの奥に回ると、スツールに腰かけてシルヴァーに電話をかけた。

応じた声は少し心配そうだった。「パリッシュ、どうかした？　ウィントンはぶじ？　いったいなにがあったの？」

シルヴァーには心配性なところがあるとクロスビーから聞いていたが、本当だったらしい。「いま、ウィントンの店にいる。もうじきクロスビーがウィントンとその息子を連れて戻るだろう。待っているあいだに、きみの様子をたしかめたかった」

「わたしのことは気にしないで。ウィントンの容態は？　死ぬほど心配してたのよ」

壁に背中をあずけ、両足をスツールの脚の横木にのせて、パリッシュはほほえんだ。

「おれの知るかぎりでは、何発か殴られたがたいしたことはないらしい」

「ああ、よかった」

「今後気をつけるべきは」パリッシュは続けた。「働きすぎないことと、また危険を近づかせないようにすること。だからおれの部下のなかでも最高の一人を連れてきて、見張らせることにした。そのあいだにクロスビーとおれが、く――」言いかけて止め、〝くそ野郎〟という単語を使わずに続けた。「犯人をつかまえる」

「あなたを撃って、爆弾で脅したのと同じ、かす野郎のしわざだと思う？」

にやりとしてしまった。どうやら言葉遣いに気をつける必要はなさそうだ。「ああ、そう思う。バージェス・クロウは、クロスビーとおれが大切にしている人を傷つけることでおれたちを傷つけようとしている」自然と声がかすれた。「だからきみが心配だ」

シルヴァーはその言葉の意味について考えるのではなく、笑った。「うちならもう、あなたたち総がかりで厳重に戸締まりしてくれたじゃない。それより、ウィントンのお守りをさせるって人のことを教えてよ」

くだけた口調になったのを感じて、彼女がこちらと同じことを考えているのだと悟り、問いを無視して尋ねた。「次はいつ会える、シルヴァー？」

「そうねえ……」少し考えてから言った。「マディソンとクロスビーは今夜のデートを延期することになるのよね？」

「まさか。予定どおりにしろと言うつもりだ」

「あら、命令するの？　どうして？」

　それは、あの二人がさっさと自分たちの課題にとりかかってくれれば、こちらもこちらの課題にとりくめるようになるから——これではまずいと首を振った。ここは言葉巧みにいかなくては。「いまは状況を把握できている。これ以上、ばか野郎に邪魔をさせてやる理由はない」きみに会いたいのだ、いますぐにと言いかけたとき、店の正面ドアが開いてウィントンが入ってきた。マディソンとオーウェンに支えられている。クロスビーはどうした？「すまないが、そろそろ切らなくては。あとでまたかける」

「はいはい」なんでもないことのようにシルヴァーが返した。

　ウィントンたちから目をそらさずに、つぶやいた。「おれのことを考えろ、シルヴァー。おれはきみのことを考える」電話越しにハスキーな笑い声を聞きながら、通話を終えた。

　それから娘とウィントンのそばに駆け寄った。「ほら、手を貸そう」

　マディソンが言う。「ありがとう、パパ」

　ウィントンがちらりとこちらを見た。

「二階へ？」パリッシュは尋ねた。すぐにでも横にならせたほうがいいように見えた。

「まだだ」ウィントンは手を借りつつも、言った。「先にカウンターのところへ連れてってくれ。それからオーウェン、もう心配するな。大丈夫だから」

パリッシュは眉をひそめ、暴力を振るわれた店主が許すかぎり、手を貸した。娘に尋ねる。「クロスビーは？」

「トラブル対応中」マディソンが答え、ウィントンのためにスツールを取りに急ぐ。「わたしがここに着いたのは彼のすぐあとだったから、彼の車を尾行してたらしき白いトラックに気づいたの。クロスビーも気づいてたみたいで、車を停めてすぐわたしに命令したわ――そうよ、パパ、わたしに命令したの――ウィントンを店のなかへ連れていけって。それから車をおりて、だれだか知らないけどトラックに乗ってる人物と対決しに行っちゃった」

興味深い。クロスビーはまずウィントン父子を守ることを考えた。そして、マディソンがそれに気づいたかどうかは別にして、彼女になら任せられると判断した。「対決というが、どこでだ？」

「トラックは通りの向かいの駐車場に入っていったわ」

ウィントンが、そばを離れかけたマディソンの腕をつかんだ。「お嬢さん、どうか腹を立てないでやってくれ。オーウェンとおれにはまだお嬢さんの助けが必要なんだ」

苦悩の顔でオーウェンが言った。「クロスビーまで怪我させられたらどうしよう。悪いやつがここに押しかけてきたら？」

少年の不安が察せられて、当然ながら、安心させたくなった。「マディソンがきみたちのそばに残って、おれがクロスビーの様子を見てこよう」コートをつかんではおった。

「ところで、あなたはどなたかな？」ウィントンが尋ねた。スツールの上の体は背中を丸めており、あざだらけの顔は青白い。

パリッシュは手を差しだした。「パリッシュ・マッケンジー、マディソンの父親で、クロスビーの雇い主だ」ウィントンの握手は短かったが、握る力は強かった。いい兆候だ。

「おれはウィントン。こっちは息子のオーウェンだ」

「二人とも、会えてよかった。まあ、もっといい状況で会いたかったが」コートのボタンをとめながら言う。「ところで、おれの友人が裏にいる。見た目は恐ろしいかもしれないが、手伝いのために来させた。かまわなければ、マディソンがここへ連れてきて紹介してくれるが」

少年が目をしばたたいた。「は、はい」

それぞれに役割を与えようと、今度は父親のほうに言った。「十分待ってから警察に通報してくれないか。ただし、外でなにかトラブルが起きているらしい、としか言わないように。詳しいことも、人の名前も口にしないこと」クロスビーにはその貴重な十分間でトラックの男を尋問してもらおう。時間はもう少しほしいだろうが、こうして家族が関わっている以上、そこは彼も譲るはずだ。もっと踏みこみたいとしても、そのチャンスはまた訪れる。「十分だ。いいな？」

いまや決意の表情に変わったウィントンが、しっかりうなずいた。「任せとけ」

「頼もしい。これが片づきしだい、楽な体勢になれるからな」店を出ようと向きを変えた。

マディソンが口を開きかけたものの、パリッシュはすばやく首を振った。父親が真剣なときはそれとわかる娘だし、いまはそういうときの一つだった。

安心させるように少年の肩をたたいて店をあとにし、すばやく周囲を見まわすと、通りの向かいでクロスビーが小さな駐車場に忍び寄っていくところだった。白いトラックのほうはまだ彼に気づいていないらしく、駐車場に入って向きを変え、ウィントンの店と向き合うかっこうになった。

クロスビーが仕立て屋の前の歩道を進む。足取りを緩めることなく、ただコートのファスナーをおろして、筋肉をほぐすように一度肩をすくめた。

間違いなく、一戦交えるつもりだ。

馴染み深い銃の重みをかたわらに感じつつ、クロスビーのあとを追った。追いつけるよう、こちらは早足で。

なに一つ見逃したくなかった。

慎重に踏みだす一歩ごとにクロスビーの怒りは募っていったが、それで冷静さを失うことはなく、入念に襲撃の計画を立てた――そう、襲撃だ。こともあろうにウィントンとオーウェンを乗せた車を尾行してきた臆病者どもに、この手をかけたいという衝動が全身の血管をめぐる。

これこそ、病院を出るときに感じた胸騒ぎの正体だったのだ。クロウは頭をひねるまでもなく、ばかどもに病院で待機するよう指示したに違いない。ウィントンが家まで送ってもらわなくてはならないことくらい、だれにでもわかったはずだ。

すべては罠だった。が、そう簡単に引っかかりはしない。

病院の駐車場を出る前から尾行には気づいていた。重要なのは、それにどう対処するか、だった。ウィントンとオーウェンの安全が最優先事項だ。

そんなときにマディソンが現れたのは、まったくの幸運だった。おかげでこうして身軽にトラブル対応ができている。それともあれは、タイミングを合わせるマディソンの才能だろうか？　いずれにせよ、必要なときに現れてくれた彼女にキスしたい気分だった。

建物の角で足を止め、姿を隠したまま耳をそばだてたが、だれの足音も聞こえなかった。エンジンのアイドリング音からすると、少なくともいまはまだ、チンピラどもはトラック内にいると考えてよさそうだ。

すぐにでも戦う覚悟で建物の角から出て、鋭い目で全体をとらえた。トラックの運転席にいる男が急にギアをパーキングに入れた。

　連中の目的がこちらをつかまえることなのか、それともまたウィントンに危害を加えることなのか、あるいはバージェス・クロウに報告するだけなのか、わからないが、どうでもいい。一線を越えたのだから、つけを払わせる。

　二人組は熱心にしゃべっていて、こちらには気づいていない。残り数メートルまで迫ってようやく気づいたときには驚きの表情を浮かべたものの、すぐに余裕のせせら笑いを浮かべた。

　助手席の背の高いほうがトラックをおりて、傷だらけのボンネットを回ってきた。野球帽を整え、ばかにしたように言う。「おっさん、なんか用か?」

「ああ」クロスビーは言いながら、なお前進した。男は二十二、三歳で、腕が立ちそうというより単に態度がでかい印象だ。「知りたいことがある。おまえたちのどちらか、あの店のオーナーに触らなかったか?」

「だれだって?」男が知らないふりをして尋ねる。

「ばかなふりがうまいようだが、本当はふりじゃないんだろう?」

　これにはぼんくらも好戦的な構えをとった。「なんだと?」

「おまえはばかだと言ったんだ」もう少しで手が届く。幸い、男のほうが前に出てきてトラックを離れてくれたので、運転席の男も見えるようになった。「知りたいのは、三十も年上の男をたこ殴りにしたチキン野郎はきさまか、ということだ」

「くたばりやがれ」案の定、間抜けがこぶしを振るってきた。

しめた。クロスビーは軽やかに身をかわし、同時に力強い右ストレートを男のあごに命中させた。男はその一発で後ろによろめき、野球帽は宙を舞った。

悪態が聞こえて、運転席側のドアが開く音がした。時間がない。

野球帽の男がバランスを崩しているうちに右膝に蹴りを入れ、おぞましい角度に曲がらせてから、鼻のつけ根に速い左パンチをお見舞いした。血が飛び散り、男は背中からトラックにぶつかると、ずるずるとバンパーを滑りおりて地面に転がった。口は開いたまま、白目をむいて、片脚を不自然に伸ばして。

そちらが片づいたので、今度は運転手の相手をするべく向きを変えたとたん、そいつが飛びかかってきた。最初の男と年齢こそ変わらないが、こちらのほうがより重く、肉づきがいい。

押し倒されそうになりながらも体を回転させて体勢を整えると、運転手のほうが冷たい地面に倒れる格好になった。しばしもみ合い、振り払われそうになる。距離が近すぎるので効果的なパンチをくりだす余地はなかったが、肘鉄を食らわせると、頰と眼窩《がんか》に命中し、男に隙ができた。

必要なのはそれだけだった。一瞬身を引いて、立てつづけに三発お見舞いし――あご、こめかみ、あご——男のシャツをつかんでぐいと顔を近づけた。気絶させるつもりはない。答えてもらいたい質問がある。「だれに送りこまれた？」

「だれにも」男が弱々しい、不明瞭な声で言った。左のまぶたはもう腫れていた。

クロスビーはさらに顔を近づけた。「もう一度嘘をついてみろ」脅すように言う。「どうなるか見ものだな」

言外の脅しが効いた。「クロウだよ。でも直《ちょく》の知り合いじゃない。別のやつがクロウにおれの名前と電話番号を教えた」完全に戦意を失って、全身の力が抜ける。「嘘じゃない。ここへ来たのは、あんたの家を突き止めるだけで金がもらえるって言われたからだ。個人的な恨みとかそういうんじゃない」

氷が全身の血管をめぐった。「どうやってクロウと連絡をとることになっていた？」

「あっちがかけてきた番号に折り返すことになってた」

男の頭を凍てついたアスファルトに一度、激しくたたきつけてから、手のひらを突きつけた。「携帯と財布を出せ」

「ちくしょう」男はうめき、ぎゅっと目を閉じた。

クロスビーはただ待った。

「わかった、わかったよ。百ドルにこんだけの価値はない」腰を浮かせ、尻ポケットから財布を抜き取ると、右の前ポケットからは携帯電話を取りだした。

財布を取りあげて身分証明証を見つける。「携帯のロックを解除しろ」

男はぼやきながらもパスコードを入力し、こちらに差しだした。

あっけない。男を腹這いにさせて背中を膝で押さえつけ、命じた。「両手を頭の後ろに回せ。そうだ。そのまま動くな」身分証明証をポケットに入れて財布を放り、携帯電話の最新の着信履歴をチェックしていくと、名前のないものが一つ見つかったので、男に見える位置に掲げた。

「だめだ、じっとしていろ、こちらが見張っていられるように」

「でも地面が濡れてて冷たい――ああ、わかったよ」また脱力する。

「これがやつか？」クロスビーは尋ねた。

「ああ」

番号をタップすると、すぐさまいらついた声が応じた。「やつの住所はわかったか？」

「いや。だがおまえに伝えたいことがある。バージェス・クロウ、かならずおまえに一生癒えない傷を負わせてやる。このみじめで汚らわしい臆病者め。よく聞け、おまえは残りの人生をムショで朽ち果てながら過ごすことになる――私の気が済んだあとにな」

三秒ほど静寂が続いた。「クロスビー・アンダーソンか」

「おまえがどういうやつか知っている。おまえは匿名で脅迫するような臆病者で、女性を虐待するような人間のくずで、金で雇える安いやつに汚れ仕事をさせるような根性なしだ。

おまえがどういう考え方をするか知っているし、どこに身をひそめているかも知っている。いますぐこっちを捜しはじめるんだな。こっちはじきにおまえを見つけるぞ」

クロウは無言で電話を切った。

くそっ。かっとなってくれることを願っていたのだが。かっとなって用心を忘れ、手がかりを与えてくれることを。

「誓ってもいいが」地面から男が言う。「おれはクロウの居場所を知らない。だがブリックなら知ってるかもしれない。おれのことをクロウに教えたのはやつだから。だが最近のブリックがどのへんに顔を出してるかはわからない」

必要以上の力を膝にかけつつ、クロスビーは立ちあがった。

男がゆっくり慎重に向きを変えて起きあがった。「携帯、返してもらえるか?」

男ののどに突っこんでやりたかったが、どうにかこらえた。

「こほん」咳払いの音で振り返ると、レンガ壁にパリッシュが寄りかかっていた。腕組みをしてくつろいだ姿勢だ。いま、首を傾けてクロスビーにこっちへ来いと合図をした。

「少しでも動いたら」クロスビーは地面に座っている男に言った。「撃つぞ」

「わかったよ」男は両手を掲げた。「動かねえよ」

男二人から目をそらさないまま、パリッシュに歩み寄った。「ここでなにをしているんです?」

「ご覧のとおり、なにも」パリッシュが携帯をあごで示した。「マディソンなら、なにか見つけられるかもしれない」

「〝かもしれない〟？」とぼけたことを。マディソンなら、どんなことでも見つけるに決まっている──まあ、見つけたものが役に立つかどうかはわからないが。とりあえずいまは、パリッシュが雇用主でマディソンの父親だという事実を忘れることにして、指示を出した。「店に戻ってください。こちらもすぐに向かいます」

パリッシュは両眉をあげたが、指示されたことに気分を害した様子はなかった。

クロスビーは向きを変えると、先にのした男に歩み寄り、こちらからも財布と身分証明証を取りあげた。男たちに見えるよう、身分証明証を掲げる。「おまえたちが何者で、どうすれば見つけられるかはもうわかった。もしもまたあの店に近づくようなことがあれば──おまえたち自身が、だけでなく、おまえたちにつながるだれか一人でも近づいたら、想像さえできないようなかたちで後悔させてやる」

膝を壊されたほうは、ただうめいた。

まだ地面に座っているほうは、うなずいた。「わかったよ」

「この話を広めろ。バージェス・クロウの仲間も手下も、こちらに把握されていることを。わかったたな」

二人とも、うなずいた。

「じきに警察が来る」遠くにサイレン音が聞こえた。「ここに残っておしゃべりしたいか?」

「冗談じゃない」運転手のほうが急いで言った。ちらりと相棒を見る。「だがこいつは歩けるかどうか」

「おまえが運んでやればいい」どちらの男も動かないので、うなるように言った。「早く行け。こちらの気が変わる前に」

運転手が飛びあがって相棒を助け起こし、一緒に足を引きずりながらトラックを目指した。

しばしその場で見ていると、トラックはいったんバックで駐車場の奥へ行き、鋭くターンしてから裏通りに出て、走り去っていった。いまも全身をめぐる怒りで体がこわばっていたので、両手を握ったり開いたりする。

クロウを見つけなくては。ウィントンを守らなくては。そして、これらすべてに警察を関与させたいか、心を決めなくては。

決めるべきことが多すぎるし、あちらを立てればこちらが立たず、だ。

くそっ。駆け足で通りを渡った。早くウィントンの世話をしなくては……それから、マディソンに伝えなくては。あのとき現れてくれてどんなに感謝しているかを。

「くそが」バージェス・クロウが携帯電話を乱暴に投げ捨てると、ドレッサーのとなりのケースが粉々になった。冷たい汗がこめかみに浮かび、背筋を伝う。

アルバートソンはどうやってあいつらにたどり着いた？　能なしどもめ！　昔なら、しくじったあいつらを教育してやるところだぞ。だがいまは……。手持ちの駒は、ブリックとモーテルのオーナーと、山中の拠点に隠している女の子たちだけ。頼りになる連中ではない。やる気があって、いつでも役に立ってくれるような連中では。そういうたぐいの忠誠心には金がかかる。

あの刑事の口ぶりは、いやに不気味だった。今回のチンピラ二人を殺すだろう。たった一度の仕事で……。

うなり声の脅し文句は説得力がありすぎた。ほんの少しでも隙を見せたら、クロスビー・アルバートソンは本気でこちらを殺しにかかるに違いない。

恐怖で全身に震えが走った。必要に応じて痛みを加えるのはかまわないが、加えられる側となると……。この体に鉄拳制裁が何度もくり返したたきつけられると考えただけで鳥肌が立つ。山ほど見てきた。折れた骨も、つぶされた鼻も……血も。

だが、どれも自分のものではなかった。

身震いして、アルバートソンを消そうと誓った――ただし、安全な距離から。手を出されないうちに。

しばし金儲けの道具から離れて、計画を立てなおすとしよう。ブリックに会って、あのくそ野郎に少し残業を命じ、必要なものを見つけさせるのだ——アルバートソンの住所を。服をスーツケースに放りこみ、数少ない身の回り品を拾い集めると、最後にもう一度、室内を見まわした。視線が鏡で止まる。

嘘だろう。鏡に近づき、見つめ返すひどい顔を見つめた。おれじゃない。おれはこんなじゃない。取り憑《つ》かれたような。

怯えたような。

たった一晩で、十歳も老けて体が半分に縮んだように見えた。

あの野郎、よくもこんな真似をしてくれたな。いつだって少年っぽかったのに。やさしくて純真そうだったのに。それが、これ？

アルバートソンに代償を払わせなくては。

持っているものすべてで払ってもらう。

大切にしている人間すべてで。

14

店の正面ドアを開けて入ってきたクロスビーを、マディソンはすぐさまつかまえた。ここまでたっぷり時間があったので、ウィントンを楽な体勢にさせてから、できるだけオーウェンを安心させ、あとは一人でやきもきしていた。

クロスビーに向き合っていざお説教をしようとしたとき、ぐいと引き寄せられてきつく抱きしめられ、温かく、必死とも呼べそうなやり方で唇を奪われた。

だからもちろん反応した。クロスビーのキスは成層圏を突き抜けるほどすばらしいのだ。唇を離すと同時にクロスビーが尋ねた。「ウィントンはどこだ?」

彼がこれほど心配そうな顔をしていなかったら、教える前に怒っていたかもしれない。実際は、胸板を軽くたたいてこう言った。「二階で横になってるわ。オーウェンがそばについて離れようとしないの」

クロスビーは眉をひそめた。「オーウェンは友達の家に行かせると、ウィントンは言っていたが」

「ですってね。でもパパが応援を連れてきたから、その必要はなくなった」

「応援？」クロスビーが周囲を見まわす。「パリッシュはどこだ？」

「だめ、だめよ」マディソンは言い、よそを向こうとする彼のシャツをつかんだ。「あなたはわたしと話をするの」

クロスビーが探るように顔を見つめ、かがんでもう一度キスをした。「あとにできないか？　いまはやることが山のようにある」

「クロスビー」うなるように名前を呼んだ。彼の言うことは正しいし、こちらはもっと理解を示すべきだとわかっているから、もどかしい。それでもいまは、思いどおりにいかないこともあるのだと説明しなくてはならなかった。「あなたはわたしを店のなかに閉じこめた」

「なに？」純粋な戸惑いに、眉根を寄せる。「いったいなんの話だ？」

ここは我慢のしどころだと、深く息を吸いこんだ。「あなたは、ウィントンを店に連れて入ってそばについてろとわたしに命令した。あんなひどい怪我をしたウィントンを見てしまったら従うしかなかったけど、本当はあなたを助けることもできた――」

論理的すぎるほど論理的な声で、クロスビーが遮った。「助けは必要なかった」

父から聞いた話によると、そのとおりなのだろう。「大事なのはそこじゃなくて！」

クロスビーの唇の片端があがった。「じゃあ、私がここでウィントンにつき添って、尾行してきた連中にはきみが対処したほうがよかったか？」

「それは……違うけど」もう、そういう意味じゃないのはわかっているくせに。

「オーウェンは気が動転していたから、あの子一人には任せられなかった」クロスビーが手で頬を包み、もう一度、さらにもう一度キスをする。「ベイビー、きみは誤解している。さっきのは命令じゃなく、きみを信頼して託したんだ。きみならウィントンをぶじに家のなかへ連れて入って、仮に第二の脅威が現れたとしても、きちんと対応してくれると」もう一度キス。今回はしばし唇を味わってから、ひたいにひたいを当てた。「一度に複数の場所にいられる人間はいないから、私にはできないことをしてくれると」

胸がどきどきしはじめた。

「ウィントンとオーウェンはかけがえのない存在だ」クロスビーが姿勢を正し、手で頬を包んだまま言う。「困っているときにきみが現れてくれて、本当に助かった」

目で目を探るうちに、しかめっ面が薄れた。「そんなふうに言われたら……」

クロスビーがそっと尋ねる。「どうした？　きみに悪党の相手はできないと思ったとでも？　きみが戦うところはもう見ている。そんな思い違いはしない」胸板に引き寄せて、あやすように体を左右に揺する。「きみがここにいてくれてうれしいんだ、ベイビー。ありがとう」

ああ、罪悪感が積みあがっていく。たくましい肩に顔をうずめて、彼の香りを吸いこんだ。「外でなにがあったの?」

「尾行していた連中から携帯を取りあげた」どうしてそうなったのかは言わずに、ポケットからその携帯電話を出してこちらに渡す。「なにか使えそうなことが見つかったら教えてくれ」

まあ。こんなふうに獲物を差しだしてくれるなんて。本物のチームみたい。その信頼にひどく気をよくして、マディソンは誓った。「すぐにとりかかるわ」

クロスビーがうなずいた。「パリッシュはまだいるんだろう?」

ああ、ひげを剃っていなくて髪も乱れている彼ったら、なんてゴージャスなの。雪のなかでもみ合ったせいだろう、濡れた服と、あざになった指の関節——つまりこぶしがものを言ったということ——を見ていたら、体温が上昇してきた。この男性は……完璧だ。やさしくてセクシーで、有能で強くて、重視すべきすべての点でわたしと対等。けれどそれだけではない。これまで経験したことのないかたちで、わたしの体を暴走させる。

「どうした?」尋ねるクロスビーのまなざしがぬくもり、笑みが薄れた。「妙な顔をしているぞ」

ほんの一瞬、ざらついたあごを手のひらで撫でた。いまは——ウィントンの店という環境も、かんばしくないこの状況も——理性を失うにふさわしくない。

クロスビーに惹かれる理由など説明できそうにないので、店の入り口に歩み寄って鍵をかけ、振り返って彼の手を取った。「裏口はもう鍵がかかってる。あとはあなたが戻ってくるのを待ってたの。行きましょう、みんな上よ」

店の上の生活スペースはすでに楽しく見学させてもらっていた。当然ながら広くはないが、よく考えられた間取りだ。階段をのぼりきったところにあるドアには頑丈なデッドボルトがついており、ウィントンとオーウェンの就寝時など、必要に応じて使われるという。そのドアを開くと廊下が伸びていて、廊下の先にはキッチンがあった。

クロスビーがキッチンをのぞいたが、だれもいなかった。

マディソンは彼を引っ張って廊下を進み、キッチンと同じ側にある、ヴィンテージの白黒タイル貼りのバスルームを通過した。向かい側はリビングルームだ。

またクロスビーが足を止めたが、そこにもだれもいなかった。

「こっちよ」マディソンは言い、いちばん奥から聞こえてくる低い会話の声のほうへ導いた。廊下の両側にあるのが父子それぞれの寝室で、オーウェンの部屋は空っぽだが、ウィントンの部屋は混んでいた。ベッドの片側にオーウェンが立ち、反対側ではマディソンの父が椅子に腰かけていて、スーパーヒーロー映画に出てくる悪役さながらの巨漢がたんすに腰をあずけていた。

クロスビーは部屋の手前で立ち止まり、室内を見まわして、ベッドに横たわるウィントンで視線を止めた。ウィントンはすでに息子の手を借りて、ゆったりしたTシャツとチェック柄でゴムウエストのパジャマズボンに着替えており、腿の途中までキルトで覆っていた。背中に枕をいくつか当ててヘッドボードに寄りかかり……殴られた顔には笑みを浮かべていた。

　こんなに愛情深い男性がいるだろうか、とマディソンは思った。

　五十三歳の父のほうが三つ上なのに、ずっと若く見える。ウィントンには、周囲の心をなごませるおじいちゃんのような雰囲気があるのだ。あるいはハリーのためにそういう雰囲気をまとうようになったのかとも思ったが、ここまで接してみて、むしろもともとの性格らしいとわかってきた。

「応援というのはゲイリーのことか？」クロスビーが小声で尋ねた。

　にっこりして答えた。「そうよ」おそらくクロスビーは、タスクフォースで働く一人としてゲイリーを知っているのだろう。

　目下ゲイリーは、喧嘩で男四人をぶちのめしたときの恐ろしい逸話を聞かせている最中だ。鮮やかかつおぞましい話しぶりに、オーウェンは感心している様子だった。

「要は」ゲイリーが言う。「どんなトラブルが発生しようと、おれなら対処できるということだ」

「だろうな」そう返すウィントンの表情は、正直、ほっとしているようだった。無理もない。自身だけでなく十五歳の息子の心配もしなくてはならないのだから。

「しかし」ゲイリーが芝居がかった様子で人差し指を立てる。「ここにいるあいだ、別のことにもチャレンジしてみたい」

「たとえば？」オーウェンが尋ねた。

「そうだな、きみがしていることならなんでも。店の補充、掃除、商品の積みおろし」

ウィントンが首を振った。「そこまではさせられない――」

「させるのではない」マディソンの父が穏やかに遮った。「ゲイリーはおれの部下のなかで、もっとも信頼できる一人だ。もっとも仕事熱心でもある」

ゲイリーがもとから巨大な胸をさらにふくらませた。「そのとおり。怠けているのは性に合わない。明日は土曜だから、ちびっ子がいろいろ教えてくれるかな？」

オーウェンが浮かべた笑みからすると、ちびっ子と呼ばれても気にしていないらしい。ゲイリーと並べば小さいのは事実だ。「喜んで」オーウェンが答え、父親のウィントンに言う。「ぼくらに任せてよ。父さんは怪我を治して」

「よし」マディソンの父が言った。「すべて解決だな。ゲイリーには、休憩室に簡易ベッドを用意する」

「あそこならバスルームも近い」ゲイリーが言う。「クーラーボックスの中身は休憩室の冷蔵庫に空けさせてもらおう。そうすればますます快適だ」

「きみたちが安全だとわかっているほうが、おれたちも安心できる」マディソンの父がそう言って立ちあがり、ちらりとクロスビーを見た。「少し話せるか？」

クロスビーはうなずいたが、ゲイリーとオーウェンとマディソンの父が部屋を出ても、まずはベッドの上のウィントンに歩み寄った。

マディソンは、彼が年上の男性をじっと見つめるさまを見ていた。ウィントンの顔のあざはすでに色濃くなっていて、暗褐色の中心から濃淡の紫色が広がり、ところどころは黒ずんでいた。

クロスビーは両手をこぶしに握ったが、声はやさしかった。「気分は？」

「赤ん坊だよ」ウィントンがにっこりしてこちらを見た。「彼女は天然の甘やかし上手だな」

わたしが？　たしかに思いつくかぎりの手を尽くしてウィントンを助けるのは楽しかった。クロスビーがなぜ彼のそばにいるよう頼んだのか、理由がわかったいまはなおさらだ。

「お役に立ててなによりよ」

「彼女は怒っていたんだ」ウィントンがクロスビーに言う。「怒る理由なんざないと言ったんだが」

「ああ、そうだな」クロスビーは同意したが、ウィントンから目はそらさなかった。「もしなにかしてほしいことがあれば――」

「自分の仕事に戻ってほしいよ。もうさんざんおまえの時間を奪ってしまった」

数秒が流れ、クロスビーが小声で言った。「こんな目に遭わせて本当にすまない」

励ます口調でウィントンが返した。「おれなら大丈夫だ、坊主《サン》、本当に。コーヒーを飲めたし、こうして横になれたから、痛みもじきに消える。ちょっと昼寝をしようかとさえ思ってる」

「いまはぜひそうするべきよ」マディソンは言い、クロスビーのとなりに行って彼の片腕を抱きしめた。「だけどもうわたしたちの電話番号は教えたんだから、もしなにかあったら、どんなことでも、遠慮なくかけてきてね」

「ほらな？」ウィントンが言う。「彼女は特別だ」

「特別中の特別さ」クロスビーがそう言ってこちらの腕を逃れたものの、今度は彼のほうから肩を抱いて、ぐっと引き寄せてくれた。

別の状況ならうれしさに胸の奥がぬくもっただろうが、ウィントンのあざだらけの顔を見ているいまは不可能だった。身を乗りだして、年配の男性の頬にそっとキスをした。

「絶対に犯人を見つけるわ」

「マディソン」クロスビーが小声で言い、そっと引っ張った。

そうだった。自身と家族がこういうことに関わっていると喧伝《けんでん》して回るべきではない。それでも、ウィントンはすでにあるていどの推測はしているはずだ。父とゲイリーを目の当たりにしたのだから。

「パリッシュを待たせている」クロスビーが言い、ウィントンの手を握った。「無理はしないでくれよ」

「無理しない以外の選択肢があるか?」ウィントンはまたほほえんで、目を閉じた。「二人とも、ありがとうな」

二人で部屋を出ながら、マディソンは思った――クロスビーがわたしの家族をあまり好きじゃなくて残念。だってわたしは彼の家族が大好きになったから。

クロスビーが休憩室をのぞいてみると、パリッシュとオーウェンとゲイリーがテーブルを囲んでいた。

「ウィントンは昼寝をするそうだ」全員に伝える。

「父さんが?」オーウェンが驚いて言った。「昼寝?」

「わたしたちが部屋を出る前からもううとうとしかけてたわよ」マディソンが言った。休憩室の冷蔵庫に歩み寄り、ミネラルウォーターのボトルを取りだす。

オーウェンがすぐさま立ちあがった。「友達とオンラインゲームする約束だったんだ。二階でやるから、父さんが呼んだらすぐ気づくよ」

ゲイリーが忠告する。「出かけるときはかならずおれに知らせてからにしろ」

「わかった」ドアのところでためらう。「ええと……どうぞ、ごゆっくり?」そして行ってしまった。

クロスビーはほほえんで首を振った。「今日は父親のそばを離れないだろう。もしかしたら週末のあいだずっと」マディソンが椅子に腰かけたものの、こちらは立ったままでいた。答えの出ていない疑問が多すぎて、落ちつくどころではなかった。

「怪我の様子を診させてもらった」パリッシュが椅子を押しさげて言う。「ウィントンはものやわらかに見えて頑丈だな。荷物の積みおろしや、朝から晩まで働いていることがものを言っているんだろう。傷はほとんど浅いものばかりで、本当に、じきによくなる」

医者がいるのはいいものだ……家族のなかに。クロスビーは心のなかで首を振った。いや、パリッシュは家族ではない。少なくとも、いまはまだ。

だが、家族になりたいか？　ちらりとマディソンを見ると、全身が締めつけられた気がした。ああ、どうやらそうらしい。間違いなくこの女性を求めていて……彼女にはもれなく家族がついてくる。

目の前の優先事項に集中するべく、ゲイリーをあごで示してパリッシュに尋ねた。「それで、あなたが彼の手配を？」

パリッシュが裏口を手で示した。「外で話そう」

マディソンが立ちあがりかけたものの、パリッシュが娘の肩に手をのせた。「少し二人で話させてくれ。長くはかからない」

「パパ」マディソンが警告口調で言い、怖い目で父親を見た。

「今夜、クロスビーに暇であってほしいか、それとも仕事で忙しくしていてほしいか？」

マディソンは顔をしかめようとしたが、父親が引かないので、ついにこう言った。「できることなら暇であってほしい。だけどてっきり――」

「てっきり、なんだと思っていた？」ぽんと娘の肩をたたいて、部屋を出ていった。

この父娘《おやこ》の関係には驚かされっぱなしだ。マディソンに聞かせられないどんな話をされるのか、まるでわからないものの、とにかく歩調を合わせて通路を進み、配達のトラックが利用する路地の、広い出入り口にたどり着いた。

「きみがクロウと話す前から、今回の件はやつと関係があるとにらんでいた。ケイドも同意見だ。ウィントンのために用意した安全策をきみが受け入れてくれるとうれしい」

こちらこそ、うれしかったし、ありがたかった。警察官として生きていても、こういう人たちとは出会わなかった。犯罪者にはもちろん出会った――邪悪な人種にも、必死さから、あるいは状況に押しつぶされて、犯罪に走った者にも。警察組織にはブラザーフッドが存在していて、クロスビーはともに働く人たちを信頼し、尊敬していた。

が、パリッシュのように金と力を撒き散らせる者は一人もいなかった。

見知った世界ではないし、いまにいたってなお、簡単に受け入れる気にはなれない。

少し気が引けてきて、うなじをさすった。「なにからなにまでしてもらって。なんとお礼を言ったらいいか」

　パリッシュがじっと目を見つめた。「罪のない人たちが邪悪な人でなしに苦しめられるようなことがあってはならないという考えに同意する、と言えばいい」

　パリッシュが現状以上のことを語っているような気がするのはなぜだろう？　まるで、隠されたメッセージがこめられているような、これという知りたい答えがあるような。

　その問いにはウィントン襲撃以外のことも含まれているのだろうか？　おそらく。しかしいま、このときは、それは重要ではなかった。「言うまでもないことです」

　ふと、満足感のようなものがパリッシュの顔をよぎったように思えた。が、一瞬のことだったので、断言はできない。「ゲイリーは優秀だ。おれたち一家の仕事のことは知らないが、長いこと仕えてくれているから、今回の護衛任務も安心して任せられる」

「くそっ」クロスビーは首を振った。「私はあなたに雇われているのに、これまでのところ、してもらってばかりだ」

「それは違う。きみはまじめな働き手だ。おれが必要としているときにパートナーでいてくれた——爆破予告脅迫事件のときとかな。そして本音を言うと、うちの娘と交際することで、きみはただの従業員ではなくなった。だからこれは仕事上の義務をはるかに超えている」

「マディソンのことがあるから」

パリッシュがふと動きを止めた。「シルヴァーのこともな。仮に明日、娘がきみへの興味を失って――」

話の流れに思わず顔をしかめた。

「――きみが仕事を辞めることになったとしても、おれの顔を見なくなりはしない」

「あなたがシルヴァーに夢中だから、ですか?」

「夢中?」その表現が愉快だったらしい。「マリアンを喪って以来、これほど魅了されてとりこになって心を惹かれたことはない。おれにとってはかなりのシフトチェンジだ」路地から表通りをのぞく。「シルヴァーは、過去を打ち明けたらおれがもう会いに来なくなると思っていたんだろう」

「その効果はなかった、と」

「これっぽっちもな。むしろ彼女の勇気に敬服した」探るようにクロスビーの目を見る。「あの日、その場にいたのがきみでよかった。たいていの警察官なら手順に従っていただろうし、そうしたらシルヴァーはいまごろどうなっていたか。いっそ命を落としていたかもしれないし、そうしたらおれは彼女に会えなかっただろう」

しょっちゅう同じことを考えてきた。ふだんは〝規則どおり〟タイプの警察官だったのに、あの日だけは直感に従い、プレーブックを無視して行動した。もしもそうしていなかったら? 〝もしも〟を考えはじめると、頭がおかしくなりそうだ。「一つだけ間違っていますよ。シルヴァーは、いったん腹をくくったら、かならず道を見つける女性です。私の助けがあろうとなかろうと」それだけは断言できる。

「かもしれないな」告白のまじめな口調を振り払い、パリッシュがあらためてこちらを見つめた。「きみが彼女のためにしたこと、いまもしつづけていることこそ、理解している証拠だろう――正義にはほかのかたちがあるということを」

「ごくまれに、ですがね」クロスビーは強調して言った。ときに裏切られてもなお、警察という組織こそが正義の担い手だと信じていることは、どちらもわかっていた。

それでも今日、バージェス・クロウが雇ったごろつきの相手をしたときは、警察を関与させずに自身で手をくだした……パリッシュがしょっちゅうやるように。

最悪の偽善者と呼ばれてもおかしくない。

「ごくまれに、か」パリッシュが認めるようにつぶやいた。「ああ、そうだな。いまも残る問題だ」

問題？　今日のパリッシュはいやに謎めいている。「いいですか、いざクロウをつかまえるとなったら」きっぱり言った。「私がすべてをしきります」必要ならどんな手も厭わない。

パリッシュの顔にからかうような笑みが浮かんだ。「おれが先にしきっていなければな」

新たな緊迫感に肩がこわばり、一歩前に出た。「それはどういう意味です？」

「答えはもう知っているだろう」

指揮権をとりあげるつもりか？　やめてくれ。「クロウの狙いは私だ。やつはウィントンを使って私をおびきだそうとした。チンピラを雇って尾行させて、私の住所を突き止めようとした」

パリッシュも体をこわばらせ、意志の固さを示した。「そうなればシルヴァーも危険にさらされる」

「そこに気づいていないとでも？　そうなれば私の娘も危険にさらされるんですよ。だから私がしきってみせる」

「亀の速度の、法にかなったやり方で？」パリッシュの目が軽蔑に燃える。「警察が追いつくころには、クロウはどれほどのことをしでかしているだろうな」

二人の背後でドアが開き、マディソンがするりと出てきた。コートを着ているが、ファスナーはあげていない。両腕で自分を抱くようにして、彼女が言った。「ぼくたち、声が大きくなってきたわよ。どうしたんだろうとゲイリーが不思議がってる」

クロスビーはパリッシュから目をそらさなかった。

長男のケイドと同じくらい冷静かつ抑制が利いたパリッシュのほうは、視線を娘に移した。「どうもしない。ちょっとした意見の不一致だ」

マディソンは見るからに納得していない顔で、こちらの腕に腕をからめてきた。引きさがらせるためか？　それとも味方について父親に歯向かうため？　いや、ありえない。マッケンジー一家の互いへの忠誠心なら、これでもかというほど知っている。

おそらく、マディソンなりに口論に割って入ろうとしているのだろう。「ここは大丈夫だ、マディソン。きみは――」

マディソンがぐっとあごを引いてにらみつけてきた。「なかへ入ってろと命令しないよう、強くおすすめするわ」

最悪のときでも、この女性はほほえませてくれる。「そんなことをしようとは夢にも思っていない。きみは心配しなくていいと言うつもりだった」

「あら。それなら……よかった」マディソンが二人にほほえみかけた。「意見の不一致って、なんのことで？」

パリッシュが言った。「最適な対処法のことで、だ」ちらりと娘を見て、つけ足す。「おれたちのやり方か、彼のやり方か、話し合っていた」

「そう」穏やかな口調だが、クロスビーはだまされなかった。マディソンが問う。「で、話し合いの結果は？」

「そろそろ仕事に行く時間だ」とっくに向かっているべきだったが、パリッシュとの話が思わぬほうへ転がっていた。

「そうなの」マディソンは男性二人を見比べながら、どっちつかずの態度をとっている。

彼女にしてはめずらしい。「それで、今夜は？」

「今夜、おまえたちは一緒に食事をする」パリッシュの笑みはこわばっていた。「予定どおりにな」

「しかし、ウィントンの様子を見に来ないと」クロスビーは言った。

「仕事を早めに切りあげてそうしろ」パリッシュが独裁者然として言う。「まあ、すべては手配済みだがな」

いったいどういう意味だ？「すべてというと？」

「バーナードがフェットチーネを料理中で、六時にここへ持ってくる。ウィントンの様子もおれに知らせることになっている」

「ミスター・マッケンジー、別になにもかもをしきらなくていいんですよ」とはいえパリッシュのことだから、しきらずにはいられないのかもしれない。当然のこととして。こちらがそうであるように。

それならどうして恩知らずな態度をとれるのか？　おそらく、パリッシュがなにか企んでいるらしいのを察知したからだろう。

「そのころには、きみもウィントンの様子を見終えているだろう」パリッシュが片方の肩をすくめた――クロスビーの苛立ちなどどこ吹く風で。それでも、こう言ったときの目には理解があふれていた。「ウィントンとは馬が合いそうだが、まだ会ったばかりだ。もしなにかあれば、彼も直接きみに連絡するんじゃないか」

「そうするよう、伝えておきます」

「それに」パリッシュが続けた。「おれも今夜は予定がある」

「予定？」マディソンが不思議そうに尋ねた。

パリッシュが言う。「その話はあとだ。クロスビーが言ったとおり、彼は仕事に行かなくてはならん」

マディソンがふうっと息をついた。「パパたちが格好をつけるのをやめてくれるなら、今夜のディナーの約束がまだ有効なのかどうか、わかるんだけど」

これにはパリッシュも黙った。それどころか、しばしクロスビーを見据えてから建物のなかに入っていった。

クロスビーはそれに感謝しつつ、マディソンのあごをすくってキスをした。「今日は一日、用心すると約束してくれ」

「わたしはいつでも用心してる」

「マディソン……」

彼女がほほえんだ。「だけど今日は特別に用心するわ。それでどう？」

この女性にしては大きな譲歩だ。「ありがとう」

「あなたも同じことを約束して」マディソンが言う。「それが公平というものよ」

長くつややかな髪を撫でおろし、一房つまんで掲げると、その香りを吸いこんだ。いろいろなことを想像しながら。欲しながら。「ついにきみと二人きりになれるまであと一歩なんだぞ。絶対に無謀な真似はしないと誓おう」

美しい榛色の目が輝いた。「何時に行けばいい？」そっと尋ねる。

「このままなにごともなければ、六時。それなら帰りにここへ寄れる」もう一度、キスをした。「今日のきみの予定は？」

「わたしたちを尾行してたおばかさんたちからあなたが取りあげた携帯で、少しのあいだ忙しくなりそう」

表情を探り、かすかな罪悪感のようなものを見つけて、なにかあると察した。「それから？」

マディソンは目をそらさなかった。隠し事をしていても、目をそらすのはマディソンの流儀ではないのだ。「バージェス・クロウのおおまかな潜伏場所がわかったかもしれない」こちらがすぐさま抗議しようとするのを、声を張って制した。「決定的なことはなにもつかめてない。まだ調査中だし、はっきりするまでは、あなたにできることはない」

「詳しく教えろ――」

「クロスビー」指先で唇に触れた。「あなたもわたしも、今日はやらなくちゃいけないことが山積みでしょう。わたしは全力でクロウを見つけようとしてる。本当よ。いまはそれで満足できない？」

彼女を見て、触れることで、ずっと胸のなかで燃えていた怒りがようやくやわらぎはじめた。これでは強情になれない――こんなふうに見つめられては。信頼と、さらに多くのものをたたえた、きらめく瞳に見つめられては。

マディソンがいることで気持ちが静まったとしても、怒りが消えてしまうわけではない。消えるのは、クロウの件が完全に片づいたときだ。

もしかしたら、自分もパリッシュとそう変わらないのかもしれない。

だが、マディソンへの接し方は別でありたい。「きみに強制するつもりはなかった」安堵で表情がほころんだ。「ありがとう」唇に、あごに、のどにキスをする。「そろそろ行きましょう。わたしが理性を失って、この寒い路地であなたを食べちゃうことにする前に」

こんなときに信じられないが、笑ってしまった。

その理由一つで、マディソンこそ運命の人だとわかった。

クロスビーにとって間違いなく、史上もっとも長い一日だった。職場ではトラブルに次ぐトラブルで、一人が風邪で病欠の電話をよこしたかと思えば、別の一人は前夜に子どもたちとそり遊びをしている最中に怪我をしていた。

これらを解決しつつ、遅刻したぶんを取り戻そうとしながらも、チンピラどもから取りあげた運転免許証を頼りに情報を拾っていった。これまでのところたいしたものは見つかっていないが、追ってみたい手がかりはいくつか集まった。

帰宅したときには、マディソンが訪ねてくるまで残り十五分に迫っていたため、急いでシャワーを浴びてひげを剃り、普段着に着替えた。

加えてディナーは永遠に続くかに思えた。自分もマディソンも、そのあとのことを期待しつつ緊張していたが、二人とも真正面からハリーの相手にとりくんだので、幸い娘はなにも怪しまずにいてくれた。シルヴァーと二人で後片づけをするあいだ、マディソンはハリーと塗り絵をする時間までもうけた。

そろそろお開きに、と言いだしたのはシルヴァーだった。ハリーをお風呂に入れてから、〝女の子だけの秘密の時間〟を二人で過ごすと宣言したのだ。そして、マディソンとクロスビーを文字どおり追い払った――ハリーはそれに加勢した。ハリーの足の爪用にシルヴァーが紫色のきらきらネイルを選んでくれたらしく、娘は待ちきれないのだった。

本当に、シルヴァーには感謝してもしきれない。

そして、ついに、ようやく、とうとう、マディソンとキッチンで二人きりになった。こちらはドアを入ってすぐのところに立ったまま、彼女がブーツを脱いでコートを取り去るさまを眺めていた。

マディソンがちらりとこちらを見た。「そこに立ってるだけなのには理由があるの？」

「いまこのときを楽しんでいる」視線で彼女を愛撫《あいぶ》しながら自身もコートを脱いで、裏口のそばのフックにかけた。「きみほどまぶしい女性はほかに知らない。そのまま着ているものを脱いでいきたいなら、続けてくれ。ブラインドは今朝、すべて閉じておいた」

ゆっくり浮かんだ笑みに焦がされる気がした。「あなたのキッチンで裸になってほしいの？」

「ノーと答えると思うか？」

マディソンが笑った。「それなら残念ね。わたしはあなたの寝室へ行くつもり。二人とも裸になったときには、そばにベッドがあってほしいの」言いながらもう歩きだす。

セーターを脱ぎながら。

期待に体がこわばるのを感じつつ、あとを追った。

歩く姿を見ているだけで興奮させられた。少し気取った足取りでスリムな腰を揺するものだから、こちらは固くならないわけがない。マディソンは寝室に入ると振り返り、脱いだセーターを椅子に放った。続いて靴下を脱ぎ、それも椅子に放る。

「続けろ」

「そのつもりよ」目を見つめたまま、体にぴったりしたジーンズのホックをはずしてファスナーをおろし、両手の親指をウエストに引っかけて、おろしていった。

目をそらせなかった。手探りでドアを閉じてそこに寄りかかる。結末がわかっているから、どうにか辛抱することにした——このショーを余すところなく楽しめるように。

スキニージーンズが膝で引っかかると、マディソンはベッドに腰かけて、右脚をこちらに伸ばした。「ちょっと手伝ってもらえる?」

もともとシャイな女性ではないが、いまはことさらに大胆というわけでもなかった。演技も嘘もない、ありのままのマディソン。することすべてにおいてリラックスしており、当然ながら自信に満ちていて、欲しいものを堂々と表明し、遠慮なくそれを追い求める。

とびきりセクシーなそのさまに、自分でも閉じこめていると思っていなかった部分が解き放たれる気がした。動きが速すぎるのでは、遅すぎるのではと案ずる必要もない。もしもこちらの差しだしたものがマディソンの希望と違っていれば、そう言ってもらえるとわかっているから。

足首をつかむと、マディソンが目をうっとりさせて体を後ろに倒し、両肘をついた。髪が流れるように落ちて、ブラに包まれた胸のふくらみが完全にあらわになる。

そのブラときたら——肌とほぼ同じ色で、レースの縁取りがついており、透けそうに薄い。パンティは揃いだが、そちらはさほど透けておらず、まるでお楽しみをじらすかのようだ。

ぴったりしたジーンズをやすやすとおろして、幅の狭い足から抜き取ると、マディソンが片方の眉をあげた。「どこでスキニージーンズの脱がせ方を覚えたの？」

娘がしょっちゅう穿いている、とは言えなかった。きみと違ってハリーはつま先を伸ばして協力してくれないんだ、とも。代わりに、つかんでいた脚を床の上の、先ほどより開いた位置におろし、逆の足首をつかんで同じ作業をくり返した。下着だけでベッドに仰向けになり、脚を広げて、深い呼吸のたびに胸のふくらみを上下させるさまを見ていると、体が発火しそうになってきた。

美しい体から目をそらさずに、脱がせたジーンズを床に落とした。左右の膝をつかんでもう少し脚を開かせてから、一歩前に出る。

マディソンが息も絶え絶えに言った。「待って。わたしもあなたが見たい。服を脱いで」

両手の指先で太ももの内側を行ったり来たりした。「先にきみをしあげよう。そのほうが安全だ」

「わたしを、しあげる？」

しきりたがり屋の女性にしては、めずらしく不安気な声だった。気に入った。彼女の土台を揺るがしたのだと思うと喜ばしかった。二人だけのときは別人になるのだとわかるとうれしかった。

この女性のすべてが……愛おしかった。

お腹のやわらかな肌をベルトで傷つけてしまわないよう用心しつつ、のしかかった。片手で頭を抱いて唇を重ね、熱く、激しくキスをする。ぎりぎりまで駆り立てたかった。

こちらはとっくにぎりぎりだ。

左の胸のふくらみを手で覆ってまさぐり、みずみずしい張りと、とがったいただきの感触を薄い布越しに味わう。

ブラのフロントホックは難なく開いたので、布地を押しのけ、ざらついた手のひらでじかに触れた。

マディソンがますますしがみついてきて、負けじと熱烈に舌をからめてきた。長い脚の片方をあげて腰にこすりつけてくるので、二度、三度と腰を揺すってやると、うめき声が聞こえた。しっかりしなくては。あっという間に終わってしまう。

唇を離し、ほてったのどをキスで伝いおりて、絹のようになめらかな肩にいたるあいだも、親指で胸のいただきを転がしつづける。肩から先は軽く歯を立てておりていき、繊細な胸のふくらみに到達した。

マディソンがぴたりと動かなくなり、息さえ止めたが、心臓だけは激しく脈打っていた。あまりにもいいにおいなので、こんもりした胸のふくらみにたまらず鼻をこすりつけ、少しずつ、少しずつ、いただきに近づいていった。

興奮に、マディソンの呼吸が速くなる。

緊張が高まっていくのを感じながら、わざと時間をかけた。彼女の求めているものはわかっていたが、じらせば悦びが増すこともわかっていた。

髪にもぐってきたマディソンの指が、早くしてと急かす。

そんな彼女ににやりとして……バラ色の輪郭を舌でなぞった。

「クロスビー」かすれた声が要求する。

そこでついに胸のいただきを口に含み、やさしく吸った。

たちまち反応が起きた――マディソンは体を弓なりにして、強い脚をこちらの腰に巻きつけ、髪をわしづかみにした。

空いているほうの手でもう片方の胸のふくらみを撫で、そっと先端をつまんで、引っ張っては転がした。

「ああ、すごい」

「リラックスしろ」髪をつかむ手をほどかせて、頭の両脇に押さえつけた。まぶたはなかば閉じていて、唇は腫れて湿っている。「きみを」ささやくように言った。「堪能させてくれ。気持ちよくさせてくれ」

私のものにさせてくれ。

きれいな鼻腔《びこう》が広がって、マディソンが深く息を吸いこんだ。唇を舐めて、ついにうなずく。なにも訊かずに。

「リラックスできそうか？」

「まさか」自分をつなぎとめるがごとく、頭の下の枕を両手でしっかりつかんだ。「でもじっとしてるわ」

「いつだって正直。「それでじゅうぶんだ」唇を重ね、試しに短くしっかりキスをしたが、マディソンは枕をより強くつかんだだけだった。

枕カバーがちぎれるのではないだろうか。そうなったらおもしろい。

わずかに横へ移動し、あらためて胸のふくらみをかわいがることにした。左右のいただきを舐めては、そっと歯を立てて、引っ張り、しゃぶる――そうしているとついにマディソンがのけぞって目をぎゅっと閉じ、腰をくねらせはじめた。

手のひらをお腹に押し当てて、なだらかな曲線や引き締まった筋肉、腰のくびれを味わう。片方のいただきを激しく吸いながら、片手を極小のパンティのなかに滑りこませた。

マディソンが見せた反応はあまりに激しく、そのままベッドから転がり落ちるのではと思った。これまた気に入った。完全にみずからを解き放ち、抑えることもしないとは。

秘めた部分はすでにしたたるほど潤っていて、熱を帯びたひだのあいだを指はやすやすと滑る。手のひらで覆ってみると、脈打っているのを感じた。

欲望がさらに燃えあがる。が、それだけではない。欲望なら感じたことがあるものの、あれとマディソンとのこれとでは、小雨と竜巻ほども違う。

脇腹をそっと噛みながら、人差し指で貫いた。マディソンは逃がすまいとするかのように、しなやかな筋肉で指を締めあげた。

セックスへのプレリュードとして指を動かし、クライマックスに高めていく。震えを感じたとき、もう一本、指を加えた。

二人はベッドの端にいたので、貫くのは容易だったが、それもマディソンが片足を床についていて腰を浮かせるまでのことだった。

体で押さえつけ、また腰を戻す。

「もっと」マディソンがささやくように言った。

ああ、もちろんもっと与えるつもりだ。もっと、もっと。だがその前に……。指を引き抜いて体勢を変え、マットレスからおりて彼女のパンティを剥ぎ取った。

一糸まとわぬ姿にさせてしまうと、開いた長い脚のあいだに陣取った。

マディソンが唇を噛んで天井を見つめ、肩で息をする。

ああ、そんなきみが大好きだ。

見つめたまま、脚を肩にかついで身を乗りだした。これでマディソンは完全に無防備になったが、この女性を非力だとは思わない。私のマディソンは、並の男三人を合わせたよりも有能だ。

そんな彼女がいま、ここにいる。なぜならここが彼女のいたい場所だから。

その意味するところに気づかないわけがなかった。

潤った部分にそっと息を吹きかけると、息を呑む音が聞こえた。指先を這わせ、ひだを分かち、ふたたびゆっくり貫いていく。引き抜きながら手首をひねり、またひねりながら貫く。それを何度もくり返しているうちに、指はすっかり露にまみれた。

美しい首が弧を描き、胸のいただきは薄紅色に染まってすぼまる。

自分の指の動きと、ピンク色に濡れた部分を見つめていると、もはや一秒も待てなくなってきた。秘めたつぼみに舌を這わせて自身の指の周りを舐め、彼女の味と香りを堪能した。

マディソンが深くかすれたあえぎ声を漏らし、両手でシーツを握りしめた。

完璧な反応。もう一度、舌を駆使した。今回はさらに技巧を凝らして、つぼみを何度も転がし、こすって、いたぶる。

すらりとした太ももに肩を締めつけられ、香りがいちだんと高まった。

視線をあげて、張り詰めた体を眺めた。「いますぐイかせたい」

震えるうめき声が返ってきた。「イかせて、お願い」

自身の心臓も激しく打つのを感じながら、口を押し当ててそっと吸い、舌で翻弄しはじめた。指二本はうずめたまま、少し曲げて肝心なスポットに触れる。

極上に美味で、何時間でも味わっていられそうだったが、マディソンのほうはそうはいかなかった。あっという間にのどから叫び声を漏らし、体をわななかせた。

それでもまだ攻撃を緩めなかった。そのまま悦びを与えつづけていると、ついにマディソンがすべて出し尽くしたすすり泣きを漏らした。

激しく速く呼吸しながら、肩にかついでいた脚をおろして立ちあがってみると、マディソンは骨を抜かれたようにぐったりしていた――いまにもベッドの端から滑り落ちそうに。こちらは欲求でかちこちでありながら、同時にそこはかとなく愉快な気分という、なんとも不思議な状態だった。

「少し楽な姿勢になろうか」

マディソンはなにやらつぶやいたが、なんと言ったのかは聞き取れなかった。

体の下に両腕を挿し入れて抱きあげ、ベッドにきちんと横たえてから、一歩さがった。彼女がそこにいることがひどく正しく思えた。

こういう彼女を見るのも悪くない気がした。毎朝、毎晩、もしかすると今後一生。

マディソンがとろんとした目を開けてため息をついた。「復活するまでちょっと時間がかかりそう」

「そうか」つま先を引っかけて靴を脱ぎ、靴下をおろしてから、クローゼットに運んだ。マディソンの服は部屋中に散らかっていた。

振り返ると、マディソンが両腕を後ろに突っ張って上体を起こしていた。こちらをあごで示して言う。「さあどうぞ」

「超特急で復活したな」

「もしもし？　あなたが服を脱ごうとしてるのよ？　寝て過ごすと思う？」

そんな格好を見せられたら——背後に両手をついて片脚を曲げられたら——股間はうずきっぱなしだ。

「ほら」マディソンが急かす。「早く」

「きみは服を脱ぐのがとてもうまいから、代わりに脱がせてもらおうか？」

その言葉にマディソンの目がきらりと光り、みずみずしい唇はゆっくりカーブして、やる気満々の笑みが浮かんだ。「いい考えね。楽しそう」

おっと。なぜか、たいへんな間違いを犯してしまった気がした。

15

　クロスビーがじっとしていると、ベッドの端に腰かけたマディソンに、はっきりした意図をたたえた目で見つめられた。熱を帯びたその視線は全身を舐めまわし、肩や胸板、腿で止まったあと、ジーンズの前開き部分に到達した。

　脳みそは落ちつけと命じたが、股間はまったく言うことを聞かなかった。

　マディソンが立ちあがって近づいてくる。捕食者の優雅さとみだらな約束を絵に描いたような姿だ。ここから先は一気に駆け抜けることになるだろう。ずっとわかっていた。だからこそ、まずは確実に彼女を悦ばせたかったのだ。待ちわびて、じらされて、マディソンという世にも独特な女性に刺激され、もっているはずの自制心など吹き飛ばされた。

　マディソンが無言のまま、両手を胸板に押し当てて肩まで撫であげ、感触を味わって、知っていく。指を広げて体のサイドを撫でおろし、腹筋にいたった。「すごくスタイルがいいのね」

　こんなことをされながら、なにげない会話を交わすなど不可能だ。こうやって主導権を奪おうとしているのだろうし、もちろん渡してもかまわない――

次のときは。

「じらす必要はない、マディソン。もうぎりぎりなのはわかっているだろう。服を脱がせたいのか、脱がせたくないのか」

「脱がせたい」あのやわらかな手がシャツの裾からもぐりこんできて、見えないところで脇腹の筋肉を探り、欲望でこわばった腹筋を撫でる。手がふたたび上へ向かうと、シャツが肩までたくしあげられた。「腕をあげて」

望むところだ。両腕をあげ、脱がせやすいように少し前かがみになった。

マディソンがつま先立ちになって首から引き抜いたシャツを、あらわな胸のふくらみの前で掲げて、尋ねた。「クローゼットにつるさなくちゃだめ？」

いま、そんな布きれのことが気になるとでも？　答える代わりに、彼女の手から奪って部屋の向こうに投げ捨てた。

マディソンがほほえんで、のどにキスをする。とがった小さな歯が肌をかすめ、両手が大胸筋を這いまわる。「初めて会ったときからこんなふうに触れたかった。水着姿のあなたを見たあとは……毎晩あなたの体を思いながら眠りについたわ。わたしの上に重なってるところを思いながら」

「それはきみだけじゃない、ベイビー」長い髪に手をもぐらせて引っ張り、上を向かせる。

「寝ても覚めてもきみのことを考えている」考えるべきではないときまで。

「うれしい」マディソンが言い、同時にベルトをはずした。

二人の視線が出会った。

ファスナーがおろされる音で、緊張が一気に高まる――と、もう彼女の手はそこにあって、ボクサーパンツのなかに滑りこみ、そそり立ったものを包んでいた。

呼吸に集中した。

ぎゅっと握られて、歯を食いしばる。

根元から先端まで撫であげられて、肺から酸素が消えた。

「たっぷりじらすつもりだったの」マディソンが言う。「やられたことをやり返すのは、卑怯でもなんでもないでしょう？　でも、どうしようかな。こうして触れてしまったら、欲しくてたまらなくなってきたわ――今度はあなたのすべてを。いますぐに」言うなり両手を尻に回してボクサーパンツをぐいとおろしたので、下までさがってきた布を蹴って脱いだ。鑑賞しようとマディソンが一歩さがり、股間のものを凝視する。

限界が近づいてきたのを感じて、彼女の肩をつかんで回れ右させた。「ベッドに入れ、ベイビー」クローゼットに歩み寄り、買っておいた新品のコンドームの箱を取りだした。

マディソンがすばやくベッドカバーを剥ぎ取ってから、マットレスの真ん中に飛び乗った。さっと髪を後ろに払い、枕を抱きしめて、こちらを見つめる。

マディソン・マッケンジーが、生まれたままの姿で、ベッドで待っている。

これ以上のことがあるだろうか？

コンドームのパッケージを破くなり、記録破りのスピードで装着した。マットレスに片方の膝をついたと思ったらもうマディソンがキスしはじめて、熱烈に、性急に、たぐり寄せられた。

そこからは熱狂そのものだった。唇と唇が睦《むつ》み合い、手はいたるところに触れて、舌は探り、肉体はぶつかり合う。主導権のことを考えるのはやめた。きっとマディソンもやめている。

二人は本能のままに動いた。切望に、あるいはそれ以上のなにかに導かれるままに。

マディソンが腰にまたがってきた。その腰をつかんで寝返りを打ち、こちらが上になると、しなやかな脚が腰にからみついてきた。攻められるかたちになっても気にしていないようだ——胸板と肩にキスの雨を降らせつづけているのを見ると。

二人のあいだに手を入れて、秘めた部分を分かち、位置を整えてから貫いた。

肩に歯が、背中にかかとが食いこむのを感じる。

激しく呼吸しながら尋ねた。「いいか？」

しがみつかれているので顔は見えなかったが、うなずいたのはわかった。

体勢を変えて、もっと奥まで沈めた。

マディソンがあえぎ、さらに受け入れようと腰の角度を変える。

二人一緒に築いた抜き挿しのリズムは徐々に高まっていき、一突きごとにより激しく、速くなっていく。やがて、ついに絶頂の波が近づいてきた。

幸い、解き放たれる数秒前に、マディソンが悲鳴をあげて二度めの激しいクライマックスを迎えた。全身を弓なりにして、熱く濡れた部分でこちらを締めあげる。

ああ、仮にまだ絶頂が近づいていなかったとしても、これが決め手になっていただろう。やわらかな首筋に顔をうずめて、自身を解き放った。


二時間と三度の絶頂のあと、マディソンは自分の正しさを証明された気分だった。クロスビーとの行為がどんなものになるか、ずっとわかっていた。これでやっと、拒絶されてもあきらめようとしなかった理由が彼にもわかったはずだ。

液体になってしまった筋肉をどうにか動かして、仰向けになっていた体を横向きにし、クロスビーを見た。目は閉じて、黄色がかった茶色の髪は乱れ、ほれぼれするような体をさらけだしているさまは、意識がないように見えた。

「眠ってるの？」そっと尋ねてみた。

「おそらく死んでいる」そんな返事に思わず笑うと、クロスビーが片目を開けてこちらを見た。「こら。遠すぎるぞ」

「はあい」ぴったりくっつくと、当たり前のように体に腕を回された。体と体がいとも完璧に寄り添うのがうれしかった。「疲れたでしょう」夜明け前にたたき起こされて、しんどい一日を過ごしたはずだ。

胸毛に心誘われて、手のひらでそっと撫でた。なんてすてきなんだろう。くっきりした大胸筋に、広くてたくましい肩。二の腕はもはや芸術品だ。それにお腹は平らで――頭のてっぺんにキスされた。「自分は疲れていないと言いたいのか？」

「だって、あなたは夜明け前から動きだして、ペースダウンするきっかけもなかったでしょう。それに経験から知ってるの、大事な人を心配してると体力を奪われるって」いつでも兄たちと父を心配しているが、本人たちにそれは言えない。侮辱と受け止められるだろうから。

いま、そこにクロスビーが加わった。この男性が大好きだ。彼のすべてが好き――愛の営みも、この胸にかき立てられる思いも。だからこそ、心配する気持ちは抑えられない。とりわけ、バージェス・クロウがどこかにひそんでいて、トラブルを起こそうとしているとあっては。

「忙しい一日だった」クロスビーが認める。「だがウィントンの怪我は治るし、きみのお父さんのおかげでこの先は安全だ」しばし黙ってから、マディソンを引き寄せて上に重ならせ、ウエストにゆったりと腕を回した。「なにを考えている？」

「あなたとの行為は思っていたとおり、なにもかもすばらしかったって」なぜなら、あなたがすばらしい人だから。

クロスビーが指先でのんびりと背筋を上下に撫でる。「きみは間違っていなかった」指先をさらに下へ向かわせて、ヒップの片方の丸みを手のひらで覆った。「マディソン、きみには度肝を抜かれる。いつもそうだ。きみと出会うまで、だれかと深い関係になるなど想像もできなかった。ハリーを育てて、ふつうなら首を傾げられるだろうシルヴァーとの共同生活があって、仕事は忙しくて、デートをする時間はあったためしがないし、深い関係などもってのほかだった」

ぎゅっと抱きしめて言った。「わたしのために時間をつくってくれて、本当に、本当にうれしい」

「私生活について、だれにも話したことはなかった。シルヴァーを見ればだれでも誤解するだろうに、きみはしなかった」

首を起こして彼を見つめた。「あなたは困ってる女性につけ入るような人じゃない」

ゆっくりと満足の笑みが浮かんだ。「いつでも善人扱いしてくれて、うれしいね」

「善人扱いじゃないわ。実際、尊敬できる人だもの。すぐにわかった。パパもケイドもレイエスも、ちゃんとわかってる」

「きみのお父さんは」クロスビーが言う。「シルヴァーに夢中だ。それで見方が偏っているのかもしれない」

マディソンもにっこりして、また彼を抱きしめた。「夢中なのは事実よ。でも、そのことあなたの評価は関係ない。わたしと同じで、パパも人を見る目があるの」

それを聞き流して、クロスビーがちらりと時計を見た。「明日の予定は？」

マディソンは心のなかで顔をしかめた。言わなくてはいけないとわかっていても、まだ心地よいセックスの余韻を手放したくなかった。時間を稼ごうと、うながした。「あなたから言って」

大きな手でヒップを愛撫しながら、親指で肌に円を描く。「そうだな。まずは午前中にウィントンの様子を見に行って、オーウェンががんばっていることをたしかめる」

胸板の上で腕を重ね、色濃い目を見つめていると、このまま一生こうしていたい気にさせられた。クロスビーとのあいだには、強いつながりを感じる。彼も同じように感じているだろうか？「そのあとは？」

視線が出会った。「クロウに関する情報がないか、さらに深く調べるつもりだ」

ああ。頭のなかでいくつかの筋書きが入り乱れた。どれも楽しいものではない。「具体的には、どうやって調べるつもり？」

「何年も警察官として働いてきた。私なりのやり方がある」

そうだろうけれど、そんなあいまいな答えではいくとおりもの可能性が残る。二人は情報を共有して、一緒に計画を立てるべきなのに……わたしはそうしていない。クロスビーは鋭いから、それに気づいてもおかしくなかった。だから彼も腹を割らないのだろうか？だとしたら、原因はほかならぬわたしだ。

おずおずと、なるべくスムーズに切りだそうとして、言った。「ねえ、危険を招くかもしれないと思わない？　もしそれぞれの作戦が……かぶってしまったら」なお悪いことに、クロスビーと家族が同じ場所を嗅ぎまわったら。「あなたはわたしたちの正体をばらしたくないだろうし、それはお互いさまでしょう？」

「秘密は明かさないように気をつける」なにかを待っているかのごとく、じっとこちらを見つめる。「きみもだろう？」

心の内まで見透かすような目に、時間切れだと悟った。

もどかしさと不安がせめぎ合う。今夜はクロスビーとの関係をたしかなものにするひときにしたかったのに、いまは追い詰められた気分だった。とはいえ、トラブルは避けない主義だ。むしろマッケンジー家の人間らしく、正面から向き合う。

ため息をついて言った。「怒らないでほしいんだけど」

クロスビーはまたほほえんだが、その目は笑っていなかった。「がっかりしたと告げる気か？」指先で髪を撫で、そっと耳にかける。

「ばか言わないで、クロスビー。がっかりなんてするわけないでしょう」それは彼もわかっているはずだし、となると、こちらが隠し事をしているのに気づいているということだ。だからこその、腹を割っていない雰囲気。

「それなら、なぜ怒らないでほしいと言ったのか、説明してくれ」片手を肩にのせて、じっと目を見つめた。

マディソンは深く息を吸いこみ、覚悟を決めた。「クロウのおおまかな潜伏場所がわかったと言ったのを覚えてる？　交通監視カメラの映像で見つけて、そこから範囲を絞っていったの」

クロスビーは動かなかったが、表情は変わった。ぬくもりが消えて、親密ささえ薄れた気がした。

それでもマディソンは先を続けた。「明日の朝、わたしたちは――わたしと家族は――そのあたりを探って、クロウの正確な居場所を突き止められるかどうか、やってみるつもり」

クロスビーは微動だにせず、もはや石像のようだった。漆黒の目が狭まり、あごの筋肉が引きつる。「それはいつ決まった？」

「昨日の夜に」怒りの芽生えを見て取って、急いで説明の続きをした。「今朝、そのあたりを調べるはずだったんだけど、いざ確認したら近くで道路工事をやっていて、作業員がたくさんいたから危ないと判断したの。延期することにしたあと、ウィントンが襲われたと知って、それで――」

「くそっ」クロスビーが低い声で言い、肩を両手でつかんで脇にどかせた。

わたしから離れたいのだ。

「ごめんなさい！」ベッドから出てほしくなくて、必死にしがみついた。

手荒な真似はしたくないのだろう、クロスビーがまた動きを止めて、凍りついた。「離せ」

「いや」腕になお力をこめた。スリムでも軟弱ではない。「あなたにも離してほしくない」

「それはいったいどういう意味だ？」間を置かずに続ける。「そんなことをなぜ黙っていた？」あごをあげた。「やつが私の家族を脅《おびや》かしているのは知っていただろう。私の娘が危険にさらされているかもしれないと知っていただろう。それなのに、教えるべきだと思わなかったのか？」ユーモアを欠いた笑いを漏らす。「なんともたいした《ファッキング》パートナーシップだな」

ひどい言葉でも、むしろ歓迎だった。いっそ怒りを爆発させて背を向けられてもおかしくない。「どうすればよかったの！」声の震えに腹が立った。こんな弱さを見せたことは一度もなかった。「あなたとパパの板挟みになりたかったと思う？　言っておくけど、なりたくなかったわ」彼の腰の両脇に膝をついて上体を起こし、険しい顔で見おろした。

「マッケンジー家にはマッケンジー家のやり方があるの」

クロスビーは静かに怒りをたぎらせていたが、出てきた声は落ちついていた。「そのやり方には、私に嘘をつくことも含まれているのか？　私を排除することも？」

「わたしが決めたことじゃないわ」

「だとしても、従った」咎めるように言う。

「待ってよ」両腕を投げだして言った。「わたしはこうして説明しようとしてるのに」あなたに教えたと知ったら父が激怒するのに。

「そうだな。求めているものを手に入れるまでは先送りにしていたようだが」

これにはかっとなった。「あなたのことを言ってるなら、ええ、たしかに求めてたわ。ばかみたいにわかりやすかったはずよ」

クロスビーが片手で顔をさすった。「それで、これからどうなる？　パリッシュはクロウを消すつもりなのか？」眉根を寄せた。「そのことも私には知らされない予定だったのか？」

怒りからそんなことを言っているのだとわかっていても、鋭く返してしまった。「ほらね？　そういう態度がパパを慎重にさせたのよ」

「私をクロウ事件の責任者に指名したのはパリッシュだ」

「それは、犯人がクロウだとわかる前の話でしょう。動機が個人的な恨みだとわかる前のこと。狙われているのは自分だけだとパパが思ってたときのこと」どうにか理解してほしくて、口調をやわらげた。「いまはもう、すべて変わってしまった」

鋭い目を向けられた。「ああ、そうだな」またしても、押しのけようとする。

そうさせまいと、たくましい肩をつかんで離さなかった。「パパは心配してるだけ。あなたが型どおりに進めようとして、クロウに逃げられるんじゃないかって」

「なるほど」苦々しげに見つめる。「こんな無能野郎には、ろくでなしをつかまえることなどできない、と」あごの筋肉が引きつる。「いまになってそれを言うのは、邪魔をしてほしくないからか――どんな表現だったかな？　きみたちの作戦とかぶっては迷惑だ、どじって正体を明かされては困る、だったか」

ああもう、どうしてそんなに強情になるの？「そこまでは言ってないわ」

「心配するな、マディソン」たっぷり軽蔑をこめた口調だった。「マッケンジー家の働き方なら理解している」

ますます腹が立った。「理解してるもんですか！　わたしたちを観察して、評価したんでしょうけど、いいことクロスビー、あなたはその場にいなかった！」恨みが胸のなかで渦を巻いた。そのすべてがクロスビーに向けられているわけではないし、それがわかっているから、必死に声を落とした。苦悩に満ちたささやき声で言う。「あなたはなに一つ、じかに見ていない」

クロスビーの手に肩をつかまれて、仰向けで押し倒された。

もう言い争うことに疲れていたので、されるがままに身をゆだねた。

クロスビーは体の一部だけを組み敷いて、目でじっと顔を探った。やがて、そこになにを見たにせよ、険しかった表情がやわらいだ。

「やめて」マディソンはこみあげるものをこらえた。「急にやさしくなって理解を示したりなんかしないで、わたしが……」

「きみが、なんだ?」片手で頬を包む。「人間だから?」

「女だから!」

それで怒りの最後の一滴が消えたかのように、クロスビーの口元に笑みが浮かんだ。

「知らなかったなら教えてやろう、ベイビー。きみが女性だということにはかなり前から気づいていた」

「そういう意味じゃないってわかってるでしょう。思わないでほしいの、女だからってだけで……いろんなことに圧倒されると」

「だれでもときには圧倒される。女だろうと男だろうと」

わたしの家族は別。

「そんなにもどかしく思う理由もない」

もどかしさは、感じているものの一部でしかない。「そうね。だったら認めて、あなたもわたしを求めてたって」

「それはいま関係ないだろう」

「あなたがもちだしてきたのよ。求めてるものを手に入れるまでは先送りにしてたって責めたじゃない。だけど――」

「悪かった」今度は両手で頬を包んだ。「きみの言葉で動揺した」

「そうよね……ごめんなさい」

うなずいて受け入れ、クロスビーが言った。「なら教えてくれ。マッケンジー家はもう決めたのか？　クロウを殺害すると」

「ええ？　まさか！」押しのけようとしたが、クロスビーはびくともしなかったし、もちろん乱暴な真似はしたくない。

そして正直に言うと、怒って出ていくことができなくて助かった。

不満をこめてつぶやいた。「どうやらあなたは自分で思ってるほど、わたしたちをわかってないみたいね」

「同じ言葉を返そう」目で目を探る。「私にはいつでも、どんなことでも話してくれていい」

これで話は終わりという口調でもなかった。希望を胸にマディソンはうなずいた。「わかったわ」こちらが感情を爆発させてもそこまで平然としていられるなら、わたしだってできるはず。

クロスビーはしばし観察を続けてから体を起こし、ベッドの脇に腰かけて、両手を膝についた。

その背中を見つめた。背骨のくぼみと、肩の筋肉と、脇腹を。

わたしのもの。

彼がどんなにどなって文句を言って、好きなだけ怒ったとしても、真実は変わらない。この男性はわたしのもので、わたしは絶対に手放さない。

さりげなさを装って何度か深呼吸をし、次になにを言うかを考えた。

「ウィントンの店まで尾行してきたチンピラの運転免許証がある」クロスビーがこちらを見もせずに言った。「そこから始めるつもりだ」

「ええ?」いきなりぽんと言われたので、うまく受け止めきれなかった。いまのは彼なりの、和解のしるし?

クロスビーは同じ言葉をくり返すのではなく、こう言った。「チンピラの一人が変わった名前を口にした。ストリートの情報屋には私もそれなりに顔が利くから、そいつが何者なのかはじきにわかるだろう」

息を呑み、両肘をついて上体を起こした。「どれもこれも聞いてない!」

クロスビーがちらりと振り返り――全身を眺めた。「どうやらお互い、隠し事をしていたようだな」

その表情に胸が締めつけられた。たしかにまだ怒っているけれど、氷はもう溶けていた。ささやくようにそっと言った。「あなたにはすべて話したかった。だけどパパが……慎重で。パパにとってはすっかり個人的な事件になってしまったから、クロウが将来的にも脅威にならないようにしたかった──しなくちゃいけないと考えたんだと思う」クロスビーがなにも言わないので、続けた。「パパはあなたにも話したかったはずよ。というより、きっと話してたはず」最終的には。

クロスビーがもどかしさを漂わせ……片手で髪をかきあげた。「くそっ」また言ったものの、今回は怒りのとげをはらんでいなかった。

「わかるわ」本当に。お願いだから、これでわたしとの関係をあきらめたりしないで。

驚いたことに、クロスビーがこちらを向いてとなりに寝そべり、肘枕をした。「きみとのあいだに秘密があるのはいやだ」

「わたしもよ。今回のは……わたしに決められることじゃなかっただけ」

人差し指で唇を封じ、黙らせる。「もうわかった。きみの家族はやるべきことをやっている。それできみが困るときもあるんだと、ようやく理解した」

ふーむ。急にそこまで理解を示されると、ここからどういう展開になるのかと不安になってくる。「板挟みにはなりたくなかったけど──」

クロスビーが首を振った。「重要なのは、これはどちらか一方通行でなく、双方向の関係ということだ。きみが信頼してくれないなら、こちらも信頼できない」

そんな。こういうことになるのではと案じていたが、これでは一歩後退だ。クロスビーとはむしろ前進したいのに。「いろいろ考えてたの」

「だろうな」指先で唇をなぞり、しびれるような感覚をもたらす。「そのセクシーな脳みそが休むことなどめったにないいんだろう」

セクシーな脳みそ？　なかなかすてきなほめ言葉。だって、この頭脳に敬意を払ってくれているということでしょう？　少なくともわたしはそう解釈した。胸がぬくもって、希望が生じた――二人なら困難も解決できるのではないかと。

咳払いをして言った。「その、わたしのセクシーな脳みそは、今夜あなたと過ごしたがってた――その点、間違いないわ。それで、先に話してしまったら、ムードが壊れるんじゃないかと心配で――」

クロスビーが愉快そうに、甘やかすように、つぶやいた。「そうなっていたら、きみは劇的な三度のアレも手に入れられなかった」

にんまりしてしまった。「まあ、それもあるわね」彼に触れずにはいられなくなって、近づいた。この肉体から目をそらせない。二人ともまだ裸で、家に帰らなくてはいけない時間までもう少しある。「だけどそれだけじゃない。わたしたちにとって、これは大きな一歩だった。正しい方向への――と願いたいけど」

「ああ、そう思う」

思うだけ？　眉をひそめて言った。「こういう夜をもっと過ごしたい」我ながら、宣言のように響いた。

「同感だ」

彼を仰向けに押し倒して、もう一度またがった。「そんなにあっさりした答えばかり返されてると、気が変になりそうよ」

クロスビーが手を伸ばしてウエストをつかみ、尋ねた。「どんな答えが聞きたい？」

「本当のこと！」

「いいだろう」引き寄せて、激しくキスをする。「きみの家族が主役の舞台の脇役を演じるのはごめんだ。長期的にはまずうまくいかない。自分のことはわかっているし、欠点も理解している。隠し事をされて、はいそうですかと引きさがれる人間ではない——どんな理由があっても」

心臓が数秒、止まった。

クロスビーがまたキスをした。「いまはいい。いろんなことを調整中だから。だがこの関係を続けるなら——」

「そうしたい」ささやくように言った。心の底から願っている。

「——それなら、信用してもらわなくてはならない。いつでも、どんなときも、たとえパリッシュが信用しなくても」真剣すぎるほど真剣に、黒い目で見つめた。「それができないなら、いろいろなことを考えなおすしかない」

瞬時にそのとおりだと悟った。兄二人とは対等なパートナーだ。それはつまり、わたしも信じるもののため、求めるもののために立ちあがらなくてはならないということ。すなわち、クロスビーのために。「あなたを信じてる。一点の曇りもなく」

険しい表情が薄れた。「きみを信じている。同じように」

自分がやらなくてはならないことはわかっていたが、自分のやり方で実行しなくてはいけない。「明日は……」

「大丈夫だ、ベイビー。理解したと言ったのは嘘じゃない。お互い、いくつか解決すべきことがあるよな」

目を丸くしてしまった。あなたにはどんな〝解決すべきこと〟があるの？「クロスビー――」

「明日、きみはきみのなすべきことをして、私は私のなすべきことをする。そのあと、夕方にでも話をしよう。いいな?」

よくない。出かければクロスビーはバージェス・クロウとその同類に狙われるし、こちらはその場にいて守れない。クロスビーにはわたしが必要だ。わたしの家族全員が。

「もう夜遅い」手で胸のふくらみを覆い、かがんでのどに歯を立てる。「残された時間を最大限、活用しよう」

わたしたちには今後の人生丸ごと残っていると言うこともできたけれど、感じやすい肌を口でいたぶられ、胸のふくらみを温かな手でかわいがられては、考えも変わった――主張するのは明日にしよう。

今夜はこれのためにある。わたしたちのために。

それ以外のことは明日、解決する。

モーテルの駐車場に入っていく車のなかで、マディソンはぶつくさぼやいた。すでに午前中は成果なしのまま過ぎており、今夜もろくに眠れないのかと思うと怒りっぽくなっていた。

そんなときにクロスビーのことを考えて、彼が感じさせてくれた天にも昇るようなあれこれを振り返ると、笑みが浮かびそうになった。

けれどそれはぐっとこらえた。なにしろマッケンジー家の男性全員が、昨夜、この末っ子がなにをしたのか知っているような顔でこちらを見ているのだ。それについてどう感じたらいいのかわからずにいるような顔で。

お気の毒さま。わたしは自分がどう感じているかわかっているし、あまりにもすばらしすぎて、永遠に抱きしめていたいくらいだ。

クロスビーとの人生。

わたしはそれに値する、でしょう?

「こいつ、また頭が留守になったぞ」ケイドがつぶやいた。

運転していたレイエスが、バックミラー越しにちらりとこちらを見た。「クロスビーをぶちのめしに行きたくなるな」

ケイドが鼻で笑った。「妹をけしかけたのはおまえだろう」

「それはまあ。でもさ、口で言うのと目で見るのとは別物なんだよ」

マディソンは運転席を後ろから蹴った。「ばか。なにも見てないでしょ」

「おれの車をいじめるな」父がとなりでつぶやき、スモークを貼った窓越しにベージュの化粧しっくいの建物を観察した。窓とドアが交互に並んだ横長の建物は、雨樋《あまどい》と同じ青りんご色をした錬鉄製の頼りないトレリスで、各戸ごとにしきられている。中央にはひさしの破れた管理棟の入り口があり、茶色いこけら葺《ぶ》きの屋根と融雪用の塩をかぶった通路が、さびれた雰囲気をあおっていた。「ここだ」父が言う。「おれにはわかる」

「〝感じる〟だけだろう」ケイドが返した。

レイエスも言った。「父さんは個人的に関わりすぎてるんだよ。だから今回は一歩さがっとくべきだったのに」

「関わりがあるからここにいるんだ」

仲介役を演じようと、マディソンは言った。「クロスビーがくれた携帯から、使えそうな情報を手に入れられてたらよかったんだけど」残されていたテキストメッセージは、麻薬取引やナンパの声がけ、友達とのやりとりなどで、バージェス・クロウをほのめかすようなものはなかった。通話履歴のほうはクロウからの着信数件だけで、クロウが用いた番号もなんら手がかりにならなかった。

「ここを調べたらなにかしらわかるだろう」ケイドが言う。

マディソンは膝の上で器用にノートパソコンを操りながら、もうクロスビーを恋しく思っていた。いまごろなにをしているだろう？　「防犯カメラがないだなんて、どういうことよ。最近はどんな安酒場でもつけてるのに」カメラ映像があればクロウを捜せるのに。

レイエスが管理棟のガラスドアをあごで示した。結露して曇ったガラスの上のほうからは、カメラの残骸がぶらさがっている。「つけてたらしいぞ」レイエスが言う。「だれかが分解したようだけど」

「クロウね」マディソンは小声で言った。ああ、きっとそうだ。有名ホテルに爆破予告をしたり、裕福なビジネスマンを公道で狙撃したりするときは、所在の証拠になるようなビデオ映像など、あってもらっては困るだろう。

「おれのほうが兄貴よりのほほんとして見えるから」レイエスが言う。「なかに入って、様子を見てくるよ」

「気をつけてね」マディソンが反射的に忠告すると、兄二人からにらまれた。

父は建物の監視に集中しているようだった。

十五分後、レイエスが戻ってきた。「残念だけど、フロント係はものすごく怖がりだ。クロウなんて知らない、そんな風貌の男なんか見てないって言い張って、もしおれがすごんだりしたら、ちびったんじゃないかな」

「ふうん」マディソンはノートパソコンのキーボードをかたかたとたたいた。

「どうした？」ケイドが尋ねる。「なにかわかったのか？」

「ええ。パソコンのファイルにアクセスできた。たったいま宿泊者名簿が見つかって……ビンゴ。三週間前にチェックインしたジョン・スミス氏がバージェス・クロウである可能性に、いくら賭ける？　答えを知りたければ十号室を訪ねるといいわ」

ケイドが眉をひそめた。「部屋は八つしかなさそうだぞ。管理棟の左右に四つずつ」

「きっと裏にも部屋があるんじゃない？」首を伸ばして父の側の窓から外を見る。「駐車場は奥にも伸びてるみたいだし、ということは、きっと向こう側にも部屋はある。部屋八つのために、そこまで駐車スペースは必要ないもの」

「車を出せ」父が言う。「少し離れたところに停めて、徒歩で戻ってくるぞ」

マディソンは両眉をあげた。「いますぐ十号室に入りたいの？」

最初はだれも返事をしなかった。兄二人もやはり警戒しているように見える。こんなふうに急ぐなど、父らしくない。念入りな人物なのだ。すべてを事前に用意しておきたがるような……。ただし、だれかに危険が差し迫っているときは別だ。

「パパ？」クロスビーを案ずる気持ちがむくむくとふくらんできた。

父がこちらを向く。「計画変更だ。先におまえをおまえの車に連れていく」

「でも――」

「シルヴァーの家に向かってほしい。こちらが片づくまで彼女とハリーのそばにいろ」

父の緊張が伝染した。「そんなに心配なら、クロスビーに知らせなくちゃ」そこは譲れない。父が同意しようとするまいと、クロスビーにはすべてを知らせる。

意外な言葉が返ってきた。「それがいい。移動の途中で電話をかけろ。おれたちはもう出動する」

バックで駐車場をあとにするレイエスのとなりで、ケイドが後部座席の父を振り返った。

「おれたちになにを隠してる？」

父が深く息を吸いこんだ。「なにも隠していない。事実として知っていることはなにも。ただの直感だ。直感が、なにかがおかしいと叫んでいる。今朝起きたときからずっと違和感を覚えていたが、その感覚は強まる一方だ」

「おれは残るべきだったな」ケイドが言う。「やつの部屋に忍びこんで、手がかりを見つけられたかもしれない」

「それこそ罠だったかもしれないぞ」レイエスが指摘した。まさにそういう罠にかけられそうになったことがあるのだ。

「ちゃんとおまえみたいにまず全体をチェックして、そのあと窓からのぞいてたさ」

「二人とも、単独で動くな」父が言う。「一緒に部屋に侵入しろ。おれは全体を見張れるよう車で待機する」

父のこわばった肩とあごの線が緊張を物語っていた。マディソンは手を伸ばして父の腕に触れた。「パパ、シルヴァーが出かけてたらどうすればいい？」

「彼女はかならず家にいる。出発する前に話をした」

目を丸くしてしまった。「わたしたちの作戦を彼女に話したの？」わたしはクロスビーになにも言ってはいけなかったのに？

「違う。ただ……おしゃべりをしただけだ。今日はハリーと家にいる予定だというから、怖がらせるようなことは黙っておいた」

あとで知ったらシルヴァーはどう感じるだろう？「なるほどね」

「あの家なら、できるかぎりの防犯対策がしてある」ケイドが言う。「どこからだろうと侵入者が現れれば、モニターが彼女に知らせてくれる」

「シルヴァーは賢いからね」レイエスも言った。「危険なことはしないよ」

それでも全員わかっていた――敵が辛抱強いなら、用心にじゅうぶんなどないのだと。

たった一つの過ち、ほんの一瞬の不注意が、悲劇を招くこともあるのだと。

マディソンはもうなにも言わなかった。代わりに、自分のすべきことを考えた——たとえばクロスビーに愛していると打ち明けるとか、クロスビーはもうわたしたちの一部だと家族に説明するとか、それを認めてくれないならわたしはもう家族ではないと宣言するとか。

そしていざとなれば、シルヴァーとハリーを命がけで守る。

ブリックを見つけるのは、クロスビーが思っていたよりたやすかった。早々にこの件を片づけて、必要な答えを手に入れて、ハリーの待つ家に帰れそうだ。いまではあの子にとって、父親が土曜に出かけてしまうことは当たり前ではなくなっていた。

ここへ来る前に、ウィントンの様子を見てきた。今日はあざが見るからにひどく、ウィントンの動きは五十代というより八十代の老人のようだったが、機嫌はよかった。まだ階段はのぼりおりしていないが、オーウェンとゲイリーのおかげで仲間に不足することはなく、とくに昨夜のバーナードとの時間は楽しかったらしい。

「じつに愉快な人だな」ウィントンは言っていた。「何度か笑わせてくれたんだが、おれが痛みに顔をしかめると平謝りしてたよ。冗談じゃなく、それでますます笑っちまった」

ウィントンは料理も絶賛したそうで、するとバーナードはまた持ってくると誓ったという。

マディソンの家族のある側面はけっして受け入れられないかもしれないが、すばらしい側面も数多くある。これほどの思いやりと心の広さを示されては、こちらばかり得をしているような気さえした。

マディソンにはどんな得がある？　差しだせるのはこの自分——と娘だけだ。すばらしい、ごた混ぜ家族。

そして、命を重んじる気持ち。

まったく、いいかげん、彼女の家族のやり方に賛成できない理由ばかり考えるのはやめにして、彼らが社会のためにしてきたすばらしいことに目を向けてはどうなんだ？

そのあとは？　もう何百回と思考がマディソンにさまよってしまっていることに目を向ける？　彼女ときたら、ことあるごとに頭のなかへ入りこんでくるのだ。

アパートメントの前の縁石に車を停めて、すばやく周囲をチェックした。ブリックの評判を知っている者は多く、話を聞けたなかにはじかに会ったことがある者もいたが、どこへ行けば見つかるかまで知っている者はほとんどいなかった。ねぐらを突き止めてみて、納得した。ブリックが住んでいるのは街の別のエリアで、小ぎれいな場所からビジネスをおこなっていたのだ。

ブリックの所在を突き止めるため、クロスビーは自身の情報入手方法に頼り、ストリートのたれこみ屋を利用した。最初は運に恵まれなかったが、どんなごみ野郎にも友達はいるもので、そこをつなげていくうち、ついにある売人から必要な情報が入った。

手持ちのなかでいちばん古いスウェットシャツに、色褪《いろあ》せすぎて二年穿いていないジーンズを選び、なるべく警察官の真逆に見えるようにした。携帯電話を消音モードに切り替え、ニットキャップを深くかぶって耳まで覆う。脇のホルスターに収めたグロックはコートで隠した。ブリックの生き方を考えると、警察関係者と誤解されたら、その場で撃たれてもおかしくない。

いまならケイドかレイエスに背中を守ってもらうのも悪くないが、あの二人は関わらせたくなかった。パリッシュがすでにマディソンを板挟みにしているし、同じことはしたくない。一緒に問題を解決して、願わくはお互い、譲歩することを覚えたかった。

建物のなかに入ると、足を止めて耳をすまし、どんな異変も察知しようと五感を研ぎすました。なにかがおかしいが、それがなんなのか、まだわからない。

絶えず周囲に目を光らせながら、階段をのぼって二階に出る。ブリックの部屋の前まで来ると、銃を抜いたものの脇におろしたまま、ノックした。

くぐもった声がドア越しに響いた。「だれだ?」

売人のことを思い出し、クロスビーは言った。「ウェインから伝言だ」

鍵が開いてチェーンがはずされ、涙目に、脂ぎった髪をうなじでまとめた男がドアの隙間からのぞいた。驚いたように口を半開きにしてこちらを見つめ、慌てて言った。「なんの用だ?」

酸っぱい息に一歩さがりたくなったが、どうにか意志の力でこらえ、万一ブリックがドアを閉じようとしても遮ることができる位置に踏みとどまった。「ウェインが、金をよこせと言っている」

男はまばたきをし、そわそわとクロスビーの後ろを見やってから、首を振った。「知るかよ。金ならあいつがブツを届けたときに渡してる」

だろうな。さもないとウェインに腎臓を切り刻まれているはずだ。

しかし、ブリックはなぜこんなに落ちつかない様子なのだろう? 汗の粒がこめかみを伝い、呼吸が少し速くなっている。

クロスビーは、そんなことはどうでもいいと言いたげに肩を回し、ドア枠に寄りかかった。おかげでなかがもう少し見えるようになったものの、人の姿はなかった。「十ドル足らなかったそうだ」

ブリックはしばし迷っていたが、やがて不満そうに言った。「わかったよ」唇を舐める。「ここで待ってろ」そしてドアを閉じかけた。

隙間に足を突っこんだ。「逃げるつもりか?」

「はあ?」ブリックの笑いは、自然と呼ぶには少しばかり高すぎた。「たかが十ドルのために、窓から逃げようとすると思うのか？　落ちて首の骨を折るかもしれないのに」

クロスビーはひたと目を見つめた。警報が鳴り響いている。無視できないほどに。いますぐ部屋のなかに押し入らなくては。手遅れになる前に。

「わかったよ。好きにしろ」ブリックはドアを開けたまま後ろにさがり、向きを変えて足早に歩きだした。

散らかったリビングルームを抜けて廊下を進んでいくブリックを、クロスビーは観察した。ちらりと振り返ったが、依然としてだれもいない。なかに入り、静かにドアの鍵をかけた。

ブリックはなにかを隠している。それがなんなのか、突き止めなくては。

アパートメントはひどい散らかりようだった。平らなところがあれば皿が置かれ、家具には服が引っかけられて、机の上には開いたパソコンがある。

画面に映っているのが自分の家だと気づいて、心臓が止まった。ブリックはこちらの正体を知っている。住んでいる場所も知っている。

それを、だれにばらした？

銃を手に呼びかけた。「ブリック？」

返事はなかったが、ドアが閉じる音に続いて鍵のかかる音が聞こえた。

くそっ！　あのばかは本当に窓から飛びおりる気だ。

慎重に廊下を進んですばやくバスルームを、次いで廊下のリネン用クローゼットをのぞいた。どちらも空。キッチンは丸見えだし、先ほどまでいた部屋に隠れる場所はない。もしブリックに逃げられたら、答えを知るチャンスも逃してしまう。

力をこめて蹴ると、ドアの鍵は一発で壊れた。部屋の向こう側で、ブリックが酒太りした体を小さすぎる窓に押しこもうとしていた。

室内を見まわし、ほかにだれもいないのを確認してから大股三歩でブリックに追いついた。肩をつかんで乱暴に引っ張ると、ブリックはじたばたしながら床に倒れ、ズボンのウエスト部分からは三八口径の銃が転がり落ちた。

その銃を部屋の向こうに蹴り飛ばしてから自身の銃をホルスターに収め、ブリックのシャツの胸元をつかんで引きずり起こすなり、あごにこぶしをたたきつけた。怒りに任せて、さらに二発食らわせる。手を放すと、ブリックはそのまま床に倒れた。

大勢に恐れられる男が、いまや朦朧《もうろう》として怯えていた。

グロックで狙いを定め、うなるように言った。「おまえ以外にここにいた人物は?」

「だれもいねえよ」口の端から血を吐きだして、起きあがろうとする。「嘘じゃねえ」

胸を蹴ってまた仰向けに倒した。

「なにしやがる!」ブリックは胸を押さえ、息をしようと必死にあえいだ。

銃口を膝に向けて、クロスビーは言った。「膝を撃ち抜く前に答えろ。答えないなら、別の場所を撃っていくまでだ」

ブリックは動くたびに顔をしかめながら、床に肘をついた。「おれ以外にはだれもいねえ……いまは」

「いま以前は?」

ブリックが汚い髪を顔から払った。うなじでまとめていた髪はもう、ばらばらにほつれていた。「なあ、おれだってあいつに言いたかなかったんだ。あいつのことは好きでもなんでもない。みんなを脅すようなやつだ」

「あいつとは?」

「バージェス・クロウだよ」

赤いもやで視界が曇った。食いしばった歯のあいだから、うなるように言った。「クロウがここにいたのか?」

「あいつはあんたを憎んでるぜ」ブリックが不気味な笑みを浮かべて言い、血だらけの顔に黄ばんだ歯をのぞかせた。「教えろと言われてあんたの名前を教えたが、それ以外はなにも話しちゃいない。おまわりとは関わらないことにしてんだ――元おまわりともな。なのにクロウのやつ、今日ここへやってきておれを脅しやがった。あんたがいまやってるような脅し方じゃなかったけどな。むしろ暴力をふるってくれてりゃよかったのに。あんなやつ、モップ代わりにしてやれた」

「やつは脅しのネタを持っているということか？　それで強請《ゆす》られたのか？」

ブリックは肩をすくめた。「ムショに行くのは気が進まねえし、だからやつが必要としてるものを与えてやった」

「私の住所か？」

「おれか、あんたかって瀬戸際だったんだ。で、おれは自分を選んだ」

「いつのことだ？」ブリックを撃ちたい衝動は強かった。「やつはいつここを出た？」

「一時間かそこら前だな」

なんだと。かっとなったクロスビーは片足をブリックの顔面にたたきつけ、歯二本を宙に舞わせた。ブリックは声もなく倒れた。

いまはこのろくでなしが生きていようと死んでいようとどうでもよかったが、意識を取り戻してクロウに報告されては困る。ベッドのそばの壁面から電源コードを抜き取って、ブリックの両手を背後で縛った。続いてクローゼットを開け、脚を縛るものを探すと、おぞましいボンデージ用の道具が出てきた。

胸くそ悪い。鞭《むち》をつかんでブリックの両手両足を縛り、そのままベッドのフレームにくくりつけた。これならしばらくどこへも行けないだろう。

急いでアパートメントを出ていく途中、ノートパソコンを拾っていった。

外に出てすばやく周囲を見まわしたが、異常はなさそうだったので、自身のＳＵＶに走った。ノートパソコンを助手席に放ってから、すぐさま発進した。

運転しながら消音モードにしてあった携帯電話を取りだすと、マディソンからの着信が二件あった。くそっ。

折り返したが、応じない。

いますぐ警察に連絡するのが理にかなった行動だが、考える時間が残されていないので、直感に頼った。

パリッシュに電話をかけた。

16

クロスビー、どうして電話に出ないの？　マディソンは妙な胸騒ぎを覚えつつ、クロスビーの自宅まで車を走らせていた。ハリーとシルヴァーがぶじ家のなかにいることを確認するまでは、安心できなかった。クロスビーと自身の家族をこの目で見るまでは。

だれかを愛すると、人はみんなこうなるの？　心配事だらけになって、最悪の展開ばかりが頭に浮かぶ？　いやになるわ。

それでもクロスビーを愛しているから、慣れるしかないのだろう。

シルヴァーとハリーが前庭で、イヌイットをお手本に雪の家《イグルー》をこしらえているのを見たときは、ほっと安堵の息が漏れた。心配事が一つ消えて、残りはたった百万個になった。

シルヴァーが目の上に手をかざし、雪に照り返す日射しを遮る。現れたのがマディソンだと気づいてハリーになにやら言うと、少女はわーいと歓声をあげた。

感情が胸のなかで踊り、鼓動が速くなった。ああ、わたしはハリーのことも愛している。そしてシルヴァー、わたしの父のハートをキャッチしたらしい女性。どうしたら彼女を愛さずにいられるの？

私道に乗り入れて、ガレージのそばで停めた。二人の楽しみに水を差したくはなかったが、家のなかに入らせてしっかり鍵をかけるまで、警戒を緩められなかった。

前庭にたどり着くと、ハリーが子どもらしい高い声で、いまなにをしているか、それがどんなに楽しいか、一気にまくしたてはじめた。不安に苛《さいな》まれていても、マディソンは笑って少女を抱きあげ、しばし抱きしめずにはいられなかった。

「来るとは知らなかった」非難ではなく事実としてシルヴァーが言い、手袋の雪を払った。「そうよね。ごめんなさい。パパに言われて来たの」

シルヴァーがあごを引く。「どういう意味、パリッシュに言われてって？　なにかあったの？」

腕のなかでハリーが体を弾ませた。「一緒にイグルー、作っていいよ。パパも入れるくらい、でーっかくするの！」

なんていい子。こんなときでもハリーはクロスビーのことを考えている。「すてきなイグルーね。だけどもうじゅうぶん大きいんじゃないかな？」

ハリーが笑った。「そうかなあ。だってパパ、すっごくおっきいよ。ケンジーと同じくらいおっきい。おばあちゃんがね、ケンジーも入りたいかもしれないよって言うの。だからもっとおっきくしないと」

シルヴァーがおずおずとほほえんだ。「パリッシュは、ハリーにお願いされたらなんでもするの。あの人が雪のなかに這いつくばる姿を想像したら、我慢できなくて」

「父もきっと喜ぶわ」ハリーがおりたがってもぞもぞしはじめたので、地面におろしてやったものの、手は握ったまま離さなかった。

本当に楽しみをぶち壊したくはなかったが、ちらりとシルヴァーを見て、言った。「先になかへ入ってホットチョコレートでも飲まない？」

「ええーっ。あとちょっとで、できるのに」ハリーが不満そうに言う。

マディソンの不安を感じ取ったのだろう、シルヴァーがさっと周囲を見まわした。「携帯は持ってたけど」言いながらポケットから取りだし、防犯アプリが画面に表示されているのをこちらに見せた。「通知はあなたが近づいてきたときのだけ」

「用心してくれてるのね。よかった」二人を怖がらせたくはなかった。ただ、家のなかに入らせたかった。そのために、小道を歩きだした。

ところが小さなハリーは我を通さんと、逆方向に引っ張った。

シルヴァーはもう不安の目をあちこちに向けていた。そのとき、不意に彼女の手のなかの携帯電話が連続して通知音を発し、シルヴァーが凍りついた。

マディソンはすぐさまシルヴァーを家のほうへうながした。必要なら二人を引きずっていっただろう――が、もう遅かった。

通りの向かいの、まだかなり距離がある木立の陰から、クロウが現れた。

こちらに銃を向けて近づいてくる。「驚いたな」マディソンを見つめて言う。「知らない間にやっと運が向いてきていたらしい。おまえがここにいるとは――それも、アルバートソンの家族と一緒に。すばらしい。最高だ」銃で脅しているとは思えない、ほがらかな口調だ。そんな口調のまま、笑顔で続けた。「動いたら全員殺す」

口にされたその最悪の展開は、いまやマディソンの頭のなかで荒れ狂っていた。わたしがこいつをここへ連れてきてしまったの？

いつも以上に用心していたつもりだけど、それ以外に、どうやってクロウがここまでたどり着けるというの？

動揺がこみあげてきた……が、容赦なく抑えつけた。

クロウはここにいる――重要なのはその一点のみ。ハリーにもシルヴァーにも、危害を加えさせるわけにはいかない。わたしが許さない。

だから思いつく唯一のことをした。

二人の前に出て、低い声でシルヴァーに伝えた。「ハリーをしっかりつかまえて、わたしの後ろを離れないで。チャンスが来たら、迷わず裏口まで走って」玄関を目指せば、撃ってくださいと言うようなものだ。「わかった？」

「わかったわ」シルヴァーが青い顔でハリーを背後に隠した。

クロウは——薄汚い悪党は、にやりとした。「へえ、ここまで来てもまだ小さな戦士が盾になろうとするのか。たいしたものだな、お嬢さん、それは認めてやろう」

マディソンはなにも言わず、ただじっとクロウを見つめた。警報装置の通知はすでにクロスビーだけでなく、兄たちと父にも届いているはずだ。警察には届いていない——クロスビーとの意見の不一致がまだ片づいていないから。

片づけておけばよかったと、いまさらながらに思った。おそらくパトカーのほうが早く駆けつけてくれたはずだ。まあ、クロスビーが一足先に状況を察知していれば話は別だけれど。

それでも、彼は電話に応じなかったし……。ああ、もしやクロウに襲われた？

鋭く息を吸いこむと、その理由をクロウが勘違いした。「そうとも」うれしそうに言う。「あのしょぼい店でのおまえの立ちまわりについては聞いている。例の刑事が男三人を倒す手伝いをしたんだってな」

クロウがしゃべりつづけてくれれば、時間を稼げるかもしれない。「教えてよ、クロウ。ウィントンを不意打ちした卑怯な臆病者はあなたなの？」クロスビーを襲ったのかとは訊けない。いまはその答えを受け止められる気がしないし、うろたえている場合でもない。

「もしそうなら、あなたをばらばらにしなくちゃいけないんだけど」

クロウが笑って銃口をわずかに動かした——こちらの心臓を縁取るように。「みごとな戦いぶりだったそうだが、銃弾まではよけられないだろう？　どうだ？」

　無理に決まっている。そして引き金を引かれたら、シルヴァーとハリーはどうなるの？それについても考えられなかった。クロウがもう少し近づいてくれれば、せめて戦うチャンスが得られるのに。腰を片方に突きだして、あざわらうように言った。「こんなところで撃ってごらんなさい、すぐ警察が来るわよ」

　クロウはそれについて考えるふりをした。「ぱん」つま先立ちになり、シルヴァーとハリーが見えたような顔をする。「ぱん、ぱん」肩をすくめて言った。「完了、でおれはここを去る。駆けつけた警察の間抜け面が目に浮かぶな」

　なんとしてもその筋書きは阻止する。「本気で逃げられると思うの？」

「当たり前だろう」

「わたしの父はあなたを見つけるまで絶対にあきらめないわよ。あなたみたいな連中に父がなにをするか、知ってる？　楽しい話じゃないわ。父はあなたみたいな輩が……とりたてて嫌いなの」慎重に、けれどさりげなく、一歩前に出た。「あなたが苦しむのを、ものすごく楽しむでしょうね」

「黙れ」笑みをとうに消して、クロウが大股で二歩、前に出た。マディソンも負けじとさらに前へ出ると、クロウはぴたりと足を止め、こちらの大胆さにすばやく目をしばたたいた。「動くな」

いらつかせるとわかったうえで、またあざわらうように言った。「わたしが怖い？　へえ、おもしろい」運がよければ、クロスビーか家族はもう防犯カメラの映像を見て、こちらへ向かっているだろう。あるいはすでに到着しているかもしれない。

　クロウの唇が震え、息遣いが荒くなった。「おれがそんな挑発に乗ると思うなよ！」

　意外とあっさり冷静さを失ってくれた。いいことではあるが、こちらが加減を間違えたら、やけを起こして銃を撃ちはじめるかもしれない。早く二人を避難させなくては。

　視線をクロウに据えたまま、わずかに首を回してシルヴァーにささやいた。「気づかれないようにゆっくり、わたしの車のほうへさがって。車を盾にして、裏へ走って」

「黙れ！」クロウがわめいた。「しゃべるなら、いますぐ撃つぞ」

「そうなの？」注意を引きつけるべく、からかうように言った。「そのあとは？」憐れみをこめて首を振った。「逃げるなんて、あなたにはもう無理よ」

「そんなことはない」

「だって、とっくに応援が来てるもの。感じるでしょう？　わたしの父と兄たちとクロスビー……そのうちの一人があなたを射程にとらえてる。あなたはもう死んだも同然よ」

　クロウはすばやく周囲を見まわして、ふたたびこちらをにらみつけた。「信じないぞ」

　そうよね、わたしも信じかねる——と思ったそのとき、マディソン自身が感じた。絶望から生まれたまぼろしではないことを祈った。「直感は利かないほう？　ここまで生きてこられたのが奇跡ね」

「黙れブス、直感ならある」青白く丸い頬が、濃いピンク色に染まる。「そうでなければ二年前、どうやってアルバートソンから逃げたと思ってるんだ」

「単なる運とか？」

「違う！」唇がすぼまり、銃を握る手が震えた。「なにかが起こりそうな気がしてすぐに脱出したんだ」

「すたこら逃げたの？　で、それからずっと、ごみためみたいな安モーテルを転々としてた？　なるほど、たしかに逃げたのね――かろうじて」

クロウの目が見開かれた。

「そうよ、クロウ」挑発するように言う。「あなたのみじめな狭い部屋は見つけたわ。あなたを見つけたの。ここまで尾行されずにこられたと、本気で思ってた？」

背後でシルヴァーがさがっていくのが、感覚でわかった。まだ家からは遠いが、もう恐怖で麻痺《まひ》してはいないということだ。

小さなハリーは声一つ立てずにいてくれる。かわいそうに、すくみあがっているだろう。

そのときマディソンの頭にあることがひらめいた――わたしはパパの娘。

クロウは人身取引の加害者だ。おそらくあまたの女性の死に責任がある。ハリーが赤ん坊のときに味わわされた忌まわしい扱いにも加担していた可能性が高い。

この男に正義はふさわしくない。

ふさわしいのは苦痛にまみれた死だ——わたしがそれを執行する。

クロウの視線がこちらに向けられていることをたしかめながら、さらに一歩前へ出た。

「この状況から抜けだせるとしたら、わたしを人質にとるしか方法はないわね」少し考えるふりをする。「そうよ、それしかない」クロウをうまく説得できたら、せめてシルヴァーとハリーからは遠ざけられる。自身が生き延びる確率はさがるとしても、そうなれば勝利だ。

けれどもちろん、自身の能力には多大な信頼をおいていた。隙あらば、一瞬の迷いもなくクロウを倒せる。

「マディソン」シルヴァーの必死なささやき声がした。「お願いだからやめて」

ほかに手がないので、嘆願の声を締めだし、シルヴァーがこのままさがりつづけてくれるよう祈った。「どう思う、クロウ？　わたしと一緒に果敢な逃亡を試みてみる？」

「そうだな」クロウが言い、眉根を寄せて考えるふりをした。「しかし、先におまえを撃たなくちゃならない」

となると、困ったことになる。「わたしを撃ったらそもそもの目的がふいにならない？死んだ人質なんて、だれが喜ぶの？」

「殺すとは言ってない」虚勢で恐怖心をごまかそうとして、クロウが問う。「なあブス、どこがいい？　肩か、脚か。それとも腹か」狙いを定める。

「さっきからブスブスってうるさいわね。本気でうんざりしてきたわ」

クロウはそれを無視した。「おまえと車に乗るとしたら、おまえがだらだら血を流して、おれに手を焼かせないときだけだ」

「銃の腕前はどんなもの？」また前に出る。「だってわたし、いまでさえあなたのお尻を蹴飛ばしたくてたまらないんだけど、そこまでの怪我を負わされたら、ますます腹が立つだけよ」

クロウが一歩後ろによろめいたとき――均衡が崩れた。

遠すぎる。もう少し近づく必要があるのはクロスビーもわかっているが、このままマディソンが刺激しつづけたら、クロウは暴走するかもしれない。

イヤホン越しにケイドが尋ねた。「なにを迷ってる？　早く撃て」

「いいから撃てよ」レイエスも言った。

防犯アプリ経由で全員が会話を聞いていた。マディソンはなにがなんでもクロウの怒りを一身に引きつけようとしているらしい……それもこれも、シルヴァーとハリーに逃げるチャンスを与えるために。

「静かに」マディソンの兄二人に小声で返し、もっといい位置から狙おうと木の幹をそっと回った。

「なにをぐずぐずしてる?」恐怖でケイドの声はめずらしく鋭かった。命の危機にさらされているのは彼の妹なのだから、当然だ。

「マディソンは、ハリーとシルヴァーの前にいる」抑えた声で説明した。「やつを撃てば彼女に当たるかもしれない」

「クロウは間違いなく妹を撃つ」今度のケイドの声は、少し具合が悪そうに聞こえた。

「あの距離ではずすことはありえない」

「とりあえず撃てって」レイエスが吠《ほ》える。

「〝とりあえず〟はない」クロスビーは二人に請け合った。「かならずしとめる」いまやシルヴァーはマディソンの車近くまでさがっていた。シルヴァーが動くたびに、マディソンも合わせてじわりと移動する。

犠牲になろうとしているのだ。耐えられない。

「静かにしてくれ」クロスビーは言った。兄弟の指示も心配も、気が散る理由にしかならない――いまは不要だ。イヤホンをはずしてポケットに入れた。

パリッシュはいったいどこにいる? 電話をかけたときは、息子たちと一緒にいた。急いで計画を立てながら、全員がここへ向かうことになった。

パリッシュは裏口からクロスビーの家に入って、うまくクロウを視界に収められる位置につくことになっていた。車庫の窓からなら、まっすぐ狙えるはずだ。

当然ながらクロスビーが先に着いたものの、ケイドいわく、パリッシュはもう徒歩で接近しており、兄弟はクロスビーの後ろに控えるとのことだった。

全員が現場にいる。近くに。だが……悲劇を防げるほど近いのか？

小枝を折ったりしてクロウに気づかれないよう、慎重に木から木へと移っていった。残り十五メートル弱のところで狙いを定め、マディソンがよけてくれるよう念じた。

ところがマディソンは大胆にもクロウに近づきはじめた。なにを考えている？

クロウも気に入らなかったようだ。

すべてが一度に起きた。

止まれとマディソンにどなりながらクロウが後ろによろめく。

シルヴァーがハリーを抱えて雪のなかを飛ぶように駆けだす。

向きを変えたクロウがそちらに狙いを切り替える。

クロスビーが引き金を引くと同時に、マディソンが野獣のような叫び声をあげてクロウに飛びかかった。

凍りついた一瞬、クロスビーの心臓は完全に止まった。

放たれた銃弾は空を裂いてクロウの背中の左上に命中し、クロウがつんのめるようにして前に倒れたので、やつの放った銃弾は幸い大きく狙いをはずした。

マディソンが早くもこぶしを振るいながらクロウを押さえつけ、血しぶきの散った雪のなかにもろともに横倒しになった。

駆けだしたクロスビーは無意識のうちにいろいろなことに気づいた。クロウの銃が力の抜けた手から落ちて雪に沈むところ。マディソンが美しい姿勢でのけぞってこぶしを振りかざし、怒りの鉄拳をさらに見舞おうとするところ……。

それからゆっくり手をおろし、代わりにクロウの首筋に触れたところ。マディソンは悪態をついてクロウから離れ、雪のなかの銃を拾った。

ハリーの泣き声が聞こえた。パリッシュが家の裏から走ってくる。そしてマディソン。堂々と立ち、長い髪を冬の風になびかせて。

こちらを見つめている。

心臓が激しく打つのを感じながら、クロスビーはもう彼女のもとに向かっていた。

「クロウは死んだわ」それで安心させられるとでも思っているのか、マディソンが言う。安心できるわけがない。彼女に触れなくては。伝えなくては――ところがマディソンは向きを変えてシルヴァーとハリーのほうへ歩きだした。

だが三歩も進まないうちに、パリッシュが彼女をつかまえて抱きしめ、髪と頬に手を滑らせた。ひたいにキスをし、なにか低い声で言ってから、クロウのそばに膝をつく。

ほどなくパリッシュは立ちあがり、娘とともに、倒れている男から離れた。つまり、クロウはもはや脅威ではない。クロスビーは銃をホルスターに収めて、全体を眺めた。

マディソンはぶじのようだが、シルヴァーは雪のなかに横向きで倒れている。ハリーはそのそばにいて、大きな声ですすり泣いていた。

娘は当然ながら動揺しているが、マディソンのおかげで、間違いなく生きている。

そばに歩み寄り、やさしく髪を撫でてやった。「ハリー？」

「パパ！」娘はもがくようにシルヴァーから離れて両腕をこちらに伸ばし、あらためて泣きだした。

そんな娘を抱きあげて、しっかり胸に抱きしめた。「大丈夫。もう大丈夫だ」マディソンのおかげで。「パパが来たからな」

小さな両腕が懸命にしがみついてくる。「もうなにも怖くないぞ。パパがついている」

ようやく泣き声がやんだが、幼い体はまだ震えていた。

マディソンがこちらに向けた目には苦悩が浮かんでいた。「本当にごめんなさい」

言葉の意味を考える前に、彼女のことも引き寄せた。クロウの汚らわしい血が、首とダウンコートの前身ごろに散っている。「大丈夫か？」

マディソンはすばやくうなずいた。「二人を守ろうとしたんだけど……」

「守ったよ。ありがとう」言葉がのどにつかえ、彼女のこめかみにキスをした。きみを失うところだった、と心のなかで思う。全員を失うところだった。「シルヴァー？」

雪のなかに膝をついていたパリッシュが、シルヴァーの診察を終えた。

「生きてるわ」シルヴァーがパリッシュの手を払って言う。「役立たずな足首をひねった、それだけよ」

「なにが〝それだけ〟だ」パリッシュが揺るぎなく冷静な声で言い、シルヴァーの肩をつかんだ。「顔が雪のように真っ白だぞ」

「それは凍えそうに寒いからよ」シルヴァーが立ちあがろうとする。

「つかまれ」パリッシュが言いながらもう両腕で彼女をすくいあげようとする。「おれがなかへ運ぶ」

「えらそうに。ほんと、いつだってそう」シルヴァーは言ったが、抵抗はしなかった。

「おばあちゃん？」ハリーがか細い声で言う。

「みーんな、もう大丈夫よ」シルヴァーが安心させるように言った。「マディソンが助けてくれたからね」

急にマディソンがクロスビーのそばを離れた。両腕をだらりと垂らしてこぶしを握り、一人で立ち尽くす。

「ベイビー？」

「あいつはわたしを追ってここへ来たの」ささやくように苦悩の告白をする。「もちろん気をつけてたわ。でも……」ごくりとつばを飲んだ。「わたしが連れてきてしまった」

「違う、ハニー、そうじゃない」

マディソンが首を振る。「だったらあいつはどうやって……？」

「マディソン、きみはテクノロジーの天才だろう。答えはとっくに知っているはずだ」そばにいてほしくて、もう一度かたわらに引き寄せると、今度は逃さなかった。「行こう。ハリーを落ちつかせたらすべて説明する」

だが、さほど歩かないうちにレイエスとケイドが到着した。クロウがもう死んでいるのはわかっているというように、遺体をよけてまっすぐマディソンのほうにやってくる。レイエスが先に近づいてきてクロスビーから妹をさらい、強く抱きしめた。

続いてケイドが妹を奪って、弟よりやさしい手つきで髪を撫で、点々と散った血に目を向けた。「おまえのじゃないな？」

マディソンは違うと首を振った。「クロウのよ。わたし……クロスビーがあいつを撃ったとき、近くにいたから」

レイエスが、死んだ男を振り返った。「生き返らせてもういっぺん殺してやりたいな」

あんな場面をくぐり抜けた直後だというのに、マディソンはすぐさま幼い少女を思いやった。下の兄を小突き、あごでハリーを示す。ハリーは父親の首筋に顔をうずめたまま、何度も背中を撫でられていた。

それに気づいてケイドが言う。「みんな、なかに入れ。ここはおれとレイエスで片づける」

クロスビーは、どうやって、とは訊かなかった。どうでもよかった。「ありがとう」娘をしっかり抱いて、マディソンの手を握り、家のほうに歩きだした。

家に入るとまずハリーを雪まみれの服から着替えさせて、ベッドから取ってきた毛布でくるみ、膝にのせてソファに腰かけた。ハリーはしゃっくりが止まらないようだが、もう泣いてはいなかった。

ようやく小声で言う。「あたし、すごく怖かった」

「パパもだよ」娘の頭のてっぺんにキスをして、もう一度抱きしめる。「あんなに怖い思いをしたのは初めてだ」

「あの人、すごく意地悪そうだった」

「そうだな。でもマディソンが守ってくれただろう?」

そのマディソンはリビングルームを行ったり来たりしながら、ときおり赤い目でこちらを見ては、すぐにまた視線をそらしている。ひどく遠くに感じた。いまも苦悩しているように。

二人だけになって、どんなに愛しているかを伝えたいが、その前にすべてを落ちつかせなくては。

ケイドが入ってきた。「父さんは?」

「シルヴァーを奥の部屋に連れていった」

ケイドがうなずいてそちらへ向かおうとしたとき、パリッシュがシルヴァーを抱きかかえて戻ってきた。クロスビーが座っているソファにそっと彼女をおろしてから、オットマンとクッションを引き寄せて、足をのせさせた。

「骨は折れていないようだ」パリッシュが言った。「だがいったん落ちついたら、おれの家へ連れていって、レントゲンを撮りたい」

パリッシュが自宅に完璧な医療設備を整えていることについては、いまだに驚いてしまうが、彼らの生き方を考えれば、それも納得だ。パリッシュはそれについても面倒を見たのか。

ちらりとシルヴァーに目配せし、片方の眉をあげた。

シルヴァーは赤くなってつぶやいた。「なにも言わないで」

クロスビーは手を伸ばし、冗談めかして彼女の髪をちょんと引っ張った——批判などしていないと伝える自分なりのやり方だ。「気分は？」

「どんくささを痛感してるところよ」シルヴァーがよじれた笑みを浮かべた。「マディソンが全部引き受けてくれた。すごく頼もしかったわ。わたしの仕事は走るだけだったのに、それさえしくじるんだから」

「雪のなかを走るのは簡単じゃないわ」マディソンがまだ行ったり来たりしながら言う。立ちっぱなしなのはアドレナリンのせいか、それとも罪悪感のせいか、あるいは単に、生きるか死ぬかを経験した直後だからか。

ぴったり寄り添っていてほしいのに、彼女は距離を保ったままだ。

眠くなってきたのだろう、ハリーがもぞもぞと動いて横になった。頭はパパの腿の上、つま先は〝おばあちゃん〟に触れるかっこうだ。娘は小さなあくびをして、目を閉じた。

「かわいそうに」シルヴァーがやさしくささやき、腰から脚まで撫でる。「おやすみ。もうなにも心配いらないわ」

もう一度、娘の体を毛布で覆ってやった。

ハリーが疲れに屈したいま、全員が声を落とした。

最初に口を開いたのはパリッシュだ。「きみがいいと言うなら、この先はおれが処理する」

彼の能力を疑ってはいないが、それでも尋ねた。「処理するというのは、どうやって？誤解しないでほしいが、あなたたちのやり方をどうこう言っているわけじゃない。そうではなくて、お互いの意見を整理するべきだと思うんだ」

その言葉に、マディソンが驚いて顔をあげ、こちらを見つめた。

励ましの笑みを返そうとしたが、彼女の目に浮かぶ不安からすると、あまり役には立たなかったらしい。マディソンを抱きしめたい。どれだけ愛しているかを伝えたい。

そんな暴れる思いをケイドが遮った。「電話で言ってたな、情報を漏らしたのはブリックだと」

しまった。ブリックの存在をきれいに忘れていた。その電話のときに、クロウが潜伏していたモーテルの部屋を一家が見つけたことを聞かされたのだ。

いまとなっては重要ではないが、兄弟はその部屋から、クロウとほかの人物を結びつけるものをいくつか見つけたそうだ。きっと二人も遅かれ早かれ、ブリックのアパートメントに行き着いていただろう。

ちらりと娘を見ると、もう眠っていたので、ごく静かな声で説明した――どうやってブリックを見つけ、なにをつかんだか。ブリックをアパートメントに置いてきたことも。

「生きているのか？」パリッシュが穏やかに尋ねた。まるで、どうでもいいことのように。

クロスビーには、まったくもってどうでもいい。「断言できるのは、やつがどこへも行けないということだけだ」それくらいきつく縛っておいたので、死んでいないとしても苦痛を味わっているだろう。

「今後だが」パリッシュが切りだし、シルヴァーの座っているソファの肘かけに腰をおろした。「警察に電話をかけて、ほとんどをゆだねる。おれたちがここに来たのは、携帯アプリの通知を受けたからだと言えばいい。時間はそう経っていないし、いろいろ混乱があったことを考えると、疑問視はされないはずだ」

「わたしがヒステリーを起こしたって言えば？」シルヴァーが提案する。「それで役に立つなら」

パリッシュがほほえみかけた。「だれも信じない」

シルヴァーがぼやく。「ほぼ事実なんだけど」

「ブリックのことは話さない」パリッシュが続けた。「ケイド、様子を見に行ってくれ。もしやつが死んでいれば、クロウは先にやつを始末したんだと警察は考えるだろう」

「生きてたら？」レイエスが問う。「そのときはおれが――」

パリッシュがちらりとこちらを見て、首を振った。「生きていたら、だれにも目撃されないうちにその場を去れ。やつの悪行がばれるように仕組んで、あとは警察に任せる。そのあいだ、やつが苦しむとしても、当然の報いだ」

シルヴァーがパリッシュの腿に手をのせた。「いい考えだと思う。丸く収まる感じで」

おやおや。なんとシルヴァーはすんなり一家の船に乗りこんだらしい。が、いまではこちらも一家のやり方に異を唱えたいとは思わなくなっていた。マディソンの視線を感じて、言った。「警察を関与させるのが私のためなら、その必要はない」

これにはパリッシュも眉をあげた。「好都合だからだ」小声でつけ足す。「今回は」

「なるほど」その件が片づいたことに安堵して、別の件に移った。「それで……クロウはいまもうちの前庭に？」

「防水シートをかけておいた」ケイドが言う。「おれのトラックをそばに寄せて、だれか通ったとしても見えないようにしてある」

　本当に抜かりない集団だ。「ありがとう」

　残るはマディソンとの関係だけ。

　パリッシュが腰をかがめてシルヴァーの唇にキスをした。「じっとしていろ。キッチンで電話をかけてくる」

　ケイドとレイエスもついていき、一分と経たないうちに兄弟は出発した。

　シルヴァーがそっとハリーに手をのせて、こちらに言った。「ほら」意味ありげにマディソンをちらりと見る。「警察が来る前になんとかしなさい。おちびが起きたとしても、わたしが見てるから」

　感謝をこめてうなずいた。娘の頭の下にそっと枕を入れて立ちあがり、マディソンに歩み寄った。窓の外を見つめるマディソンは考えにふけっているように映る。不安と、いらぬ罪悪感にまみれているように。手を取ると、はっとしてこちらを見た。

「クロスビー、わたし――」

「待った」愛おしさがこみあげる。きちんと理解させたくて、手を引いてハリーの部屋に移動し、ドアを閉ざした。

早く聞かせるべきだと、ずばり本題に入った。「前に言った〝変わった名前の男〟というのが、さっき話に出てきたブリックだ。アパートメントを突き止めたから、クロウに関する情報を聞きだせないかと訪ねていった」

「クロスビー」マディソンが抗議の声をあげる。「応援なしに、単独で動くなんて！」

これだ。これこそマディソンが特別な理由の一つ。いまなお、はらわたがよじれるような恐怖を拭いきれずにいるというのに、この女性はありのままでいるだけで心を浮き立たせてくれる。「ブリックはここの住所を突き止めて、すでにクロウに教えていた。きみから電話をもらったときは、ちょうどやつのアパートメントに入るところで、消音モードにしていた」

マディソンが手で口を覆う。

「きみは気をつけていたと言ったし、その点は一ミリも疑っていない。ハリーやシルヴァーのもとにトラブルを連れてくるような真似をきみがしないこともわかっている。なぜならきみを知っているから。きみがどれほど有能かわかっているから。ハニー、絶対にきみを疑ったりしない」

すすり泣きが漏れた。「わたしじゃなかったって、本当？」

「マディソン」ドアから離れて手を伸ばし、胸板に引き寄せた。心臓《ハート》に。「きみがクロウと対峙しているのを見たときは、十回地獄にたたき落とされた気がしたぞ」

マディソンの両手が肩に休まる。「ああするしかなかったの。あなたがどれだけハリーとシルヴァーを愛してるか、知ってたから。なんとしても二人を守らなくちゃいけなかった」

「きみのことも愛しているよ、ベイビー。心の底から」美しい榛色の目に驚きが浮かぶのを見て、そっと頬を手で包んだ。「どんな心地がしたか、わからないだろうな——きみがあの野郎を挑発するのを聞いたときは。あいつの頭に銃弾をぶちこんでやりたかったが、角度がまずくて、迷っているうちにやつがきみを傷つけるんじゃないかと——」

唇に指先が触れた。「あなたが電話に出なくて、クロウがここに現れたとき、もしかしたらあなたはやられたんじゃないかと……」涙があふれて、ごくりとつばを飲む。「取り乱してしまいたかったけど、できなかった」

この言葉にほほえんだ。「きみほど訓練を積んでいれば、取り乱したりしない」

「ハリーとシルヴァーがわたしを必要としてたから」

「ここにもきみを必要としている男がいる。きみなしにはいられない男が」キスをした。胸が詰まるほどの思いをこめた、やさしいキスを。「パリッシュがなにをしようと、するまいと、気にしない。秘密の一つや二つもかまわない。きみを愛しているんだ、マディソン・マッケンジー」

マディソンが首に飛びついてきた。娘と違ってこの女性にはとてつもない腕力がある。

「わたしも愛してる」すぐさま身を引いた。「あなたには二度と隠し事をしないってもう決めたの。神に誓って約束するけど、あなたもしてくれなくちゃだめよ。今日みたいな危険は絶対に冒さないこと。かまわない？　あなたはわたしたちの一員で、わたしたちはチームとして行動する。だからあなたとはすべてを分かち合いたい」

こちらとしても望むところだ。「完璧だな」

マディソンの息がつかえた。「ハリーは……わたしがあなたの人生の一部になってもいやがらない？」眉をひそめて問いを重ねる。「わたしたち、結婚するのよね？」

心臓がはちきれそうになり、胸がいっぱいになった。笑みをこらえて言った。「マディソン、きみを愛している。結婚してくれるか？」

また涙があふれて、マディソンがうなずいた。「ええ」ちらりと室内を見まわす。「この家は増築しなくちゃいけないけど、いい？　自分の仕事部屋が必要だし――」

クロスビーは笑ってまたキスをし、両の親指で彼女の涙を拭った。「サイレンが聞こえる。警察が来たな」

「ねえ、いいことを思いついた」自身の親指で目元をこすり、マスカラをにじませた。「わたしがヒステリーを起こしたって言えばいいのよ。わたしは演技力があるし、このありさまだもの、だれも疑わないわ」

一カ月後、クロスビーはマディソン宅の一台用のガレージ――近く三台用になる予定だ――の外に車を停めて、生体認証コードを入力して玄関を開けた。なかに入ると案の定、マディソンは机に向かっており、温かい紅茶を手元に置いて、調査に没頭していた。

少なくとも子猫のボブは挨拶をしてくれた。両脚にからみついてきて、ごろごろのどを鳴らす。クロスビーは子猫を抱きあげて話しかけた。「みんなに会えるのが楽しみなんだろう。な?」今夜はパリッシュとマディソンの兄二人、二人それぞれの妻、シルヴァーとハリーの全員で夕食だ。

近づいていくとマディソンが人差し指を掲げたので、足を止めた。

たとえ邪魔が入っても、マディソンは自身の作業を見失ったりしない。生来の明晰《めいせき》さがそんなことを許さないのだが、それでも二人はどちらにとっても心地いいルーティンを少しずつ築いていた。

マディソンは邪魔されずに作業をすることに慣れているし、クロスビーは足を引っ張りたくない。マディソンは二人の時間を大事にしていて、こちらが帰宅するとすぐに仕事をいったん終えるようにしている。

小さなダイニングテーブルにはメモがあり、計画への追加事項が記されていた。

パリッシュは最初、結婚祝いに娘の家を増築すると宣言したのだが、シルヴァーに肘でつつかれて、ぜひそうさせてほしいとすぐさま言いなおした――もちろん、二人がいいと言うなら、と。

事実として、マディソンの家は裕福だ。そして現状、彼女の家は三人暮らし向きではない。だからクロスビーはその申し出をありがたく受け入れた。いまもこれからもマディソンと一緒にいられるなら、なんだって来いだ。

パリッシュの気前のよさにも少しずつ慣れてきた。人身取引の被害者を救うためのたゆまぬ努力と同じで、それもまた彼の一部なのだと理解するようになっていた。

マディソンの家は四倍の大きさになる予定なので、しばらく時間はかかるものの、これまでのところ楽しくやっていた。

だれが驚くことでもなかったが、二週間前、パリッシュはシルヴァーと結婚した。クロウ事件が片づいてすぐ、シルヴァーを山中の豪邸に連れ去って、彼女はそのままそこに居着いたのだ。モルディヴのプライベートアイランドで過ごしたハネムーンの一週間をのぞけば、シルヴァーはいまもハリーのベビーシッターをしてくれている。シルヴァーが出かけるときは、ケイドもレイエスも喜んでハリーのお守りを引き受けて、もう姪《めい》っ子扱いしていた――クロスビーとマディソンの結婚はまだ一カ月先だというのに。

バーナードはこれ以上ないほどハリーをかわいがり、挙げ句、クロスビーがこの執事を脇に呼んで何度か忠告しなくてはいけないくらいだった――そんなに甘やかしては、バーナードが無数の形容詞で絶賛する〝明るくて愛らしくてかわいらしい〟女の子ではなくなってしまうよ、と。

クロスビーもハリーも山が大好きになったが、娘はマディソンの家の敷地を流れる小川がとくに気に入ったようだ。ときどきクロウを思い出したり、あの日の恐怖がよみがえったりすることはあっても、総じて以前のとおり、幸せと安心に満たされた子でいてくれた。

マディソンがもう少しキーボードをたたいてから、ノートパソコンを閉じてこちらに笑顔を向けた。「おかえりなさい」言いながら椅子を立ち、まっすぐこちらに歩いてくる。その顔に浮かんでいるのは、クロスビーの大好きな〝あなたが欲しい〟という表情だ。

彼女が心ゆくまでキスをするあいだ、主導権を奪おうとせずに待った。とはいえ多大な集中力を要する。主導権を握るのは、どちらにとっても自然なことだから。

子猫のボブは人間二人にかまけているよりもっと楽しいことがあると考えたのだろう、床に飛びおりると、しっぽを高く掲げて去っていった。

「ディナーまで三十分あるわね」マディソンが言う。「いちゃいちゃしたい？」

「お兄さんたちはもうお父さんの家に着いているぞ。車が先に行くのが見えた」

「だから？　待たせておけばいいじゃない」マディソンがこちらのシャツのボタンをはずしはじめる。「三十分あれば、いろんなことができるのよ」

それ以上の説得は必要なかった。

寝室に向かいながら、マディソンが言う。「増築部分の新しい間取り案を見てくれる？

ハリーの寝室はちゃんとしたいの。シルヴァーが知恵を貸してくれてね、すごくいい考えが浮かんだのよ」

マディソンは計画をくるくる変更しているが、じきにこれと決めるだろう。クロスビーとしては正直なところ、愛する人たちと一緒にいられるなら、なんでもよかった。「了解」

一緒に寝室に入るとドアを閉じて、そこにマディソンを押さえつけた。今度はこちらが主導権を握り、キスで二人ともを狂おしいほどの切望に駆り立てる。

マディソンが手をつかんでベッドのほうに引っ張った。「ウエディングドレスが完成したんですって。明日、最後のフィッティングに行ってくるわ」

「きっと完璧だ」なぜならきみが完璧だから。

そしてずっと予想していたとおり、二人の相性も……完璧だ。

訳者あとがき

兄弟姉妹の上のほうは、たいてい「お兄ちゃんなんだから」「お姉ちゃんなんだから」と言われて育ち、しょっちゅう我慢を強いられて、なんだか損な役回り……とされていますよね。けれども下のほうには下のほうで、下ならではの悩みがある、というのもまた事実ではないでしょうか。

本書のヒロイン、マディソン・マッケンジーは、タフで個性的な兄が二人もいる末っ子の二十六歳。好奇心がちょっぴり旺盛すぎるうえにそうとうな自信家でもありますが、明るくまっすぐな性格が魅力的な女性です。

そんなマディソンは、幼いころに母親を人身取引の犠牲として喪うという悲劇に見舞われて、現在は父と兄たちとともに、人身取引撲滅とその被害者の救出、救済、支援のために働いています。この活動の発起人でありすべての指揮官である厳しい父の指導のもと、心身ともに鍛えられて育ったマディソンは、見た目は完全にフェミニンでもその戦闘能力はピカ一で、成人男性相手だろうとまったく動じません。おまけに頭脳明晰で、なかでもテクノロジーの扱いにかけては兄たちをも余裕でしのぐほど。

なんとも有能で頼もしいマディソンですが、末っ子かつ女性だからという理由で、兄たちからはことあるごとに手加減されたり守るべき存在として見られたり、またその兄たちには当然のように与えられている自由や信頼が自分にだけは与えられていないように感じたりと、ときどき不満を覚えています。それゆえ、自分を証明したい、評価されたいという、あせりにも似た思いがずっと頭の片隅にあったのでした。

こんな彼女をとりこにしたのが、クールで生まじめで仕事熱心な三十五歳のクロスビー・アルバートソン刑事です。

とある事件をきっかけにマディソンをはじめとするマッケンジー家の面々と知り合ったクロスビーは（詳しくはシリーズ二作め『その胸の鼓動を数えて』をご覧ください）、根っからの警察官で非常に法を重んじる男。そのため、人身取引撲滅のための一家の功績をあるていど評価しつつも、いざとなれば一線を越える（つまり相手の命を奪う）ことさえ辞さない彼らのやり方には、当然ながら抵抗を覚えていました。

一方、マディソンの父と兄たちのほうも、クロスビーの実力は認めているしその倫理観に理解は示すものの、完全には信頼しきれずにいたのです。しかし、思いがけないなりゆきから命に代えても守りたい存在ができてしまったクロスビーは、そうしたみずからの考え方やものの見方について自問するようになっていきます。そんな折、マディソンの父親を狙ったと思われる事件が起きて、クロスビーとマッケンジー家の距離はぐんと縮まることになるのですが……。

いろいろ事情を抱えていてなかなか前に踏みだせない慎重なクロスビーと、いますぐにでも二人の関係を前進させたい猪突猛進《ちょとつもうしん》系のマディソン。年の差カップルの恋の行方を最後までお楽しみいただけますように。さらにもう一組、恋も愛もとっくに無縁と思いこんでいた二人の大人の恋模様にもぜひご注目ください。

著者のローリー・フォスターが得意とするのは、アメリカの小さなコミュニティを舞台にした、キュートでハッピーな恋物語に家族の大切さをからめたお話ですが、今シリーズでは人身取引という重く暗い犯罪を軸にして、母親の違うきょうだいや父親代わり的な存在、親友や養子養父など、血縁にかぎらないさまざまな人と人とのつながりを描いています。そこにあるのは、敬意と信頼、そして愛情。純粋にだれかを大切だと思い、だれかに大切だと思われること、その幸せを感じていただけたらなによりです。

最後になりましたが、今回も拙い訳者を支えてくださったハーパーコリンズ・ジャパンのみなさまと担当編集者Aさまに心よりお礼を申しあげます。常に刺激と励ましである翻訳仲間と、いつもそばにいてくれる家族にも、ありがとう。

二〇二五年三月

兒嶋みなこ

訳者紹介　兒嶋みなこ

英米文学翻訳家。主な訳書にソフィー・アーウィン『没落令嬢のためのレディ入門』、ローリー・フォスター『いまはただ瞳を閉じて』『その胸の鼓動を数えて』(以上、mirabooks)など多数。

mira

指先《ゆびさき》で心《こころ》をつないで

2025年3月15日発行　第1刷

著　者　ローリー・フォスター

訳　者　兒嶋《こじま》みなこ

発行人　鈴木幸辰

発行所　株式会社ハーパーコリンズ・ジャパン
東京都千代田区大手町1-5-1
04-2951-2000(注文)
0570-008091(読者サービス係)

印刷・製本　中央精版印刷株式会社

定価はカバーに表示してあります。

Printed in Japan
ISBN978-4-596-72752-7